CHARLES ESQUIER

AMANT ET JUGE

LES MAÎTRES du ROMAN POPULAIRE

ARTHÈME FAYARD et Cⁱᵉ
Éditeurs
18-20, Rue du Saint-Gothard, PARIS

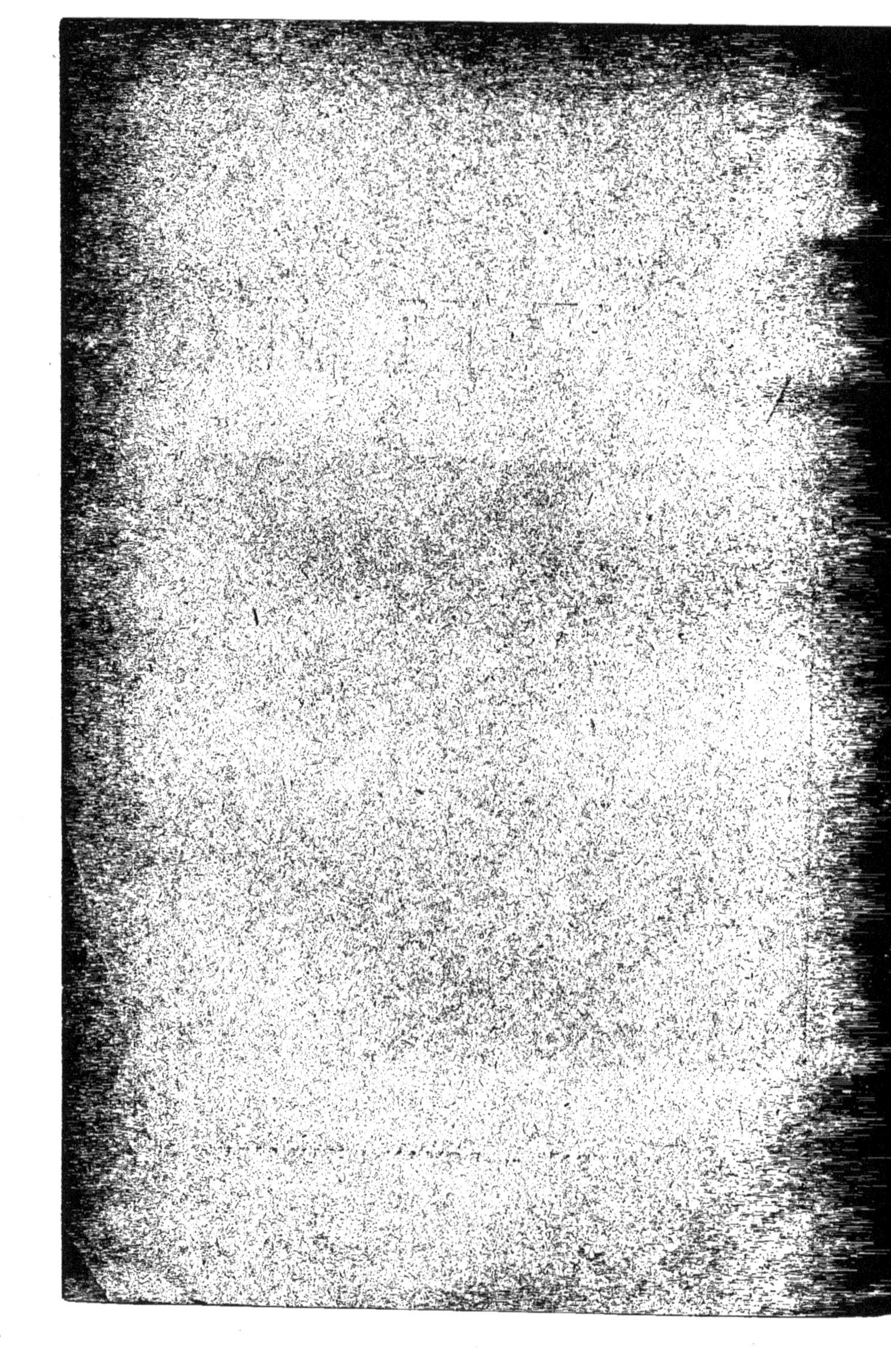

CHARLES ESQUIER

AMANT ET JUGE

LES MAITRES DU ROMAN POPULAIRE

ARTHÈME FAYARD et Cⁱᵉ
Editeurs
18-20, Rue du Saint-Gothard, PARIS

AMANT ET JUGE

PREMIÈRE PARTIE

L'Affaire Colonna

I

UN BAL MACABRE

— Tenez, aidez-moi à déballer ces accessoires de cotillon.

— Volontiers !

C'était dans les jardins de l'hôtel particulier qu'habitait, villa Saïd (cette avenue perpendiculaire à la rue Pergolèse, dans le quartier de la Porte-Maillot), l'éminent chimiste-électricien Pascal Fergus, inventeur célèbre, émule français d'Edison.

Après un déjeuner d'amis, tandis que le savant emmenait ses invités dans son laboratoire, Sonia Fergus, sa fille, descendue au jardin pour veiller aux apprêts du café, y avait été accompagnée par un des convives, Olivier de Lora, jeune magistrat.

C'était un couple charmant que celui qu'encadraient les feuilles illuminées par ce gai soleil du printemps de 1906.

Sonia Fergus, dans l'éclat de ses vingt ans, semblait une merveilleuse statue de neige frottée de rose, nimbée d'or fluide et étoilée de deux yeux étrangement attirants.

Son compagnon était d'allures distinguées et d'aspect sympathique.

Pas très grand, mais bien découplé, les cheveux et la barbe châtain clair, les yeux noirs expressifs, au regard direct, il respirait la droiture et l'énergie.

Sonia venait de s'arrêter devant le bosquet de verdure où une table dressée attendait le café.

Sur une pelouse, des ballots apportés le matin, et oubliés là par la jeune fille, sollicitaient l'attention de celle-ci.

Se rendant à sa prière, Olivier se mit en devoir de l'aider à déballer les paquets.

Ils contenaient de frêles brimborions, accessoires de cotillon, colifichets et faveurs multicolores !

Tout en exécutant son puéril travail, s'étant as-suré qu'ils étaient bien seuls, Olivier dit à voix basse, avec une émotion mal dissimulée :

— J'ai à vous parler.

— J'écoute ! dit Sonia.

— Est-il vrai que le prince Orso Colonna, qui vient de déjeuner à la table de votre père, avec nous, ait demandé votre main à celui-ci ?

Sonia eut un léger tressaillement.

— Voilà une question indiscrète, dit-elle d'un ton mi-plaisant, mi-sérieux. Au fait, étant juge d'instruction, vous êtes indiscret par profession ! Eh bien... oui ! cela est vrai !

— Et qu'a répondu votre père ? reprit le jeune homme, qui pâlit un peu.

— Qu'il ne déciderait rien avant de consulter ma mère... et aussi un peu moi-même.

— Madame votre mère a été consultée ?

— Oui... par lettre... puisqu'elle est à Monte-Carlo.

— Et approuve-t-elle ce projet ?

— Elle ne l'approuve ni ne le désapprouve, puisqu'elle ne connaît pas le prince Colonna... Elle remet sa réponse à son retour et la subordonne à l'impression que lui fera mon nouveau prétendant.

— Et quelle est votre opinion personnelle sur ce prétendant ?

— Mais celle de tout le monde. Il est riche, il est prince, il est sympathique, il est beau, honorable, galant... Il s'intéresse particulièrement aux travaux de mon père... Ce sont là autant de titres qui plaident en sa faveur.

— Ainsi, il ne vous déplaît pas ?

— Pourquoi me déplairait-il ?

— Et vous l'épouserez ?

— Oh ! Oh !... mais voilà qui dépasse les frontières de l'indiscrétion !

Un sourire énigmatique effleura les lèvres de la jeune fille.

— Enfin, l'épouserez-vous, oui ou non ? insista le jeune homme nerveusement.

Sonia se mordit les lèvres, abaissa sur ses prunelles les longues franges de ses cils, puis, rouvrant brusquement ses yeux et les fixant sur Olivier.

— Pourquoi pas ? dit-elle.

Le jeune homme sursauta...

Puis, tirant de sa poche un papier plié, il l'ouvrit et le tendit à Sonia.

— Lisez !

Sonia prit la feuille et lut :

Préfecture de police
Service de la Sûreté générale
Fiche 2.237

Ercole Costamagna, né au Pérou d'un Italien émigrant et d'une Péruvienne, ancien croupier dans

les tripots louches, puis agent d'affaires véreuses,
rastaquouère redoutable, se pare faussement de
noms et de titres fantaisistes sous le couvert desquels il fait de nombreuses dupes, voire même des
victimes. Peu scrupuleux, sans ressources avoua-
bles, il vit d'on ne sait quoi, avec les apparences du
luxe. — Il a été chassé de deux cercles, pour y
avoir pratiqué la pousette et a subi trois condam-
nations pour tentatives de chantage. Rusé, audacieux et dangereux, à surveiller.

— Eh bien, dit Sonia, en quoi cette fiche policière
concernant le joli monsieur qu'est cet Ercole Costamagna, dont je n'avais jamais entendu le nom
jusqu'à ce jour, peut-elle m'intéresser ?

— Voyez le codicille ! dit Olivier, en désignant
trois lignes ajoutées au bas de la feuille.

Sonia y jeta les yeux et lut :

*Dans sa dernière incarnation, Ercole Costama-
gna, rentré à Paris, depuis peu, se donnait comme
prince Orso Colonna, attaché à l'ambassade d'Italie, demeurant 22, rue de Londres.*

La jeune fille eut un cri indigné.

Elle devint pâle comme une morte.

Ses narines se pincèrent.

La stupeur, la révolte et la honte se peignirent
sur son visage.

Olivier, qui l'observait avec une attention extraordinaire, ne perdait pas un seul de ses jeux de
physionomie.

— Non ! Non ! Ce n'est pas possible, balbutia-
t-elle. Cette fiche est fausse et calomniatrice !

— Malheureusement, reprit Olivier, froidement,
je ne puis douter de son authenticité. Elle émane
de la Sûreté générale, où je n'ai eu qu'à la recopier
avec le casier judiciaire du personnage.

— Je n'en reviens pas ! reprit Sonia d'une voix
tremblante... je suis confondue ! Ainsi, c'est cet
aventurier, ce faussaire, que nous avons accueilli
dans notre intimité et traité en homme du monde,
en égal !

— En prétendant ! souligna Olivier, amèrement,
en prétendant qui, visant votre dot (300.000 francs
ne sont pas à dédaigner), s'est appliqué à vous
éblouir, à vous compromettre publiquement, irrémédiablement, peut-être... car je me demande vraiment, Sonia, au trouble que je constate en vous, en
ce moment, si j'arrive encore à temps pour vous
sauver.

La jeune fille devint pourpre.

— Vous me soupçonnez, dit-elle d'un ton de révolte ; vous me croyez coupable !... Vous ! Oh !
Oh !...

— Pardonnez-moi, Sonia ! Pardonnez-moi ce
soupçon qui vous outrage, mais je souffre tant !...
Oui ! je souffre, car je suis jaloux !... Je hais cet
homme qui s'est présenté chez vous en soupirant, et
s'y est installé en maître, en triomphateur, sûr à
l'avance de la victoire.

« Oui ! je le hais de tout mon amour pour vous...
car, vous l'avez deviné, n'est-ce pas ?... Je vous
aime ! Je vous aime de toutes mes forces, de toute
mon âme...

« Voyant que j'allais vous perdre... peut-être, j'ai
agi... et en agissant dans l'intérêt de mon amour,
je vous sauve de la honte d'une alliance abominable, indigne de vous, déshonorante pour les vôtres !

En écoutant ces paroles échappées à la jalousie
d'Olivier, Sonia, une fois encore, avait clos les paupières comme pour voiler les mouvements de son
âme.

— Si vous m'aimez, dit-elle sourdement, pourquoi
n'avez-vous pas parlé plus tôt ?

— Je n'osais pas, dit Olivier... j'avais peur de
votre réponse et que vous ne partagiez pas mes
sentiments. Et puis, j'ai trente-trois ans... et vous
en avez vingt... Enfin, je vous supposais sensible
aux assiduités de cet homme.

— Vous vous trompiez, dit-elle vivement.

— Alors, pourquoi, sous mes yeux, encouragiez-
vous sa recherche ?

Cette question parut embarrasser Sonia.

Elle hésita.

Puis, avec une coquetterie ambiguë et troublante :

— Que vous importent les apparences, si c'est
vous... qui, seul, avez su vraiment gagner mon
cœur !

— Moi !... Moi ! s'écria Olivier quelque peu surpris de cet aveu, suivant de si près la révélation
qu'il venait de faire ; mais jamais vous ne m'aviez
fait espérer.

— Le cœur a ses pudeurs... et quelquefois le dépit de voir celui qu'on aime s'obstiner au silence
nous pousse à feindre envers d'autres... des sentiments que nous éprouvons en réalité pour celui que
nous avons secrètement élu.

— Comment !... Alors, à vous entendre, ce n'était
que pour irriter ma jalousie et me pousser à l'aveu
que vous avez agi ainsi ?

La rougeur de Sonia fut sa réponse.

— Alors... vous m'aimez !... Mais non... ce n'est
pas possible... je rêve... je suis fou... Et, si je vous
demandais... si je vous demandais... d'être ma
femme ?...

Elle tressaillit, leva sur Olivier ses grands yeux
de sphinx dont l'énigme l'inquiétait si étrangement ;
puis, d'un geste qui signifiait qu'elle se promettait
toute, elle mit sa main dans celle du jeune homme.

Il l'étreignit d'une pression passionnée et la porta
à ses lèvres en une ivresse indicible.

— Ma femme ?... murmura-t-il.

Mais, brusquement, la petite main se retira.

Là-bas, sur le perron de l'hôtel, Pascal Fergus venait d'apparaître et, à côté de lui, se dressait la
haute silhouette du prince Colonna, trop beau, trop
élégant et trop brun.

— Sonia, souffla Olivier, dans un brusque élan de
haine vers son rival, c'est la dernière fois que cet
homme vient ici, n'est-ce pas ?

— La dernière fois... je vous le jure !

Ce soir-là, c'était le 5 avril, huit jours après que
Sonia s'était promise à Olivier de Lora, il y avait
grande fête à l'hôtel Fergus, avec redoute masquée
et cotillon.

Cette fête avait été donnée à l'instigation de Sonia, pour célébrer la promotion récente de son père
au grade d'officier de la Légion d'honneur et aussi
le retour de sa mère, qui devait arriver de Monte-
Carlo, la veille au soir, avec son fils, le petit Boris.

La solennité avait aussi pour but encore inavoué
de réunir, dans une même soirée, les familles Fergus et de Lora ; le savant, averti par sa fille, ayant
démasqué et chassé le rastaquouère, le jour même
de la dénonciation d'Olivier de Lora, et les projets
d'union entre Olivier et Sonia ayant rencontré l'assentiment des parents des deux jeunes gens...

Wanda Fergus, prévenue par lettre, avait répondu à son mari par une adhésion chaleureuse à
ce projet d'alliance.

Cependant ces derniers détails, tout intimes,
étaient encore rigoureusement tenus secrets et
hormis les principaux intéressés, nul n'en avait eu
vent, le chimiste ne voulant donner aux choses aucune consécration officielle avant le retour de sa
femme.

Or, par un malencontreux retard, celle-ci, partie
de Monte-Carlo l'avant-veille, n'avait pu arriver à
temps pour présider la fête.

Une indisposition inattendue de Boris, survenue
en cours de route, l'avait contrainte d'interrompre
son voyage et de s'arrêter à Lyon, à l'hôtel Belle-
cour, pour y passer la nuit.

Elle espérait que cela ne serait rien et, qu'après
quelques heures de soins énergiques, Boris pourrait
reprendre le voyage ; c'est ce qu'elle avait téléphoné, elle-même, de Lyon, à son mari.

Prévenu trop tard pour décommander la fête, Fergus avait dû faire contre mauvaise fortune bon cœur et, en l'absence de sa femme, dissimulant ses inquiétudes paternelles, accueillit son monde, le sourire aux lèvres.

En outre, pour comble de malechance, Olivier n'avait pu, lui non plus, assister à cette soirée, mandé, la veille, par dépêche, à Nantes, au chevet d'une riche grand'tante agonisante, dont il était héritier.

Devant ce deuil imminent, le père et la mère d'Olivier avaient cru, eux aussi, de leur devoir de s'abstenir de paraître chez les Fergus...

En dépit de ces contretemps, Sonia Fergus et son père ont répondu de leur mieux, jusque-là, aux compliments de leurs hôtes, l'élite du monde des sciences, de l'industrie ; quelques gouvernants et aussi des représentants de la presse, invités en masse et un peu au hasard des noms, pris dans le *Tout-Paris* par la jeune fille.

. . . .

Deux heures du matin.

Au dehors, la chaleur étouffante d'un ciel lourd d'orage, un orage qui n'éclate pas mais se traduit par de lointains éclairs suivis de sourds grondements de tonnerre, se mêlant au bruit des violons.

Au dedans, masques et dominos s'agitent en une orgie effrénée de couleurs et de sons.

La griserie joyeuse et énervante de la danse et du champagne allume aux yeux des femmes des lueurs de plaisir.

Leurs lèvres, entr'ouvertes dans un sourire éblouissant, brillent comme du corail humide dont la rougeur s'avive du contraste des loups de satin noir.

De nouveau l'orchestre attaque « la Farandole ! »

Dans un délire de mouvement, la farandole, conduite par le docteur Merral, un jeune chirurgien mondain, se déroule à travers les salons, s'engage audacieusement dans les couloirs de l'hôtel, descend au rez-de-chaussée en ce moment désert, et y vient se heurter à une porte.

C'est celle du laboratoire de l'électricien, pièce vide et sombre à cette heure.

La porte est close. Mais la clef est dans la serrure.

Sous la poussée des danseurs, le docteur Merral ouvre, et la troupe des masques, un instant endiguée là, se rue dans le laboratoire, à peine éclairé par la lueur diffuse de la lune.

Merral donne l'électricité...

Horreur !

L'épouvante cloue les danseurs sur place.

Là, au milieu de la pièce, dont la fenêtre est grande ouverte, parmi quelques meubles renversés, un homme, revêtu d'un domino grenat, lacéré et entr'ouvert sur un costume d'Arlequin, le visage masqué d'un loup de satin noir, gît sur le dos, inerte, les bras en croix, la bouche ouverte en une convulsion suprême.

A ses côtés est étendue une jeune fille vêtue d'un domino mauve.

Elle est également inerte et d'une pâleur marmoréenne. Dans sa main crispée, elle serre encore un petit flacon vide.

Tous les yeux se fixent sur son visage.

C'est Sonia Fergus !

II

JUGE ET PARTIE

Le matin qui avait précédé cette fête, en recevant le télégramme de la mourante, Olivier de Lora n'avait eu que le temps de prévenir Clouet, son

greffier, que force lui était de retarder de trente-six heures les affaires en cours, de courir s'excuser auprès de Sonia et de sauter dans l'express.

Il arrivait à Nantes à temps pour recevoir le dernier soupir de la pauvre femme, qui le faisait son légataire universel.

Très douloureusement affecté par la perte de cette parente qu'il aimait d'un amour filial, il avait relégué, un instant, son roman d'amour avec Sonia au second plan de ses préoccupations, passant toute sa journée du lendemain à remplir les formalités qui précèdent les funérailles ; ne pouvant s'empêcher de constater combien il est vrai qu'auprès d'un bonheur, le destin cruel place toujours quelque amertume qui vous empêche de le goûter pleinement.

Comme le surlendemain Olivier rentrait du cimetière, la suprême pelletée de terre jetée sur la tombe de la morte, ses derniers devoirs remplis, une dépêche alarmante vint secouer l'engourdissement où l'avait, un instant plongé son chagrin.

Elle était de son père, et en voici la teneur :

Reviens immédiatement. Graves nouvelles du côté des Fergus.

JEAN DE LORA

Olivier pâlit affreusement.

Quelles étaient ces graves nouvelles ?

Depuis trois jours qu'il avait quitté Paris, tout entier à ses devoir pieux, il n'avait pas ouvert un journal.

Pas de lettre de Sonia !

Pas de nouvelles de Fergus !

Il était donc survenu du nouveau là-bas, durant son absence !

Un terrible pressentiment l'étreignit !

Vivement, il gagna la rue, entra dans un café et demanda les journaux de Paris. On lui donna ceux de la veille et ceux du jour.

Il tomba sur le *Thermidor* de la veille et y lut, en frémissant, ces lignes, sous les rubriques sensationnelles suivantes :

L'AFFAIRE COLONNA

Le mystère de la villa Said. — Lugubre découverte. — Un cadavre dans un bal. — Mort naturelle, crime ou suicide ?

Une lugubre découverte a mis, cette nuit, en émoi tout le quartier de la Porte-Maillot.

Au milieu d'une redoute masquée donnée chez lui par l'éminent électricien chimiste Pascal Fergus, pour fêter sa nomination d'officier de la Légion d'honneur, des invités pénétrant, intempestivement, dans le laboratoire du savant, y ont trouvé deux corps étendus côte à côte.

L'un était celui d'un prince étranger, depuis peu à Paris, le prince Orso Colonna. Il était mort.

L'autre était celui de la propre fille de la maison, Mlle Sonia Fergus, une charmante jeune fille de vingt ans. Elle n'était qu'évanouie et tenait dans sa main une petite fiole vide.

Auprès du couple macabre, des meubles et des chaises renversés indiquaient qu'une lutte avait dû précéder la mort de la victime.

Le hasard et un de ces singuliers pressentiments, qu'on pourrait appeler le flair du reporter, ont permis, qu'assistant personnellement à cette fête, nous eussions la bonne fortune de prendre part, l'un des premiers, à cette étrange découverte.

Détail troublant : aucune arme n'a été relevée, à proximité, pouvant indiquer à quel genre de mort le prince a succombé.

Aucune trace de sang sur le sol.

Y a-t-il mort naturelle, crime ou suicide ?

Mystère ! Si le flacon vide fait songer au poison, les meubles renversés et le domino de la vic-

…lacéré, forment pencher vers l'hypothèse du
[cri]me brutal.

Espérons que l'enquête, appuyée des lumières de
science médico-légale, éclaircira ces points obscurs.

Le cadavre a été transporté à la Morgue aux fins
d'autopsie.

M. Gabet, juge d'instruction, attaché au parquet
de la Seine, a été saisi de l'enquête par M. Com-
bre, procureur de la République.

Ces deux magistrats se sont rendus sur les lieux
où les avait déjà précédés M. Delamarre, commissaire de police du quartier de la Porte-Maillot.

Quel mystère enveloppe ce drame?

Tout permet de supposer qu'on se trouve en présence d'un passionné roman d'amour, dont la lugubre découverte de cette nuit ne serait que le tragique dénouement.

L'article continuait ainsi:

*S'il faut s'en remettre au vieil adage policier:
« Cherchez la femme », on ne peut s'empêcher de
constater que « la femme » n'était pas loin.*

*Ajoutons que la victime de cette nuit, le prince
Colonna, beau et séduisant, s'était inscrit, depuis
quelque temps déjà, au nombre des soupirants de
Mlle Sonia Fergus qui, coquette, avait, paraît-il,
accueilli ses hommages avec une faveur marquée.*

*Enfin, notons ces détails qui peuvent, dans les
circonstances présentes, avoir leur intérêt.*

*On prête à Mlle Sonia Fergus un caractère im-
périeux et impulsif.*

*D'origine russe, par sa mère, Mlle Sonia Fer-
gus est la petite-fille d'un nihiliste exécuté dans
les répressions impériales, et dont le père, riche
joueur passionné, se fit sauter la cervelle devant
le tapis vert où il venait, en une nuit, de perdre
toute sa fortune.*

Détails tragiques!

*A l'heure actuelle la jeune fille dont le corps ne
porte cependant aucune trace de violences, en
proie à la fièvre et n'étant pas en état d'être interrogée par les magistrats, n'a donc encore pu
fournir aucun éclaircissement.*

*Quant aux témoins et aux invités de la soirée,
ayant répondu aux premières questions du commissaire, sans résultat utile pour l'enquête, ils ont
été laissés en liberté, avec prière de se tenir à la
disposition de la justice.*

*Nous tiendrons nos lecteurs au courant de cette
mystérieuse affaire.*

                              Pierre MORTÈRE.

Et dans le *Petit Journal* du matin même, sous
la rubrique:

          « L'affaire Colonna »

Olivier lut ceci:

*M. Gabet, juge d'instruction, a cru devoir per-
quisitionner, hier, chez M. Pascal Fergus.*

*Cette perquisition n'a d'ailleurs donné aucun ré-
sultat.*

Puis, plus loin, sous la rubrique:

          « Dernière heure »

          « Une sensationnelle nouvelle »

*Au moment de mettre sous presse, nous avons
le regret d'apprendre la mort de M. Gabet, le sympathique juge d'instruction chargé de l'Affaire Colonna. Le magistrat a succombé à une embolie.*

Tous les autres journaux, étalés sur la table du
club sous les yeux d'Olivier, reproduisaient, à peu
de chose près, les détails fournis par le […]

S'il eût reçu sur le crâne une série de coups de
massue bien assénés, Olivier n'eût pas été plus
étourdi qu'il le fut durant quelques instants, à la
lecture de ces lignes.

D'abord la sensation qui domina en lui fut une
sorte d'allègement.

Ainsi Colonna, ce rival qu'il haïssait de toute la
force de sa passion pour Sonia, Colonna était
mort!

Olivier était débarrassé de son ennemi, délivré
de ce cauchemar!

Il respira.

Mais bientôt il songea que les circonstances
qui entouraient cette mort étaient tellement anormales et qu'elles l'atteignaient si directement qu'il
en ressentit un bouleversement profond.

Comment Colonna était-il mort?

On ne savait!

Toutes les hypothèses étaient permises, et parmi ces hypothèses, celle que le signataire de l'article semblait accepter était celle du meurtre.

Olivier dut faire un violent effort sur lui-même
pour reconquérir son sang-froid.

Il relut l'article deux fois.

Soudain, il ne put retenir un geste d'indignation.

Il venait de comprendre ce qu'il n'avait pas bien
saisi d'abord dans la stupeur du premier moment.

Entre les lignes, on accusait Sonia, non seulement du meurtre, mais encore d'une faute aux
bras du restaurateur.

Ah! le gueux! le drôle que ce reporter, ce
« Pierre Mortère », dont il pouvait lire la signature
au bas de cet article impudent qui, à tort à travers, émettait des hypothèses et compromettait une
famille entière!

Avec quelle joie Olivier eût, en ce moment, al-
longé un bon coup d'épée à ce bavard, pour lui apprendre à élever de tels soupçons contre l'honneur de celle qu'il aimait, en secret!

Mais ces soupçons, ne les avait-il pas eus lui-
même?

Et voilà que les événements semblaient leur
donner corps.

Voilà que Colonna et Sonia, qu'il avait associés
dans sa pensée jalouse, s'associaient, en effet,
dans un scandale public, retentissant, confirmant
ainsi ses premiers doutes!

Olivier rentra à son hôtel, la fièvre aux tempes.

Là, une seconde dépêche l'attendait, qui devait
porter son bouleversement à son comble.

On va en juger en en lisant le libellé rédigé par
Clouet, le greffier d'Olivier:

*En remplacement de M. Gabet, juge d'instruction
décédé hier brusquement, vous êtes commis par
procureur de la République pour instruire affaire
Colonna. Revenez immédiatement. Respects.*

                                    CLOUET.

Olivier se passa la main sur les yeux, se demandant s'il ne rêvait pas.

Il dut relire trois fois le télégramme.

Lui!

C'était lui que le procureur saisissait d'une pareille enquête!

Était-ce possible?...

Oui, pourtant...

Les mots étaient là bien nettement gravés sur
ce papier bleu...

Quel impair le procureur commettait là sans
s'en douter!

La loi, qui ne reçoit pas les dépositions des parents et ne fait que peu de cas de celles des amis
ou domestiques des inculpés, évite que le juge
d'instruction soit en relations préalables avec l'accusé.

Comme [...] nouveau procureur, avait
[fai]sait sa carrière en province, [...]
récemment promu dans ses nouvelles fonctions,
[ignor]ant tout de Paris, hormis la vie du Palais,
où il s'était confiné, ne connaissant Olivier de Lo[...]
que de vue et les Fergus que de nom, comment
[au]rait-il douté des relations du jeune homme avec
[ces dern]iers ?
À plus forte raison, comment eût-il pu pénétrer
[l'am]our, encore ignoré de tous, d'Olivier pour So[nia]
et les secrets projets des deux jeunes gens ?
Il était évident que le procureur avait agi à
l'aveuglette, choisissant le nom d'Olivier au hasard parmi ceux des juges suppléants !
Et le hasard devenait fatalité !
Mais non, cela était impossible !
Cela ne serait pas !
Cela ne pouvait être...
Olivier, en arrivant à Paris, allait courir chez
le procureur, lui conter son bref début de magis[trat]
avec Sonia, leurs projets, et le magistrat le déchar-
gerait de la pénible, de l'impossible tâche de se
faire le juge de celle qu'il adorait.
Alors, délivré du carcan professionnel, libre de
ses gestes, il provoquerait Pierre Morière et lui
demanderait raison des insinuations élevées par
[lui] contre l'honneur de Sonia...
Car elle était innocente !
Certes, il voulait le croire...
Et pourtant, en relisant l'article, en se rappelant
tout ce qui avait précédé, il sentait de nouveau le
doute entrer dans son âme.
D'ailleurs, une pensée douloureuse dominait le
désarroi de ses sentiments. C'était que, même
innocente, le scandale public auquel Sonia était à
présent mêlée allait retarder son mariage avec la
jeune fille.
Ce fut, on le conçoit, dans un état de trouble in-
[fini] qu'il prit l'express pour Paris.

III

UN BIZARRE PARI

Tandis qu'Olivier roule à toute vitesse vers Paris, revenons vingt-quatre heures en arrière, et re-
[tourn]ons-nous à la soirée des Fergus, au moment
[de] la lugubre découverte.
Mlle Fergus et un invité viennent d'être
[tro]uvés, dans le laboratoire, assassinés.
Comme une traînée de poudre, ces mots firent le
tour du bal.
— Assassinés ! Qu'en savez-vous ? Il n'y a pas
d'armes à proximité et ni à terre, ni sur les dominos, je ne vois de traces de sang, dit le docteur
Merral.
Un peu calmés par cette constatation dont tous
pouvaient, d'un coup d'œil, contrôler le bien-fondé,
les danseurs qui, dans le premier moment d'affolement, s'étaient heurtés, dans un indescriptible désarroi, s'arrêtèrent, cloués là, à présent, par une
curiosité anxieuse, tandis que le docteur Merral,
aidé d'un invité de bonne volonté, le reporter Morière, transportait Sonia sur un canapé et, enle-
vant son domino, dégrafant son corsage brodé
d'or de [l'Arlequin] du dix-huitième siècle (le déguisement choisi par la jeune fille) examinait le corps
toujours inerte.
Soudain, dans la foule des masques, il y eut
un remous accompagné d'un cri d'angoisse dominant tout...
— Ma fille, Sonia !
La haute silhouette au profil d'aigle et aux [...]

[...] la porte.
Affolé, le savant se précipita, mais [...]
rassurait :
— Elle n'est qu'évanouie, mais se porte [...]
blessure apparente... Pas de danger [...]
Transportez-la dans sa chambre. Faites-lui re[spi]-
rer de l'éther... je vous rejoins... Le temps de [soig]-
ner son compagnon.
Dans ses bras athlétiques, Fergus souleva [...]
et l'emporta, non sans avoir tressailli, en enten[dant]
Merral, qui avait démasqué l'Arlequin au domi[no]
grenat, prononcer ce nom :
— Le prince Colonna.
C'était bien lui !
C'était bien son faciès aux traits académiques,
la bouche bestiale et au pelage aile-de-corbeau.
Impeccable était la plastique de ce corps mu[sclé]
en ce moment admirablement moulé par le mail[lot]
de soie tendu.
Cependant, agenouillé auprès de lui, le doc[teur]
l'examinait, tâtant son pouls, auscultant son [cœur]
et appliquant sur ses lèvres une petite glace.
Les spectateurs de cette scène, attenda[ient]
anxieux, quelques-uns des invités, connais[sant]
l'étranger au moins de vue.
— Mort ! prononça Merral.
Quelques femmes se signèrent ; d'autres s[ég]-
nouirent, en proie à de soudaines crises de ner[fs] ;
c'était un contraste étrangement tragique que [ce]
cadavre, en costume d'Arlequin, tombé dans [la]
fête, parmi les grâces et la joliesse de ces fem[mes]
du monde parées, décolletées, endiamantées.
En une seconde, des murmures sinistres emp[li]-
rent la maison résonnante, un instant avant [de]
musique et de cris de joie.
Puis ce fut une débandade, une fuite vers les jardins.
Mais Merral intervint, barrant le passage :
— Que personne ne sorte de l'hôtel jusqu'à l'arrivée du commissaire de police, dit-il, impér[ieuse]-
ment, et, aux domestiques effarés, il jeta l'ordre de
fermer les portes.
Des femmes protestèrent :
— Rester là ! près de ce mort, sous ce toit où
naît de se dénouer si tragiquement un drame encore mystérieux ! Quelle horreur !
— Il le faut ! reprit le docteur Merral. S'il y a
crime, l'assassin est peut-être encore ici. [Im]-
porte de ne pas le laisser échapper et de fac[iliter]
l'enquête.
Force fut aux assistants d'obéir, bon gré ma[l gré].
Tandis qu'un domestique courait en hâte chercher le commissaire de police, les convives qu[ittè]-
rent le laboratoire et regagnèrent les salons du premier étage où planait à présent un silence fu[nèbre].
Les belles épaules nues frissonnaient.
Peut-être l'assassin (si assassin il y avait)
avait-il frôlées au cours de cette soirée, sous le
couvert du masque !
Peut-être était-il encore là, anonyme !
Cependant, le premier moment de désarroi [passé],
Merral, rejoignant Sonia dans sa chambre, [avait]
confié la garde de la pièce où reposait le cada[vre à]
deux personnes de bonne volonté, en leur re[com]-
mandant bien de n'y laisser pénétrer person[ne,]
le lieu du crime devant demeurer vide et le [corps]
dans la position où il avait été trouvé, jusqu'à [l'ar]-
rivée du commissaire. Celui-ci ferait les cons[ta]-
tions légales en attendant les magistrats.
Pour l'intelligence de ce récit, il est néce[ssaire]
d'expliquer brièvement la disposition des [lieux.]
L'hôtel Fergus, dont la façade donnait sur [une]
rue bordée d'hôtels particuliers qu'est l'ave[nue ...]
construit parallèlement à cette avenue dont [il est]
séparé que par les jardins qui l'encadraient [se]
composait de trois étages et d'un rez-de-cha[ussée.]
Le troisième, mansardé, était réservé aux cham-
bres de domestiques ; le second, aux apparte[ments ...]

culière des maîtres, le premier était constitué [par les] salons où se donnaient fêtes et réceptions.

Dans le sous-sol, étaient l'office et les cuisines.

Aucun pavillon de concierge n'ornait l'entrée des jardins, les valets pouvant, de la cuisine même, ou[vr]ir par un fil conducteur la petite porte, située à côté de la grande grille d'entrée.

Notons que cette grille était, le soir de la fête, demeurée, toute la nuit, grande ouverte pour donner accès aux voitures.

Le rez-de-chaussée de l'hôtel, théâtre de la tragique découverte, était occupé par deux pièces.

Celle de droite était le laboratoire de Fergus, vaste verrière tenant de la serre et du hall, et débordant sur la construction de pierre du bâtiment, de tout l'épanouissement de ses vitres ; celle de [gau]che était la salle à manger.

Ces deux pièces étaient séparées l'une de l'autre par un assez grand vestibule central coupant le rez-de-chaussée en deux.

A ce vestibule aboutissaient, à l'extérieur, le perron de la façade surélevé de huit marches et, à l'intérieur, l'escalier central accédant aux étages supérieurs.

Ce soir-là, tandis que la fête était concentrée au premier étage, si la salle à manger et le laboratoire du rez-de-chaussée étaient demeurés sombres et déserts, en revanche le vestibule central, qui les séparait, avait été traversé du va-et-vient des arrivants. On y avait même installé le vestiaire, tenu par deux valets.

Après la découverte du cadavre, le premier moment de désarroi passé, c'était donc dans ledit vestibule d'entrée qu'étaient demeurés, sur des chaises, devant la porte du laboratoire à présent évacué, les deux gardiens improvisés pour la veillée funèbre.

Pour l'instant, ces deux personnages se trouvaient seuls.

L'un était travesti en Pierrot, l'autre en mignon Henri III.

Le Pierrot qui, malgré la farine qui couvrait son visage, paraissait bien de quinze ans plus jeune que son compagnon, était le reporter judiciaire du grand journal parisien *le Thermidor*.

Vingt-cinq ans, petit, roux, le nez en l'air, la moustache blonde, des yeux fureteurs auxquels rien n'échappait, Pierre Mortère réalisait pleinement le type du reporter adroit, actif, habile, indiscret, qui observe tout, se fourre partout ; qui, mis à la porte, rentre par la fenêtre, et qui, enfin, ambitieux et passionné de son métier, l'élève à la hauteur d'un art et lui sacrifie son repos et sa sensibilité d'ailleurs émoussée.

Comme le chirurgien endurci par l'habitude de travailler dans la chair vive et qui, dans le malade atteint, ne voit qu'un beau sujet à opération, Mortère, bon et doux, avait fini cependant par ne plus voir dans les misères humaines où il descendait, par profession, que matière à copie.

Le plus horrible forfait lui apparaissait comme un beau crime aux détails sensationnels à tant la ligne.

Un assassinat bien mystérieux n'était pour lui qu'une énigme à déchiffrer.

Doué d'une pénétration, d'un esprit d'observation et d'induction qui ne le cédaient en rien à ceux des policiers les plus célèbres, il lui arrivait souvent de constater avec joie que les hypothèses qu'il avait d'abord émises se trouvaient justifiées.

De plus, il possédait un sang-froid remarquable agrémenté d'une gaieté gouailleuse de gamin parisien qui ne l'abandonnait jamais, même dans les pires situations.

Ajoutons que Mortère n'avait aucun relation avec les Fergus et que l'invitation à laquelle il s'était rendu, avait été adressée au directeur du *Termidor* qui, retenu ailleurs, l'avait dépêché à sa place, pour le représenter auprès du savant.

Et voilà que le hasard, ce dieu des amoureux et des reporters, le mettait aux premières loges d'un drame qu'il qualifiait déjà dans sa pensée de « bien parisien ».

Quelle aubaine inespérée !

Il rêvait à ce drame des dessous extraordinaires, des complications ténébreuses.

S'il pouvait les démêler quelque peu !

S'il pouvait jouer un rôle dans « l'affaire Gaslonpa » ! (c'est ainsi qu'il la désignait déjà), ce serait la notoriété immédiate.

Tel était en ce moment l'objet de ses préoccupations.

Quant à son compagnon improvisé, cogardien du corps, qui répondait au nom de Max Videlin, c'était un Parisien de quarante ans, type du viveur snob, élégant, désœuvré, bon garçon, riche et surtout joueur par essence, joueur dans les moelles.

Videlin avait déjà dévoré trois oncles à héritage et entamait une tante dont il venait d'hériter à pic.

En ce moment, le velours noir et les crevés de satin de son costume atténuaient la pâleur de son teint fané de fêtard et le blond fade de ses cheveux rares grisonnant aux tempes.

Dès que les deux hommes se trouvèrent seuls dans le vestibule, ils gardèrent un instant le silence, sans pouvoir détacher leurs regards de la porte funèbre entre-bâillée sur le corps dont ils avaient la garde.

Ce fut Videlin qui parla le premier.

— Et dire que nous étions venus ici pour nous amuser ! murmura-t-il.

— Eh bien, mon cher, que vous faut-il donc ? riposta à voix basse, Mortère imperturbable. Moi, je ne donnerais pas ma soirée pour cinquante louis.

— Toujours ironiste ! fit Videlin en haussant les épaules.

— Mais non ! reprit Mortère. Vous ne savez donc pas ce que c'est qu'un vrai reporter, un reporter qui aime son métier... que dis-je, « son art » ?

« Songez donc ! J'ai la chance de trouver là, à pied, et de pouvoir être le premier reporter de Paris à divulguer, dès demain, les horribles détails encore inédits d'un beau crime, et vous me demandez pourquoi je suis content ?

« Demandez au boursier qui vient de gagner à un formidable coup de Bourse, demandez à l'artiste qui joue un beau rôle pourquoi il est heureux !

« Pour moi, je vous le déclare, je n'ai jamais été à pareille fête ! conclut le reporter.

— C'est juste, riposta Videlin en esquissant un sourire. Vous êtes un passionné. Vous ! l'influence professionnelle a fini par exercer sur votre être une telle déformation morale que je crois bien qu'en cas de pénurie de nouvelles sensationnelles, vous seriez capable de commettre vous-même ce que vous appelez « un beau crime » afin d'être le premier à en informer le public !

— Vous allez un peu loin, fit Mortère souriant à son tour, mais il est certain que j'éprouve, à exercer mon métier de chercheur de nouvelles, la volupté du chasseur en quête du gibier.

— Et comme vous avez naturellement le flair du chien de chasse, vous ne devez pas vous ennuyer dans la vie.

— Pas trop !

— Eh bien moi, avoua Videlin, ce sont des sensations fortes, qu'il me faut, des sensations exceptionnelles, capables d'ébranler mes nerfs émoussés et de leur donner la petite secousse désirée.

Comme j'ai usé de tout, il n'y a plus guère qu'une chose qui me procure encore quelque émotion... Le jeu. Ah ! voilà une sensation intéressante.

— Elle ne vaut pas celle que vous avez dû avoir ce soir en entrant dans la pièce où était le couple étendu... Avouez que, puisque vous êtes amateur d'émotions, vous êtes servi !

— Tout chaud, dit Videlin.

— Ou plutôt tout froid, puisque cadavre il y a,

posa la Mortère, en riant lui-même de sa cynique plaisanterie.

— Le fait est que, de temps en temps, le spectacle de la mort est salutaire.

— Oui, dit Mortère, il vous fait rentrer en vous-même et songer à préparer votre vie future.

— Non pas, fit Videlin qui se piquait de scepticisme, il vous pousse au contraire à jouir de la vie présente, alors que la future n'est que problématique. Rappelez-vous le squelette du « Banquet de Platon » dont la présence signifiait pour les convives : « Tu es mortel... Jouis vite du moment offert »... *Carpe diem !* « cueille l'heure ».

Le journaliste s'absorba un instant dans les réflexions philosophiques que déterminaient en lui ces aphorismes.

Puis, revenant à sa préoccupation dominante :

— Vous le connaissiez ce Colonna ? demanda-t-il.

— De vue, dit Videlin, je l'avais aperçu à Longchamp, à Auteuil, à Chantilly, dans tout ce qui constitue le Tout-Paris et ses faubourgs ! Un beau physique ! Très chic... un miroir à femmes... Et vous, le connaissiez-vous ?

— Oh ! comme vous ! je savais de lui ce que l'on sait, c'est-à-dire qu'il était arrivé à Paris par le dernier bateau ; que, sous une façade brillante, nul ne savait au juste d'où il venait. Il paraît qu'il jouait gros jeu.

— C'est vrai ! je l'ai vu au Cercle remporter de fortes culottes. Il est vrai qu'il se rattrapait par des séries de veine extraordinaires.

— D'où venaient les fonds ?

— Sait-on ?

— Existence mystérieuse.

— Et mort plus mystérieuse encore !

Les deux hommes se turent un instant.

De nouveau leurs regards, un instant distraits, se fixèrent sur la porte derrière laquelle venait de se passer quelque chose d'encore inconnu, mais d'assez tragique pour qu'en résultât ce cadavre étendu là.

Mortère paraissait réfléchir, cherchant à déchiffrer l'énigme.

Puis, donnant suite à une série de pensées intérieures informulées :

— Ce Colonna fréquentait chez les Fergus, sans doute ? dit-il.

— Ah ça ! mon cher, d'où sortez-vous pour m'adresser pareille question, vous, un reporter informé !

— Informé, soit ! Mais je ne connais pas du tout l'intimité des Fergus et ne suis ici, ce soir, que comme membre de la presse.

— Moi, j'y suis comme ami, fit Videlin.

— Vous connaissez bien la famille ?...

— Dites que je suis « tuyauté » mieux que quiconque. Voilà si longtemps que je vais dans le monde et dans les cercles que je sais tout ce qu'on peut savoir sur les choses et les gens de Paris. Je suis le Bertillon des salons.

— En ce cas, mon cher, fit le reporter, la curiosité allumée, accordez-moi donc, sur-le-champ, une interview sur les Fergus.

— Volontiers... mais si vous la publiez, vous ne dévoilerez pas vos sources.

— Pourquoi ?

— Reçu chez les Fergus, je ne veux pas avoir l'air de les trahir.

— Oh ! voilà de gros mots. Entre trahir ses amis et donner gracieusement, à un pauvre reporter dans l'embarras, des renseignements qui peuvent servir à une œuvre de justice, il y a un abîme.

— Vous êtes si persuasif que je le franchis... mais c'est bien parce que c'est vous. Promettez-moi l'anonymat.

— *Juro !* comme dit Molière.

— Feuilletez-moi !

— Je répète ma première question. Ce Colonna fréquentait chez les Fergus ?

— Oui.

— Il y a longtemps ?

— Depuis deux mois à peu près. Colonna avait fait la connaissance du savant et de sa fille à un five o'clock de l'ambassade d'Italie. Le prince avait gagné la confiance de Fergus, et s'était insinué dans son intimité, plaisant aussi à la jeune fille, sans défense celle-ci, en l'absence de sa mère.

— La mère est absente ?

— Oui. Depuis le mois de novembre de l'année dernière, c'est-à-dire depuis près de cinq mois puisque nous sommes au début d'avril ; elle a dû conduire dans le Midi son fils âgé de quatre ans, le petit Boris Fergus, à la suite d'une pneumonie dont la convalescence réclamait le climat méditerranéen. La jeune fille, elle, est restée à Paris avec son père, retenu ici par ses travaux et ses recherches.

— Et vous dites qu'elle s'était compromise avec ce Colonna.

— Quelque peu ! Ces temps derniers surtout, elle et lui se rencontraient, comme par hasard, aux bals, aux soirées, aux expositions, bref partout où une jeune fille du monde, élevée à l'américaine, peut décemment mener son père.

— Et le père se laissait mener ?

— Par le bout du nez. Cet homme, d'une énergie supérieure, est très faible avec sa fille qu'il gâte et qu'il adore.

— Quel âge a le savant ?

— Quarante-cinq ans.

— Et quelles sont ses origines ?

— Fils d'un modeste instituteur lorrain, boursier d'un collège de l'État, brillant sujet de concours, il est sorti très jeune de Polytechnique, s'est fait lui-même, à force d'énergie et de vouloir opiniâtre, inventeur électricien, chimiste éminent, physicien toxicologue (car il s'occupe de médecine et de sérothérapie), cet homme universel a parcouru les cinq parties du monde, étudiant dans tous les pays.

« En Russie, il a rencontré Wanda Walanoff, alors âgée de dix-sept ans.

— Qu'était cette Wanda Walanoff ?

— Une jeune Russe qui avait été riche et avait reçu une forte éducation. Malheureusement, son père, converti aux idées de Tolstoï et nihiliste, s'était ruiné pour sa cause, puis, insurgé contre le régime, il avait été exécuté.

« Wanda, orpheline de mère, se trouva, à dix-sept ans, seule au monde et sans ressources.

« Merveilleusement belle, Wanda avait inspiré au savant une réelle passion.

« Vous le connaissez ?

« Large, grand et vigoureux, il n'est pas régulièrement beau, avec son masque émacié et rasé à la Bonaparte, son nez d'aigle ; mais il y a dans ses yeux une grande lueur d'intelligence et de bonté. On le sent supérieur !

« Enfin, il assurait à l'orpheline le bien-être. C'est plus qu'il n'en faut pour plaire à une jeune fille ruinée et seule au monde.

« Wanda épousa donc le savant qui se mit à l'adorer.

« C'est le seul amour de sa vie.

— Et vous dites qu'elle l'aime ?

— J'en suis sûr ! C'est une très bonne mère et une parfaite honnête femme... et puis, elle lui doit tout et se ferait hacher pour éviter un chagrin ou un ennui à son mari. Elle a à cela d'autant plus de mérite que c'est une faible.

« Indolente comme les Slaves, Wanda Fergus aime les plaisirs mondains, les relations brillantes ; on la voit souvent aux premières, aux réunions sportives. Le mari laisse faire et tolère... Wanda a un si excellent cœur.

— Le couple n'a que deux enfants !

— Oui. Le petit Boris et Sonia Fergus.

— Quel est le caractère de Sonia ?

Difficile à définir ! un singulier mélange.

« Très libre d'allures, elle est à la fois charmante, séduisante... et hautainement chaste, capricieuse, douce, féline et impérieuse !...

« C'est de l'essence de femme !

« Tenez ! souvent, je la rencontre au Bois le matin, à cheval, seule, car en dépit de l'auto, elle est, en digne amazone descendante des Cosaques du Don, demeurée, comme moi, fidèle au cheval...

« Elle daigne quelquefois faire quelques pas à côté de moi en causant de choses et autres. Elle semble écouter avec plaisir mes propos d'une galanterie de bon aloi. Mais si je m'aventure au delà des bornes permises, v'lan ! sans crier gare, la jolie et hautaine amazone enlève sa monture et, me plantant là, disparaît, cravache haute, avec un éclat de rire, dans un tourbillon de poussière. Insaisissable ! je vous dis !

— Elle a du sang cosaque dans les veines.

— Oui ! sève latine et sève slave mêlées ! c'est une barbare civilisée, dit Videlin.

— La jolie phrase, fit le reporter... je la replacerai. Et avec cela Sonia est intelligente ?...

— Très ! Curieuse de science, elle s'intéresse aux travaux de son père qu'elle adore et auquel elle sert parfois de préparatrice, afin que nul étranger ne pénètre les secrets de l'inventeur.

— Bah ! Ces secrets sont donc bien extraordinaires ?

— Il faut croire... puisque Fergus y attache un grand prix.

— Et pour cause ?

— Le canon-éclair dont il est l'inventeur, s'il est, comme c'est probable, adopté par le gouvernement français, peut lui rapporter des millions.

— Le « canon-éclair »... Fergus s'occupe donc aussi de balistique ?

— C'est-à-dire qu'en bon électricien, il a imaginé d'appliquer l'électricité à la balistique. Partant de là, il a imaginé un canon dont, comme tout le monde, j'ignore le secret, mais qui, paraît-il, joint à certains avantages de construction très appréciables, une puissance formidable de tir et dotera la nation qui le possèdera d'une réelle supériorité sur ses rivales.

« Excellent patriote, Fergus a proposé son invention au gouvernement français.

« Des expériences ont été faites. Les pourparlers sont avancés. Mais rien encore n'est définitivement arrêté.

« Inutile de vous dire que le savant a reçu, entre temps, des offres de puissances étrangères, offres qu'il a repoussées avec indignation. Il veut que son pays seul soit doté de son invention.

— A la bonne heure... N'a-t-il pas inventé aussi un générateur électrique ?

— Oui... le « moteur Fergus », très puissant également, applicable à l'industrie. Il y a d'ailleurs des modèles de ce générateur dans ce laboratoire.

— J'en prendrai tout à l'heure un croquis, dit le journaliste.

— Mais Fergus ne vous le permettra pas, fit Videlin. La porte de son laboratoire est toujours fermée aux profanes.

— Elle était ouverte, ce soir, puisque tous les danseurs y ont pénétré.

— C'est ce que je ne m'explique pas ! dit Videlin songeur. Qu'a-t-il pu se passer dans cette pièce avant notre arrivée... C'est troublant !

— Cherchez la femme, fit Mortère. Or, la femme n'était pas loin puisque nous l'avons trouvée aux pieds de Colonna.

— Quoi ! Vous soupçonnez Sonia d'un crime ?

— Je ne soupçonne rien puisque rien n'est éclairci... Mais de vos confidences je dégage ceci : Mlle Sonia Fergus, arrière-petite-fille et petite-fille d'un suicidé et d'un révolté, est bizarre, capricieuse et impérieuse.

« Mlle Fergus s'est compromise avec Colonna et on la trouve évanouie en plein bal, auprès du cadavre de Colonna. Il faudrait être aveugle pour n'en pas conclure qu'elle est mêlée, de très près, au drame dont le dénouement vient d'avoir lieu ici, tout à l'heure.

— Cela va de soi.

— Croyez-vous, vous qui la connaissez, qu'elle ait pu aller jusqu'à la faute ?

— On ne peut jamais répondre nettement à des questions de cet ordre.

« En tous cas, je sais que Sonia Fergus, née coquette et coquette par instinct, comme on respire, a trop de pudeur et de hautain orgueil pour succomber dans une chute vulgaire.

— Sans doute, jolie et séduisante comme elle l'est, n'avait-elle pas Colonna comme unique prétendant ?

— Que non ! Il y en a plusieurs, parmi les familiers de la maison ; le vicomte de Vergy, le petit René de Base, Émile Denz, l'éminent compositeur et *tutti quanti*.

— N'y aurait-il pas là pour la justice une indication dans cette rivalité d'hommes autour d'une même jeune fille ?

— Peut-être ! Mais il faudrait supposer que Colonna a été assassiné. Or, sincèrement, je ne le crois pas, dit Videlin.

— Pourtant, reprit Mortère, les chaises renversées, le domino de Colonna lacéré indiquent une lutte précédant la mort.

— Soit, mais en cas de meurtre, il y eût eu du sang versé !... Or, comme l'a fait remarquer le docteur Merral il n'y en a pas tracés, pas plus que d'armes à proximité.

— Il y a des meurtres... secs, ou des meurtres blancs... si j'ose m'exprimer ainsi (choisissez entre les deux expressions celle qui vous amusera le plus)... La mort par étranglement, par exemple, le poison... le chloroforme... Sonia tenait en main une fiole vide.

— Il y a aussi le suicide... ou encore la mort naturelle ou par accident, riposta Videlin... Colonna peut très bien avoir, sous le choc d'une émotion violente, succombé à une attaque d'apoplexie.

— Ah ! voilà qui serait bien quelconque, dit le reporter déçu par cette interprétation qu'il jugeait par trop simple ; quand on s'appelle le prince Orso Colonna, on se doit à soi-même et à son nom une fin plus romanesque, plus tumultueuse et plus belle... L'Italien avait trop d'envergure, de chic, pour succomber aussi platement. Aussi... j'en tiens pour le meurtre.

— Et moi, je donne la mort par accident, ou le suicide à égalité ! riposta l'incorrigible parieur. Tenez-vous le coup ? Il y a dix mille francs en banque.

— C'est sérieux ? fit Mortère.

— Je ne plaisante jamais quand je ponte, riposta Videlin. Si l'enquête, éclairée par le médecin légiste, établit que Colonna est mort assassiné, je vous verse dix mille francs.

— Et si elle établit, au contraire, qu'il s'est suicidé ou est mort de mort naturelle ou par accident ?

— C'est vous qui me les versez ! conclut Videlin... Ça tient-il ?

— Accordez-moi cinq minutes de réflexion, fit Mortère, hésitant.

— Si vous voulez !

Ils se turent.

« Dix mille francs !

Pour Videlin c'était peu, mais pour Mortère, petit reporter encore obscur et sans autres ressources que ses articles maigrement rétribués, c'était une somme considérable et qui devait, sans doute, lui permettre de réaliser bien des rêves et répondre à bien des secrets désirs car, en ce moment, le regard perdu, il semblait ébloui !

Mais s'il perdait son pari, comment payer ?

Oh ! s'il avait pu, avant de s'engager, étayer sa conviction sur quelque indice plus précis qui lui eût mis de faire une sorte de calcul des probabili-

S'il avait pu, à l'insu de Videlin et avant l'arrivée du commissaire, procéder dans le laboratoire, à présent sombre et désert, à une enquête préalable et personnelle ?

Mais comment faire ?

Videlin était là, assis devant la porte et ne pa-raissait pas décidé à lui céder le passage ni à lui laisser violer la consigne donnée par le docteur Merral :

« Défense d'entrer jusqu'à l'arrivée du commis-saire » !

Brusquement, un chien de garde, lâché dans les jardins de l'hôtel, hurla lugubrement à la mort.

Videlin, impressionné et par ce hurlement et par la fraîcheur du crépuscule annonciateur de l'aube, eut un frisson nerveux.

Les hurlements redoublèrent, prolongés.

— Sale bête ! fit Videlin énervé, je vais le faire taire ! Restez là, Mortère, et gardez bien !

— Soyez tranquille ! dit le journaliste dont l'œil s'alluma d'une lueur tôt voilée.

Videlin poussa la porte du perron et gagna le jardin.

A peine eut-il le dos tourné que Mortère se glissa vivement dans le laboratoire où était étendu le mort et y disparut comme une ombre...

Cependant quand Videlin revint, dix minutes après, il trouva le reporter assis sur la chaise où il l'avait laissé et paraissant sommeiller.

Il dut le secouer pour l'éveiller.

— Ah, pardon ! fit Mortère en bâillant formida-blement... tant d'émotions m'ont brisé les nerfs et je m'étais assoupi.

— Eh bien, reprit le joueur, avez-vous réfléchi ? Tenez-vous le pari ? Il y a dix mille francs en banque.

— Banco ! riposta Mortère.

Et, sans hésiter cette fois, il topa dans la main de son adversaire.

A la grille du jardin, le commissaire de police apparaissait accompagné d'agents...

IV

PAR JALOUSIE

Il était six heures du soir quand le train venant de Nantes entra en gare de Paris.

La première personne qu'aperçut Olivier en sau-tant sur le quai, fut son père venu pour l'attendre.

Long, mince, le vieillard avait un facies glabre, aux tons de vieil ivoire émacié, ridé, parcheminé, encadré de favoris blancs et illuminé par la flamme sombre de deux prunelles d'énergie.

Ancien avocat à l'éloquence âpre, à la logique serrée, devenu plus tard président d'assises, Jean de Lora, gentilhomme breton, mâle descendant d'une antique noblesse de robe qui remontait jus-qu'à Louis XIV, incarnait le type du magistrat in-tègre à la probité inattaquable.

C'était un homme de fer : jamais il n'avait tran-sigé avec sa conscience.

C'était Caton doublé de Brutus.

Son propre fils eût-il été coupable qu'il eût parlé contre son propre fils et l'eût fait condamner, si tel était l'intérêt de la justice dont il se considérait comme le glaive.

« Un juge n'est plus un homme ! avait-il cou-tume de dire. C'est une conscience. Mieux : c'est la conscience ! »

Il avait nourri son fils de ses principes, l'élevant dans le respect de ses fonctions délicates et terribles, et s'appliquant à étouffer en lui toute faiblesse pour en faire uniquement le représentant de la loi.

Jusque-là, il y avait réussi, mais pas absolument cependant, car, moins intransigeant que son père, sous l'impassibilité de commande qu'il s'imposait, Olivier cachait une âme de tendresse accessible à tous les sentiments humains.

Jean de Lora aimait ce fils unique et ce n'était pas sans appréhension qu'il s'était représenté l'impres-sion pénible du jeune homme en apprenant, par les journaux, le drame de la villa Saïd.

Aussi, quand il fut informé qu'Olivier était dési-gné pour instruire l'affaire, l'émotion du vieux ma-gistrat fut à son comble, émotion partagée par sa femme, laquelle, douce et bonne, était cependant le reflet de son mari et approuvait ses austères prin-cipes d'honneur.

Sur les conseils de celle-ci, il était venu attendre Olivier, au débarqué, afin d'atténuer le chagrin du jeune homme et d'aviser, avec lui, au plus tôt, dans une entrevue immédiate, au parti qu'il y avait à prendre.

Fébrilement, Olivier serra la main de son père, puis tous deux étant montés dans l'automobile qui avait amené le vieillard, Olivier jetait son adresse au chauffeur et durant le trajet, ayant fourni des détails sur la mort de la pauvre femme qu'il venait d'enterrer et accordé au souvenir de la défunte quel-ques paroles de regret, il abordait enfin le sujet cher à son cœur.

Jean de Lora ne put que confirmer le récit du *Thermidor.*

Le lendemain même de l'événement, lui-même s'était rendu chez les Fergus et n'avait pu voir ni Sonia, alitée, ni son père, qui la veillait, ni Mme Fergus, pas encore arrivée à Paris et prévenue seu-lement des faits le matin même, par son mari qui lui avait téléphoné à Lyon, à l'hôtel où elle avait passé la nuit.

Tous les renseignements que Jean de Lora avait pu recueillir n'étaient autres que ceux fournis par les journaux.

Depuis trois jours, Sonia n'avait pu être interro-gée par les magistrats.

Il avait téléphoné encore le jour même pour pren-dre de ses nouvelles.

On lui avait répondu qu'il y avait une améliora-tion sensible dans l'état de la jeune fille, surtout depuis la venue de sa mère, enfin arrivée, la veille au soir, à Paris, avec le petit Boris et une femme de chambre.

Jean de Lora ajouta que le médecin légiste n'avait pas encore déposé son rapport et que les constatations du commissaire et le début d'enquête du procureur lui-même et de M. Gabel (enquête presque aussitôt interrompue par l'attaque d'apo-plexie du juge) n'avaient jeté encore aucune lueur sur l'affaire.

— Le juge qui succédera à M. Gabel aura tout à faire, dit-il. Quel impair commet le procureur, qui te désigne, sans savoir combien tu es déjà éprouvé par le scandale qui éclabousse celle que tu aimes et que tu devais épouser.

Ce n'était pas sans crainte que Jean de Lora abordait de front ce point brûlant de la question.

Bien qu'il s'attendît aux paroles que son père al-lait prononcer, Olivier releva la restriction contenue dans la dernière phrase avec un étonnement quelque peu forcé.

— Que je devais ? dites que je « dois » épouser, corrigea-t-il.

Mais le visage du vieux magistrat s'assombrit.

— Mon pauvre enfant, dit-il... je suis profondé-ment chagriné de la peine que je vais te faire... Mais tu dois le comprendre. En présence du scandale au-quel Mlle Sonia Fergus se trouve mêlée, il est im-possible qu'elle devienne ta femme. Tu ne peux pas ser outre. Ta mère en mourrait !

Olivier pâlit affreusement.

Son père venait de lui retourner dans le cœur le poignard qu'il s'y était déjà enfoncé lui-même, car il avait prévu ces paroles.

Cependant son amour l'incita à lutter contre la volonté paternelle.

— Vous la croyez donc coupable, vous aussi, père? demanda-t-il.

— Les apparences l'accusent.

— Coupable d'une faute... et d'un crime? reprit Olivier, s'exaltant.

— L'une ne serait que la conséquence de l'autre! riposta l'ancien président d'assises.

— Que voulez-vous dire par là? interrogea Olivier, que supposez-vous?

Rapidement, Jean mit son fils au courant de l'hypothèse qu'il s'était formée dans son esprit et de l'opinion qu'il s'était faite sur Sonia et sur ses agissements.

Il concluait à la culpabilité de la jeune fille, pour des raisons morales qu'il énuméra.

Olivier l'écoutait, de plus en plus angoissé, en reconnaissant combien paraissaient logiques les suppositions de son père, lesquelles, si elles étaient vraies, détruisaient pour lui toute espérance.

Quand Jean de Lora eut fini, le jeune homme garda un instant un silence accablé.

Puis, soudain, relevant la tête, en une révolte de passion tenace :

— Et pourtant, père, dit-il, si vous vous trompiez !

« Si les faits, en dépit des apparences, ne s'étaient pas passés comme vous le supposez?

« Si elle était innocente et pure !

« Si elle avait été victime d'une machination que nous ne pouvons soupçonner... Car, en somme, votre conviction, bien qu'étayée sur des arguments qui ont, quelque apparence, de solidité, a quand même pour base l'opinion d'un journaliste sans scrupule et avide de scandale ! Si rien de tout ce que vous supposez n'était vrai, ne serait-ce pas abominable de condamner notre mutuel amour, de faire le désespoir de ma vie et peut-être de la sienne, sur de simples apparences?

— Certes, riposta Jean, mais il me faudrait des preuves pour me convaincre.

— Et si l'enquête vous les apportait ces preuves? Si elle établissait l'innocence complète de Sonia? Si elle la lavait de toute accusation infamante, auriez-vous encore, ma mère et vous, quelque raison de vous opposer à notre bonheur?

— Évidemment, non !

— En ce cas, reprit Olivier, renaissant à l'espoir, cela change mes intentions.

— Quelles sont-elles?

— Vous allez les connaître.

L'automobile venait de s'arrêter devant la porte de sa demeure.

Cette conversation avait eu lieu à voix basse entre les deux hommes, assis côte à côte dans la voiture, et isolés, là, un instant, au milieu de la ville bruyante, traversée avec la rapidité de l'éclair.

Olivier attendit d'être chez lui, loin des oreilles indiscrètes, en tête à tête avec son père pour s'expliquer nettement.

— Écoutez-moi bien, père ! dit-il. En apprenant que la fatalité m'avait choisi pour instruire l'affaire à laquelle je suis si directement intéressé, comme homme, et comme fiancé, j'interrogeai ma conscience.

« Elle m'a dit tout d'abord de refuser la tâche qui allait m'incomber.

« Il me suffisait pour cela d'aller chez le procureur et de lui faire connaître ce qu'il ignore encore, à l'heure actuelle. J'y étais décidé... Mais les conditions que vous imposez à mon amour changent mes résolutions...

« Puisque le hasard m'a choisi pour faire éclater à vos yeux, à ceux de ma mère, et à ceux de tous l'innocence de Sonia, en laquelle je persiste à croire,

j'agirais follement et contre l'intérêt de celle que j'aime, contre l'intérêt de mon amour, en me dérobant.

« Aussi, suis-je décidé à garder, vis-à-vis du procureur, le silence sur mon roman intime et à accepter, sans sourciller, de remplir un devoir qui à présent me devient doublement précieux.

— Dans l'état d'esprit où tu es, c'est impossible !

— Pourquoi?

— Parce que, quelle que soit ton intégrité, la rigidité de la conscience de magistrat, tu ne demeureras pas maître de ton jugement. Il sera toujours obscurci par ta passion et entaché de partialité.

« On ne peut être juge et partie et « l'on est aisément dupé par ce qu'on aime » et, comme l'a dit Molière :

« L'amour-propre engage à se tromper soi-même. »

— Mais, vous comptez donc sans la jalousie, père, sans la jalousie plus forte que tous les autres sentiments ? C'est elle qui m'étreint et me ronge depuis que j'aime Sonia. C'est elle qui me poussera impitoyablement à arracher de l'ombre la vérité, lambeau par lambeau, dussé-je, contre les aspérités de cette vérité, me déchirer le cœur ! C'est elle, elle seule qui m'embrase du désir de savoir si réellement l'aveu que m'a fait Sonia était sincère ou si, au contraire, j'ai été indignement dupé par une coquette habile...

« C'est elle qui étouffera en moi toute pitié, toute partialité.

« C'est elle, et aussi le souci de mon honneur, de notre honneur qui vous répondra de mon impartialité en aiguisant ma clairvoyance.

« Songez-y, dans l'état d'exaltation douloureuse où me plonge le doute, si je ne la faisais pas pour la justice, cette enquête, je l'eusse faite comme amoureux épris, pour mon propre compte.

« Et l'occasion m'est offerte de la poursuivre comme magistrat, avec tous les moyens d'action, toute la puissance illimitée dont la loi dispose en ma faveur et je refuserais?...

« Je refuserais après les conditions que vous venez de me poser...

« Oh non ! Ce serait lâche ! »

Il avait parlé avec une telle ardeur d'éloquence et apportait à son service de tels arguments que Jean de Lora en fut ébranlé...

— Tu supposes Sonia innocente parce que tel est ton intérêt... reprit-il. Mais admets un instant le contraire ! Admets qu'au bout de tes investigations tu la découvres coupable...

« Te vois-tu te dressant contre celle que tu aimes, engageant avec elle ce duel formidable du juge et de l'inculpé, l'enserrant dans le réseau de ses mensonges car en ce cas elle mentirait, sans doute, pour se défendre, vis-à-vis de toi surtout ! Te vois-tu la confondant, le faisant son tortionnaire et la jetant sur le banc des assassins, aux juges qui la condamneront, puis aux gardes chiourmes et aux bourreaux?

Olivier tressaillit à cette affreuse évocation.

— Et il le faudrait cependant, reprit le vieillard, il faudrait que tu agisses ainsi si la justice le voulait... car, ne l'oublie pas, si tu acceptes la mission dont la loi, confiante en ta bonne foi, te charge, à partir de cette minute même, l'homme intime, frémissant de passion, devra disparaître en toi pour ne plus laisser place qu'au magistrat froid et juste. Tu perdras ta personnalité pour devenir le juge anonyme et perspicace qu'aucun intérêt personnel ne doit égarer.

« Tu ne relèveras plus que de ta conscience. Le passé devra être pour toi lettre morte... car s'il en était autrement, tu commettrais le pire des crimes : celui de lèse-justice, et tu descendrais plus bas que le pire malfaiteur...

« Songe à cela avant de prendre une décision et mesure tes forces.

Olivier réfléchit.

D'autre part, il devait convenir que le fait de se présenter tout de go aux yeux de celle qu'il aimait avec ces paroles : « Je viens en juge et pour instrumenter contre vous », eût été d'une insigne brutalité.

Mieux valait préparer le terrain et agir en douceur avec tous les ménagements possibles.

C'est à ce dernier parti qu'il se rangea.

Il était sept heures du soir.

Il y avait une heure qu'il était à Paris.

Il résolut de faire la démarche qu'il se proposait, sur-le-champ. Ensuite seulement il aviserait le procureur de sa présence à Paris et se mettrait à sa disposition, comme si de rien n'était.

Accompagné de son père, il monta vivement, rue François-1ᵉʳ, embrasser sa mère chez qui il dîna rapidement, tout en prodiguant à la pauvre femme les consolations qu'exigeait le deuil qui les frappait et en la mettant au courant des engagements qu'il venait de prendre vis-à-vis de son père.

Elle y souscrivit et ne put, dans son cœur de tendresse, que former d'ardents souhaits en faveur de l'innocence de Sonia, puisque son fils l'aimait.

Il était huit heures et demie quand Olivier arriva devant la porte de l'hôtel Fergus.

Anxieux, le cœur battant de tant d'émotions extraordinaires, il allait sonner, quand il aperçut dans l'avenue deux ombres suspectes faisant les cent pas.

Il s'approcha et reconnut deux agents de la Sûreté, Lafleur et Lelorrain, qu'il avait déjà employés, et qui le connaissaient.

— Diable ! songea-t-il, les hôtes de l'hôtel sont mis en surveillance... je devais m'y attendre !

Pour que son incognito ne fût pas pénétré il releva le collet de sa jaquette, enfonça son chapeau sur ses yeux et, la porte s'étant ouverte, dès son coup de timbre, il entra vivement dans le jardin.

Il faisait sombre ; les deux hommes n'avaient pu distinguer ses traits, espéra-t-il.

Olivier gagna le perron de la façade principale et se trouva face à face avec le valet de chambre qui, des sous-sols, lui avait ouvert et venait au-devant de lui.

Il s'informa aussitôt de l'état de Sonia.

— Mademoiselle est mieux, dit le valet de chambre. Elle a pu se lever, ce soir, pour dîner légèrement. Madame arrivée, hier, de Lyon, avec M. Boris est auprès d'elle.

— Et M. Fergus ?

— Il vient de sortir.

— Voulez-vous m'annoncer à ces dames ? Malgré l'heure tardive, elles me recevront sûrement.

— Si Monsieur veut attendre quelques instants au salon.

Quelques secondes s'écoulèrent qui parurent au jeune homme des siècles.

Pour tromper son impatience, il se promena de long en large, tout entier à cette pensée que, sous ce toit où il était en ce moment, s'était déroulé, trois jours auparavant, un drame mystérieux dont il lui faudrait déchiffrer l'énigme et que, de cette énigme, dépendait le bonheur de sa vie tout entière.

Là-haut, à quelques mètres de lui, vivait et respirait celle qui tenait la clef du mystère, celle vers qui s'élançaient éperdument toutes les aspirations de son être !

Mais il fallait dominer ses nerfs, contraindre ses membres à l'obéissance passive et n'être plus que le juge embusqué et guetteur, qui épie l'inculpée, justement ou faussement soupçonnée et qui, saisissant sur son visage toutes les expressions qui peuvent la trahir, note ses observations, les rassemble et en tire une conclusion.

Quel rôle pour un amoureux épris !

Il le fallait !

Sa passion et le souci de son honneur l'exigeaient !

Comme il en était là de ses réflexions, Wanda Fergus parut.

Grande, bien découplée, quoiqu'un peu grasse, distinguée, ses cheveux encore blonds encadraient l'ovale déjà un peu empâté de son visage régulier, éclairé de deux prunelles vertes, mobiles, changeantes. Si Wanda Fergus ne ressemblait pas à Sonia (dont les traits évoquaient ceux de son père), elle rappelait cependant sa fille par l'allure, la silhouette et la nature des cheveux blonds, du blond pâle spécial aux races du Nord, et dont l'éclat, naturel chez la jeune fille, était sans doute, chez la mère, quelque peu « emprunté », comme dit Racine de Jézabel.

Wanda réalisait le beau type de la femme slave, à la grâce indolente, attirante, féline et troublante.

Le charme de volupté qui émanait d'elle était souligné par le perpétuel frémissement de ses narines évoquant deux pétales de rose frissonnant sous la brise.

Dans l'épanouissement automnal de ses trente-huit ans de créature élégante qui se défend, Wanda Fergus était de celles dont on dit qu'elles sont « encore très bien », en dépit d'un certain embonpoint, qui commençait depuis peu d'alourdir la ligne souple de ses hanches moulées dans une robe sombre d'une sobre élégance ; en dépit aussi de quelques imperceptibles soupçons de rides aux commissures des paupières battues et de la bouche très rouge.

En ce moment, la violente émotion de cette mère douloureuse, déjà si éprouvée dans son fils, avait bouleversé ce beau visage, creusé ces yeux aux tons d'aigue-marine.

Wanda Fergus vint à Olivier, les mains tendues, comme vers un ami auprès duquel on accourt dans la détresse.

— Ah ! mon ami ! mon ami ! que je suis heureuse de vous voir enfin ! dit-elle d'une voix métallique au timbre grave et prenant, avec l'accent un peu traînant des Russes, et en faisant rouler les « r ».

Olivier serra, en s'inclinant respectueusement, ces mains aristocratiques, ornées de bagues.

— J'arrive à Paris à l'instant, dit-il ; j'ai appris à Nantes, par les journaux, l'événement... au sortir du cimetière... Vous jugez de mon bouleversement. Aussitôt, j'ai pris l'express... et me voici.

— Merci ! je ne doutais pas de votre amitié, dit Wanda, dans un élan de gratitude émue.

— Ainsi Sonia est mieux ?

— Oui, Dieu merci !

Et, en un flux de paroles, sans laisser à Olivier le temps de placer un mot :

— La pauvre chère enfant ! Quelle chose affreuse ! Comme elle a été bouleversée ! Croyez-vous donc, cher ? Quel affolement ! Et moi qui étais loin d'elle et de mon pauvre Pascal ! Retenue dans cet hôtel, à Lyon, par la maudite crise de mon petit Boris, avec ma femme de chambre Olga. Faut-il donc être frappée de tous les côtés à la fois ?

— Comment avez-vous appris la chose ?

— Le lendemain, par un coup de téléphone de mon mari. Olga a roulé Boris dans une couverture et nous avons pris, nous aussi, le plus proche express, qui nous a mises à Paris le soir seulement !... Quelles lenteurs, ces soi-disant rapides !... Je suis arrivée, affolée et indignée, car, en route, j'avais lu, dans les journaux, des insinuations abominables contre ma pauvre petite Sonia ! C'est infâme d'écrire de pareilles choses ! Ah ! ces journalistes qui sèment le déshonneur et le scandale dans les plus honorables familles ! On devrait les knouter en place publique, au nom du Père !

(« Au nom du Père ! » était une des exclamations favorites de Wanda. Cela faisait partie de son accent.)

Elle semblait frémissante d'indignation. Sa gorge se soulevait en mouvements précipités, trahissant son émotion violente.

— En effet, riposta Olivier. Mais Sonia n'a pas eu connaissance de ces articles ?

— Vous pensez bien que nous les lui avons soigneusement cachés... D'ailleurs, jusqu'à hier soir, elle eût été hors d'état de les lire ! Une fièvre affreuse !... Le docteur Merral ne l'a pas quittée d'une minute.

« Et ces magistrats qui sont venus perquisitionner ici !

« Pascal m'a dit qu'ils avaient eu l'audace de fouiller partout !... sans résultat d'ailleurs... C'est indigne...

« Ah ! mon ami ! Vos collègues ne sont pas tendres ! Ils ne comprennent pas les angoisses d'une mère...

— Ah ! j'ai partagé, à distance, et vos angoisses et vos indignations, dit Olivier, mais, puisque Sonia est mieux, croyez-vous qu'elle serait en état de me recevoir ? Oh ! quelques secondes seulement.

Le visage de Wanda s'éclaira un instant.

Insoupçonneuse des secrets motifs qui guidaient Olivier, elle n'attribua naturellement qu'à son amour pour sa fille le désir qu'il manifestait de la voir, et elle crut devoir, la première, faire allusion à la situation.

— Oh ! mon ami ! dit-elle... qui donc la verrait, sinon vous ! Vous avez à présent tous les droits : car, en dépit du trouble où cette catastrophe nous a plongés, Sonia m'a parlé de vous, aujourd'hui même. Elle vous aime, mon ami ! et depuis longtemps ! la petite cachottière !... Pascal m'avait écrit à Monte-Carlo vos projets, il y a quelques jours, et que l'on n'attendait pour conclure que mon assentiment... Mais vous n'avez pas eu, j'espère, une minute de doute. Vous êtes le plus honnête homme que je connaisse !... Nos fortunes sont égales. Vous vous aimez. Cela suffit. Voir leur fille heureuse, n'est-ce pas le rêve de toutes les mères ?

Les traits d'Olivier s'altérèrent.

Le consentement de Wanda, dans les circonstances actuelles, en le liant, rendait d'autant plus difficile la révélation qu'il allait avoir à faire dans quelques instants.

— Quand on nous a annoncé votre visite, poursuivit Wanda, ma petite Sonia a eu un cri de joie... Au milieu de tant d'émotions violentes, votre présence lui sera douce et réconfortante ! Venez, Olivier... Venez donc, cher !

Surmontant sa gêne, se dominant, le cœur battant, Olivier suivit Wanda dans la chambre de sa fille.

Etendue sur une chaise longue, la face pâle, les yeux agrandis comme par le souvenir de quelque horrible et récente vision, son corps jeune et souple, ondulant sous un riche peignoir de dentelles, Sonia était là, silencieuse, avec auprès d'elle son petit frère Boris, surveillé par la femme de chambre Olga.

L'enfant d'un blond de seigle et au teint anémique jouait avec des images.

Un instant les yeux d'Olivier se fixèrent sur ce tableau...

Du regard il embrassa l'enfant et sa gouvernante.

Olga était une femme de cinquante ans aux bandeaux blancs, coiffée du kakochnick russe, aux yeux bleus clairs, au visage impassible et soumis des moujicks habitués à une longue servitude.

Ancienne servante du père de Wanda, Olga avait connu celle-ci tout enfant et lui restait attachée d'un dévouement humble et muet de chien fidèle.

Wanda lui donna un ordre en russe (Olga ne disait pas un mot de français), et la servante soumise et silencieuse emmena coucher l'enfant.

A la vue d'Olivier un sourire avait illuminé le visage de Sonia.

Elle se souleva légèrement et lui tendit la main.

Etreint d'une indicible émotion, le jeune homme prit cette main fine qu'il sentit molle et froide et la porta à ses lèvres...

Puis, sans la lâcher, s'asseyant auprès de la jeune fille :

— Ma chère Sonia, dit-il, quelle terrible épreuve ! Que j'ai souffert d'être loin de vous !

— Et moi, mon ami ! dit-elle dans un souffle ! Ma mère et vous absents en un tel moment ! C'en était trop !... Enfin ! vous voilà ! il me semble que tout danger est conjuré !... Mais j'ai eu bien peur, bien peur !

— Que s'est-il donc passé enfin ? demanda Olivier, dont la curiosité était à son comble.

— Ah ! mon ami, ne lui parlez pas de cela, intervint Wanda ! Chaque fois qu'on lui en reparle, cela la met dans un horrible état nerveux.

— Voyons, Sonia, calmez-vous, dit Olivier, doucement. Je voudrais bien obéir à votre mère... cependant comprenez mon anxiété... mon inquiétude... surtout après ce qui a précédé la catastrophe... après ce qui eut lieu entre nous... comprenez mon angoisse... mon incertitude... ma hâte de savoir enfin la vérité et faites effort sur vous-même... Vous savez bien que je suis votre ami... votre ami dévoué, que je suis prêt à toutes les indulgences et que, dans les circonstances actuelles, vous pouvez, vous devez vous confier à moi... j'ai le droit et le devoir de savoir ce qui s'est passé entre cet homme et vous !

Une lueur de jalousie traversa les prunelles d'Olivier, tandis que sa voix avait pris, malgré lui, un sourd accent d'irritation.

— Ce qui s'est passé, répéta Sonia faiblement, dans une sorte d'hébétude, comme si elle n'avait pas saisi le sens des paroles d'Olivier.

— Oui... fit le jeune homme... avec insistance, espérant enfin arracher à Sonia un mot qui lui révélât la vérité.

— Mais... rien... rien !... dit-elle.

Son regard trouble était perdu dans le vague, elle semblait s'efforcer de rassembler les idées confuses.

— Voyons, ma chère Sonia, reprit Olivier déçu. Rappelez-vous... je vous en prie... Rappelez-vous la façon dont je vous ai révélé la véritable identité du faux prince Colonna, puis notre double aveu ; puis votre rupture avec ce rastaquouère chassé par votre père, puis la soirée projetée à laquelle je devais assister, moi, ce que je n'ai pu faire, appelé à Nantes par ma pauvre tante mourante... Depuis, je ne sais plus rien de ce qui s'est passé pendant ces trois jours, sinon ce que j'ai pu apprendre par les journaux...

Sonia se dressa soudain, comme mue par un ressort.

Wanda toucha du coude l'imprudent qui oubliait les recommandations qu'elle lui avait faites.

— Les journaux ? fit Sonia, les journaux en ont parlé ?

Olivier ne répondit pas, comme s'il eût regretté ce mot lâché trop vite, mais qu'en réalité il avait prononcé à dessein.

— C'est juste ! poursuivit Sonia... Ils ont dû s'emparer de cela évidemment... Ah ! mon Dieu ! mon Dieu ! quel scandale pour moi, pour mon père ? fit-elle avec une exaltation grandissante... Qu'ont-ils dit ?

— Voyons ! calme-toi, mon enfant ! fit Wanda navrée de l'effet produit sur sa fille par les paroles d'Olivier.

— Qu'ont-ils dit ? Je veux le savoir !

— Ils ont simplement relaté les faits, dit Olivier, mettant les points sur les i. Cette trouvaille macabre de l'Italien mort, en domino, au milieu du bal avec vous, évanouie à ses côtés.

— Taisez-vous. Taisez-vous, je vous en conjure, intervint Wanda.

— Pourquoi ? fit Olivier nettement ; il faudra

bien que Sonia apprenne tôt ou tard ce qui se passe... Autant que ce soit tout de suite, pour qu'elle puisse dissiper toute équivoque et jeter un peu de clarté sur cette malheureuse affaire.

« Oui, Sonia, l'affaire Colonna remue tout Paris. La presse s'en est emparée...

« De plus il s'est trouvé surgir de l'ombre une tante du faux prince, une certaine Leona Castlamagna, marchande à la toilette, faubourg du Temple, qui se porte partie civile. (Ce dernier détail était vrai. Olivier l'avait appris de son père.)

« Enfin, comme on vous a trouvée évanouie auprès de cet homme mort et que les causes de sa mort sont encore inconnues, on pense que vous devez les connaître... et même que vous devez être la seule à les connaître, et l'opinion publique, avant la justice, réclame de vous des éclaircissements.

Le coup était porté, l'interrogation nettement posée.

L'enquête commençait sans que la prévenue pût se douter que ses réponses allaient s'adresser à son juge.

Olivier épiait les mots qui allaient sortir des lèvres exsangues de la jeune fille.

— De moi! dit-elle dans une sorte de stupeur... l'opinion publique... la justice! Mais, je vous le répète, je ne sais rien... je ne sais rien... rien de plus que vous...

— Pourtant, fit Olivier, de plus en plus déçu, pourtant vous savez, du moins, par quel concours de circonstances, vous vous êtes trouvée enfermée avec cet homme mort ?

— Oh! oui, oui, fit-elle d'une voix haletante... mais c'est un cauchemar... une chose incompréhensible... pour moi-même.

— Enfin, dites-moi ce que vous avez vu.

— Voici... Le soir de la fête... l'inquiétude de mon père malade, l'absence de ma mère, que je me réjouissais de voir revenir pour cette solennité, votre départ brusque, tout cela m'avait mise dans un état d'esprit pénible... je me sentais douloureusement impressionnée... Bref... il me fallut une grande énergie pour dissimuler mes sensations... et faire les honneurs... Cependant, j'y étais forcée, préoccupée de ne pas gâter cette fête et surtout de ne pas inquiéter mon père...

« Je fis donc un effort violent sur moi-même et dansai même avec plusieurs de nos invités, le vicomte de Vergy, le compositeur Denz et le docteur Abiral... Celui-ci, valseur intrépide, m'entraîna bientôt dans une valse si folle qu'à un moment donné (il devait être pas loin de deux heures du matin), lourdie, oppressée, étouffant dans l'atmosphère chaude et lourde du salon, énervée peut-être aussi par le temps orageux, je sentis le cœur me manquer... j'allais défaillir... Je me raidis de toutes mes forces et, franchissant les groupes, je descendis l'escalier et gagnai vivement le jardin désert de l'hôtel... où j'aspirai des bouffées d'air vivifiant, tandis qu'en haut le bal battait son plein...

— Après ?

— Comme le malaise ne passait toujours pas... je songeai à respirer de l'éther, comme je l'ai déjà fait avec succès en maintes circonstances analogues. Je me souvins que, ayant aidé mon père, la veille encore, dans une expérience, j'avais remarqué la présence d'un flacon d'éther dans la vitrine de toxicologie, située dans le laboratoire... je rentrai donc... je pris la clef du laboratoire dans la cachette où mon père a l'habitude de la mettre (car le laboratoire est toujours fermé aux heures où il n'y est pas), j'ouvris la porte de la pièce déserte et j'y pénétrai.

« Elle était plongée dans une demi-obscurité, pas complète cependant, la lumière de la lune, en ce moment diffuse (l'astre s'était caché sous les nuages épais, le ciel étant orageux) venant donner sur le vitrage. Les cornues, les alambics, les machines étaient noyés dans une sorte de pénombre vague.

« Toutefois, connaissant les altres, je m'avançai vers la vitrine précitée...

— Il eut été plus simple de donner l'électricité, remarqua Olivier.

— Je vous l'ai dit... je croyais à un malaise passager et ne voulais pas, pour si peu, donner l'éveil aux gens de la maison, qui, voyant du dehors le hall obscur et désert s'éclairer brusquement, fussent accourus et n'eussent pas manqué de s'alarmer de mon indisposition, d'avertir mon père, de l'inquiéter inutilement et de troubler la fête, ce que je voulais à tout prix éviter.

« A tâtons, je pris dans un porte-allumettes cloué au mur une allumette-bougie, je la fis flamber, j'ouvris la vitrine et, toute mon attention fixée sur les flacons, je trouvai facilement l'éther désiré. Je le saisis enfin et me laissai choir sur un canapé voisin ; dans l'obscurité, car l'allumette s'était éteinte, je respirai longuement le bienfaisant révulsif... il était temps... le sang bourdonnait à mes oreilles... Des nuages rouges passaient devant mes yeux... j'étais absolument étourdie... du bord de la syncope...

« Je restai quelques instants ainsi prostrée... mais sans perdre cependant absolument conscience des choses extérieures... puisque je n'ai pas cessé une minute d'entendre les musiques du bal qui jouaient au-dessus de ma tête...

« Enfin, me sentant mieux, je voulus regagner les salons...

« Je me levai pour retraverser le laboratoire...

« A ce moment, les nuages qui, jusque-là, avaient voilé la lune, démasquèrent l'astre. Sa lumière se précisa, entra, éclairante, dissipant l'ombre qui enténébrait la pièce, dessinait nettement les contours des choses...

« Machinalement, je jetai un regard autour de moi...

« Soudain, je demeurai immobile, clouée au sol, la respiration suspendue... A deux pas de moi, un corps humain, revêtu d'un domino et masqué d'un loup, était étendu, sur le dos, les bras en croix, semblant inerte.

« J'eus d'abord une impression de terreur folle...

« Qui donc avait pu s'introduire dans le laboratoire toujours soigneusement clos et pour cause ? »

« Je m'aperçus alors que la fenêtre était ouverte.

« Cependant, sans m'arrêter à cette considération, je supposai une mauvaise plaisanterie d'un invité ayant fait au buffet d'exagérées libations.

« Je l'interpellai donc assez rudement en lui ordonnant de se lever. Mais il ne bougea pas...

« Alors, en proie à une crainte affreuse, je m'approchai... je me penchai sur le corps de l'homme au masque... je n'osai pas enlever son loup... mais de ma main j'effleurai sa main nue... je reculai, en claquant des dents, c'était la main déjà froide d'un cadavre...

« Folle d'épouvante, je me précipitai vers la porte pour fuir... mais... je la trouvai fermée ! Oui, fermée !

« J'avais laissé la clef extérieurement sur la porte et la serrure est sans bouton...

« Etait-ce moi-même qui, par étourderie, avait tiré la porte en entrant dans le laboratoire ?

« Etait-ce le vent ou quelque tiers qui l'avait poussée du dehors ?

« Toujours est-il que je me trouvais seule dans cette pièce funèbrement éclairée par la lune, pleine de machines aux formes étranges et monstrueuses, en tête à tête avec ce cadavre masqué...

« Ah! je ne puis encore y repenser sans effroi!

Sonia s'interrompit. Elle frissonnait.

Une sueur froide perlait à ses tempes...

— Ma chérie, dit Wanda... En voilà assez! ... Tu te fais mal... Faites-le donc taire, Olivier... Ne lui imposez pas plus longtemps ce supplice, au nom du Père !

— Non! dit Sonia, se ressaisissant, j'irai jusqu'au bout !... Vous jugez, mon ami, de mon affolement... Éperdue, terrifiée, je me mis à appeler, à hurler de toutes mes forces..., en meurtrissant mes poings sur la porte... Mais en vain... Au-dessus de moi, dans les salons du premier étage l'orchestre, attaquant le cotillon, redoublait de « furia » et couvrait ma voix.

« En vain je redoublai d'appels, criant à me rompre les veines...

« La musique jouait toujours plus fort ! accompagnée des sourds grondements de tonnerre...

« Et ce mort qui était derrière moi et dont l'ombre, profilée par la lune, s'allongeait jusqu'à mes pieds... léchait le bas de ma robe et semblait vouloir me saisir... me prendre, m'emporter...

« C'en était trop pour mes nerfs surexcités : j'étouffai... je perdis connaissance !...

« Quand je revins à moi... j'étais étendue sur mon lit, avec, à mon chevet, mon père et le docteur Merral...

« Depuis... Depuis... je ne sais plus...

« J'ai eu la fièvre, sans doute...des cauchemars... le délire... je ne sais plus... je ne sais plus... Ne me demandez plus rien...

Sonia retomba sur les coussins sur lesquels elle s'était légèrement soulevée pour faire ce récit.

Elle semblait à bout d'efforts.

Son nez s'était pincé et deux cercles bleuâtres cernaient ses yeux.

Wanda, penchée sur elle, lui faisait respirer des sels.

Olivier ne disait mot, en proie à une perplexité profonde.

Ce récit étrange était-il la vérité ou un mensonge savamment échafaudé à l'avance par Sonia, pour sa défense ?

Était-elle la plus rouée, la plus habile des comédiennes ou un ange de pureté ?

Que croire ?

Que penser ?

Sa version ne jetait aucune clarté sur l'affaire.

Elle l'entourait, au contraire, d'une obscurité plus profonde encore.

De plus, il sembla à Olivier, à la réflexion, qu'elle contenait certaines invraisemblances qu'il voulait éclaircir.

— J'entrevois, ma chère Sonia, les instants d'angoisse que vous avez dû vivre, dit-il... Mais permettez-moi encore une question...

« Quelle explication donnez-vous à ce drame ?

« Qu'avez-vous pensé en voyant ce mort ?

« Avez-vous reconnu le prince Colonna, en dépit de ce masque et de ce travestissement ?

— Je ne l'ai pas reconnu, mais j'ai pensé tout de suite que ce ne pouvait être que lui, déclara-t-elle, sans hésitation.

— Pourquoi avez-vous pensé cela ?

— Mais quelle insistance, au nom du Père, s'écria Wanda.

« Vous savez bien que lors de sa rupture avec mon mari, ce Colonna avait prononcé en italien des paroles menaçantes, dont Pascal ne comprit pas le sens exact.

« Sonia, préoccupée de ces menaces, en voyait la réalisation dans le suicide de son ex-prétendu, à présent repoussé et chassé. Ce n'était là que la justification de ses appréhensions.

— En effet, opina Sonia.

— Ainsi, vous croyez que Colonna s'est suicidé ? demanda Olivier à Sonia.

— Mais ce fut encore Wanda qui répondit.

— Cela s'impose, mon ami ! cet homme recherchait la dot de ma fille.

« Peut-être était-il perdu de dettes, acculé.

« Peut-être comptait-il trouver le salut dans son mariage avec Sonia.

« Au moment où il se flattait de toucher au but de tous ses rêves d'amour et d'argent, il se voit démasqué et tout l'échafaudage, qu'il avait édifié savamment, s'écroule !

« Déçu dans ses intérêts et dans son amour, sans ressources, désespéré, il s'est tué ;

« Cela crève les yeux ! Au nom du Père !

— Mais pourquoi chez vous ? pourquoi dans ce travestissement, au milieu de ce bal ?

— Par esprit de vengeance contre nous, contre mon mari, contre Sonia auxquels il gardait une terrible rancune de sa déconvenue et qu'il a voulu, en mourant, éclabousser d'un scandale public...

« La chère petite... Heureusement qu'elle est au-dessus de toute atteinte.

— C'est bien compliqué, bien romanesque, dit Olivier.

— Mais bien italien ! appuya Wanda.

« Il est clair que c'est ainsi que les choses se sont passées.

L'espèce d'impatience nerveuse avec laquelle Wanda avait coupé la parole à sa fille pour donner ces explications et le léger tremblement de sa voix, la volonté bien marquée qu'elle semblait avoir de faire admettre l'hypothèse du suicide ; tout cela n'échappa point à la perspicacité d'Olivier et ne fit qu'augmenter ses méfiances.

Cette mère s'entendait-elle avec sa fille pour le tromper ?

Rien de plus naturel et de plus indiqué d'ailleurs.

Car si Sonia était coupable, si Wanda le savait, n'était-il pas dans son rôle maternel de s'employer à disculper sa fille, surtout aux yeux d'Olivier.

— Mais ce flacon que Sonia tenait en main ? demanda-t-il.

— C'était la fiole d'éther que je n'avais pas lâchée, dit la jeune fille.

— Eh bien, reprit Olivier, tout en observant les deux femmes, malgré toutes les bonnes raisons que vous donnez, je ne puis admettre l'hypothèse du suicide !

— Pourquoi donc ? demanda Wanda.

— Pour deux raisons :

« La première est toute morale : pour se suicider il faut, quoi qu'on dise, avoir une certaine force d'âme... disons le mot... une certaine bravoure.

« Or, un individu de la trempe de ce bandit, ancien croupier, grec, faussaire, ne me paraît pas capable de se tuer par amour.

— En ce cas, je vous le répète, dit Wanda avec force, il peut s'être tué par désespoir de voir lui échapper sa dernière ressource, la dot de Sonia qu'il convoitait et croyait déjà tenir !

— C'est bien invraisemblable, répondit Olivier. Un aventurier de cette taille, habitué à jeter ses filets de tous côtés, ne devait pas être sans avoir rencontré parfois des échecs.

« Celui-ci n'a pas dû le surprendre outre mesure... et il ne devait pas être à court d'expédients pour se retourner d'un autre côté. Les femmes sont si crédules...

« Décidément, vos explications, Sonia, sont bien obscures. Elles contiennent (oserais-je vous le faire remarquer ?) d'étranges contradictions...

« Oh ! il venait ! je donnerais de ma main pour qu'on la sût, pour qu'elle éclatât enfin, ne fût-ce que pour sauvegarder votre réputation, votre honneur !

— Mon honneur ! s'écria la jeune fille... mon honneur est-il donc entaché ? Suis-je soupçonnée ?

Sur les signes désespérés de Wanda, Olivier qui se félicitait d'avoir amené le débat sur le terrain souhaité, dit vivement, en balbutiant, comme s'il eût parlé étourdiment :

— Vous ! Soupçonnée ! Sonia... je n'ai pas dit...

Pour le coup, Sonia avait retrouvé ses forces. Elle s'était levée, cette fois, malgré les efforts de sa mère pour la retenir.

— Si ! Si ! Vous l'avez dit ! reprit-elle d'une voix

...uque... On me soupçonne... on m'accuse peut-être.

— Tu es folle ! insensée ! cria Wanda.

Mais, sans vouloir l'entendre :

— Olivier, donnez-moi votre parole d'honneur qu'on ne me soupçonne pas, qu'on ne m'accuse pas.

Le silence d'Olivier fut éloquent.

— Ah ! c'est odieux ! c'est abominable ! s'écria l'accusée, avec une indignation qui, feinte ou non, n'en était pas moins véhémente.

« M'accuser !... moi !... Mais qui ?... de quoi enfin ?... Que peut-on croire ?... que peut-on supposer ?

« Parlez à votre tour... parlez !

« Oh ! je vous en prie ! Olivier ! je vous ai tout dit...

— Vous le voulez ?

— Je l'exige !

— Sonia ! Olivier ! Je vous en prie, supplia Wanda éperdue.

— Non mère ! Laisse-le parler, s'écria Sonia, qui avait reconquis toute son énergie. Je suis à présent en état de tout entendre, et quand on est en butte à une calomnie, il faut la regarder en face pour la mieux repousser. Qui m'accuse ?

— Les journaux, dit Olivier.

« Oh ! vous savez bien ce qu'est l'opinion. Il lui faut des éclaircissements à tout prix, une proie et, à défaut de renseignements précis, on forme les plus folles hypothèses... et ce qu'il y a d'horrible, c'est que ces hypothèses peuvent naître dans les cerveaux les mieux équilibrés...

« Ainsi tenez ! mon père... mon père lui-même, ancien magistrat, qui voit tout avec un œil de juge, me parlant tout à l'heure de cette affaire, me disait d'affreuses choses.

— Lesquelles ?

— Oh ! j'ai honte de vous les répéter...

— Il le faut !

— Vous ne me pardonnerez pas de les avoir dites.

— Mais comment voulez-vous donc que je me défende, si vous ne me dites pas de quoi l'on m'accuse ?

— C'est juste !... Eh bien, dit Olivier, brûlant ses vaisseaux, mon père prétendait, tout à l'heure, dans une discussion très vive que nous venons d'avoir tous deux, qu'un esprit dégagé de toute passion pourrait donner à l'affaire qui nous bouleverse tous, en ce moment, une interprétation tout autre que celle que vous venez de me donner, votre mère et vous...

« Voici comment il présentait les choses...

« Supposons, disait-il (car c'est lui qui parle en ce moment, Sonia, et je ne fais que répéter ses paroles)...

— Oui, oui, allez.

Olivier continua :

— Supposons, disait-il, une jeune fille du monde... Elle est séduisante, jolie, riche et habituée aux hommages.

« Or, deux rivaux la courtisent : l'un est un honnête homme qui l'aime sincèrement, mais dont la passion profonde et vraie, mais discrète et renfermée, n'ose s'exprimer.

« L'autre est un bellâtre, hardi, souple, rusé, sans aucun scrupule et qui n'en veut qu'à sa fortune.

« Ce dernier ose jouer à la jeune fille en question la comédie de l'amour.

« Il l'étourdit de paroles, de protestations ardentes, de compliments... Il l'enivre, l'éblouit, la fascine, la compromet et profite d'un moment d'égarement, de faiblesse de celle dont il a fait sa proie... défaillance que celle-ci regrette d'ailleurs et dont elle rougit cruellement, revenue à la raison...

« Qu'importe au Don Juan ? A présent, il la tient ! elle ne lui échappera pas. Avec la femme, il aura la dot convoitée.

« Quant à elle, elle souhaite le mariage réparateur avec celui à qui elle s'est donnée déjà, en secret, et qu'elle croit, d'ailleurs, être un homme de son monde, un prince... non sans accorder cependant quelque regret à l'autre amoureux plus discret, qu'elle a deviné l'aimer dans l'ombre, en silence...

— Après ? fit Sonia d'un voix brève, la gorge soulevée d'un souffle de plus en plus oppressé.

— Mais soudain, son autre amoureux qui ignore encore jusqu'où a été poussée l'intrigue avec son rival, apprenant que celle qu'il aime va épouser ce dernier, s'indigne et révèle à la malheureuse que celui auquel elle veut s'unir n'est pas ce qu'il paraît être, mais bien un aventurier, un faussaire, un escroc qui s'est emparé d'un faux titre, d'un faux nom, bref l'écume de la société !

« Il lui démontre qu'il est impossible qu'elle, jeune fille d'un milieu honorable, contracte une union aussi indigne.

« Quel coup effroyable pour la créature coupable, que cette révélation, après la faute !

« Le mirage qui l'illusionnait, une fois dissipé, quelle chute ! quelle agonie ! quelle révolte de sa pudeur, de son orgueil, de sa fierté outragée, de toute sa race hautaine reparue soudain et soulevée de dégoût !

« Non ! certes ! elle n'épousera pas cette espèce !

« Elle n'imposera pas aux siens la honte d'une telle union, à présent que ses yeux sont dessillés.

« Mais que faire ? Que devenir ?

« Après la faute irréparable, qui voudra d'elle ? Qui lui rendra l'honneur perdu ?

« A ce moment, l'honnête homme épris, qui a confiance en elle, lui parle à son tour. Il offre à celle qu'il adore une porte de sortie honorable dans le mariage.

« Il arrive à point.

« Une minute, elle hésite à tromper ce brave garçon !

« Mais elle est de celles qui croient qu'il faut avant tout, sauver les apparences.

« A son honneur à celui des siens, elle croit devoir sacrifier l'honneur d'un pauvre amoureux dupé...

« Et triomphant des scrupules de sa conscience, elle accepte la main tendue en persuadant son sauveur qu'elle n'a jamais aimé que lui.

« C'est le salut inespéré... le scandale évité, l'avenir assuré...

« Mais l'autre, démasqué, chassé avec colère, avec mépris, ne l'entend pas de cette oreille.

« Déjà il croyait tenir sa proie et elle lui échapperait !

« Oh ! non ! cela jamais !

« Alors le drôle, avec une adresse et une expérience de maître chanteur habile aux variations les plus osées, menace sa victime d'un scandale public, si, en dépit de tout, elle ne consent pas à l'épouser.

« La faute commise et que tous ignorent, il ira la révéler au rival auquel elle s'est promise, aux parents de la jeune fille qui, aveuglément, ont eu foi en elle.

« Au besoin, il le fera, en public, devant tous, pour qu'elle soit compromise irrémédiablement et ne puisse plus le repousser. Du moins, il l'en menace...

« Et pour donner plus de poids à ses menaces, il vient les proférer chez la jeune fille elle-même, au milieu d'une fête donnée en l'honneur de son père.

« Alors elle, écœurée, devant la vilenie de l'homme, le soufflette de son mépris... veut le chasser de nouveau...

« Pour toute réponse, l'aigrefin se dispose à mettre ses menaces à exécution...

à l'imminence du péril, devant le scandale entrevu, affolée, furieuse, ne sachant comment empêcher le bandit d'agir, la malheureuse,
dans un moment d'égarement, de révolte, frappe
et tue son bourreau !

« Mais la raison reconquise peu à peu, son acte
accompli, elle en entrevoit soudain toute l'horreur.
— Comment faire disparaître ce cadavre au milieu de ce bal, parmi tous ces gens ?
— Elle voudrait fuir.
— Le hasard fait que, dans son affolement, elle
tire sur elle la porte de la pièce où a lieu cette
scène... Elle se trouve enfermée avec sa victime...
« Dans quelques instants, on va la surprendre...
« Au comble de la terreur et de l'angoisse elle perd
connaissance !

Un cri rauque interrompit Olivier.

Au râle de Sonia avait répondu une exclamation
de colère.

Fergus qui, depuis quelques instants, avait en-
trouvert la porte et écouté la fin de cette scène,
ses longs cheveux en désordre, la cravate défaite,
une lueur de colère aux yeux, s'élançait vers Olivier.

— Vous aussi ! articula-t-il, semblant en proie à
la plus vive indignation... vous ramassez une aussi monstrueuse accusation dans la boue d'un article diffamatoire de ce drôle... ce Pierre Mortère...
que je ne connais pas, mais que je cherche depuis
hier pour lui tirer les oreilles et lui allonger un
coup d'épée... Le coquin se dérobe d'ailleurs.

En effet : exaspéré par les accusations que l'article de Mortère, relatant la découverte macabre,
contenait contre Sonia, Fergus était allé au *Thermidor*, pour corriger et provoquer le journaliste.
Mais il n'avait pu mettre la main sur celui-ci et
rentrait furieux.

— Mais ce reporter a une excuse pour distiller
son venin, poursuivit-il, c'est son métier de vivre
de scandales et d'en créer au besoin... Il me le
paiera tôt ou tard.

— Mais vous ! Vous ! retourner de pareilles armes contre celle que vous prétendez aimer ! Oh !
c'est indigne d'un honnête homme !

Fergus avait empoigné Olivier par le revers de
son vêtement, et, menaçant, le secouait de toutes
ses forces.

D'une pression respectueuse mais énergique, Olivier se dégagea, puis, tristement, mais résolument.

— C'est qu'hélas ! dit-il, j'ai beau aimer Mlle
Fergus de toutes les forces de mon être, j'ai beau
être prêt à donner ma vie pour elle, l'intérêt supérieur de la justice doit passer à mes yeux avant
tout... et ma raison m'oblige à reconnaître que les
explications qu'elle vient de me fournir sont insuf-
fisantes et que les apparences l'accusent...

— En vérité, dit Fergus avec une ironie indignée,
vous ne vous exprimez pas comme un fiancé épris
mais comme un juge !

— J'en suis un, dit Olivier... et c'est comme tel
que je suis ici !

— Je ne comprends pas, murmura le savant chez
qui la colère faisait place à la stupeur.

— Mon juge ! Vous ! fit Sonia.

— Oui ! avoua Olivier d'une voix brisée. Oui !
un hasard abominablement tragique a fait cette
chose.

« En remplacement de M. Gabel, mort brusquement, le nouveau procureur de la République, ignorant mes relations avec vous et par conséquent nos
projets, m'a saisi de l'affaire à laquelle vous êtes si
douloureusement mêlée.

— Et vous ne vous êtes pas récusé avec horreur ! s'écria Wanda.

— Ce fut mon premier mouvement ; mais bientôt, à la réflexion, je me dis que Sonia n'était pas,
ne pouvait être coupable...

— Et c'est avec l'idée dominante de faire la lumière pleine et entière sur cette mystérieuse affaire
et d'aboutir enfin à une vérité qui laverait Sonia
d'une double accusation et ferait éclater son innocence aux yeux de tous, c'est avec cette idée seule
que j'ai accepté la mission douloureuse qui m'in-
combe, considérant même comme un devoir de ne
pas laisser ce soin à un autre.

« D'ailleurs, mon père que j'ai consulté m'a posé
cet ultimatum. Tant que Sonia ne sera pas lavée
du déshonneur et du crime dont on l'accuse, tant
qu'il n'aura pas la double preuve de son innocence,
il ne consentira pas à mon mariage avec elle.

« En même temps que la réputation de Sonia, que
votre honneur à tous, c'est donc aussi mon amour
qui est en jeu.

« C'est lui que je défends en voulant éclairer ma
religion.

« C'est pourquoi j'ai accepté de remplir ma tâche,
convaincu de la non-culpabilité de Mlle Fergus.

« Aujourd'hui, dès le début de mon enquête, cette
conviction s'ébranle ; l'attitude même de Sonia, les
contradictions, les invraisemblances de ses dépositions font entrer le doute dans mon esprit.

« Force m'est bien, en ce cas, de m'immoler à la
justice... Pardon, ma chère Sonia, mais force m'est,
à partir du début de mon instruction jusqu'à l'instant où elle sera close, force m'est d'immoler
l'homme qui aime au juge... dussé-je en avoir le
cœur déchiré...

Sa voix expira dans un sanglot.

— Ceci est sans doute très héroïque, dit Wanda,
mais c'est monstrueux !... oui c'est contre nature...

« Vous charger vous-même de cette enquête !
Vous qui aimez ma fille ! Vous qu'elle aime ! Vous
faire son bourreau !

« C'est monstrueux, vous dis-je ! Tenez ! vous
devriez déjà être à ses genoux ! Et lui demander
pardon de vos outrageants soupçons, de vos atroces hypothèses...

Ces paroles prononcées avec une éloquence âpre,
fiévreuse, qui trahissaient une surexcitation bien
naturelle en un tel moment, atteignirent Olivier en
plein cœur... un instant il sentit se fondre tout son
courage.

Décidément, cette mère outragée avait raison...

Olivier n'aurait pas la force d'aller jusqu'au bout
de sa tâche.

Il eut un instant de défaillance.

— Oui... peut-être avez-vous raison, murmura-
t-il. Peut-être vaut-il mieux me désister.

— Non ! Olivier, dit Sonia gravement et résolument. Il est trop tard et vous vous êtes trop avancé
à présent pour reculer...

« C'est moi qui vous ordonne d'aller jusqu'au
bout... Si vos soupçons m'outragent, puisque vous
les avez eus, je veux que ce soit vous-même qui
vous rendiez compte de leur inanité...

« D'ailleurs, je ne puis vous en vouloir irrémédiablement car j'ai eu, je le reconnais, des torts vis-à-
vis de vous, tout au moins en apparence, et si vous
ajoutez aujourd'hui quelque créance à de si odieuses accusations, c'est qu'avant cette catastrophe,
j'avais déjà éveillé votre méfiance par mes coquet-
teries envers votre rival...

« Je vous ai dit les raisons de cette manœuvre...
C'était de vous que je voulais obtenir un aveu et
cet homme n'était entre mes mains qu'un instrument, dont je me servais pour exaspérer votre jalousie et vous pousser à parler enfin !...

« C'était vous que j'aimais... C'est vous que
j'aime encore, malgré tout et de toutes les forces
de mon âme !...

« Mais puisque ces assurances ne vous suffisent
pas, puisque cette même jalousie (car en dépit des
raisons spécieuses que vous me donnez, c'est elle,
elle seule, qui vous guide, en ce moment, bien plus
que la conscience de votre devoir de magistrat ou
le désir de me justifier), puisque cette jalousie vous
égare au point de vous faire envisager, sans ré

volte, de telles accusations contre moi, c'est moi
qui, à mon tour, réclame la lumière !

« Je fais assez cas de votre estime et de votre
amour pour vous prier, pour exiger que vous la fassiez vous-même, cette lumière, afin d'être le premier à me demander pardon, quand aura éclaté la
vérité et quand vous verrez enfin que je n'ai pas
cessé une minute d'être digne de devenir votre
femme !

— Merci, Sonia ! dit Olivier, rasséréné par ces
paroles qu'il n'eût osé espérer d'une telle bouche...

— Et pour vous donner votre entière liberté d'action, ajouta Sonia, je me tiens, dès à présent, à la
disposition de la justice.

« Inculpée, j'irai au Palais, quand il vous plaira,
pour me défendre...

« Enfin, à dater d'aujourd'hui jusqu'à la fin de
l'enquête, je ne vous connais plus... je ne veux plus
vous connaître. Nous oublierons le passé d'avant
ce drame...

« Aux yeux des juges, des greffiers, de tous vos
assesseurs... vous ne serez, vous l'avez dit vous-
même, vous ne serez pour moi qu'un juge... je ne
serai pour vous qu'une inculpée anonyme... je vous
dégage de tout scrupule...

« Je ne veux pas de votre indulgence !

« Je réclame, au contraire, dans la recherche de
la vérité, toute la rigueur, toute l'impartialité que
vous déploieriez vis-à-vis d'une étrangère... jusqu'à
ce que vous ayez entre les mains la preuve de ma
double innocence...

« Alors nous reprendrons nos projets, où nous les
avions laissés...

« Acceptez-vous ce contrat ?

— De grand cœur ! dit Olivier, ravi de voir la
jeune fille aller au-devant de ses désirs secrets.

Mais Wanda, qui avait écouté les paroles de sa
fille avec une émotion intense, intervint de nouveau.

— Vous êtes fous, tous deux, s'écria-t-elle... Un
tel pacte est impossible entre gens qui s'aiment... je
vous le répète. Votre amour, si solide soit-il, ne ré-
sistera pas à une telle épreuve...

— Pourquoi donc ? dit Fergus gravement... Dou-
tes-tu de l'innocence de notre fille ? En vérité, ta
protestation pourrait le laisser supposer !

— Tais-toi ! Pascal ! Ne dis pas cela.

— Alors, laisse faire la justice... laisse faire la lumière... Laisse Olivier se convaincre en trouvant les
vrais coupables. C'est le seul moyen de rendre à
Sonia l'honneur perdu.

— Et c'est à cela que je vais travailler de toutes
mes forces, dit le jeune homme, Sonia sera justifiée... A bientôt !...

Et, résolu, sans vouloir en entendre davantage,
Olivier prit son chapeau et sortit.

VI

PREMIÈRE ESCARMOUCHE

Le lendemain même, Olivier était allé se mettre à
la disposition du procureur de la République. Sa
visite officieuse à l'hôtel Fergus était, selon son désir, demeurée secrète et, ainsi qu'il se l'était promis, il avait gardé, vis-à-vis de son supérieur, le
plus absolu silence sur ses relations avec les Fergus.

Il avait repris l'affaire où la mort subite de son
prédécesseur l'avait laissée, c'est-à-dire au début ;
les constatations du commissaire de police et le
commencement d'instruction de M. Gabel ne lui
révélaient rien qu'il ne sût déjà.

De plus, le rapport du médecin légiste se faisait
attendre plus que de raison.

Il fouilla dans l'intimité de la victime pour y trouver quelque indice... sans résultat.

Une perquisition fut opérée au domicile du faux
Colonna, un rez-de-chaussé, en meublé, rue de Londres... On n'y trouva qu'une correspondance amoureuse, variée mais paraissant n'avoir aucun trait à
l'affaire, et quelques photographies de femmes (les
unes, sur lesquelles on ne put mettre de noms ;
d'autres appartenant au demi-monde, belles cosmopolites, fleurs exotiques de villes d'eaux), — quelques-unes de ces dernières, convoquées au Palais,
se dérobèrent unanimement sous de vagues prétextes
On ne put les retrouver.

On chercha parmi les connaissances de Colonna.

Depuis peu à Paris, il n'avait pas d'amis, mais
des relations récentes comme les Fergus, qui, toutes, également surprises par les révélations des
journaux, avaient ignoré jusque-là sa vraie personnalité.

Une certaine Leona Castemagna, qui se disait
tante du défunt et son unique parente, en apprenant sa mort et le mystère qui l'entourait, s'était
hâtée de se porter partie civile.

Citée à l'instruction, cette femme ne donna sur
son neveu que des renseignements vagues et fantaisistes.

Olivier dut subir les doléances démonstratives
de cette vieille Italienne, marchande à la toilette
faubourg du Temple, et le récit de ses avatars.

Puissante, mafflue, ballonnée, grotesque, masto-
dontesque, croulante, teinte d'un noir féroce, vêtue
d'un deuil hétéroclite, odieusement maquillée, elle
affichait une douleur trop exagérément théâtrale
pour être sincère.

— Oh ! *carissimo mio* ! s'était-elle écriée d'une
voix de pintade plumée vive et avec un inénarrable
accent italien. Mé l'avoir toué dans la flour de son
âge !

« Si vous saviez, Illoustrissime zuze ! Ze l'avais
choyé tout petit... son père était mon frère... Nous
étions d'oune grande famille... Descendants des
papes !... j'ai des parcemins authentiques... Mais
nous avons eu des malheurs... Alors, z'ai dou re-
zoindre mon frère au Pérou. Pouis, z'ai été modèle,
pouis danseuse de music-hall : « La Belle Leona »

« Ze souis venoue à Paris... Z'y ai eu des adorateurs, des foules !!!... Puis l'âze venant avec l'em-
bonpointe... zé me souis mise dans les affaires...
Et loui, ce ser petit, il a eu de l'énergie aussi...

« Il avait commencé croupier dans les cercles...
et puis la fortoune loui était venoue... avec des
hauts, des bas...

« Il allait dans le monde... il était reçu partout...
il faisait son chemin avec plus ou moins de
bonheur... Ze l'aimais tant, ze suis sa seule parente ; une Costamagna authentique, Laure-Béa-
trix-Costanza-Leona Castamagna, comme l'attestent
mes parcemins.

Elle exhibait des papiers crasseux rédigés en italien et illisibles.

Interrogée si elle connaissait quelque ennemi à
son neveu, si elle l'avait vu, le jour de sa mort,
la mégère répondit qu'elle ne l'avait pas vu depuis
trois ans et qu'elle ne lui connaissait pas d'ennemis.

Elle avait appris la mort du faux Colonna par
les journaux.

Mais cela ne faisait aucun doute pour elle.

« C'était cette demoiselle française, cette Sonia
Fergouss qui l'avait souicidé par zalouzie. Ouné
zeune fille du monde !... Ah ! c'est dou propre !
Mais ze veux ma vendetta, illoustrissime zuze !

Et, inondant de larmes de crocodile le cabinet
d'Olivier :

— Zoustice zoustice !... ze réclame zoustice !...
Ze veux cent mille francs de dommages et il valait
bien ça ! Il était si beau !... C'était la coquelouse
des femmes !... Elles étaient toutes souspendoues

à sa moustace... Les Fergouss sont rices, dit-on, qu'ils me paient ! Sans quoi, ze ne lacerai pas le morceau.

« Z'ai la dent doure ! Z'enverrai cette fille au bagne ou au bourreau ! *Per Christo !* puisqu'elle m'a toué le fils de mon pauvre frère ! *Santa Madre !*

Soulevé de dégoût devant la fausse valeur de cette femme qui ne songeait qu'à exploiter la situation, Olivier reconnut bien en elle le sang du faux Colonna, condamné pour chantage, suivant la fiche 2.227.

— Un maître chanteur et une ex-danseuse, cela va de pair ! Et en avant la musique ! insinua le greffier Clouet qui, volontiers, risquait des à peu près.

Le juge dut rappeler cette femme trop exubérante à l'ordre et au respect des convenances et de la justice.

Pas moins, ayant fait vérifier l'authenticité des papiers qu'elle produisait, et qui établissaient sa parenté avec le mort, il fut contraint de lui assurer que, au cas où il serait établi que son neveu eût été assassiné, les suites d'usage seraient données à sa plainte, tout en la priant sévèrement, cependant, tant que rien n'était prouvé, de s'abstenir de toute accusation encore injustifiée contre Mlle Fergus, sous peine d'encourir, à son tour, une condamnation pour diffamation.

A peine intimidée, l'Italienne répétait qu'on ne lui ferait pas lâcher le morceau, à moins de cent mille francs... Et encore !... C'était à peine payé !...

« *Santa Madona !* »

Et elle avait quitté le cabinet d'Olivier en laissant derrière elle des relents de chypre et de graisse culinaire.

Etrange situation que celle qui obligeait Olivier à mettre la justice et la loi au service de cette espèce ; à se faire l'instrument et le vengeur de ces deux bandits.

Dès à présent, il se rendait compte que cette femme était dangereuse et que même en cas d'innocence de Sonia, on aurait quelque peine à lui imposer silence et à l'empêcher de donner au scandale, dont elle escomptait le profit, un retentissement aussi grand que possible !

La plainte déposée, l'instruction avait commencé.

Des mandats de comparution avaient été lancés à l'adresse des témoins de la lugubre trouvaille, les invités de la soirée, le docteur Merral, Max Videlin (qui avait défendu Sonia tant qu'il avait pu) et Pierre Mortère.

Ce dernier, envoyé par le *Thermidor* suivre dans une ville du Midi un grand procès criminel (une affaire d'empoisonnement) n'avait pu se rendre à la convocation du juge et s'était excusé par télégramme, promettant sa visite dès son retour à Paris.

Comme l'avait prévu Olivier, quelques-uns des témoins qui l'avaient vu de loin en loin chez le savant, s'étaient étonnés de le retrouver à la tête de l'enquête.

Mais ignorant le roman du magistrat et de la jeune fille, animés du désir de ne pas être trop mêlés à une cause retentissante et d'éviter les complications et les ennuis de la procédure, ils avaient gardé le silence sur ce point auquel ils n'avaient accordé qu'une attention relative dans la préoccupation que chacun a de ses propres affaires, au milieu du tourbillon de la vie parisienne si brûlante...

L'enquête avait donc continué sans que l'éveil fût donné à M. Commère, le procureur...

Cependant celui-ci qui, dès le premier jour, s'était rendu sur les lieux avec M. Gabel, intrigué par le côté mystérieux et passionnel de ce drame mondain et parisien, avait exprimé le désir de suivre de très près les progrès de l'enquête.

Aussi, après chaque audition de témoin, après chaque interrogatoire, se faisait-il communiquer la procédure.

Si Olivier ne se fût prescrit une impartialité absolue et un rigorisme intransigeant, ce contrôle de tous les instants l'y eût formellement contraint, car bien que le juge demeure maître absolu de son instruction et puisse, à son gré, faire arrêter ou relaxer un prévenu, entre la surveillance du procureur et la plainte de l'Italienne acharnée, entre la vindicte publique et l'action privée intentée contre X... par la tante de la victime, il n'y avait pas place pour la moindre défaillance d'Olivier.

Pas d'échappatoire possible ! pas de faiblesse envers Sonia !

L'ordonnance de non-lieu que, même en cas de culpabilité, son amour pour la jeune fille eût peut-être arrachée à sa conscience de magistrat devenait impossible, puisque chacune des paroles prononcées à l'instruction serait contrôlée et par le procureur et aussi, au besoin, par la chambre des mises en accusation.

Ainsi Olivier se trouvait étroitement enserré dans l'étau que le hasard avait ouvert devant lui et où il s'était volontairement laissé glisser.

A présent, quelles que fussent les révélations de l'instruction officielle, il lui faudrait, bon gré mal gré, aller jusqu'au bout...

N'avait-il pas accepté sa tâche avec toutes ses conséquences ?

Cependant les témoins interrogés n'avaient rien révélé de nouveau.

C'avait été le tour de Sonia.

Olivier ne l'avait pas convoquée la première pour lui laisser le temps de se remettre de ses émotions.

Ce n'était que quelques jours après ce qui précède qu'elle avait reçu son mandat de comparution.

Elle s'était rendue au Palais avec ses parents qui avaient dû l'attendre dans les couloirs réservés au public.

Le premier contact avait été émouvant...

Avant d'entamer la lutte, tous deux avaient eu un instant d'émotion en se retrouvant face à face, dans l'enceinte de la justice. Aussi avaient-ils dû faire effort sur eux-mêmes, au premier contact, pour dissimuler leur trouble, devant les gardes et devant le greffier Clouet, malin comme un singe, fureteur et toujours aux aguets.

Sonia n'ignorait pas que chacune des paroles qu'elle prononcerait serait inscrite par cet homme et ferait poids dans la balance.

Elle savait que ce n'était pas seulement à Olivier qu'elle s'adressait, mais à la loi elle-même.

L'interrogatoire avait commencé, d'abord gêné, timide, de la part d'Olivier, avec un rien d'attendrissement.

Mise au courant de la plainte et des exigences de l'Italienne, Sonia avait paru révoltée en écoutant le greffier lire les propos de cette femme.

Puis, répondant avec calme, elle redonnait la version qu'elle avait fournie chez elle à Olivier, en passant cependant, bien entendu, sous silence son roman avec celui-ci, ses projets de mariage, et en mettant sur le compte d'une lettre anonyme la révélation qui lui avait été faite de la vraie personnalité de Colonna...

Ceci pour le greffier qui ne devait pas pénétrer, bien entendu, le secret du juge et de l'inculpée.

La soirée tragique, la découverte du cadavre avaient été contées comme précédemment.

Mais bientôt Olivier relevait les obscurités, les contradictions dont fourmillaient les explications de la prévenue, les discutant point par point.

Bientôt, l'interrogatoire, commencé en douceur devenait plus serré, l'instinct d'attaque du juge de défense de la prévenue s'aggravant de la jalou

...ie âpre et torturée par le doute de l'homme qui veut savoir et de la femme qui se dérobe.

Ces deux adversaires se livraient un duel éternel !

Et Olivier s'énervait, s'irritait, poursuivant Sonia jusque dans ses derniers retranchements, avec une ardeur qui, pour Clouet, qui en ignorait les secrets motifs, pouvait être, à la rigueur, mise sur le compte de la conscience et de l'habileté professionnelles.

Olivier venait de poser cette question.

— Ainsi, vous affirmez avoir traversé le laboratoire une première fois dans toute sa longueur pour aller à cette vitrine chercher le flacon d'éther, sans avoir aperçu le cadavre étendu en travers de votre route ?

— Oui, répondit Sonia, cela n'a rien d'ailleurs que de très naturel, puisque, je vous le répète, le laboratoire était dans une demi-obscurité.

— Raison de plus ! reprit Olivier... Si le corps de Colonna était à terre, avant votre arrivée dans le laboratoire, vous auriez dû, dans l'ombre, buter contre lui.

— Le laboratoire est large, ripostait Sonia. J'ai dû passer à côté du cadavre.

— À moins qu'on ne l'ait apporté et déposé à la place où vous dites l'avoir aperçu ensuite, durant l'instant où, affalée sur le canapé, vous étiez à demi évanouie, presque sans conscience.

— C'est impossible. D'abord, il eût fallu pour cela l'apporter du dehors, le laboratoire n'ayant qu'une porte, celle qui donne dans le vestibule.

— Le transport d'un corps aussi grand eût attiré l'attention des valets de pied du vestiaire, établi dans le vestibule... et surtout la mienne, car, je vous l'ai dit, je n'avais pas complètement perdu la conscience des choses extérieures.

— Alors ?

— Alors, je suppose que Colonna vivant se sera introduit dans la pièce avant mon arrivée et qu'il se sera suicidé sur place...

— Soit ! Admettons un instant cette hypothèse. Vous avez dit que le laboratoire était toujours clos quand votre père en était absent.

— En effet ! Il y a là des machines délicates et d'un maniement dangereux. Il y a des inventions dont mon père veut conserver le secret... Il y a enfin un coffre-fort à secret et qui contient quelques valeurs, des titres et des papiers très importants.

— Comment votre père peut-il laisser des valeurs dans une pièce vitrée et souvent déserte, où l'on peut pénétrer en faisant sauter un carreau ?

— C'est impossible. Il y a toujours, dans les sous-sols desservis par cette pièce, quelqu'un de nos domestiques.

— Êtes-vous sûre de vos domestiques ?

— Tout à fait. Ce sont d'anciens serviteurs dont la fidélité est à toute épreuve.

— Vous disiez donc que le laboratoire est pour toutes ces raisons fermé à clef quand votre père est absent ?

— Oui.

— Et il n'existe de cette pièce qu'une clef ?

— Oui.

— Votre père la garde-t-il sur lui ?

— Non, car il pourrait la perdre. Le plus souvent, en sortant du laboratoire, il la glisse dans une cachette.

« Le socle creux d'un bronze, un buste de Pascal, qui est dans le vestibule, entre la porte d'entrée du perron et celle du laboratoire. Un clou est fixé dans l'intérieur de ce socle où mon père pend cette clef.

— Aucune personne étrangère ne connaît cette particularité ?

— Non.

— Donc, Colonna ne pouvait savoir où était cette clef ?

— Évidemment !

— Alors, comment a-t-il pu ouvrir la porte pour pénétrer dans le laboratoire ?

Sonia se tut, visiblement interloquée.

Puis, après un instant de silence :

— Il faudrait donc supposer qu'il eût vu par surprise mon père mettre un jour la clef dans la cachette en question et qu'il s'en fût souvenu.

Olivier reprit :

— Colonna aurait donc pris la clef dans la cachette, aurait pénétré dans le laboratoire et, suivant toute vraisemblance, ayant l'intention de se tuer, se serait enfermé, pour le faire. Ayant ouvert la porte, il aurait retiré la clef du côté extérieur de la serrure, l'aurait remise en dedans, et refermant la porte sur lui, aurait donné un tour de clef.

— Sans doute...

— Or, quand vous avez pénétré dans le laboratoire, après lui, vous avez retrouvé la clef dans sa cachette habituelle et la porte fermée ?

— Oui !

— Qui donc, alors, après le suicide de Colonna, serait ressorti de la pièce où il se serait tué, pour venir remettre cette clef à sa place dans le socle du bronze de Pascal ?

De nouveau, Sonia se tut, bloquée dans ce dilemme.

Elle paraissait frappée à son tour par sa justesse et réfléchissait, une barre au front...

Olivier poursuivit :

— Il faudrait donc supposer que quelqu'un accompagnait Colonna quand il entra dans le laboratoire, quelqu'un qui, après sa mort, serait revenu prendre la clef à la place où vous l'avez trouvée ; qui ensuite vous auriez laissé cette même clef dont vous vous êtes servie, à votre tour, du côté extérieur de la serrure, c'est-à-dire du côté du vestibule où le docteur Merral, qui conduisait la farandole, l'a trouvée, ce qui lui a permis d'ouvrir la porte et de se ruer dans la pièce avec la foule des danseurs qui vous ont trouvée évanouie auprès du mort.

« Or, ce quelqu'un qui entre là avec un homme vivant et en ressort, peu après, en laissant cet homme mort, ne vous fait-il pas l'effet de n'être pas étranger à sa mort ?

« Bref, ce quelqu'un d'inconnu, cet X..., ne serait-il pas le meurtrier ?

— Peut-être ? riposta Sonia...

« Mais alors, quel intérêt ce meurtrier aurait-il eu à attirer Colonna dans le laboratoire de mon père pour le tuer là plutôt qu'ailleurs ?

— Oui ! quel intérêt ? reprit Olivier. A moins que ce ne soit ce Colonna lui-même qui ait eu intérêt à y venir, pour y menacer une personne de la maison s'y trouvant en ce moment et que cette personne, au cours d'une explication orageuse l'ait frappé pour se défendre ou pour le réduire au silence !

L'accusation, plus nettement formulée précédemment par Olivier revenait encore, terrible.

— Que vouliez-vous que je vous réponde, s'écria Sonia avec désespoir.

« Je vous ai dit la vérité... Libre à vous d'ajouter foi à mes paroles.

Olivier réfléchit, exaspéré de voir toujours la lumière lui échapper.

— Il y avait un vestiaire établi dans le vestibule, reprit-il.

— Oui ! répondit Sonia.

— Ce vestiaire était tenu par qui ?

— Je l'ignore.

— Comment ?... Ce n'étaient donc pas vos domestiques qui faisaient le service ce soir-là ?

— Non ! nos domestiques ne sont que cinq. La cuisinière, le cocher, le valet de chambre de mon père, ma femme de chambre et Olga mon ex-nourrice, femme de chambre de ma mère et de mon petit frère Boris.

« Et encore Olga étant absente cela eût été insuffisant pour recevoir et donner à souper à trois cents personnes.

« J'ai donc eu recours, comme cela se fait sou...

vent, en pareil cas, à une maison qui s'est chargée de tout le service de la fête.

« Naturellement, je ne connais pas le personnel de cette maison.

« Je n'ai même pas vu le patron, ayant tout arrêté avec lui par téléphone.

— En ce cas, les préposés au vestiaire, quels qu'ils fussent, appartenaient ce soir-là à cette maison.

— Parfaitement !

Ce dernier détail paraissait avoir frappé Olivier.

Il réfléchit un instant, puis :

— Je vous remercie pour aujourd'hui, mademoiselle... Vous voudrez bien revenir demain, à la même heure, je vous prie... et vous tenir jusqu'à nouvel ordre à la disposition de la justice.

Sonia se leva et, blanche, muette, impénétrable, elle sortit... gagna le couloir d'attente, y rejoignit ses parents anxieux.

Jusqu'à présent, ni Olivier ni elle ne s'étaient trahis.

Ayant gagné le quai de l'Horloge, où les attendait leur auto, les Fergus y montèrent.

La voiture fila vers la villa Saïd sans que ceux qu'elle emportait remarquassent, les suivant à quelque distance, les deux silhouettes guetteuses, et dissimulées dans une auto de louage, des agents de la Sûreté, Lafleur et Lelorrain.

VII

UNE DÉPOSITION SENSATIONNELLE

— Vos nom et prénoms ?

— Eugène, Marie, Joseph Tétard.

— Votre âge ?

— Trente-cinq ans.

— Votre profession ?

— Garçon de restaurant.

— Vous jurez de parler sans haine et sans crainte et de dire la vérité, rien que la vérité, toute la vérité ?... Levez la main droite.

— Je le jure !

C'était le lendemain, au Palais de Justice, dans le cabinet d'Olivier.

Les deux valets du vestiaire auxquels il avait été fait allusion la veille, retrouvés facilement, et convoqués d'urgence, s'étaient rendus aussitôt chez le juge d'instruction.

Le premier, interrogé, n'avait pu apporter aucun document utile pour une raison bien simple :

Chargé du vestiaire avec son camarade, il avait, de neuf heures à minuit, reçu les masques défilant dans le vestibule.

Dans cette foule, anonyme et bariolée, il n'avait rien remarqué d'anormal.

Mais quand le défilé avait cessé, la fête étant au grand complet, le témoin était alors monté donner un coup de main aux maîtres d'hôtel du premier étage, occupés à préparer le souper qu'on devait servir par petites tables.

Son camarade, Eugène Tétard, était, lui, demeuré seul.

C'était lui que M. Gabel eût dû interroger le premier, au lieu de procéder, comme il l'avait fait d'abord sur place, à l'interrogatoire des domestiques habituels de la maison, lesquels avaient passé leur soirée dans les sous-sols ou au premier.

Mais M. Gabel dans l'unique visite qu'il avait eu le temps de faire à l'hôtel Fergus, et dans la confusion du premier moment, avait été mal renseigné, s'en tenant aux témoins qui, d'abord, lui étaient tombés sous la main.

Sans doute, s'il eût eu le temps de suivre l'affaire — fût-il venu où en était aujourd'hui son successeur, c'est-à-dire à l'interrogatoire de cet Eugène Tétard.

Petit, brun, rasé, les yeux noirs et vifs, l'air franc et bon enfant, le personnage qui répondait au nom d'Eugène Tétard était vêtu d'un complet à carreaux noirs et blancs, comme en portent les entraîneurs et les gens de courses, et tenait à la main un chapeau melon gris clair.

En vrai Parisien qui se respecte, il visait au chic anglais.

Calme, digne et plein d'une aisance de bon aloi, on sentait qu'il s'était frotté au grand monde ; qu'il avait dû servir chez des cercleux, des sportsmen, dont il copiait sans vergogne le galbe et les manières.

Il s'exprimait élégamment et c'était d'un ton correct et discret de diplomate en mission qu'il daignait répondre aux questions du juge.

— C'est bien vous qui dans la nuit du 5 avril dernier, étiez préposé au vestiaire chez M. Fergus, villa Saïd ? précisa Olivier.

— Parfaitement, monsieur le juge, c'est bien moi, dit Tétard en s'inclinant.

— A quelle heure êtes-vous entré en fonctions ?

— A neuf heures et demie...

— Jusqu'à quelle heure êtes-vous resté au vestiaire ?

— Jusqu'à deux heures du matin.

— C'est l'heure à laquelle la farandole, faisant irruption dans le laboratoire, a découvert le mort... vous êtes au courant, puisque vous étiez là ?

— Parfaitement, monsieur le juge.

— Que savez-vous sur cette affaire ?

— Mais... ce que tout le monde en sait...

« J'étais à mon poste quand on a découvert le mort... et cette personne évanouie... j'ai entendu des cris... je me suis avancé... pour voir... mais les danseurs qui emplissaient à ce moment le vestibule m'ont refoulé et j'ai dû réintégrer mon poste sous peine d'être étouffé... si bien que je n'ai rien vu.

— Et après ?

— Après, je suis monté au premier étage où l'on nous a tous consignés jusqu'à l'arrivée du commissaire.

« Il a pris nos noms, nos adresses, nous a dit, à moi et à mes camarades, de nous tenir à sa disposition et nous a laissés partir.

« J'en ai profité, en hâte, car retenu, la veille, par mon service dans une autre soirée, c'était la deuxième nuit blanche que je passais... j'étais mort de fatigue et de sommeil...

« Je suis rentré chez moi... et j'ai dormi toute la journée... le soir seulement j'ai été informé par les journaux des détails de l'affaire...

« J'ai attendu une convocation judiciaire... je l'ai reçue hier et me voici.

— Vous n'étiez jamais venu à l'hôtel Fergus avant la soirée du 5 avril dernier ?

— Jamais.

— Vous en ignoriez donc et les aîtres et les hôtes ?

— Absolument.

— Vous n'y connaissiez personne... pas même parmi les domestiques ?

— Personne...

— Qui vous a donné les ordres pour prendre possession du vestiaire ?

— Mon patron, M. Léon, qui était chargé de diriger le service de cette soirée.

— Donc, vous êtes resté dans ce vestibule, en possession du vestiaire, de neuf heures et demie à deux heures du matin ?

— Oui, monsieur le juge.

— Sans sortir un instant ?

— Non ! c'est-à-dire si... je me suis absenté cinq minutes, à un moment où j'étais inoccupé, tout le monde étant arrivé.

— Où avez-vous été ?

— Au lavabo.

— Vers quelle heure à peu près ?

— Oh ! il pouvait bien être entre une heure et deux heures du matin.

« Mais je suis revenu tout de suite, ajouta Tétard, comme pour s'excuser d'avoir, un instant, déserté son poste.

— La porte du laboratoire, où ont été découverts le mort et la personne évanouie, donne dans le vestibule où vous êtes demeuré, de votre propre aveu, toute la soirée...

« Pour entrer dans cette pièce il n'y a pas d'autre issue...

« Donc, les deux personnes qu'on y a trouvées enfermées ont dû, vraisemblablement, pour y pénétrer, passer sous vos yeux... à moins, cependant, qu'elles ne soient entrées, précisément, pendant les cinq minutes durant lesquelles vous vous êtes absenté, ce qui serait un hasard bien extraordinaire !

— Ou qu'elles n'y soient entrées avant neuf heures et demie, c'est-à-dire avant le début de la soirée, fit remarquer Tétard.

Olivier se tut un instant, frappé par cette judicieuse supposition.

Puis :

— C'est impossible, dit-il, une de ces personnes ayant pris part à la soirée. D'ailleurs, le docteur Merral qui, le premier, a examiné le corps, a déclaré que la mort devait être récente, le cadavre étant encore chaud au moment où on l'a découvert.

« Vous voyez où tend mon interrogatoire ?

« Avez-vous, à un moment donné de la soirée, remarqué l'intrusion d'une ou de plusieurs personnes ensemble ou séparément dans le laboratoire de M. Fergus ?

Tétard parut rassembler ses souvenirs.

— Voyons... rappelez-vous... fit Olivier, sur des charbons ardents.

— Je fais tant de soirées dans un seul mois.

— Oui. Mais celle-ci a dû vous frapper. Le souvenir des moindres incidents qui s'y sont passés a dû vous impressionner particulièrement.

— Pas sur le moment, riposta Tétard, toujours logique, puisque je ne savais pas à l'avance qu'il allait se passer quelque chose d'anormal.

— Voyons ! répondez à ma question... Avez-vous vu quelqu'un entrer dans le laboratoire ?

— Laissez-moi réfléchir, monsieur le juge, j'ai vu passer tant de monde... Il y avait, à cette fête, près de trois cents personnes. Ça n'a pas désempli... Jusqu'à onze heures et demie il en est venu...

Comment voulez-vous que dans ce va-et-vient de masques et de costumes anonymes, dans une maison où je venais pour la première fois, j'aie pu remarquer si quelqu'un ouvrait ou non telle ou telle autre porte du vestibule, surtout n'étant pas prévenu que ce détail aurait, après coup, une importance quelconque ?

— Évidemment, murmura Olivier, perdant tout espoir...

« Il en a cependant... Il en a une considérable...

« Voyons, Tétard... aidez-moi... il s'agit d'une œuvre de justice...

« Si quelqu'un est entré dans le laboratoire pendant la période que vous indiquez, il est vraisemblable que vous ne l'ayez pas vu... mais après onze heures et demie, il y a eu une accalmie.

« S'il est venu encore quelques masques vers cette heure-là, ils ont dû arriver à distance, un à un... ou par couples... et peut-être ces derniers couples attardés ont-ils pu fixer davantage votre attention...

« Rappelez-vous !... Faites un effort !... Il le faut...

Tétard avait pris sa tête dans ses mains et se la grattait furieusement, dérangeant sa raie et l'ordre de sa chevelure cosmétiquée et cirée comme la piste d'un skating.

Il faisait un visible effort pour tâcher de rassembler quelques souvenirs.

— Je voudrais bien pourtant vous satisfaire, monsieur le juge, murmura-t-il... Attendez... attendez...

Il s'absorba quelques instants encore, puis, comme un homme qui, lambeau par lambeau, ressaisit et reconstitue des impressions fugitives...

— Oui... je crois en effet que, dans ce laps de temps, j'ai reçu encore trois personnes... un monsieur qui m'a remis son pardessus... deux dames qui avaient des manteaux de soirée par-dessus leur costume...

— Se sont-ils dirigés vers la porte du laboratoire ?

— Non. Ils venaient du dehors et sont montés directement au premier... et pourtant... et pourtant cette porte... je crois bien... voyons !... elle est bien située... à gauche en entrant dans la maison ?

— Oui... la porte de la salle à manger est en face, à droite... celle du laboratoire à gauche...

— En effet ! dit le témoin se frappant le front comme si un soudain éclair l'eût illuminé... oui... oui... je me souviens maintenant... vers une heure et quart du matin j'ai vu debout dans le vestibule, près de la porte du laboratoire, deux personnes...

— Comment étaient-elles ?

— L'homme était grand, masqué et brun... Il avait un domino...

— De quelle couleur ?

— Attendez... Attendez... gris... non, grenat...

Olivier jeta un regard sur sa table où s'étalaient les pièces à conviction et, désignant le domino de Sonia, posé à côté de celui de Colonna.

— C'est cela.

— Et sous ce domino, portait-elle ce costume ?

« Il désignait le costume de tsarine posé à côté de la défroque d'Arlequin.

— Je n'ai pu contrôler ce détail... dit Tétard... le domino, fermé devant, cachait les dessous complètement.

— Ils étaient seuls dans le vestibule ?

— Oui... seuls avec moi... mais ils ne me voyaient pas... puisque j'étais dans le renfoncement de l'escalier et qu'ils étaient, eux, près de la porte d'entrée.

— Venaient-ils du dehors ou descendaient-ils des salons du premier étage ?

— Je ne saurais préciser ce point... je les ai aperçus devant moi, sans les avoir vus arriver.

— Que faisaient-ils ?

— Ils étaient debout, face à face.

— Se parlaient-ils ?

— Non.

— Après ?

— La femme s'approcha d'une statue qui était là.

— Un buste en bronze ?

— Oui, c'est cela...

— Le buste de Pascal ?

— Pascal ?

Tétard chercha dans ses souvenirs.

Puis péremptoirement :

— Connais pas ! dit-il.

Un sourire passa sur les lèvres d'Olivier et de Clouet attentif à enregistrer demandes et réponses...

— Passons ! dit le juge... Après ?

— Elle parut prendre derrière cette statue quelque chose... que je ne distinguai pas... Puis elle ouvrit la porte en question et elle et l'homme disparurent.

— Avez-vous aperçu la tête de cette femme ?

— La tête ! oui parfaitement ! Je l'ai aperçue distinctement...

— Comment était-elle ? dit Olivier, croyant enfin toucher au but.

— Elle était masquée !

— Oh ! fit le juge avec impatience, tout le monde était donc masqué, dans cette maudite affaire !

— Dame ! riposta Tétard que rien ne déconcertait, puisque ça s'est passé dans un bal masqué.

— Vous avez vu au moins sa silhouette, ses cheveux ?...

— Parfaitement, et même ses yeux, qu'elle a un instant tournés dans ma direction.

— Comment étaient-ils, ses yeux ?

— Très beaux... m'a-t-il semblé, et très brillants sous le masque.

— Et l'ensemble de la femme ?

— Elle m'a paru grande et blonde.

— Reconnaîtriez-vous ces yeux, ces cheveux, cette silhouette ?

— Si je la revoyais telle que je l'ai vue, c'est probable.

— Prenez garde de ne pas vous tromper... Les paroles que vous prononcez sont graves... Vous reconnaîtriez cette femme que vous n'avez vue que masquée ? Cela me paraît difficile.

— Je la reconnaîtrais d'autant plus que je l'ai vue deux fois.

— Deux fois ?

— Oui...

— Comment ça ?

— Une première fois avec cet homme en domino grenat, une seconde fois à la même place, devant la même porte, et seule.

— Combien de temps après ?

— Une demi-heure après... Seulement, cette fois-là, elle avait enlevé son masque.

— Bah ! dit Olivier, dont l'intérêt redoubla. Elle avait enlevé son masque ?

— Oui !

— Que ne le disiez-vous tout de suite ! Et vous l'avez vue ?

— Comme je vous vois !

— Semblait-elle vouloir se dissimuler ?

— La première fois... oui... mais pas la seconde.

— Quelle impression vous a-t-elle faite ?

— Elle était très belle, et très pâle et semblait souffrante...

— Qu'a-t-elle fait ? demanda Olivier.

— Elle a refait vers la statue le même geste qu'une demi-heure avant et elle est entrée de nouveau dans la pièce en question, répondit Tétard.

— Vous l'avez vue entrer une première fois avec cet homme ?

— Oui, monsieur le juge.

— Vous ne l'avez pas vue ressortir de la pièce ?

— Non !

— Or, vous dites l'avoir vue rentrer une seconde fois quelques instants après... Pour y rentrer une seconde fois, il a bien fallu qu'elle en sortît... dans l'intervalle.

« Posté où vous étiez, vous auriez dû la voir sortir.

— Oui... mais c'est à ce moment-là que je me suis absenté cinq minutes.

— Entre la première et la seconde apparition ?

— Oui, monsieur le juge.

— De sorte qu'on peut supposer qu'étant entrée dans la pièce avec cet homme sous vos yeux, elle en est ressortie sans lui, durant votre absence et qu'elle y est rentrée de nouveau, seule, cette fois, après que vous eûtes regagné votre poste ?

— C'est ainsi vraisemblablement que les choses se sont passées.

— Et après sa seconde disparition dans la pièce, vous ne l'en avez plus revu sortir ?

— Non...

— Et vous n'avez rien entendu dans le laboratoire ?

— Rien... D'ailleurs, la musique jouait avec furie au premier, et il y avait de l'orage dans l'air et des coups de tonnerre lointains.

— Quelle heure était-il lors de la seconde entrée de l'inconnue dans le laboratoire ?

— Il devait être deux heures moins le quart du matin.

— Un quart d'heure avant la découverte lugubre ?

— Parfaitement...

— Qu'avez-vous pensé de ce manège ?

— J'ai pensé que ces personnes étaient de la maison, puisqu'elles avaient les clefs des portes, et que je me trouvais en face d'un couple d'amoureux cherchant un petit coin isolé pour flirter à l'aise.

— Cela ne vous a pas autrement intrigué ?

— Si vous serviez comme moi dans le grand monde, monsieur le juge, vous ne vous frapperiez pas pour si peu ! J'en ai vu bien d'autres !

— Comment se fait-il que vous n'ayez pas apporté de vous-même ces renseignements à l'instruction ?

— On ne me les a pas demandés. Et puis lors de la découverte du cadavre, je n'ai pu, je vous l'ai dit, voir ni le mort ni la femme...

« Je n'ai donc pas supposé que ça pouvait être ceux que j'avais vus quelques instants avant...

« Et, d'ailleurs, quand ç'aurait été eux, quelle importance cela pouvait-il avoir que je les aie ou non vus entrer dans cette pièce ?

« Du moment qu'on les y a trouvés, c'est qu'à coup sûr, ils y étaient entrés...

« Mon témoignage n'ajoutait donc rien à la chose.

— C'est ce qui vous trompe, repartit Olivier...

« En matière d'enquête, les circonstances en apparence les plus futiles peuvent prendre une importance considérable...

« Donc, vous affirmez que vous reconnaîtrez la personne que vous avez vue deux fois de suite en une demi-heure, une fois masquée et une fois démasquée ?

— Parfaitement.

— C'est bien, dit Olivier en proie à une agitation extraordinaire.

Puis il tira sa montre, échangea à voix basse quelques paroles avec Clouet, qui se leva, traversa le cabinet, ouvrit la porte et donna un ordre à un garde de service.

Immédiatement, Sonia, convoquée, la veille pour cette même heure, et qui attendait depuis quelques instants déjà dans le couloir, parut.

Elle était voilée d'une voilette épaisse en point de Chantilly.

— Mademoiselle, dit Olivier d'un ton qu'il s'efforça de rendre indifférent, veuillez avoir la bonté de lever votre voilette et de regarder cet homme.

— Pourquoi cela ? fit la jeune fille surprise.

— Je vous en prie, fit Olivier.

Sans comprendre, Sonia leva sa voilette et l'éclair de ses prunelles irradiées flamba, se posant sur Eugène Tétard.

Celui-ci s'était levé et regardait la jeune fille bien en face et de telle façon qu'elle en parut gênée et offensée.

— Eh bien ? demanda le juge.

— Eh bien, monsieur le juge, dit Tétard, toujours calmé, je reconnais parfaitement cette personne. C'est bien elle que j'ai vue, par deux fois, entrer dans le laboratoire.

VIII

CONFRONTATION

— Clouet ! veuillez lire à la prévenue la déposition du témoin...

Le greffier lut à Sonia l'interrogatoire qui précède.

Elle écoutait et à mesure qu'avançait la lecture, la surprise puis la stupeur se peignaient sur son visage.

Elle poussa quelques exclamations révoltées.

Mais imperturbable, Clouet lut jusqu'au bout. Quand il eut fini, il y eut un instant de silence.

Les quatre acteurs de cette scène s'entre-regardèrent, en proie à des sentiments différents.

Le greffier, Clouet, en spectateur intéressé.

Tétard en homme un peu étonné de la sensation produite par ses paroles.

Olivier et Sonia en adversaires qui, après une première passe d'armes indécise, reprennent un instant haleine pour continuer le combat avec de nouveaux éléments.

Le juge parla enfin.

— Vous le voyez, mademoiselle, dit-il, d'un ton à la fois grave et douloureusement pénétré...

« Vous le voyez, la déposition du témoin infirme la vôtre, car, alors que vous affirmez être entrée dans le laboratoire *seule*, pour y aller chercher un flacon d'éther, le témoin affirme, au contraire, qu'il vous a vue, par deux fois, entrer dans le laboratoire, et que la première fois vous étiez accompagnée par un masque dont la description répond exactement à celle de Colonna.

La gravité de cette déposition, accablante pour Sonia, ne lui échappa point, et faisant un pas vers l'homme, elle lui dit :

— Vous m'avez vue entrer dans le laboratoire avec un homme masqué, moi ?

— Parfaitement, mademoiselle, riposta Tétard, en donnant à Sonia le titre que lui avait donné le juge, se doutant bien, d'après les journaux qu'il avait lus, que c'était l'héroïne du drame de la villa Saïd qu'il avait devant lui.

— Voyons ! mon ami ! ce n'est pas possible !... Vous rêvez ! vous vous trompez. Regardez-moi bien !... Ce n'est pas moi !... Ça ne peut pas être moi que vous avez vue...

— Mais si ! c'est bien vous, mademoiselle... Vous êtes assez reconnaissable.

« La première fois, vous étiez masquée et vous aviez un domino mauve.

« La seconde fois sans masque, avec le même domino.

« Mais je vous ai bien reconnue chaque fois. Vous étiez à la même place. C'était bien vous.

— Vous avez fait le même geste, ajouta Olivier, le même geste vers la cachette où était la clef, cachette que, ce soir-là, vous étiez, avec votre père, la seule des personnes présentes à connaître.

— C'est abominable, murmura Sonia atterrée... abominable... je suis la victime d'une affreuse machination...

« Je vous jure que j'ai dit la vérité, la stricte vérité.

— Voilà qui prouve le contraire ! fit Olivier, frappant d'un coup sec les feuillets fraîchement écrits par Clouet.

— Comment ! reprit Sonia révoltée, comment ! entre le témoignage de ce domestique et le mien, vous n'hésitez pas... c'est lui que vous croyez !...

« Vous ne voyez donc pas que cet homme ment... qu'il ment effrontément !

— S'il mentait, comment connaîtrait-il ce détail de la clef cachée dans le socle de bronze ?... Cela prouve bien qu'il vous a vue, riposta Olivier.

— Oui, certes ! il m'a vue quand je suis entrée dans le laboratoire. Il m'a vue prendre la clef dans sa cachette... je ne le conteste pas... Mais j'étais seule et non accompagnée...

« J'étais à visage découvert et non masquée... Enfin je n'y suis entrée qu'une fois... Qu'aurais-je été faire deux fois de suite dans cette pièce ?...

« Vous voyez bien que, sur un fond de vérité, il brode un mensonge destiné à me perdre...

— Moi, mademoiselle, vous perdre ! et pourquoi ? riposta Tétard qui semblait abasourdi...

« Je n'ai rien contre vous. Je ne vous connais pas... je ne vous ai jamais vue avant cette soirée...

« J'ignorais même que le résultat de ma déposition aurait une telle importance.

« Si j'avais su que j'allais bouleverser une si belle personne, je me serais tu !

Sonia rougit de confusion sous le madrigal décoché si mal à propos par cet inférieur.

Elle en parut atteinte comme d'un outrage.

Olivier lui-même en fut mordu au cœur, dans sa jalousie surexcitée et vivement, d'un ton sec, il congédia Tétard non sans lui avoir fait signer sa déposition...

Haletante, Sonia se retourna vers Olivier.

Des larmes de colère et de rage aux yeux... et oubliant un instant leurs conventions, oubliant qu'elle parlait à un juge, ne voyant plus en lui que l'homme :

— Ainsi vous me laissez insulter, sanglota-t-elle... insulter et accuser...

« Entre la parole de ce valet et la mienne, c'est la mienne que vous mettez en doute !... Ah ! Ah !... quelle humiliation !

Un sanglot secoua Sonia et la rejeta sur sa chaise, la tête dans son mouchoir.

Olivier eut un moment d'émotion indicible...

Bouleversé par ces larmes, il eut envie de s'élancer vers Sonia et de lui demander pardon.

Mais sa raison et ses méfiances l'ayant vivement rappelé au sens de la situation :

— Niais que je suis, pensa-t-il. J'allais me laisser prendre comme un collégien à ces larmes !

« Des larmes !

« N'est-ce pas le suprême argument des femmes qui trompent... et qui mentent ?...

« Et il prend toujours sur les amoureux crédules !

« Ah ! mais c'est fini cela !

Furieux contre lui-même de sa faiblesse et de sa crédulité qui, une fois encore, avaient failli le rendre dupe de celle qui, il n'en pouvait plus douter, mentait impudemment, il se ressaisit et poussant l'interrogatoire :

— Remettez-vous mademoiselle, dit-il, cet homme n'a pas pensé vous insulter et l'hommage qu'il vous rend a été aussi naïf que spontané...

« Mais sa sincérité même prouve qu'il n'avait aucun intérêt à déposer contre vous... qu'il ne connaissait même pas la portée de ses paroles...

« Il ne pouvait les connaître ne vous ayant jamais vue auparavant... ne sachant pas qui vous étiez, ignorant les dessous de ce procès... et votre déposition précédente.

— Et qui vous dit, répondit Sonia, refoulant ses larmes, qui vous dit qu'il n'est pas payé, soudoyé par cette Léona Costamagna, cette Italienne, cette drôlesse, pour inventer des charges contre moi... Cette femme réclame cent mille francs de dommages et intérêts...

« Elle compte exploiter le scandale à nos dépens...

« Qui vous dit qu'elle n'est pas résolue à tout pour arriver à ses fins ?

« Même à acheter de faux témoignages.

— Pourquoi cette marchande à la toilette et ce garçon se connaîtraient-ils ?

« D'autre part, ce n'est qu'hier au soir que j'ai fait convoquer ce témoin...

« Nul ne le savait que l'agent de la Sûreté qui s'est occupé de le retrouver...

« Comment cette Léona eût-elle été prévenue ?

« Par quel moyen aurait-elle acheté cet homme ?

« Comment, lui-même, eût-il inventé une fable dont les détails se rapportent si exactement à l'hypothèse qui s'impose, qui s'est imposée dès le premier jour à mon esprit ?

— Quelle hypothèse ?

— Celle de votre culpabilité !

— Comment !... Vous croyez... vous osez ?...

— Oui... répondit le juge tristement mais nettement... oui... A présent, après cette accablante déposition, je ne puis malheureusement plus douter.

« Ce qui s'est passé est facile à reconstituer en procédant par inductions :

« Colonna, masqué, s'est glissé dans le bal, est arrivé jusqu'à vous et vous a demandé une explication sous menace de scandale.

« Vous l'avez entraîné dans le laboratoire, cadre désert et propice à un tête-à-tête...

« Par prudence, vous aviez à ce moment gardé votre masque, comme le témoin en fait foi.

« Naturellement, vous aviez intérêt à ce que l'on ne vous vît pas avec celui avec lequel vous aviez rompu tout projet de mariage quelques jours avant et que votre père avait chassé... Vous étiez déjà assez compromise.

« Dans le laboratoire où vous vous êtes enfermés, a eu lieu, entre cet homme et vous, une explication violente suivie d'une lutte... comme l'attestent les meubles renversés, lutte à l'issue de laquelle vous l'avez tué...

« Par quel moyen ? Je l'ignore encore — le médecin légiste éclaircira ce point.

« Affolée, vous demandant ce que vous alliez faire du cadavre... vous êtes sortie de la pièce... au moment où le témoin s'était absenté quelques minutes, ce qui fait qu'il n'a pu constater cette sortie.

« Vous avez eu l'idée d'appeler au secours.

« Vous avez erré quelques instants dans le bal, cherchant un appui, quelqu'un qui vous aidât à dissimuler ce mort compromettant, à le faire disparaître...

« Vous étiez terrifiée à l'idée du scandale imminent qu'allait amener la découverte du cadavre, dans cette pièce accessible seulement à votre père et à vous seule.

« A qui avoir recours ?

« Quelle complicité solliciter ?

« Vous n'avez pas trouvé... naturellement.

« Se confier c'était s'accuser.

« Alors l'idée vous est venue d'essayer, seule, de jeter le cadavre dans le jardin, par les fenêtres du laboratoire... vous espériez sans doute le traîner de là à travers les buissons jusqu'à un terrain vague qui limite votre jardin et où vous l'eussiez abandonné.

« Oubliant, dans votre affolement, de remettre votre masque, vous êtes rentrée dans la pièce... c'est là que le témoin vous a vue de nouveau, à visage découvert... cette fois...

« Vous avez, dans votre trouble, laissé la clef sur la porte... extérieurement...

« Puis, dans l'ombre, seule avec le mort, vous avez essayé de le traîner jusqu'à la fenêtre... (les dépositions des premiers témoins établissent que la fenêtre était ouverte quand on est entré dans la pièce)... en tirant de toutes vos forces sur le corps, vous avez même déchiré le domino qui le recouvrait... Voyez ! (il désignait le domino, parmi les pièces à conviction).

« Il est décousu et à la couture de la manche, ce qui prouve que vous l'avez pris par les bras...

« Mais le corps était trop lourd... Vous n'avez pu le déplacer qu'à peine.

« Alors, désespérée, acculée, vous êtes restée là, quelques secondes, ne sachant que faire, quand vous avez entendu la farandole se ruer dans l'escalier, se rapprocher et la porte du laboratoire, sur laquelle vous aviez laissé la clef extérieurement, s'ouvrir brusquement...

« Vous alliez être surprise avec la victime.

« De terreur, vous avez perdu connaissance... à moins cependant que vous n'ayez feint un évanouissement qui vous dispensait de toute explication...

« Osez donc dire que les choses ne se sont pas passées ainsi et que votre version du flacon d'éther n'est pas une pure fable !

Sonia avait écouté ce réquisitoire en frémissant...

Elle ne pleurait plus à présent... mais ses prunelles s'étaient comme agrandies de stupeur...

Et ce fut avec un accent d'indicible douleur, avec quelque chose de déchirant dans la voix qu'elle murmura :

— Vous croyez cela !... Vous croyez cela !... Vous ! vous !... Oh !...

Puis, son énergie soudainement fouettée :

— Ainsi, sur la foi d'un témoin douteux... vous bâtissez, par une série de déductions paradoxal[es], cet odieux réquisitoire contre moi...

« De ces indices... une fenêtre ouverte... un domino décousu... un domestique qui m'a vue entrer dans une pièce.

« De ces indices, vous faites des preuves accablantes... et vous concluez !...

« Ah ! que vous me connaissez mal !

Puis, avec une fierté, une dignité qui en imposaient :

— Me croyez-vous donc capable de descendre au subterfuge d'un tel mensonge... de m'obstiner dans une aussi piètre défense...

« Si j'avais eu assez de courage pour tuer cet homme, croyez-vous que je serais assez lâche pour ne pas l'avouer par peur du châtiment ?

— Ce n'est pas la crainte du châtiment, ni l'aveu du meurtre qui vous effraient... mais les motifs secrets qui l'ont déterminé...

« Ce que vous voulez cacher, pour votre honneur, pour celui des vôtres, pour votre monde c'est la faute qui a précédé le meurtre...

— La faute !

— Oui ! Vous avez été la maîtresse de cet homme et c'est pour l'empêcher d'en fournir la preuve, soit à vos parents, soit à tout autre intéressé, que vous l'avez tué.

Sonia eut un cri de protestation indignée.

— C'est la seule raison logique, la seule explication plausible qui puissent pousser une jeune fille de votre monde à tuer un homme dans des circonstances semblables :

— Ce n'est pas vrai ! Ce n'est pas vrai ! C'est monstrueux ! s'indigna la jeune fille semblant au comble de la détresse...

— Alors comment expliquez-vous tout ceci ? Le témoin était de bonne foi... Il vous a vue !

— Il ment !

— Dans quel but ?

— Il se trompe !

— On ne se trompe pas à ce point... Il vous a vue. Il vous a vue par deux fois...

— Il y a là quelque chose d'inexplicable... d'inouï qui m'échappe... que je ne comprends pas... car j'ai dit la vérité... rien que la vérité.

Olivier haussa les épaules avec impatience !

Quelle obstination à le duper ! Quel impossible espoir de le convaincre guidait donc Sonia ?

Eh parbleu ! N'était-il pas sa seule chance de salut ?

N'escomptait-elle pas sa faiblesse pour sortir indemne du procès et son amour lâche pour reconquérir ensuite une situation honorable en devenant sa femme ?...

Epouser le juge d'instruction d'un procès dont on est l'inculpée, n'est-ce pas la plus belle preuve d'innocence à jeter aux accusateurs ?...

A présent que le doute était dans l'âme du jaloux, il doutait de tout... de tout... et chacune des paroles de Sonia lui semblait un mensonge.

— Allons... avouez donc, fit-il enfin d'un ton cédé ; cette obstination à nier l'évidence ne vous mènera à rien... un franc aveu bien net vaudra mieux...

Par un détour indigne de son caractère, pour engager Sonia à l'aveu, Olivier ajouta, en l'enveloppant d'un regard ambigu, ces phrases à double entente qui promettaient ce qu'il était bien résolu à pas tenir.

— Il y a certains aveux qui par leur franchise rachètent la faute... et valent le pardon... l'oubli...

« On peut quelquefois passer l'éponge sur passé... et refaire sa vie... avec un honnête homme assez généreux pour oublier une faute commi[se]...

dans un moment d'égarement... mais que l'on réprouve... que l'on déteste...

« Avouez donc !... Avouez !

« Remarquez que si vous avez frappé cet homme, entré subrepticement chez vous, dont il avait été chassé, parce qu'il vous menaçait, vous étiez victime d'un chantage, de menaces, aggravées de violation de domicile et par conséquent, en état de légitime défense... ce qui me permettrait de conclure à un non-lieu... et l'affaire n'aurait pas de suite...

« Ce qui vaudrait mieux pour vous que cette résistance qui m'oblige à poursuivre le procès.

— Je ne puis, même pour être délivrée de ce cauchemar, avouer une faute que je n'ai pas commise... et d'ailleurs je ne souhaite pas que l'affaire en reste là, car je veux, moi aussi, la vérité.

— Puisqu'il en est ainsi, reprit Olivier surpris et quelque peu ébranlé par cette réponse si ferme, restons-en là pour aujourd'hui.

« Je comprends d'ailleurs vos hésitations. Il est certains aveux auxquels une jeune fille ne se résigne que péniblement...

« Mais songez que l'instruction sait quand il faut garder ses secrets... S'il est des parents à ménager, une réputation à sauvegarder... je puis vous donner ma parole d'honneur qu'aucune des paroles que vous prononceriez ici n'arriveraient à leurs oreilles.

« Ce n'est pas pour rien qu'existent l'instruction secrète et les huis clos de certains procès d'assises.

« Réfléchissez ! La nuit porte conseil.

« Demain, à la même heure, nous reprendrons cet interrogatoire... et peut-être enfin, vous déciderez-vous à m'éclairer.

Il se leva.

Sonia rabaissa sa voilette sur ses yeux encore rouges, et sans un mot, farouche et hautaine, elle sortit.

Rentré chez lui, Olivier s'écroula sur son lit... en proie à un terrible conflit moral.

Tout accablait Sonia... Et cependant une impassible lueur d'espérance dansait encore dans les brumes de son cerveau, puisqu'elle n'avait pas avoué...

Elle n'avait pas avoué !

Et même il lui semblait que dans sa protestation déchirante étaient passés des accents de révolte et de sincérité profonde.

Ment-on ainsi ?...

Ce valet avait-il dit la vérité ?

Le juge se reprocha sa brutale insistance comme un crime.

Perplexe, troublé infiniment, il convint avec lui-même qu'il ne croirait Sonia coupable que quand il entendrait sa confession de sa propre bouche !

IX

COUP DE THÉÂTRE

Comme les autres fois, après l'interrogatoire, Sonia était rentrée chez elle en voiture, dès l'audience terminée. Son père, seul, l'avait, ce jour-là, accompagnée au Palais et attendue dans les couloirs, Wanda était souffrante.

Les deux agents de la Sûreté Lafleur et Lelorrain qui filaient la jeune fille et l'avaient vu entrer dans l'hôtel Fergus avec son père, s'étaient, comme la veille, comme les jours précédents, arrêtés dans l'avenue que forme la villa Saïd.

C'était un contraste amusant que celui que présentaient, physiquement, ces deux agents.

Celui qui répondait au nom poétique de Lafleur-Despois, était un petit homme de cinquante ans, gras, rond, ventru, au nez fleuri et trognonnant.

Lelorrain, plus jeune, vingt-cinq ans à peine, était aussi grand, aussi efflanqué, aussi diaphane que son compagnon était gras et court.

Ils réalisaient, à eux deux, le célèbre couple de Don Quichotte et de Sancho.

Sancho-Lafleur, bien que passablement adonné à l'alcool, quand il n'était pas entre deux apéritifs, constituait un agent adroit et avisé.

Lelorrain-Quichotte, jeune et débutant dans le métier, était naïf, ingénu, bouillant et zélé.

Depuis l'ouverture de l'instruction, c'est-à-dire depuis bientôt dix jours, les deux policiers attachés à la filature de Sonia par leur chef, M. Volmard, l'avaient accompagnée à distance et sans qu'elle s'en doutât, dans toutes ses allées et venues et n'avaient rien pu remarquer d'anormal.

Sonia accomplissait toutes ses actions au grand jour, sans paraître le moins du monde se cacher.

Les deux agents n'avaient relevé dans son attitude aucune charge contre elle et cela commençait à les agacer quelque peu.

D'autre part, l'instruction, ils le savaient, n'avançait pas d'un pas.

Décidément, cette affaire méritait d'être classée !

Pourquoi M. de Lora s'obstinait-il ?

Jamais on ne pourrait établir la culpabilité d'une pareille prévenue !

Telles étaient du moins les réflexions de l'impétueux Lelorrain impatienté du résultat négatif de sa surveillance.

Et comme une fois de plus, il les communiquait, ce soir-là, à Lafleur, lui demandant avec impatience s'ils allaient ainsi suivre Sonia Fergus, longtemps encore.

— Diable ! fiston, tu es difficile, répondit Lafleur plus rassis. Tu te plains de suivre une jolie fille !

« Qu'est-ce qu'il te faut donc ?

« Je te souhaite d'avoir toujours à filer des clientes aussi... girondes.

Lafleur, comme tout bon policier qui se respecte, parlait volontiers l'argot des voleurs et des apaches.

— Certes j'aime le mêlé-cass... c'est mon faible ! Mais je lâcherais sans regret tous les apéritifs, tous les perroquets, toutes les mominettes de Saint-Tord-Boyau (saint Tord-Boyau, qui ne figure pas dans le calendrier, était éclos de l'imagination anticléricale de Lafleur), oui, je les plaquerais tous pour me régaler d'une des œillades de la mouquère en question...

« Quelles mirettes, chéri !

« Opérer dans la haute... vois-tu, ça vaut mieux, crois-moi, que de travailler dans les aminches qui vous jouent du lingue à tout bout de champ, ce qui est mauvais pour la santé des personnes délicates. Du moins mon docteur l'affirme.

— Soit, répondit Lelorrain en souriant, mais gironde ou non, la mouquère, comme vous dites, ne nous gratifie pas de la moindre œillade... et ne paraît pas plus se soucier de nous... qu'un poisson d'un téléphone...

« Elle semble même ignorer notre existence.

« Avouez que c'est humiliant, que cette péronnelle du grand monde n'ait pas même remarqué deux gentilshommes aussi distingués que nous et cela après quinze jours de poursuite, sans résultat ; c'est vexant !

« Elle ne sort qu'au grand jour, pour aller au Palais... au Bois... toujours escortée de son père, de sa mère, ou d'une femme de chambre...

« Pour une personne à qui les journaux attribuent le principal rôle dans un crime important... c'est vraiment banal... Pas la moindre sortie nocturne et solitaire !... Pas la plus petite démarche suspecte qui pourrait nous mettre sur une piste et qui nous ferait donner de l'avancement ou tout au moins une gratification...

— Patience ! enfantelet ! tout arrive, même les

choses qu'on désire... Et tiens, disperse-toi et la
ferme !

Brusquement, le policier envoya un coup de coude
dans l'estomac de son camarade qui aplatit celui-ci
dans l'encoignure d'une porte...

Lui-même se dissimula tant bien que mal derrière
un des arbres de l'avenue.

Malgré le crépuscule tombant ils avaient vu la petite grille du jardin des Fergus s'ouvrir et Sonia
paraître, seule cette fois.

Vivement, elle jeta un regard investigateur autour d'elle, n'aperçut pas les agents immobiles dans
la pénombre et fila en longeant la muraille vers la
rue Pergolèse.

Le cœur battant, Lelorrain et Lafleur emboîtèrent
le pas...

— Enfin ! murmura Lelorrain, ivre d'espoir.

— Chut ! fit Lafleur... peut-être que nous brû-
lons...

Dans la rue, Sonia marchait d'un pas rapide.

Les deux agents la virent monter dans un fiacre...

Ils en prirent un autre derrière elle avec ordre de
suivre le premier.

— Où allons-nous ? dit Lafleur.

— A la gloire ! dit Lelorrain.

— A la galette ! dit Lafleur plus positif, songeant
à sa gratification.

Puis, doctoral et pontifiant :

— Vois-tu, enfantelet, les grands criminels, dans
la période qui suit leur crime, éprouvent toujours
(c'est connu) le besoin d'en revivre les péripéties par
le souvenir.

« Si celle-ci avait, comme le disent les journaux,
un amant qu'elle a tué, c'est probablement chez lui
qu'elle nous mène... ou à l'endroit où ils se retrou-
vaient.

Et comme le fiacre qui les emportait, suivant
Sonia, arrivait à l'Etoile et descendait dans Paris
par l'avenue Wagram :

— Que disais-je ? Le prince à la manque, le rasta
qu'elle a estourbi perchait rue de Londres. Elle nous
emmène dans sa turne.

— Chez lui ! chez son amant ! Vous croyez ! dit
Lelorrain.

— J'en suis sûr ! Elle y aura oublié sans doute
quelque pièce compromettante qui a échappé à la
perquisition et qu'elle veut ravoir à tout prix... son
porte-monnaie ou des babillardes (des lettres, en
argot.)

« Nous la tenons, la môme !

« Nous n'avons qu'à nous laisser conduire à la
douce... et nous arrivons... dans un fauteuil.

Les deux fiacres filaient toujours dans Paris à
présent enveloppé de nuit que crevaient, çà et là,
les halos jaunes des becs de gaz.

Ce furent les Ternes, le quartier Wagram.

Puis les deux fiacres tournèrent à droite, l'un suivant l'autre, se dirigeant vers la rue Daru, avec
son église russe dont le dôme doré et renflé se des-
sina sur l'horizon, évoquant au cœur de Paris un
vague Kremlin, un coin de ville moscovite.

Brusquement le fiacre de Sonia s'arrêta.

Celui des policiers, dont le cocher avait été stylé,
stoppa à quelque distance.

Assis dans la voiture, ils guettaient.

La jeune fille descendit et s'engagea sur le trottoir...

Soudain, deux jurons sortirent de la bouche des
deux hommes aux aguets.

— Roulés ! grogna Lafleur !... L'adoré chez lequel elle va aujourd'hui ne la compromettra pas !...

Sonia venait d'entrer dans l'église russe, en ce
moment déserte.

— Ainsi vous avouez ! dit Olivier devenu soudain
plus pâle que le marbre... Vous avouez !

Il semblait prêt à défaillir tant le coup qui venait
de l'atteindre avait été violent !

C'était à l'audience du lendemain...

Sonia était arrivée à l'heure dite et sans que rien
pût laisser prévoir cette brusque volte-face, elle
qui, la veille encore, s'était défendue avec tant
d'énergie et d'acharnement, avec de si beaux accents de vérité aussi, venait de lâcher enfin l'aveu
complet de son infamie... et cela avec un calme
déconcertant...

Olivier et le greffier lui-même n'en pouvaient
croire leurs oreilles.

— Ne poursuivons pas davantage cette lutte,
avait dit l'inculpée... je suis à bout de forces...
j'avoue tout... c'est moi qui ai tué Colonna... pour
les raisons que vous avez dites... Toutes vos suppositions sont exactes... Faites de moi ce que vous
voudrez...

Et elle s'était tue, immobile, écroulée sur sa
chaise... semblant résignée aux pires éventualités.

Pour Olivier, bien qu'il y eût, contre Sonia, des
présomptions graves, bien qu'il eût lui-même ques-
tionné la prévenue jusqu'à l'acculer à l'aveu tant
qu'elle n'avait pas avoué, l'amoureux qui était en
lui conservait encore un vague espoir.

A présent, elle avait parlé, il n'y avait plus à
douter.

Si le magistrat triomphait, l'amoureux, éclairé
à fond, ne pouvait plus conserver la moindre illusion sur l'honneur ni sur la pureté de celle qu'il
avait tant aimée et qu'il avait rêvée chaste !

Elle était bien ce qu'il avait craint : une coquette
habile... une rouée terrible qui avait tenté de le duper jusqu'au bout et qui, voyant tout espoir perdu,
traquée, se livrait enfin... dans un moment de lassitude. Quel écroulement !

Quel abîme se creusait entre lui et elle !...

Ainsi elle avait été la maîtresse du rastaquouère !

Quel coup de poignard à la jalousie d'Olivier !

C'en était fait de ses rêves et des espérances de
sa passion !...

Ah ! l'horrible chose !

L'affreux déchirement pour son orgueil et pour
son amour !

Après l'abattement, ce fut une rage de vengeance
qui le souleva.

Oh ! que ne pouvait-il, dépouillant l'impassibilité
du juge et ne cédant qu'au mouvement de son orgueil blessé, que ne pouvait-il fustiger Sonia de son
mépris indigné !

Sans doute s'il n'avait été, par un prodigieux hasard, chargé d'instruire l'affaire, eût-il toujours
ignoré l'aveu que la conscience de la malheureuse
venait de la contraindre à faire au magistrat, mais
qu'elle n'eût évidemment jamais fait à l'amoureux
trop crédule de l'honneur duquel elle eût fait si bon
marché en lui apportant, en mariage, les restes
d'une pureté perdue.

Mais ce qui, dans l'âme d'Olivier, dominait tout,
c'était la souffrance, une souffrance aiguë, cruelle,
désespérée, intolérable.

Après la faute, malgré la faute, il aimait Sonia.

Il la méprisait... soit !

Mais il ne pouvait s'empêcher de l'aimer et de la
désirer aussi violemment qu'auparavant... davantage peut-être...

Son amour, quoique mêlé d'une singulière amertume, survivait cependant à la perte de son illusion, mais d'autant plus douloureux qu'il était à
présent sans espoir.

Oh ! broyer ces lèvres menteuses, crever ces
prunelles, écraser Sonia dans une étreinte sauvage,
vengeresse et passionnée !

Un instant, des nuages rouges passèrent devant
ses yeux.

Il eut la sensation que tout tournoyait autour de
lui ; les meubles de son cabinet, le visage de Clouet,
impassible et insoupçonneux du drame intime qui
se jouait devant lui ; celui de Sonia où la fleur pourpre des lèvres saignait dans une pâleur cireuse.

Mais il fallait remplir son devoir !

Responsable de l'instruction, il devait la poursuivre.

Déjà, aux yeux de Clouet qui s'attendait à une attitude triomphante du juge devant l'aveu enfin obtenu de l'inculpée, son abattement pouvait passer pour singulier...

Par un violent appel d'énergie, il se ressaisit et, redevenant le magistrat en apparence impassible, esclave de ses fonctions, il poursuivit l'interrogatoire.

— Je vous sais gré de cet aveu tardif, mais, mieux vaut tard que jamais, dit-il avec une ironie douloureuse à peine voilée.

« Seulement l'instruction a besoin de connaître, plus en détail, les motifs de votre acte.

« Voulez-vous, je vous prie, préciser les circonstances du meurtre ?

Sonia leva sur Olivier des yeux d'angoisse et de détresse, des yeux qui semblaient demander grâce...

Il détourna son regard.

— La justice a besoin d'être éclairée, prétexta-t-il pour justifier et excuser son insistance.

« Voyons ? comment les faits se sont-ils passés ?

— Comme vous l'avez dit ! murmura la jeune fille d'une voix brisée.

— Précisez, fit Olivier avec une cruauté d'homme épris et trahi, qui se venge, en martyrisant l'infidèle et veut être édifié jusqu'au bout.

Sonia voila son visage de ses mains, muette... torturée...

Visiblement, l'aveu qu'elle venait de faire lui coûtait abominablement et sans doute lui était-il plus pénible encore d'en préciser les détails...

Cependant, elle fit un effort, démasqua son visage, puis parut hésiter... chercher...

Des mots flottèrent sur ses lèvres...

Et ce fut tout !

— Voyons, dit Olivier, faut-il que je vous confesse ?

« Avez-vous tué cet homme parce qu'il avait abusé de votre bonne foi en se faisant passer à vos yeux pour ce qu'il n'était pas et par dépit, par colère, par désespoir d'avoir livré à ce drôle votre honneur et votre pudeur par une faute qui (vous l'avez appris trop tard hélas !) devenait irréparable ?...

« Ou bien l'avez-vous frappé parce qu'il vous menaçait de révéler cette faute à vos parents... et à d'autres peut-être, de faire un scandale public ?

— Pour ces deux raisons ! fit Sonia dans un souffle.

— Mais que voulait-il de vous ? Vous épouser sans doute, en dépit de tout !

— Oui...

— Il voulait votre dot... et son entrée dans une famille honorable.

— Vous a-t-il menacée de vive voix ou par lettre ?

— Par lettre !

— Il vous a écrit après avoir été chassé de chez vous ?

— Oui.

— Combien de fois ?

— Deux fois.

— Avez-vous conservé ces lettres ?

— Les voici.

Sonia tira d'un petit portefeuille et tendit à Olivier deux lettres froissées.

Il y jeta les yeux avidement.

J'espère, disait la première lettre, *que bien que votre père m'ait chassé sur une dénonciation anonyme...*

(Ah ! que ne puis-je savoir d'où elle vient ! Que ne puis-je tenir le dénonciateur et le châtier comme il le mériterait !)

J'espère, dis-je, que vous n'avez pas, vous, ajouté foi à ces odieuses calomnies... En tous cas, on ne rompt pas toutes relations avec un homme tel que moi sans lui accorder une explication personnelle.

C'est cette explication que je viens vous supplier de me consentir...

J'ai à cœur de me justifier à vos yeux... Je suis sûr que quand vous m'aurez entendu, vous comprendrez toute la vérité et que vous voudrez bien plaider ma cause et m'aider à rentrer en grâce auprès de votre père... car, malgré ce qui s'est passé, je ne renonce pas à un projet qui est le plus cher de ma vie...

J'ose espérer que cette rupture n'est pas définitive...

Accordez-moi l'explication que je demande où vous voudrez, quand vous voudrez.

Demain, au Bois, par exemple, allée des Acacias... où nous nous sommes rencontrés quelquefois à cheval... et vous verrez que je tiens à honneur de me justifier.

Je vous aime à en perdre la raison...

Et il signait tout au long :

ORSO COLONNA.

La seconde lettre, plus brève, contenait ces simples mots :

Pourquoi n'avez-vous pas daigné répondre à ma prière ?

Prenez garde ! On ne se joue pas ainsi de moi.

J'ai en mains certaines armes et dans l'égarement de ma passion outragée... je me sens capable de m'en servir.

Que ceux qui me font du mal se le tiennent pour dit et qu'ils veillent !

ORSO COLONNA.

— C'est bien clair, murmura Olivier, poignardé.

Olivier reprit :

— Comment se fait-il que vous ayez ces lettres sur vous ? Vous aviez donc prévu que je vous les demanderais aujourd'hui ?

— Je les avais toujours sur moi, répondit Sonia... Je ne pouvais les laisser à la maison dans la crainte que mes parents ne les trouvassent.

— C'est juste... Sont-ce là les seules lettres que Colonna vous ait écrites ?

— Oui...

— Permettez-moi de les conserver et de les classer.

Et sur un geste de faible protestation :

— Elles doivent figurer au dossier du procès...

Et il catalogua ces lettres parmi d'autres pièces.

Puis il reprit :

— Ce Colonna avait-il, de son côté, des preuves de votre faute ?

Sonia regarda Olivier sans paraître comprendre.

— Des preuves ?

— Oui... Des lettres de vous... établissant votre culpabilité et comme on en écrit dans certains moments...

« En avait-il entre les mains ?

— Je... je ne sais plus... je ne me rappelle plus... balbutia-t-elle.

— Comment ? Vous ne vous rappelez pas si, oui ou non, vous lui aviez écrit précédemment ?

— Non !... Non !...

— Alors, s'il n'avait pas de preuves contre vous, pourquoi cette crainte... cet affolement devant ses menaces ?...

« Vous pouviez toujours nier...

— Non... mais... c'est-à-dire... si ! Je lui avais écrit, en effet... oui... oui... je me souviens à présent... je lui avais écrit !

— Souvent ?

— Une... ou deux fois... oui... deux fois...

— Étranges contradictions !... songea Olivier,

... ton hésitant, presque égaré de Sonia...

Après tout, le trouble, l'humiliation où devait la plonger une telle confession faite à lui, Olivier, ne suffisaient-ils pas à expliquer, à justifier l'incohérence des réponses de la malheureuse ?

— C'étaient donc ces lettres qu'il avait en sa possession qui vous effrayaient tant et auxquelles il fait allusion dans son second billet menaçant ?

— Oui !

— Vous avez laissé ces deux lettres de lui sans réponse ?

— Oui...

— Alors exaspéré, comme vous vous dérobiez, il est venu, sous le couvert du masque, vous demander, en plein bal, l'explication que vous lui refusiez en se servant des lettres qu'il avait entre ses mains pour forcer votre consentement ?...

Sonia fit un signe affirmatif.

— Il vous a proposé de fuir avec lui, voulant rendre le mariage inévitable et, comme vous refusiez, c'est alors, sans doute, qu'il se servit de nouveau de cette menace de tout révéler à votre père, le soir même, par un affreux scandale public, et en lui montrant vos lettres comme preuves à l'appui

« Alors, vous, frémissante de révolte et de dégoût devant l'infamie de cet homme, épouvantée des conséquences de sa révélation, vous l'avez frappé

— ...

— Avec quoi ?

A chacune des suppositions émises par Olivier, Sonia, les yeux fixes, semblant dans un état d'hypnose, acquiesçait d'un léger mouvement de tête... sans même prononcer le « oui » étranglé dans sa gorge.

Elle semblait atrocement souffrir.

Cependant, devant la dernière question, elle demeura muette et immobile, comme embarrassée.

— Je vous demande avec quoi, avec quelle arme vous avez tué Colonna... précisa le magistrat.

Et comme elle gardait le silence.

— Etait-ce avec une arme blanche ou un revolver ?... J'en doute car on n'a pas trouvé de traces de sang à proximité.

— Non... fit Sonia.

— Alors... avec quoi ?

— Mais... avec... avec le premier objet que j'ai trouvé sous ma main.

— Quel était cet objet ?

— Mais... je n'ai pas vu... c'était dans l'ombre... j'ai pris au hasard... n'importe quoi... un tisonnier je crois...

— Vous croyez ? fit Olivier de plus en plus étonné. Vous devez pourtant être sûre ?

— Oui ! je suis sûre, affirma Sonia dont le visage venait de s'empourprer soudain sous le regard soupçonneux du juge.

« On retrouvera le tisonnier dans la cheminée du laboratoire.

— Colonna est-il mort sur le coup ?

— Je le crois !

— Vous avez donc dû le frapper à la tempe ?

— J'ai frappé au hasard... c'était dans une demi-obscurité.

— Il est tombé aussitôt ?

— Oui.

— Quand il a été étendu à vos pieds, vous lui avez repris vos lettres ?

— Oui.

— Qu'en avez-vous fait ?... Les avez-vous détruites ?

— Oui.

— Brûlées ?

— Tout de suite...

— Et après... qu'avez-vous fait ?

— Tout ce que vous avez dit hier...

— Ainsi mes hypothèses... votre sortie de la pièce pour trouver un secours... votre rentrée... vos efforts pour jeter le cadavre dans le jardin, par la fenêtre, tout cela est l'expression exacte de la vérité ?

— Oui.

Clonet eut à l'adresse du magistrat un regard admiratif, comme pour le féliciter de sa perspicacité et de sa pénétration vraiment divinatrice.

Mais Olivier, lui, ne paraissait pas partager la confiance de son subalterne.

Il eût souhaité des explications plus amples, une précision plus grande dans les réponses, par trop évasives, quand elles n'étaient pas contradictoires ou incohérentes.

Sonia semblait s'abandonner tout à fait.

Quelles raisons déterminaient cette nouvelle attitude ?

Etait-ce qu'après l'aveu, doublement terrible, fait à l'homme qu'elle avait dû épouser, Sonia, se sentant irrémédiablement perdue, n'attachait plus aucune importance à l'énumération fastidieuse des détails réclamés par la justice ?

Etait-ce toute autre cause encore obscure ?

Olivier se posa la question sans la résoudre.

— Vous ne dites pas toute la vérité, poursuivit-il.

« Vos réticences... vos hésitations... la brièveté de vos réponses... tout cela me surprend et me fait supposer autre chose encore...

« Voyons, puisque le plus fort est fait, allez jusqu'au bout...

« Tout ce que vous pourrez dire à présent ne pourra vous charger davantage... et votre silence peut avoir des conséquences dangereuses en laissant le champ libre à d'autres suppositions...

— Lesquelles ? fit Sonia avec une expression d'angoisse mal dissimulée.

— Que sais-je, moi ? reprit-il... On peut croire par exemple, que si vous n'avouez pas toute la vérité, c'est que vous y avez un intérêt quelconque, que les choses ne se sont pas passées comme je l'ai dit ; que vous avez agi avec préméditation, et tiré Colonna dans un guet-apens à l'aide d'un ou de plusieurs complices que vous voulez sauver.

Sonia se leva comme piquée par une vipère.

— Aurais-je touché le point sensible ? pensa Olivier.

— Des complices ! articula la jeune fille dont les yeux lancèrent des lueurs troubles.

Et, s'animant soudain :

— Des complices... un guet-apens ! c'est insensé !

« Comment ? Pourquoi ?... A quel propos ?

« Je vous ai fait l'aveu le plus douloureux qu'une créature telle que moi puisse faire... douloureux pour ma pudeur, pour mon honneur, pour mon orgueil : l'aveu d'une faute et d'un meurtre.

« Je me suis humiliée devant vous abominablement.

« De ma honte, je vous ai fourni des preuves ces deux lettres, et vous ne vous déclarez pas suffisamment édifié !

« Vous imaginez je ne sais quelles absurdes complications mystérieuses ?

« Vous rêvez autre chose que ce que j'ai dit.

« En vérité, c'est fou ! c'est fou !

« Ah ! grâce ! Cessez de me torturer...

« Je suis accusée !... je me reconnais coupable. Que faut-il donc de plus à votre insatiable cruauté ?

— Alors, s'il n'y a rien d'autre, si tout s'est passé comme je l'ai supposé, pourquoi d'abord cette défense acharnée de votre part, cette indignation qui semblait sincère.

— Quelle est celle qui, même coupable, ne se défendrait pas, dans une situation pareille, quand elle a à sauvegarder sa réputation, son honneur et celui des siens, sa liberté, sa vie peut-être ?

— Mais pourquoi, en ce cas, ce brusque revirement ?

« Il y a, entre ces deux attitudes, une contradiction soudaine et flagrante !

« Pourquoi avouez-vous, aujourd'hui ?

« Parce que je ne puis faire autrement ; parce que les dépositions du témoin et vos conclusions m'accablent ; parce que je suis lasse de lutter ; parce qu'enfin vous m'avez promis que ma honte ne serait ni révélée à mes parents ni publiée... et cette promesse je vous la rappelle !

« *L'instruction sait garder ses secrets*, m'avez-vous dit, hier...

« C'est confiante en cette parole que je me suis résignée à tout confesser, après une nuit de réflexions.

« Quelle nuit !

« Mais vous êtes seul à savoir ce secret. Eux, ils ignorent tout les malheureux ! De grâce, ne me trahissez pas !

« Je vous en supplie !... Épargnez-moi vis-à-vis d'eux... que je n'aie pas à rougir de ma honte devant mon père... devant ma mère... Épargnez-les, eux aussi ! Au nom de la pitié ! »

Autant Sonia avait été contrainte et silencieuse, autant elle s'exprimait, à présent, avec une éloquence fébrile et passionnée.

Les arguments expliquant sa conduite semblaient justes.

Olivier, ébranlé, demeura quelques instants songeur.

— Je ne demande qu'à vous satisfaire sur ce point, dit-il... Mais au degré où en sont les choses, comment faire ?

— On pourrait encore, à la rigueur, leur cacher la faute... mais le crime... le crime dont vous vous reconnaissez coupable... comment le leur cacher ?

— Oh ! je vous en prie ! il le faut... qu'ils ne sachent pas que j'ai avoué... et que je suis coupable... ils en mourraient.

— Quelles raisons invoquerais-je donc vis-à-vis d'eux si j'étais contraint à user contre vous de mesures extrêmes ?

— Quelles mesures ?

— Votre arrestation.

— M'arrêter, moi ?

— N'êtes-vous pas coupable d'un meurtre,

— D'un meurtre commis en état de légitime défense, pour me préserver contre des menaces de chantage, après violation de domicile comme vous le disiez hier, vous-même, en me promettant, si j'avouais, de terminer l'affaire par un non-lieu, étant données ces conditions toutes particulières.

« C'est cette promesse de vous qui a contribué à me décider à parler.

« Était-ce donc là un subterfuge ? Me trompiez-vous donc ?

« Ah ! ce serait abominable !... indigne de la justice d'avoir recours à de pareils détours.

Sonia s'était levée.

Une inquiétude, mêlée de colère, se lisait dans ses prunelles fixées sur Olivier, qui, à son tour, semblait embarrassé du moyen auquel, en bon juge d'instruction, habitué à toutes les ruses professionnelles, il avait dû avoir recours.

Vis-à-vis de Sonia, bien qu'il la méprisât à présent, il avait honte d'avoir fait montre d'une duplicité indigne de son caractère... indigne de lui...

Allait-il donc passer outre et la mettre lui-même en état d'arrestation ?

Quels que fussent, en ce moment, ses griefs, il ne pouvait faire qu'il ne l'eût aimée, qu'il ne l'aimât encore, malgré tout... et que l'idée de cette arrestation lui répugnât horriblement.

Il se représentait la scène qui pouvait avoir lieu, s'il le voulait, les gardes venant mettre la main au collet de Sonia et la traînant en prison, dans la promiscuité odieuse des criminelles, des prostituées...

Voilà le supplice qu'il pouvait infliger d'un mot à celle qu'il avait voulu sa femme !...

C'était là le moment le plus cruel de l'épreuve qu'il avait acceptée.

— Soit ! dit-il enfin après un long combat intérieur, je ne me dédis pas de ce que j'ai dit hier... je vous laisse en liberté.

Sonia tressaillit légèrement.

— Mais en liberté provisoire, corrigea Olivier. Il m'est impossible, en effet, de rendre un non-lieu avant que le rapport du médecin légiste soit venu confirmer votre déposition.

Le visage de Sonia, un instant éclairé, s'assombrit.

— ...Et sans que j'en aie contrôlé tous les détails, en reconstituant le meurtre avec vous, sur place.

« Vis-à-vis de vos parents, nous nous en tiendrons, jusqu'à nouvel ordre, ainsi que vous le désirez, à votre première version, et ce sera soi-disant comme témoin que nous vous interrogerons encore chez eux et que nous procéderons à cette reconstitution... D'ailleurs, je les éloignerai... je trouverai un prétexte... Fiez-vous à moi.

Sonia inclina la tête en signe de remerciement, pour bien montrer à Olivier qu'elle lui savait gré de cette suprême délicatesse.

— Une fois cette reconstitution opérée, nous verrons... conclut Olivier.

Cette phrase vague et ambiguë laissait le champ libre à toutes les éventualités.

Du geste, Olivier congédia l'accusée.

Elle sortit, terrassée, s'appuyant à la muraille, marchant d'un pas automatique comme si cet aveu eût épuisé en elle la faculté de souffrir, tandis que le jeune homme, en dépit de son apparence énergique et ferme, sentait saigner goutte à goutte la blessure que cette confession, enfin arrachée, venait de lui faire en plein cœur...

Cependant, la conviction que Sonia n'avait pas tout dit et qu'il aurait encore d'autres choses à découvrir s'ancrait en lui de plus en plus...

X

UNE EXPERTISE MÉDICO-LÉGALE PEU BANALE
ET SES CONSÉQUENCES

Le lendemain une même voiture emportait quatre personnes vers la villa Saïd.

La première était Olivier de Lora.

La seconde était Clouet, le greffier.

La troisième était M. Volmard, chef de la sûreté, un homme de cinquante ans, athlétique (il avait dû souvent faire lui-même le coup de poing contre les apaches).

La quatrième était M. Commère, le nouveau procureur de la République.

Soixante ans, petit, gras, boudiné dans sa redingote et bedonnant, avec sa face rasée, rondelette et rouge, encadrée de favoris gris et son petit nez court, M. Commère n'était pas positivement beau.

Derrière son lorgnon brillaient des yeux gris aigus, qui, au temps où M. Commère était juge suppléant, semblaient percer à jour les consciences des accusés.

Ayant fait toute sa carrière en province, peu au courant des choses de Paris, M. Commère était extrêmement curieux de ces choses.

Venu au début pour les premières constatations judiciaires avec M. Gabel, les côtés mystérieux de l'affaire n'avaient pas laissé d'attirer son attention.

Il s'était intéressé aux dessous de ce drame mondain et parisien.

Parisien !... Ce mot magique exerçait une attraction particulière sur son âme provinciale.

Il avait résolu, en même temps qu'Olivier, de déchiffrer l'énigme de l'affaire... autant pour la cause de la justice que par dilettantisme et par curiosité de pénétrer dans l'alcôve d'une jeune fille du monet d'y rencontrer toutes les turpitudes qu'il attribuait volontiers aux Parisiennes en qui son ignorance mêlée de préjugés provinciaux voyait des créatures perverses... *des êtres de perdition* suivant la forte expression de l'Ecriture.

Il est vrai que Sonia était une Parisienne matinée de Slave... mais qu'elle fût née et élevée à Paris... cela suffisait pour qu'elle méritât la méfiance de M. Commère.

S'étant tenu au courant de chaque interrogatoire, il n'avait pas été sans relever, lui aussi, certaines étrangetés dans les aveux récents de l'accusée.

Il partageait avec le juge cette conviction, que le dernier mot n'était pas dit.

— Certes votre enquête a été menée très habilement, monsieur le juge d'instruction, avait dit M. Commère à Olivier, et vous êtes arrivé très rapidement à obtenir des aveux fort délicats, ce dont je vous félicite chaleureusement.

(Le pauvre homme ne pouvait soupçonner quelle signification cruelle prenaient pour Olivier ces félicitations.)

« Mais (vous l'avez flairé, et moi aussi d'ailleurs) il y a autre chose à trouver... Quoi ? je ne sais pas encore !

— Je chercherai, avait dit Olivier.

— Nous chercherons, avait riposté le procureur, car je prétends vous y aider.

Voilà pourquoi le magistrat avait tenu à venir avec le juge, son greffier et le chef de la sûreté, présider, en personne et sur les lieux, à la reconstitution du crime.

C'était cette formalité judiciaire que les trois hommes allaient remplir ce jour-là à la villa Saïd où des agents en bourgeois, qui les avaient déjà précédés, les attendaient devant la porte de l'hôtel Fergus.

Plus que jamais, sous l'œil de son supérieur, Olivier devait se dominer et dissimuler...

D'ailleurs que lui importait à présent que tout espoir était mort, toute illusion perdue.

Il n'avait qu'à oublier le passé.

Cependant, il éprouva encore une émotion intense à rentrer pour la première fois en magistrat, dans cette maison où il était venu en amoureux, le cœur plein d'espoirs aujourd'hui détruits.

Son bonheur avait été de courte durée et c'étaient les cendres encore chaudes de ce bonheur si bref qu'il venait tisonner, cendres dans lesquelles il venait de découvrir tant de scories !

Cruelle fatalité !

Lui-même devait porter le coup de grâce à son pauvre amour agonisant !...

Le savant et sa fille attendaient les magistrats au seuil du laboratoire.

Le juge avait fait prévenir Fergus de sa visite et, par une suprême délicatesse, pour tenir la parole donnée la veille à Sonia, il avait, alléguant les égards dus à des parents malheureux, demandé au procureur et au chef de la sûreté de garder, avec lui, aussi longtemps qu'il serait possible, vis-à-vis de ceux-ci, le secret de la culpabilité de la jeune fille.

Le procureur et M. Volmard avaient promis...

Donc, aux yeux du chimiste, cette visite domiciliaire des magistrats n'était qu'une simple formalité judiciaire.

— Messieurs, dit le savant qui paraissait ému et troublé, je vous serais reconnaissant de procéder sans bruit, car ma femme, sous le coup de l'émotion éprouvée à voir notre enfant mêlée à cette malheureuse affaire, a dû s'aliter.

« En ce moment même, elle repose au second étage de l'hôtel, dans sa chambre, tous volets clos, avec 40 degrés de fièvre... Cela vous explique notre inquiétude.

« Inutile de vous dire que dans ces conditions, je lui ai laissé ignorer votre nouvelle visite de ce matin.

Pleins de déférence pour le savant, les magistrats promirent de s'acquitter de leur tâche le plus discrètement possible et pénétrèrent avec Sonia dans le laboratoire.

Fergus voulut les y accompagner, alléguant qu'il y avait là des machines délicates et des produits chimiques en voie de manipulation, des plans et des papiers particuliers qui l'obligeaient à n'y jamais laisser entrer aucun étranger hors de sa présence.

— N'ayez crainte, monsieur, dit le procureur, nous n'approcherons pas de vos alambics, ni de vos machines, et respecterons vos papiers, qui, d'ailleurs, ont été déjà perquisitionnés sans résultat.

« Il s'agit seulement pour nous d'établir la position du cadavre au milieu de la pièce, au moment où Mlle Fergus l'y a découvert.

« Nous comptons d'ailleurs également sur votre témoignage personnel, mais vous n'ignorez pas qu'en matière judiciaire chaque témoin doit, selon la loi, être interrogé, d'abord séparément.

Fergus céda à ces raisons et laissa les magistrats s'enfermer avec sa fille, tandis que, pour plus de prudence, les fidèles Lafleur et Lelorrain, postés du côté du vestibule par leur chef, M. Volmard, en défendaient extérieurement l'accès.

— Ça se corse ! avait soufflé Lafleur.

— Ça m'en a l'air, riposta Lelorrain.

— J'ai comme une idée que le curieux (le juge d'instruction en argot) a découvert le pot-aux-roses... Quel malheur que ce ne soit pas nous !...

— Pauvres gourdes que nous sommes !

— Des poires ! Quoi ! Des poires ! conclut Lafleur rageur et dépité.

Cependant, de l'autre côté de la porte, dans le grand hall de l'électricien-chimiste où le jour entrait à flots, le procureur, M. Volmard, Olivier et Clouet inspectaient du regard les machines électriques aux rouages brillants et compliqués, les vitrines pleines de fioles et, dans un coin, un coffre-fort d'acier à secret, soigneusement clos...

Sonia, pâle et semblant accablée, attendait debout au milieu de la pièce, le bon plaisir des magistrats.

— Mademoiselle, veuillez reconstituer la scène du meurtre, dit Olivier à voix basse pour se conformer aux recommandations de Fergus.

Alors, Sonia parut faire un visible effort sur elle-même, puis sortant soudain de son accablement, elle reprit la version de la veille, mais en en précisant les détails, cette fois, et en donnant à l'appui de ses dires des explications topographiques, indiquant leurs places lorsque Colonna l'avait menacée, si elle ne consentait pas à fuir sur-le-champ avec lui, de montrer à son père les lettres révélatrices ; l'endroit où elle l'avait frappé, celui où il était tombé ; la position du corps ; indiquant la façon dont elle avait essayé, ensuite, de le traîner à la fenêtre, sans y réussir ; rejouant pour ses auditeurs tout le drame dont Olivier avait si bien su pénétrer, deviner la marche à travers les négations et les réticences de la prévenue.

A présent, les obscurités qui, la veille, embarrassaient sa déposition avaient disparu.

La jeune fille contait les choses avec une décision un peu fébrile, mais une clarté parfaite qui semblait ne devoir laisser aucun doute dans l'esprit des magistrats.

Une fois encore son attitude avait changé totalement.

Tandis qu'elle parlait, le procureur avait suivi ses explications, avec un vif intérêt — explications enregistrées par Clouet.

Quand elle eut fini, Olivier se taisant, le procureur rompit le silence qu'il avait observé jusque-là et s'emparant à son tour de l'interrogatoire :

— Ainsi, dit-il, il n'y a eu de votre part aucune préméditation ?... Vous avez agi seule, sans complice, et vous avez frappé dans un instant d'affolement... sur une menace qui vous épouvantait ?

— Absolument ! répondit Sonia... vivement. Comment eussé-je eu un complice, puisque nous étions seuls enfermés dans cette pièce ?

« Jamais je n'eusse osé mettre qui ce que fût dans le secret de ma faute.

Olivier remarqua qu'elle parlait de sa faute comme d'une chose naturelle, avec un cynisme réellement stupéfiant.

En vérité, cette créature était de plus en plus déconcertante.

— Vous auriez donc frappé cet homme avec un tisonnier, poursuivit le procureur, au moment où il allait sortir de cette pièce pour livrer vos lettres à votre père ?

— Oui, monsieur le procureur !

— Et où est cet instrument ?

Sonia jeta les yeux vers la haute cheminée et désignant un lourd tisonnier de bronze Louis XIII, dans le style des chenets.

— Le voici ! dit-elle...

Les trois hommes se rapprochèrent et examinèrent le tisonnier.

Il était à manche ciselé et terminé par une sorte de lame taillée en biseau et tranchante.

— Voilà, en effet, un objet qui, bien manié, peut devenir une arme redoutable, dit le procureur en prenant l'instrument et en le faisant tournoyer.

« Pour que la victime ait été tuée sur-le-champ, il a fallu que l'arme l'atteignît à la tête... comme le faisait observer hier M. le juge d'instruction... et endommageât fortement la boîte crânienne.

« Le médecin légiste a dû, à l'autopsie, relever cette blessure, capable d'amener la mort soudaine.

— C'est probable !

— Avez-vous reçu, monsieur le juge, le rapport médico-légal ?

— Pas encore ! dit Olivier.

« Mais j'ai téléphoné, ce matin, moi-même au docteur Skoff qui m'a prié d'excuser son retard attribuable à des causes qu'il m'expliquera de vive voix, m'a-t-il dit...

« Je l'ai convoqué ici aujourd'hui même pour qu'il assistât avec nous à la reconstitution du meurtre et vînt confirmer les dires de l'inculpée...

Olivier remarqua sur le visage de Sonia la même expression d'inquiétude qu'il y avait lue la veille en faisant allusion à ce rapport.

Que redoutait-elle donc ?

— A quelle heure avez-vous convoqué le docteur Skoff ?

— A deux heures !

— Il est deux heures et demie, dit le procureur tirant sa montre.

— Il devrait être ici déjà !

A ce moment, dans l'avenue, le bruit d'une voiture fit se dresser toutes les têtes.

Un fiacre s'arrêta devant l'hôtel et un petit homme entre deux âges, au teint coloré, à la barbe en pointe, rédingoté de noir, cravaté de blanc, en descendit.

C'était le célèbre docteur Skoff, le médecin légiste.

Le chef de la sûreté se rendit au-devant de lui et, quelques instants après, Fergus demeuré dans le vestibule, voyait avec stupeur, après cette longue attente, la porte se refermer sur le nouveau venu, sans que Sonia en eût franchi le seuil.

— Docteur, dit Olivier, nous attendions votre rapport sur l'affaire Colonna avec impatience. Nous comptons sur lui pour apporter à l'enquête certains éléments nécessaires pour la lumière complète... Vous nous avez fait bien attendre, sans reproche...

— Quand vous connaîtrez les raisons de cette attente, vous m'excuserez, je l'espère, messieurs, répondit le docteur Skoff.

— Quelles sont-elles, ces raisons ?... Pour faire une autopsie, faut-il si longtemps ?

— Non, certes... L'examen du corps et l'autopsie de la victime ont été faits en détail avec un soin minutieux.

— Et que vous ont-ils révélé enfin ?

Le docteur se tira la barbe, ce qui, chez lui, était le signe d'un extrême embarras, toussa deux ou trois fois, puis, levant les yeux sur Sonia, qui semblait suivre ses paroles avec une attention mêlée d'anxiété :

— Puis-je parler devant un tiers ? demanda-t-il

— Oui ! fit Olivier, mademoiselle est Mlle Sonia Fergus, le principal témoin.

Le médecin s'inclina avec déférence.

C'était la première fois qu'il pénétrait à l'hôtel Fergus, dont il n'avait jamais vu les maîtres ; il ne connaissait le savant que de réputation et ne soupçonnait l'existence de sa fille que depuis qu'il avait lu les journaux relatant l'affaire.

— Messieurs, dit-il, de l'examen du corps qui m'a été confié et de son autopsie faite minutieusement, il résulte ceci :

« Ou je ne suis qu'un incapable, ayant perdu subitement l'usage de mes facultés mentales, ou il est impossible dans l'état actuel de la science de déterminer les causes de la mort du sujet...

Les personnes qui entendirent cette extraordinaire déclaration s'entre-regardèrent avec une égale stupeur.

Le docteur parlait-il sérieusement ?

On ne pouvait douter de sa science.

A cinquante ans, une brillante carrière emplie d'expertises criminelles avait fait du docteur Skoff une des notoriétés de la médecine légale.

Son savoir, son expérience et son autorité étaient incontestables et incontestés.

On ne pouvait donc mettre en doute le sérieux de son attitude, surtout en une si grave et si tragique circonstance... à moins qu'il ne fût devenu subitement fou.

Mais son assurance, son calme imperturbable, la netteté de son regard infirmaient cette hypotèse...

Alors ?

Que signifiait ce singulier aveu d'impuissance de la part d'un des princes de la science ?

— Je ne comprends pas ! fit Olivier, au comble de l'étonnement... Veuillez vous expliquez, docteur..

— Mais... je ne comprends pas moi-même, reprit le médecin...

« En vérité, je vous le répète, je me trouve en face d'un des cas les plus singuliers qui aient été jamais soumis à mon expertise.

« Le corps ayant été porté à la Morgue, le matin même du crime, et mis dans l'appareil frigorifique, je suis venu, quai de l'Archevêché, l'autopsier avec mes internes.

« Nous avons prélevé les viscères, l'estomac, le cœur, les poumons, le foie, le pancréas, les reins.

« J'ai autopsié muscle par muscle ; j'ai fait analyser les organes précités par le chef du laboratoire de toxicologie.

« J'ai même prélevé une certaine quantité de sang qui a été enfermée dans des éprouvettes préalablement stérilisées, pour le faire analyser.

« Enfin, j'ai procédé à un examen histologique, c'est-à-dire à l'examen des tissus eux-mêmes... et, après toutes ces opérations délicates, qui ont nécessité un certain temps (ce qui vous explique la cause de mon retard), je n'ai rien trouvé d'anormal chez le sujet.

Le médecin légiste poursuivit :

— Les organes, le sang, étaient parfaitement sains.

« Aucune blessure, aucune lésion, aucun épanchement interne, aucun traumatisme, rien, rien, rien ne pouvait me mettre sur la voie !...

« On dirait que dans cet organisme intact, la vie a été suspendue brusquement.

« Ainsi s'arrête une montre sous l'action d'une variation de température.

« Il a dû y avoir paralysie brusque du bulbe et par conséquent du cœur...

« Or, cette paralysie, selon toute apparence, ne peut avoir été produite que par une **cause** artificielle, extérieure...

« Quelle est cette cause ?

« That is the question !

« Ici est l'énigme pour moi indéchiffrable et devant laquelle tout mon savoir et tous mes efforts demeurent impuissants.

De nouveau, le juge, le procureur, le chef de la sûreté, le greffier et l'inculpée s'entre-regardèrent, avec stupéfaction.

Chez Sonia, à la stupeur semblait se mêler une angoisse croissante.

— Voyons, docteur, reprit Olivier, n'est-il pas possible que la victime soit morte assommée par un instrument qui l'aurait frappée au crâne ?

Le docteur eut un sourire et un haussement d'épaules.

— Il y aurait eu, en ce cas, une lésion de la boîte crânienne suivie fort probablement d'une rupture des vaisseaux sanguins et le cerveau eût été inondé de sang.

« Or, l'encéphale est parfaitement sain et la boîte crânienne ne porte pas la moindre ecchymose.

Olivier et le procureur se tournèrent vers Sonia d'un même mouvement et n'eurent pas besoin de formuler leur pensée ; leur mimique était suffisamment significative.

Elle baissa la tête et garda le silence.

Mais, retardant encore le moment de la confondre définitivement, Olivier, en présence du nouveau mystère qui se dressait devant lui, voulut tenter d'éclairer sa religion :

— Voyons, docteur, insista-t-il, n'existe-t-il pas, médicalement parlant, certains moyens de tuer, qui ne laissent aucune trace ?

— Peut-être, dit le docteur.

« Par exemple une épingle enfoncée dans le bulbe d'un être peut le tuer immédiatement et être retirée sans laisser de trace à l'autopsie.

« Mais ceci est peu connu.

— Et dans le domaine des poisons ?

— Encore !... oui... certains poisons que nous avons naturellement dans le sang, tels que l'arsenic, par exemple, peuvent, à l'autopsie, échapper à l'évaluation de l'opérateur... d'autant que bien des gens en absorbent sous forme de remèdes... La liqueur de Fowler, l'arséniate de soude, peuvent entrer en grande quantité dans l'organisme, sans qu'on puisse se rendre compte si le malade qui en fait usage en a absorbé une dose assez forte pour déterminer la mort.

« De même, chez les morphinomanes, et les éthéromanes ou les adonnés au chloral, dont l'état préalable d'intoxication peut égarer l'analyste.

— Le sujet était-il morphinomane, éthéromane ou adonné au chloral ?

— L'analyse de son sang ne le démontre pas.

— Dans l'hypothèse de l'empoisonnement, il faudrait donc écarter tous ceux des narcotiques que vous venez d'énumérer ?

— Absolument.

— Que resterait-il alors comme poisons foudroyants remplissant les conditions voulues ?

— Il y en a quelques-uns.

« La *brucine*, la *vératrine* par exemple. Ce sont des poisons mondains et mystérieux par excellence... Quatre ou même deux centigrammes donnent la mort par engourdissement du système nerveux, du nœud vital.

« Avec eux, pas de faux pas et surtout pas d'ennuis ! Pas de goût, pas d'odeur ! Aucune trace révélatrice à l'autopsie !

« Il y a également l'*hyoscine*, poison nouveau, extrait de la jusquiame, dont dix centigrammes peuvent donner la mort, par paralysie du cœur.

« L'hyoscine est très recommandée pour calmer les épileptiques et les aliénés...

« Vous le voyez, messieurs, tous ces poisons ont des qualités rares.

Le docteur Skoff vantait ces drogues mortelles avec une aisance et une grâce inconscientes de spécialiste à qui l'habitude a fait perdre la notion exacte du pouvoir malfaisant des choses qui lui sont familières.

Ainsi, comme le dit Hamlet, le fossoyeur qui, habitué à l'idée de la mort, chante en creusant une tombe.

Le docteur n'eût pas parlé plus élégamment s'il se fût agi de parfums pour jolies femmes.

— Pour un peu, on en mangerait sur du pain, songea le chef de la sûreté, en dissimulant un sourire.

— Les particularités de ces toxiques sont-elles connues du vulgaire ? dit le procureur.

— Fort peu, reprit le docteur, et leur emploi supposerait une connaissance extraordinaire de la chimie chez l'assassin ou chez le sujet, car après tout il est permis de supposer que Colonna s'est suicidé.

— C'est peu probable ! dit Olivier.

— C'est impossible, affirma le procureur, que l'énigme à présent passionnait.

« Tout permet au contraire de croire que Colonna a été assassiné, car, l'état de cette pièce, quand les premiers témoins y ont pénétré, les meubles renversés, indiquent qu'une lutte, et une lutte acharnée, a été livrée et que c'est vraisemblablement à la fin de cette lutte qu'il a succombé.

— Si cela était, reprit le docteur songeur, il faudrait supposer au meurtrier une force bien extraordinaire pour terrasser un athlète tel que le sujet et le contraindre à boire le poison présumé...

« Cela eut lieu récemment en Italie, dans l'affaire *Bonmartini*... Seulement les assassins étaient deux contre un... une femme et son frère !

« Ils terrassèrent le mari gênant et tentèrent de lui injecter du curare.

« Mais le curare laisse des traces...

« Il faudrait donc supposer, je le répète, chez le ou les auteurs d'un crime si raffiné, si scientifique, en même temps qu'une longue préméditation, une rare science de la toxicologie, pour avoir su choisir et préparer, de longue main, un poison assez sûr pour tuer sur le coup sans laisser de traces... Ce ne pourrait être qu'un meurtrier extraordinairement savant.

— Un meurtrier extraordinairement savant, répéta le procureur en appuyant sur chaque syllabe.

Et, machinalement, il promena ses yeux autour de lui...

Ces cornues, ces machines, ces vitrines pleines de produits chimiques, de fioles, ces alambics où macéraient toutes sortes de mixtures, de bi-carburés, d'oxydes, de sulfures, d'acides, de toxiques, ces ballons renfermant des gaz délétères ; tout cela n'était-ce pas les éloquentes manifestations de la science moderne, cette arme à deux tranchants qui, selon la façon dont on la manie, peut être salutaire ou meurtrière ?

Et cette arme redoutable, n'était-elle pas à la disposition d'un inventeur hardi et avancé ayant fait d'étonnantes découvertes parmi lesquelles il en était, dont il connaissait seul le secret ?

Seul ?

Mais non !

Sa fille qu'il adorait, sa fille intelligente, instruite et, en dépit de la coquetterie inhérente à son âge et à son sexe, curieuse de science, comme beaucoup de jeunes filles modernes, avait été quelquefois (Olivier le savait) initiée aux travaux paternels.

Dans un siècle de science, pourquoi ne pas supposer le crime scientifique?

L'affaire évoquée par le docteur Skoff, « le crime à l'inoculation », marquait un progrès dans les moyens de tuer — si l'on peut, à pareille matière, appliquer le mot progrès.

Pourquoi l'héroïne de cette sorte de meurtre n'aurait-elle pas le visage pâle, les yeux verts comme l'eau dormante et traversée de lueurs sourdes, l'expression tourmentée et complexe de cette Slave affinée, mais à l'atavisme barbare, et dont Olivier s'était si malheureusement épris?

Les mêmes réflexions assaillaient M. Commère et M. Volmard.

En présence de cette déposition, l'intérêt de cette instruction qui semblait épuisé se ranimait singulièrement.

L'enquête allait prendre un tour nouveau.

Soudain, le procureur poussa une exclamation et, se retournant vers le praticien:

— Vous dites, docteur, que les poisons qui tuent sans laisser de traces sont: la *vératrine* et la *brucine*?

— Exactement, monsieur le procureur.

Alors, désignant une vitrine qui abritait une armée de fioles qui, depuis quelques instants avaient attiré son attention:

— Voici de la vératrine, dit le procureur, ainsi que son étiquette l'indique. La fiole est à moitié vide.

Sonia s'était dressée.

Olivier, M. Volmard et Clouet échangeaient un regard significatif.

Visiblement la découverte du procureur faisait sensation.

— Permettez, dit le docteur, soudain effrayé des conséquences que le procureur paraissait vouloir donner à sa déposition.

« De ce que le savant toxicologue Pascal Fergus ait dans sa vitrine des poisons de toutes sortes, il ne faut rien conclure, sinon que le chimiste a fait des travaux intéressants.

« Remarquez que je n'ai pas dit que la victime eût été empoisonnée.

« D'ailleurs, en pareil cas, le premier soin d'un coupable, quel qu'il fût, eût été de faire disparaître sur-le-champ le poison qui eût servi à son crime, preuve flagrante de celui-ci...

« Croyez-moi, messieurs, il n'y a dans la découverte de cette fiole, qu'avoisinent, d'ailleurs, bien d'autres poisons, ainsi que l'indiquent les étiquettes qui ceinturent ces flacons, il n'y a là ni preuve, ni présomption, mais une coïncidence, une pure coïncidence.

— C'est bien, dit le procureur agacé par les restrictions du docteur qui semblaient contrecarrer son opinion.

« Vous n'avez rien à ajouter, docteur?

— Rien!

— Et le rapport officiel?

— Le voici!

Olivier et le procureur parcoururent le rapport que leur tendait le docteur Skoff et s'arrêtèrent un instant aux conclusions formulées en ces termes:

« Ou le mort que nous avons été chargés d'autopsier par commission rogatoire du parquet de la Seine a succombé à une affection invisible et inconnue dans l'état actuel de la science, ou il a été tué par des moyens mystérieux et inexplicables qui n'ont pas laissé de traces et que l'autopsie la plus minutieuse n'a pu révéler! »

— Je vous remercie, docteur. Vous pouvez vous retirer, dit le procureur.

Le médecin sorti, le procureur se retourna vers Sonia.

La jeune fille avait suivi avec une anxiété visible et croissante la déposition du médecin...

Au moment de la découverte de la vératrine dans la vitrine de toxicologie, une stupeur réelle s'était peinte sur son visage, qui n'avait point échappé à l'œil perspicace du procureur.

— Eh bien, mademoiselle, dit-il, voici qui infirme votre déclaration.

« Colonna n'a pas été assommé au cours d'une lutte où vous eussiez été en cas de légitime défense... mais bien assassiné avec préméditation par des moyens mystérieux et raffinés.

— C'est faux! dit Sonia sourdement.

— Vous reconnaissez-vous toujours coupable?

— Oui...

— En ce cas, puisque vous avouez une partie de la vérité, livrez-la donc tout entière... Dévoilez à la justice les moyens obscurs que vous avez employés pour tuer cet homme... On vous tiendra compte de vos aveux.

— Je ne puis parler...

— Pour quelles raisons?

Sonia garda le silence.

— Vous refusez de répondre sur ce point?

— Oui.

— Prenez garde!... En vous taisant, vous laissez le champ libre aux pires suppositions... Vous compromettez gravement une autre personne qui vous touche de près... qui vous est chère...

— Une autre personne?

— Oui... vous allez laisser, par votre attitude, s'accréditer la version de l'empoisonnement par la vératrine trouvée dans cette vitrine.

« Et comme il est visible que vous seule, avec vos frêles mains, n'eussiez pu terrasser votre adversaire et consommer un tel crime, on va croire que vous avez un complice et que ce complice si savant qui sait tout prévoir, sonder les secrets de la mort et échapper si habilement à la perspicacité de la science médico-légale... c'est...

— C'est?

— C'est celui que tout semble désigner ici même... c'est votre père...

— Mon père! mon père! coupable! Ah! c'est faux... c'est faux...

Sa poitrine se souleva, haletante.

Elle fut prise d'un trémissement nerveux, tandis que ses yeux, pleins de larmes à présent, adressaient à Olivier, resté muet, une douloureuse prière.

Sous ce regard éloquent, il dut détourner le sien.

— Il ne tient qu'à vous, mademoiselle, crut-il devoir intervenir d'un ton presque suppliant, de dissiper ce soupçon d'un mot, en dévoilant la vérité...

« Voyons! Encore une fois, comment avez-vous tué Colonna?

Sonia semblait ne pas entendre...

— Prenez garde! reprit le procureur sévèrement. En vous obstinant au silence, après votre premier aveu de culpabilité, vous aggraverez votre situation.

« Je vous le répète. De prévenue qui a frappé, étant en état de légitime défense, vous allez passer au rang de coupable qui a prémédité un crime accompli peut-être avec des complices, dans des conditions particulièrement obscures, et qui, en taisant ces conditions, tente d'égarer la justice en laissant le champ ouvert à toutes les hypothèses.

— Faites ce qu'il vous plaira, dit Sonia... je n'ai rien à ajouter à ce que j'ai déjà dit.

— En ce cas, monsieur le juge d'instruction, faites votre devoir.

En entendant cet ordre impérieusement formulé par son supérieur, un nuage rouge passa devant les yeux d'Olivier.

Il eût voulu que la terre s'entr'ouvrît sous lui, pour l'engloutir en cet instant...

Mais il devait obéir.

Par un effort suprême d'énergie, étendant la main vers la jeune fille qu'il aimait à en mourir, il prononça, d'une voix tremblante, ces mots définitifs qu'il eût voulu être le dernier à proférer:

— Sonia Fergus, au nom de la loi... je vous arrête !

La phrase tomba sur son cœur comme le coupe-
ret d'une guillotine.

XI

L'ANATHÈME !

Sonia avait chancelé sous le coup.

Elle avait dû, pour ne pas tomber, s'appuyer au
dossier d'une chaise.

Puis, soudain, paraissant prendre son parti, elle
avait relevé la tête et dit à ses tortionnaires :

— Au moins, vous me permettrez de faire mes
adieux à mon père ?

— Tout à l'heure, dit le procureur, répondant
pour Olivier.

« Nous désirons l'interroger d'abord.

« Veuillez l'appeler vous-même... sans ajouter un
mot devant lui sur ce qui vient d'être dit et sortez
de cette pièce, dès qu'il y sera entré... pour aller
faire vos préparatifs de départ.

« M. le chef de la sûreté vous attendra dans le
vestibule et, dès vos adieux faits, vous voudrez
bien le suivre.

— Une dernière prière, messieurs... supplia Sonia.

« M. le juge d'instruction m'a promis de respecter vis-à-vis de mes parents le secret sinon de
mon crime, du moins de ma faute.

Comme le procureur ne répondait pas, le visage
fermé :

— Cette promesse sera tenue, intervint Olivier.
Je saurai, vis-à-vis de votre père, invoquer des
motifs plausibles pour justifier votre arrestation,
tout en sauvegardant votre pudeur.

Elle eut un geste de remerciement vague et désespéré.

Puis, ouvrant la porte et se penchant vers le
vestibule :

— Père, articula-t-elle faiblement, viens !

Fergus parut.

Ainsi qu'il lui avait été prescrit, Sonia le laissa
entrer et, dès qu'il fut dans le laboratoire, elle
en sortit en silence et gagna sa chambre, au second étage, tandis que l'agent Lafleur, sur l'ordre
de M. Volmard, la suivait et l'attendait sur le palier, sans faire de bruit, pour ne pas éveiller la
malade, que Sonia évita de voir pour lui épargner
l'atroce secousse et de la révélation de son arrestation et de l'adieu.

Cependant, en bas, le savant encore ignorant de
ce qui venait de se passer, était à présent seul
avec les deux magistrats, le policier et le greffier,
dont les regards scrutateurs convergeaient sur lui.

Ses yeux gris aux prunelles ardentes allaient
en ce moment de l'un à l'autre des personnages
présents, avec inquiétude, comme s'il eût instinctivement flairé en eux des adversaires.

Les allées et venues du chef de la sûreté, la
durée inattendue des constatations et de l'interrogatoire de sa fille, déjà mandée plusieurs fois au
Palais, la visite du médecin légiste, l'énervement
de l'attente devant ce mur derrière lequel il se
passait quelque chose qui le touchait de près,
tout cela semblait avoir mal disposé le chimiste.

Comme les magistrats continuaient de le fixer en
silence, avec une persistance singulière :

— Eh bien, messieurs, dit-il, vos constatations
étayées du témoignage de ma fille vous ont-elles
enfin révélé quelque indice ? Votre enquête a-t-elle
fait un pas en avant ?

— Oui ! dit le procureur... un grand pas...

— Alors vous êtes sur la piste du coupable ?

— C'est-à-dire que nous le tenons !

— Ah ! tant mieux ! fit Fergus...

Et l'expression de la joie la plus vive se peignit
sur son visage.

— Et quel est-il, messieurs, ce coupable ? ajouta-t-il.

— Je vous le dirai bientôt, fit le procureur qui,
décidément, prenait cette fois l'instruction en main
au grand soulagement d'Olivier, qui, d'ailleurs,
ne se fût pas senti la force d'aller jusqu'au bout,
veuillez auparavant répondre à quelques-unes de
mes questions.

— Mais volontiers !

— Il est exact, n'est-ce pas, que ce Colonna,
qu'on a trouvé mort ici même, s'est introduit chez
vous sous un faux titre en se donnant pour ce qu'il
n'était pas ?

— Très exact.

— Il a surpris votre bonne foi ?

— Je l'avoue !

— Il en a profité pour se poser en soupirant vis-
à-vis de Mlle Fergus, qui, le croyant ce qu'il
prétendait être, a encouragé sa recherche ? —

— Encouragé... encouragé... jusqu'à un certain
point !

— Les choses ont été assez loin puisque le mot
« mariage » a été prononcé.

— C'est vrai... Mais il a été prononcé par
Colonna seul et à un moment où je le croyais encore honorable, riche et représentant pour ma
fille un bon parti... je ne doutais pas alors de sa
bonne foi...

— Mais vous avez été éclairé bientôt !

— Heureusement !

— Qu'avez-vous éprouvé en découvrant la vérité ? demanda le procureur.

— Ce que tout homme d'honneur, ce que tout
père adorant son enfant et soucieux de son avenir
et de son bonheur, éprouverait en pareil cas, répondit Fergus, c'est-à-dire une indignation légitime, une révolte de tout mon être.

— Qui alla jusqu'à la colère, jusqu'à la fureur ?

— Certes !

— Fureur qui se manifesta au cours d'une explication que vous eûtes avec l'aventurier.

— Parfaitement... Je le démasquai, rompis avec
lui et le chassai !

— Ne proféra-t-il pas alors des menaces contre
vous et votre fille ?

— Oui.

— Quelles furent ces menaces ?

— Je les compris mal ! Elles furent proférées en
italien... tout ce que je saisis, c'est qu'il me menaçait d'un scandale.

— Ce mot de « scandale » ne vous a-t-il pas ouvert les yeux ?

— Sur quoi ?

— Sur la nature et le degré d'intimité des relations de Colonna et de Mlle Fergus ?

Le savant pâlit.

— Monsieur le procureur ! fit Olivier, intervenant brusquement.

Et son regard éloquent rappelait au magistrat la
promesse de discrétion faite à la jeune fille.

Mais le procureur haussa les épaules, affirmant
ainsi qu'il s'embarrassait peu d'inutiles scrupules,
pourvu qu'il atteignît son but.

D'ailleurs, ce n'était pas lui qui s'était engagé au
silence, mais Olivier.

Peu sentimental, le procureur, dans son for intérieur, n'avait pas approuvé cet acte chevaleresque
et inutile chez un juge d'instruction, estimait-il.

Cependant, répondant à l'insinuation du procureur, la voix altérée soudain :

— Je ne comprends pas, dit Fergus.

— Vous comprenez fort bien. Votre fille s'était
compromise avec cet étranger... compromise gravement, irrémédiablement peut-être !

— Encore cette stupide accusation ! s'écria le
savant, soudain blême de colère.

Accusation vraisemblable... vraie !...

La pâleur de Fergus s'accentua.

— Je vous défends ! fit-il avec violence.

— Laissez-moi parler, poursuivit M. Commère plus impérieusement encore.

« Nous représentons ici la justice et la loi. Vous devez la lumière à l'une, l'obéissance à l'autre... Écoutez-moi jusqu'au bout ; les faits sont simples, faciles à reconstituer.

« Votre fille, ignorant la vraie identité de celui qu'elle croit pouvoir considérer comme son fiancé, étourdie, grisée de promesses, sans doute, commet... une imprudence... une faute... appelez cela comme vous voudrez.

« Elle apprend la vérité... Vous chassez le goujat... Mais il a en mains des preuves du déshonneur de Mlle Fergus.

— Des preuves ?

— Oui, des lettres qu'elle a eu l'imprudence de lui écrire... et de ces lettres il se fait une arme contre elle, contre vous, menaçant de briser l'avenir de votre fille, de la déshonorer publiquement si on s'obstine à la lui refuser.

« Cependant votre passé est irréprochable. Vous êtes illustre, au faîte des honneurs et sur le point de doter la France d'une merveilleuse arme de guerre, le canon-éclair. On vient de vous nommer officier de la Légion d'honneur... et la menace de ce scandale où croulerait tout cet édifice échafaudé avec tant de peine vous affole...

« D'autre part, céder aux menaces de ce rastaquouère, l'admettre dans votre famille, vous ne le voulez pas... vous ne le pouvez pas...

« Cependant, le maître chanteur se fait plus pressant. Il montre les dents.

« Que faire ?

« Il faut éviter cette honte qui rejaillira sur vous, sur votre fils...

« Il faut que la faute de Mlle Fergus demeure secrète.

« Il faut parer le coup à toutes forces... à tout prix...

« Il faut ravoir les lettres, fût-ce au prix de la vie de votre ennemi...

« Qu'est-ce, d'ailleurs, que la vie d'un aigrefin de cette espèce à côté de l'honneur d'un homme utile comme vous et de toute une famille riche, estimée, considérée ?

— Et alors ?

— Et alors... Mon Dieu... il est facile, sous prétexte de composer avec un tel personnage, de l'attirer dans un guet-apens.

« Néanmoins, encore, faut-il agir adroitement, de façon à ne pas encourir de poursuites plus fâcheuses encore que le reste...

« Cela vous est facile.

« Vous êtes un chimiste éminent... vous avez l'habitude de manipuler des produits chimiques, des gaz délétères, des poisons de toutes sortes ; bref, les moyens ingénieux de tuer sans laisser de traces ne peuvent manquer à un savant tel que vous.

— Vous osez supposer... rugit Fergus écumant.

— Je ne suppose pas... je sais que cet homme est venu ici, le soir de la fête, renouveler ses menaces à votre fille et à vous et qu'à vous deux, au cours d'une lutte terrible, vous l'avez terrassé et que vous l'avez tué par des moyens scientifiques qui ne sont, entre vos mains expertes, que jouets d'enfant.

Suffoquant, les yeux exorbités, Fergus avait bondi sur le procureur.

— C'est infâme... infâme !... ce que vous dites là !

— C'est vrai ! riposta le magistrat acharné que rien ne désarçonnait.

— Vous êtes fou ! fou ! ! On n'élève pas des accusations aussi abominables contre un homme tel que moi sans fournir des preuves.

— J'ai ces preuves !

— Qui vous les a fournies ?

— Votre complice ! Votre propre fille.

— Ma fille ! Sonia !

— Oui ! Elle vient de s'avouer coupable et de vous accuser en nous livrant toute la vérité sauf le nom de l'arme dont vous vous êtes servi pour tuer Colonna.

Le savant demeura un instant immobile, comme changé en pierre.

Il se passa la main sur le front.

— Voyons... Est-ce que je rêve ? murmura-t-il.

Les témoins de cette scène épiaient celui qu'avait si audacieusement accusé le procureur, « en plaidant le faux pour savoir le vrai » suivant un vieux système judiciaire qui, croyait-il, « prenait toujours ».

Le visage de Fergus, envahi d'un flux de sang, avait rougi, à croire que ses veines allaient éclater.

Ses traits s'étaient effroyablement contractés.

Mais une détente soudaine se produisit brusquement chez l'inventeur et éclatant d'un rire saccadé :

— Voyons, monsieur le procureur, fit-il, avouez que tout ceci n'est qu'une déplorable plaisanterie et que vous avez voulu vous moquer de moi !

« Qu'est-ce que c'est que ce conte à dormir debout ?

« Ma fille ! M'accuser ! Moi !... et de quoi ? D'un meurtre dont la cause demeure mystérieuse... et serait empruntée à des moyens scientifiques connus de moi seul !

« Non, mais traitez-moi donc d'alchimiste, de satanique, de sorcier, comme au moyen âge, et faites-moi brûler en place de Grève !

Les yeux métalliques du savant brillaient de colère et un rictus d'ironie et de sarcasme crispa l'arc de sa bouche rasée, tandis que ses longs cheveux s'agitaient autour de sa tête comme si des ondes électriques les eussent traversés...

Il évoquait bien ainsi le souvenir méphistophélique de l'alchimiste moyenageux auquel il faisait allusion.

Comme le procureur se taisait, à présent déconcerté :

— Allons ! j'ai deviné juste ! j'aime mieux cela ! fit-il soulagé.

Et il respira bruyamment.

Puis :

— Et remarquez que cette fable est d'autant plus absurde qu'elle ne rencontrerait pas créance dans le cerveau le plus mal équilibré, puisque, sans considérer les raisons morales que je ne daignerais même pas faire valoir pour ma défense, trois cents témoins, mes invités, peuvent attester que, pas une seconde, durant toute la soirée à l'issue de laquelle cet homme a été trouvé mort ici, je n'ai quitté les salons du premier étage, où je recevais, présidant la fête sans masque et à visage découvert...

« Si c'est là le résultat de votre enquête, messieurs, je ne vous félicite pas.

« Que diable, on ne vient pas chez eux troubler ainsi les honnêtes gens par d'aussi absurdes accusations !

La hauteur de cette attitude acheva de décourager le procureur, tout penaud de s'être aussi grossièrement fourvoyé, car l'argument invoqué par Fergus l'avait atteint en pleine poitrine.

Froissé dans sa vanité, humilié, mécontent, il haussa les épaules à son tour et ne trouvant rien à répondre, il s'adressa cette fois, à voix basse, à Olivier :

— En vérité, monsieur le juge, lui dit-il, j'y perds mon latin... L'affaire présente des complications vraiment inouïes... C'est un casse-tête chinois.

« Après tout, poursuivez votre enquête comme

que vous semblera. Vous êtes le seul maître de
l'instruction.

« J'ai voulu vous aider... je n'y ai pas réussi...
je m'en lave les mains !

Et il tourna le dos et prit son chapeau prêt à
sortir.

Avant qu'il franchit la porte, Olivier crut devoir, pour atténuer, présenter, de sa part, un
semblant d'excuses au père de Sonia.

— M. le procureur de la République n'a pas
ajouté foi lui-même un seul instant aux paroles
qu'il vient de prononcer, dit-il, ce n'était là qu'un
piège, un moyen que légitime la recherche de la
vérité, de cette vérité que nous croyons toujours
saisir et qui toujours nous échappe.

Olivier poursuivit :

— Pourtant il est juste d'ajouter qu'au point où
en est l'enquête, si l'argument irréfutable que vous
venez de fournir écarte tout soupçon de votre personnalité, si l'honneur de Mlle Fergus est sauf, il
pèse néanmoins sur elle des présomptions suffisamment graves pour que nous nous voyions contraints
de la mettre en état d'arrestation.

Pour le coup, Fergus perdit son sang-froid.

De nouveau, ses traits se bouleversèrent.

— Ma fille... ma petite Sonia !... Vous l'arrêtez !
elle ! dit-il.

— Hélas, oui !

— Ce n'est pas possible... ce n'est pas vrai... Mais
pourquoi ?... Pourquoi ?... Vous ne pouvez faire cela,
messieurs ! Elle n'est pas... elle ne peut être coupable !

Il suppliait à présent.

— L'issue du procès nous éclairera, dit Olivier,
laissant ainsi le malheureux père dans le doute,
ainsi qu'il l'avait promis.

— Ma fille ! arrêtée ! répéta Fergus atterré... Oh !
sa mère en mourra !

Il s'affaissa dans un fauteuil... sans forces.

Au seuil de la porte Sonia venait d'apparaître tout
habillée, chapeautée, gantée, une valise à la main et
suivie du chef de la sûreté et de deux agents dont
les silhouettes guetteuses se dressaient dans le vestibule, devant les valets effarés.

— Je viens te dire adieu, père !

Mais l'émotion qui s'était emparée de Fergus,
éclatait.

— C'est donc vrai ! Toi ! toi ! mon enfant... On va
t'emmener d'ici entre deux agents, comme une vulgaire criminelle et te retenir en prison ! Mais c'est
abominable !

« Mais crie-leur donc qu'ils se trompent, que tu
n'est pas coupable que... que... Ah ! Ah !...

Il ne put achever... les sanglots l'étouffaient...

Tandis que les larmes montées du cœur de
Sonia à ses yeux jaillissaient, elles aussi, en un
flux brusque... le père et la fille tombèrent aux
bras l'un de l'autre et s'étreignirent en une minute
d'émotion tragique et déchirante...

Puis, comme cette étreinte se prolongeait et
qu'Olivier poigné par ce spectacle ne disait mot,
une voix s'éleva impérieuse, celle du procureur.

— Force à la loi !

Sonia s'arracha à l'étreinte paternelle, franchit
le seuil de la porte, le vestibule, traversa le jardin — ce jardin de son enfance rieuse où elle avait
tant de fois joué et qui lui apparaissait, aujour-
d'hui, tout endeuillé, à travers la buée de ses larmes — et monta en fiacre entre Lelorrain et
Lafleur, tandis que M. Commère montait dans une
autre voiture avec le chef de la sûreté, laissant
au seuil de l'hôtel les domestiques terrifiés.

Clouet était parti lui aussi.

Fergus et Olivier étaient restés face à face dans
le laboratoire.

Devant la douleur du savant, un remords immense de ce qu'il avait dû accomplir clouait le
juge à cette place dont il ne pouvait s'arracher,
honteux et déchiré...

Le savant, très pâle, ne disait mot, semblant
anéanti.

Soudain le roulement de la voiture retentit au
dehors...

Pascal eut un cri.

Le fiacre emportait sa fille bien-aimée vers la
prison, vers le bagne peut-être.

Alors se ruant sur Olivier dans un délire de douleur :

— C'est vous ! dit-il. C'est vous, vous qui pré-
tendiez aimer ma fille, qui avez eu l'affreux,
l'abominable courage de venir me l'arracher pour
la livrer aux juges... et cela pour satisfaire votre
odieuse jalousie ! et voilà ce que vous appelez
votre amour ! Ah ! mieux vaudrait cent fois votre
haine !

— Monsieur Fergus, balbutia Olivier éperdu,
pardon ! pardon ! j'ai été écrasé dans l'étau professionnel malgré moi. Ne m'accablez pas !

« C'est un calvaire atroce que j'ai gravi en dirigeant cette enquête qui aboutit à cette arrestation...

« Mais, je vous le jure, je ferai tout pour sauver
votre fille !

— La sauver ! Le pourrez-vous encore ? Allez-
vous-en, bourreau ! Allez-vous-en, assassin ! qui
nous avez torturés, et ne revenez ici qu'avec ma
fille libre et innocentée ou n'y revenez jamais !

Furieusement Pascal poussait Olivier vers la
porte.

Courbé sous l'anathème, le magistrat s'éloigna
d'un pas chancelant...

A présent seul, assommé, ivre de douleur,
Fergus laissa errer son regard autour de lui.

Ses yeux rencontrèrent une photographie de
Wanda.

Fébrilement, il s'en empara et y appliquant ses
lèvres avec passion :

— Heureusement que tu me restes encore, toi
mon suprême refuge, mon grand amour, ma foi,
ma vie ! murmura-t-il.

Mais tant d'émotions avaient détendu les ressorts de son être.

Soudain il se sentit étouffer, courut à la porte
et appela.

— A moi... au secours !

Puis battant l'air de ses mains crispées il s'effondra en avant, tel un chêne foudroyé.

XII

A L'INSTAR DES GRANDS DÉTECTIVES

L'arrestation de Sonia Fergus à laquelle il avait
procédé avait laissé l'agent Lelorrain rêveur et
dépité.

Bouillant de zèle, Lelorrain avait lu les histoires
fantastiques des célèbres détectives sorties de
l'imagination des romanciers.

Jusqu'à présent, pensait-il, il ne lui avait manqué pour s'élever à la hauteur de ses modèles que
l'occasion.

Cette occasion il avait cru la rencontrer dans l'affaire Colonna.

Il revint à son premier projet :

Trouver le complice de Sonia.

Le soir même, il se représentait devant le chef
de la sûreté, M. Volnard.

Il lui confiait ses soupçons et lui demandait
toute latitude pour opérer seul et ainsi qu'il l'entendrait, ce à quoi M. Volnard consentait en disant
au zélé agent :

— Allez, mon ami, et si vous découvrez quelque
chose de nouveau, tant mieux pour vous.

Aussitôt muni de cette autorisation, Lelorrain rentra chez lui et, procédant de nouveau par déduction, il se fit ce raisonnement ici dans les aventures des grands détectives dont l'exemple l'empêchait de dormir :

Tous les criminels ont pour habitude de revenir toujours tôt ou tard, au lieu où leur crime fut commis. Donc, si Sonia Fergus a un complice, ce complice doit venir fatalement, à un moment donné, rôder autour de l'hôtel Fergus... Il doit y venir à différentes reprises pour observer ce qui s'y passe... Le tout serait de l'y pincer...

« Le moment est propice, car le complice présumé, avant l'arrestation de Sonia, a dû se douter que l'hôtel était sous la surveillance de la police et s'abstenir de paraître...

« Cette surveillance, doit-il supposer, va cesser d'elle-même à présent que la coupable est arrêtée.

« C'est donc maintenant qu'il viendra... Le tout est de mettre la main sur lui.

Fort de ce théorème, Lelorrain résolut d'agir avec méthode. Le premier point était de choisir un déguisement qui égarât sur sa vraie personnalité.

Il se rendit au Temple, y acheta une défroque et une béquille, loua chez un perruquier une perruque à longs cheveux grisâtres, une grosse barbe de même ton et rentra chez lui.

Quelques instants après, nul n'eût pu reconnaître dans le mendiant qui en sortait et déambulait en boitillant, appuyé sur sa béquille, à travers les rues de Paris, le jeune agent de la sûreté.

Ainsi qu'il se l'était promis, il gagna la villa Saïd et, cloué le long d'une muraille, agitant sa sébile en demandant d'une voix dolente : « La charité, s'il vous plaît ! » il demeura en observation.

Une semaine se passa ainsi sans qu'il remarquât rien d'anormal.

A l'hôtel Fergus venaient des fournisseurs et quelques messieurs bien mis, hommes d'affaires, ou ingénieurs, ou usiniers en relations avec le savant.

Chaque soir, Lelorrain rentrait chez lui bredouille et désolé de n'avoir rien trouvé.

Alors une autre idée lui vint.

Si, au lieu de s'obstiner à guetter autour de l'hôtel Fergus, il poussait sa surveillance du côté de l'ancien domicile du mort.

Là, peut-être, relèverait-il quelque indice, lèverait-il quelque gibier.

Qui sait ce qui avait pu sourdre d'obscur et de mystérieux dans la vie de cet Italien ?

Il savait qu'une perquisition avait été faite par la police chez Colonna.

Mais, la mort de l'Italien se rattachait à quelque drame obscur où se mêlaient des complices, peut-être était-ce autour du dernier endroit où il avait vécu que rôdaient les complices présumés. Peut-être était-ce là qu'il fallait faire une enquête adroite et personnelle.

Aussi, dès le lendemain, se rendit-il rue de Londres, à la maison meublée habitée jadis par Colonna.

Une voix fit tressaillir le jeune policier. La voix chantait sur un ton traînard de lamento ; puis, s'interrompant :

— N'oubliez pas un pauvre aveugle, s'il vous plaît !

« Merci bien ! Merci bien !

Où donc Lelorrain avait-il entendu cette voix ?

Il regarda.

Près de la porte de la maison meublée, le long du mur, un aveugle était... installé avec un caniche et mendiait en chantant.

Lelorrain l'examina.

C'était un homme sans âge, dont la figure disparaissait sous une épaisse tignasse rousse, sous une barbe hirsute de même couleur. Les yeux étaient voilés d'épaisses lunettes noires de verre fumé...

Comme vêtement, la défroque classique des mendiants.

Le caniche qui l'accompagnait tenait une sébile dans sa gueule, était vieux, laid, sale et boueux, mais les yeux de la bête étaient intelligents.

Après cet examen, Lelorrain put se convaincre qu'il n'avait jamais vu cet échappé de la Cour des Miracles...

Pourquoi donc alors tout à l'heure avait-il été frappé par cette voix ?

Mystère... Instinct secret de policier sans doute qui flaire qu'il y a quelque chose là.

C'est ainsi qu'il interpréta son impression première.

Sa curiosité éveillée, il retint la concierge, prête à s'éloigner et lui posa cette question :

— Qu'est-ce que cet aveugle ?

— Ne m'en parlez pas, c'est un crampon. Il est tombé dans notre rue il y a quelques jours et il a élu domicile à côté de ma porte. Du matin au soir, il chante en demandant la charité... L'autre jour, il a voulu entrer dans notre cour.

« Vous voyez quel effet aux yeux des locataires. Je l'ai flanqué à la porte en cinq secs...

« Alors, pour me narguer quasiment, il est allé se poster près de ma porte, dans la rue... Là, je ne peux rien dire... Il n'en bouge plus...

« Je l'ai montré à un agent qui lui a demandé ses papiers... et m'a répondu, après les avoir vus, qu'il avait la permission de mendier...

« Si encore il ne faisait que mendier. Mais il chante ! Et de quel ton !

« Et dire que le gouvernement tolère ça !

« Sous l'Empire, monsieur, y a longtemps qu'on l'aurait fichu au bloc.

« Mais les rues étaient bien tenues dans ce temps-là. Aujourd'hui, on y laisse circuler tous les propres-à-rien. On laisse mendier les aveugles ! Mendier ! Quand il y a tant de pianos qui ne demandent qu'à être accordés !

« Ah ! c'est du propre !

— Il y a longtemps qu'il mendie ainsi dans votre rue ? dit Lelorrain coupant court aux jérémiades de la vieille.

— Huit jours, monsieur, huit jours...

— Et vous ne l'aviez jamais vu avant ?

— Jamais !

— Je vous remercie !

Huit jours !

Il y avait huit jours que Sonia était arrêtée.

Lelorrain remarqua cette coïncidence.

Il prit congé de la concierge après lui avoir recommandé la discrétion et alla se poster de l'autre côté de la rue dans l'encoignure d'une porte cochère face à l'aveugle.

Pour ne pas éveiller l'attention il reprit lui-même l'allure d'un mendiant humble et grelottant qui tend la main en silence...

Quelques instants s'écoulèrent sans qu'il se produisît rien d'anormal.

Des passants circulaient mettant des pièces de monnaie dans la sébile du caniche de l'aveugle qui chantait toujours, d'une voix fêlée :

A moi les plaisirs,
Les folles maîtresses,
Joyeuses ivresses !

Et le policier ne put s'empêcher de remarquer l'ironie singulière de ces paroles de joie et d'amour sortant de la bouche de ce mendiant hirsute, ignoble et foudroyé du destin.

Soudain, un fait bizarre prouva à Lelorrain que son flair ne l'avait pas trompé.

Midi avait sonné.

Les midinettes étaient sorties des ateliers.

C'était l'heure du déjeuner.

Les rues étaient vides.

La vie de la métropole semblait un instant suspendue.

Il n'y avait plus, dans la rue de Londres semblant abandonnée, que Lelorrain et l'aveugle, tous deux face à face, chacun sur son trottoir.

Un voyou, un pâle voyou parisien apparut à l'angle de la rue les mains dans les poches, la face hâve, un mégot aux lèvres.

Il affectait la démarche chaloupante des apaches...

Il semblait en quête de quelque mauvais coup à faire, furetant du regard à droite et à gauche...

Soudain, le rôdeur aperçut le groupe formé par l'aveugle et son chien.

Il vit la sébile pleine de pièces de monnaie que le caniche somnolent tenait dans sa gueule.

Une lueur passa dans ses yeux...

Il s'avança sur la pointe des pieds, léger, souple, silencieux...

Arrivé devant l'aveugle, il tendit la main vers la sébile, dans l'intention bien affirmée de « chaparder » les pièces.

Que risquait-il à voler ce mendiant ?

L'aveugle ne pouvait le voir...

Le chien ne protesterait pas...

Le voyou n'avait pas aperçu Lelorrain, dissimulé dans l'ombre de la porte d'en face.

Il ne relevait donc plus que de sa conscience.

Obstacle insuffisant sans doute à le retenir, car il accentua le geste esquissé vers les pièces.

Lelorrain se sentait déjà pris de pitié pour ce pauvre aveugle qu'on allait ainsi dépouiller de sa recette, quand un incident inattendu vint changer le cours de ses réflexions.

Au moment précis où le voyou allongeait la main dans la sébile, en retenant son souffle, l'aveugle leva la canne sur laquelle il s'appuyait et en appliqua un bon coup sur la main de son voleur, en criant :

— Ah ! crapule ! Voilà pour t'apprendre !

Le voyou poussa un hurlement de douleur et, au comble de la stupeur, détala vivement, tandis que l'aveugle riait à gorge déployée en ramassant ses pièces...

Lelorrain témoin de cette scène stupéfiante, était édifié à présent.

L'aveugle était un faux aveugle.

Immédiatement cette découverte faite, Lelorrain en tira les déductions que l'on prévoit.

Cet aveugle était posté devant le domicile de Colonna depuis huit jours, c'est-à-dire depuis l'arrestation de Sonia.

Or, c'était un faux aveugle...

Donc !...

— Voyons d'abord avant de conclure, pensa le jeune policier, résolu à présent à poursuivre la piste enfin découverte !

Cependant comme l'heure du déjeuner passait et que Lelorrain commençait à sentir dans son estomac des tiraillements avertisseurs, l'aveugle abandonna son poste.

— Enfin, pensa Lelorrain ! il va déjeuner sans doute.

« Comment en faire autant sans le perdre de vue ?

Cependant le faux aveugle, tenant son chien en laisse et marchant assez rapidement, de telle façon que l'on eût pu dire si c'était son chien qui le conduisait ou lui qui conduisait son chien, quittait la rue de Londres en descendant dans Paris toujours suivi à distance par Lelorrain.

— Où me mène-t-il ? pensait le policier.

Mais la rapidité de la marche du faux aveugle s'accentuait tant et si bien que bientôt Lelorrain eut peine à le suivre... d'autant plus qu'il semblait prendre un malin plaisir à s'engager dans des rues étroites, enfilant brusquement des passages, disparaissant à la faveur des embarras de voitures...

Vingt fois Lelorrain faillit le perdre.

— Sans doute, m'a-t-il vu et a-t-il remarqué ma poursuite, pensa Lelorrain.

Et, procédant par inductions, suivant son fameux système :

— Evidemment, il essaie de m'échapper. C'est qu'il a flairé que je n'étais pas ce que j'ai l'air d'être...

« S'il a flairé cela c'est qu'il est habitué aux ruses des policiers...

« Donc ce doit être un dangereux récidiviste qui a intérêt à ne pas être pincé...

« Mon intérêt à moi, quel que soit cet homme, est par conséquent diamétralement opposé au sien...

« Donc, je le pincerai !

Aussi derrière ce mendiant fantastique, infatigable comme le Juif errant, Lelorrain marchait, haletant, n'en pouvant plus, commençant à trouver que le métier de policier a parfois de dures exigences.

Plusieurs fois, il fut sur le point de lâcher la poursuite.

Puis, reprenant courage, songeant aux grands policiers, ses modèles :

— Allons, ayons un peu d'estomac.

Et, faisant la grimace, jouant sur l'expression, et ressentant des tiraillements de faim.

— Hélas ! de l'estomac ! j'en ai trop en ce moment, bien que n'en possédant qu'un seul. Seulement, je l'ai dans les talons.

« Ah ça ! cet animal de faux aveugle ne mange donc jamais ?...

« Est-il réellement en chair et en os ?

« N'est-ce pas une illusion, un mythe créé par mon cerveau !

Enfin, vers le soir, l'homme que Lelorrain filait s'arrêta dans le quartier du Temple et entra avec son chien dans la boutique d'un fripier...

Lelorrain en profita pour entrer vivement chez un boulanger voisin et y acheter une livre de pain qu'il revint engloutir en restant en observation devant le magasin du marchand d'habits.

Une demi-heure se passa.

Le faux aveugle ne reparaissait pas.

Lelorrain craignit un instant que la boutique ne fût à deux issues.

Personne n'y entra pendant qu'il observait.

Aussi, quelle ne fut pas sa surprise d'en voir ressortir au bout de trente minutes un gentleman vêtu d'une sorte de lévite de pasteur anglais et agrémenté d'une barbe rousse et carrée.

Le gentleman avait un bandeau sur l'œil.

— Eh ! parbleu, pensa le policier, voilà mon aveugle transformé. Il a laissé son chien et sa défroque chez le fripier et il cherche à me dépister.

« Mais, avec mon flair naturel, j'évente toutes les ruses... tu es reconnu, mon gaillard !

Il se remit à filer le gentleman... et la course recommença à travers Paris.

Enfin, vers minuit, ils s'arrêtèrent, l'un suivant l'autre...

Le cœur de Lelorrain battit quand il constata que l'endroit où ils étaient arrêtés était exactement celui de leur point de départ, le porche de la maison meublée du rez-de-chaussée de Colonna, rue de Londres.

Ses pressentiments ne l'avaient pas trompé.

Il put s'en convaincre quand il vit le gentleman à la barbe carrée inspecter la rue du regard, comme pour voir s'il était observé.

Vivement, il se renfonça dans l'encoignure d'une porte et fit le mort...

Le gentleman attendit quelques instants, semblant guetter on ne sait quoi devant la grande porte cochère refermée de la maison meublée en question.

Qu'attendait-il ?

Tout à coup, un des locataires de la maison sonna à la porte qui s'ouvrit.

C'était l'occasion guettée par le gentleman, car avec la souplesse d'un chat il se glissa derrière le locataire avant que celui-ci eût tiré la porte sur lui et disparut derrière lui, sans en être aperçu.

Lelorrain s'élança, mais la porte lui retomba au nez...

Le gentleman lui échappait au moment précis où

la lecture allait, sans doute, devenir prodigieusement intéressante.

Que faire ?

Furieux, Lelorrain serra les poings, puis, pris d'une inspiration soudaine, il sonna.

La porte s'ouvrit.

Le couloir était obscur.

Lelorrain se rappelait heureusement pour y avoir pénétré dans la journée la configuration de la maison.

Il n'y avait qu'à suivre le couloir pour arriver à la cour centrale et le rez-de-chaussée, jadis habité par Colonna, était à droite.

C'était là qu'il comptait retrouver le gentleman.

Il suivit donc le couloir, marmotta, en passant devant la loge, un nom inintelligible, gagna la cour sans bruit et s'arrêta un instant sur le seuil, le cœur battant.

A la lueur diffuse des étoiles, il venait d'apercevoir le gentleman en train d'essayer de cambrioler avec une pince-monseigneur la porte du rez-de-chaussée de l'Italien.

Qu'est-ce que cet homme allait faire là ?

Chercher sans doute des documents établissant ses relations antérieures avec Colonna qui avaient échappé à la perquisition de la police, mais devaient être cachés dans un endroit secret connu de lui seul, documents qu'il avait intérêt à faire disparaître. C'était clair.

Sous l'effort de la pince-monseigneur, la porte céda et le gentleman disparut dans le rez-de-chaussée.

Lelorrain l'y suivit et se tapit dans l'antichambre. L'homme mystérieux avait allumé une lanterne sourde.

Lelorrain colla son œil à la serrure et vit la lueur de la lanterne aller et venir en tous sens.

Le bandit opérait sans bruit, furetant partout, semblant chercher quelque chose qu'il ne trouvait pas.

Le cœur de Lelorrain battait, se dilatait d'aise. Il vivait son rêve.

Que de fois il avait vu, dans les histoires des grands détectives, des situations analogues.

Quelle joie de toucher au but ; d'arriver à l'instant tant désiré où il allait enfin sauter à la gorge du bandit, le démasquer et lui arracher le document contenant le mot de l'énigme, il n'en doutait pas.

Décidément, il était lui aussi un grand policier.

Et il rêvait gratification, avancement, gloire !

Mais le bandit à présent, ayant trouvé ce qu'il voulait, sans doute, se dirigeait vers la porte derrière laquelle Lelorrain l'observait.

Lelorrain allait être découvert.

Il fallait agir.

Il fouilla dans sa poche.

Par une inadvertance inconcevable, il s'aperçut alors seulement qu'il n'avait pas de revolver.

Seule, il sentit sous sa main une grosse clef, la clef de la porte de son domicile.

N'avait-il pas entendu conter une ruse dont s'était servi un policier célèbre dans une situation analogue ?

Elle lui revint fort à propos en mémoire, et, quand le bandit poussa la porte et passa devant lui, sans le voir tapi dans l'ombre comme il l'était, il lui sauta à la gorge et, appliquant dans l'obscurité le bout métallique et froid de sa clef sur la tempe de son adversaire comme pour lui donner la sensation d'un revolver, il ordonna, au comble de l'exaltation :

— Rends-toi, ou je te fais sauter !

Mais une voix bien connue sortit de l'ombre et, d'un ton de gouaille tranquille :

— Allons ! essence de gourde, ne te fatigue pas et baisse ta clef...

— Lafleur ! Quoi !... c'est vous !

Le faux aveugle, le gentleman à la barbe carrée,

le bandit mystérieux n'était autre que le père Lafleur, son collègue de la préfecture.

Une stupeur paralysa Lelorrain, tandis que le vieux policier continuait narquois :

— Oui ! c'est bien moi... Moi qui ai eu la même idée que toi et ai voulu, de mon côté, ouvrir une enquête personnelle sur l'affaire ; moi qui, dans ce but, suis venu me poster rue de Londres, déguisé en aveugle.

« Mais je t'ai reconnu tantôt, mon gaillard.

« Alors, je me suis dit que j'allais m'offrir ta poire et je t'ai fait marcher un peu... histoire de rire un brin...

« Eh bien, qu'en dis-tu, de ton système d'induction ?

« Il est fameux, hein !

« Poursuivre un assassin et arriver à arrêter qui ? son collègue, agent de la Sûreté qui enquête de son côté, ce n'est pas banal..

« Je crois qu'avec celle-là on peut ajouter un chapitre de plus à l'histoire des policiers fameux.

Et le père Lafleur se remit à rire au nez de Lelorrain, penaud et confus.

Comme un renard qu'une poule aurait pris.

Puis, se calmant enfin :

— Allons, mon gaillard ! ne fais pas cette figure-là et rassure-toi... je n'en parlerai pas au chef... Mais, crois-moi... n'imite pas la grenouille qui veut se faire aussi grosse que le bœuf ; ce n'est ni toi ni moi, vois-tu, qui démêlerons le mystère de l'affaire Colonna.

« Allons ! sortons d'ici et viens prendre une absinthe, ça te remontera ! Tu en as besoin !

Et, narquois, mais indulgent et paterne, il entraîna son jeune collègue hors du rez-de-chaussée où il n'avait rien découvert.

DEUXIEME PARTIE

Le Document

I

AU FOYER DE LA DANSE

C'était à l'Opéra.

Le ballet de *Sylvia* venait de finir. Le rideau était tombé.

Dans ce tohu-bohu indescriptible des fins d'acte, fait du brouhaha des cuivres expectorant leurs derniers borborygmes, mêlé aux applaudissements du public, au claquement des fauteuils qu'on quitte et des petits bancs qu'on bouscule, c'avait été la ruée, dans les coulisses, des familiers de l'endroit : abonnés, artistes, échotiers, gens de tous ramages et de tous plumages, mais tous égaux devant la laideur uniforme de l'habit noir, cette livrée mondaine qui fait ressembler nos contemporains en costume de cérémonie à une armée de croque-morts.

Tous, venus de la salle, traversaient la scène,

...ur important et affairé, le chapeau en casseur d'assiettes, tandis que les machinistes, dans un va-et-vient enfiévré de fourmis, emportaient le décor démantibulé, pièce à pièce, aux commandements brefs du chef, et que, du cintre de l'immense vaisseau, où pendaient toiles, cordages en amas informe, descendait lentement la toile de fond de l'acte prochain.

Évitant les poutres portées sur les épaules des machinistes et les chocs imminents, les privilégiés gagnaient vivement le foyer de la danse où, déjà, les avait précédés l'escadron des danseuses suantes et essoufflées.

Dans le cadre du grand hall rectangulaire qui a pour murailles des glaces surmontées des portraits en pied des plus célèbres étoiles de la danse de notre Académie nationale de musique, depuis la Vestris et la Camargo jusqu'à nos modernes étoiles, premières et secondes danseuses, petits sujets et rats, qui assises sur la banquette, qui à la barre d'assouplissement, qui s'avançant avec cette allure de canard que donne, quand elle marche, à la danseuse la plus souple et la plus légère, la disproportion des cuisses massives soulignée par la largeur du tutu de gaze, — toutes, gracieuses et souriantes, accueillaient les fracs empressés et complimenteurs.

Là, dans l'atmosphère électrique chargée de relents de poussière, de sueur et de parfums forts s'ébauchaient idylles, romans... ou marchés.

Là, nuques féminines blondes, brunes ou rouges, frôlaient les moustaches gourmandes, les têtes cirées, traversées de la raie impeccable, ou les crânes déjà clairsemés ou déserts.

Là, plastrons blancs et épaules nues se côtoyaient.

Soudain, dominant le bourdonnement de conversations galantes, deux noms furent jetés par deux voix sonores :

— Pierre Mortère.

— Videlin.

Les deux hommes se serraient la main.

Le fêtard était heureux de la rencontre car depuis la tragique veillée du mort de l'hôtel Fergus, c'est-à-dire depuis quinze jours, il n'avait pas revu le reporter.

— Eh bien, mon cher, qu'êtes-vous donc devenu depuis cette fameuse nuit, qu'il faille le hasard d'une rencontre, à l'Opéra, pour que je vous découvre en vie... Pourquoi cette éclipse ?... Vous n'avez pas « cané », j'imagine ?

— Cané ? pourquoi ?... devant quoi ?... devant qui ?

— Devant Fergus...

— Fergus ?

Les yeux de Mortère s'arrondirent d'étonnement.

— Oui... comment ? Vous ne savez pas ? Fergus, outré de l'article que vous avez écrit sur sa malheureuse fille, est venu au *Thermidor*... Il voulait vous provoquer et vous tuer en duel.

— Allons donc ! Je ne l'ai pas su ! Et c'est à cause de mon article ?...

— Mais oui ! Il était raide votre article. Fergus a parlé de « diffamation ».

— Quel gros mot !... Après tout, mon cher, je n'ai fait que répéter ce que vous m'aviez dit.

— Ah ! mais non ! (Videlin se révoltait.) Vous avez brodé, amplifié considérablement !...

« Entre nous, franchement, je regrette les confidences que je vous ai faites, étant donné le mauvais parti que vous en avez tiré...

« Mlle Fergus m'est sympathique... Or vous l'avez chargée et il est incontestable que votre article a été pour beaucoup dans la formation de l'opinion des magistrats et aussi du public qui, lui, accuse aujourd'hui Mlle Fergus sans autres preuves que ce que vous avez écrit, puisque l'instruction a été tenue secrète.

— Vous croyez que j'ai eu cette influence-là sur l'affaire ? fit le reporter visiblement contrarié.

— J'en suis sûr !... fit Videlin nettement.

« Aussi, mon cher, après cet article-là, vous ne devez pas vous dérober, mais en endosser hardiment la responsabilité !

— Vous savez bien qu'une rencontre ne me fait pas peur... J'ai eu déjà trois duels pour des raisons moins graves.

— Alors ?

— Il m'a fallu partir pour le Midi, le soir même du jour où a paru mon article, ordre du directeur du *Thermidor*, pour télégraphier au jour le jour, à mon journal, les audiences des assises du procès Cafarel.

— Cette affaire d'empoisonnement d'un mari par sa femme ?

— Oui. Mais, puisque la femme est condamnée, l'affaire terminée, me voici, après quinze jours d'absence, de retour à Paris, prêt à « comparoir » devant le juge d'instruction et à accorder à Fergus toutes les réparations qu'il voudra.

— Mon cher, il est un peu tard. D'ailleurs, le pauvre n'est guère en état d'aller sur le terrain, à présent.

— Il est malade ?

— Moralement, oui... En tout cas, il est terriblement affaissé.

« La série des malheurs qui viennent de fondre sur lui a comme brisé l'énergie de cet homme, cependant si résistant, en l'atteignant dans ses plus chères affections : sa femme et sa fille.

— Sa femme ?

— Wanda Fergus est alitée avec la fièvre scarlatine, et quant à sa fille elle a été arrêtée ce matin et écrouée à Saint-Lazare.

— Pauvres gens !... murmura Mortère, pris d'un vague remords.

Puis dans un besoin de justification personnelle :

— Pourtant, reprit-il, je ne me suis pas trompé et l'accusation hypothétique que vous semblez me reprocher d'avoir formulée légèrement doit se trouver justifiée par l'enquête, puisqu'on vient d'arrêter Mlle Fergus.

— Qu'est-ce que cela prouve ? reprit Videlin. L'arrestation n'est peut-être que préventive...

« D'ailleurs si le juge d'instruction s'est formé une opinion d'après la lecture de votre article, qui vous dit qu'il n'a pas agi sous cette influence ?

« Des présomptions plus ou moins fondées, sont toujours faciles à transformer en preuves.

« Enfin, si Mlle Fergus n'était pas coupable et si on la condamnait, croyez-vous que, sans faire peser sur vous la responsabilité entière de cette condamnation, croyez-vous que vous n'en supporteriez pas au moins une partie ?

« Quel regret ! Quel remords pour vous !...

— Oui... Oui ! Vous avez raison ! dit Mortère atterré...

« Evidemment... j'ai été peut-être un peu loin dans cet article écrit sans preuves... J'ai accusé gratuitement. Mais je n'ai cédé, sans réfléchir, qu'au désir de faire de l'effet et non, croyez-le bien, à une animosité personnelle contre Mlle Fergus... que je ne connais pas... Je ne suis qu'un étourdi... et un présomptueux. Et pourtant... pourtant...

— Pourtant ?

— Rien ! fit le journaliste brusquement, comme s'il eût regretté d'avoir dit un mot de trop...

Visiblement embarrassé sous le regard interrogateur de Videlin, que la restriction de son interlocuteur étonnait, il se tut, semblant réfléchir...

Puis, soudain :

— Il faut que je m'en mêle, dit-il ; il faut que je sache à quoi m'en tenir de façon définitive, pour la tranquillité de ma conscience et aussi pour votre part.

« Que Colonna ait été assassiné... je persiste à le croire !

« Que l'assassin soit Mlle Fergus !... je n'en sais rien...

« Si ce n'est pas elle, qui est-ce ? Je l'ignore. Mais je veux le savoir...

« Je le saurai, je vous le promets, et s'il m'est prouvé que Mlle Fergus est innocente, alors je mettrai autant d'ardeur à le proclamer que j'en ai mis à insinuer le contraire.

— A la bonne heure ! fit Videlin conquis. Mais comment ferez-vous pour pénétrer le secret de l'instruction ?

— Ceci me regarde... et ne regarde que moi... En tous cas, je maintiens toujours mon dire : assassinat, sinon par Mlle Fergus, au moins par quelque autre... mais assassinat !

— Et moi je continue à en tenir pour le suicide ou l'accident... Il y a toujours cinq cents louis en banque...

— J'ai topé... ça tient toujours.

Les deux hommes qui avaient échangé la fin de ce colloque à voix basse, dans un coin, se turent brusquement.

Une petite coryphée qui connaissait Videlin s'approchait :

— Dis donc, mon petit Max, dit-elle au fêtard, tu m'emmènes ce soir souper ?

Videlin fit la moue, hésitant.

La petite danseuse à mine futée dévisagea Mortère.

— Qui est ce monsieur ?

— Il ne peut pas t'intéresser, dit Videlin riant, il n'a pas le sou.

— Pas le sou ! Moi qui tiens contre vous un pari de cinq cents louis ! riposta Mortère, se rengorgeant.

— C'est juste !

— Cinq cents louis ! Mais c'est un nabab...

— Oh ! monsieur le nabab, puisque cette moule de Max ne veut pas de moi, emmène-moi souper avec toi et tu es sûr de gagner. Moi, ze porte veine ! zézaya le rat.

— Repassez quand j'aurai gagné, jeta Mortère qui s'éclipsa d'un côté, tandis que Videlin fuyait de l'autre.

— Alors, c'est un lapin ! s'exclama le rat exaspéré.

Et de sa dextre, pliée en entonnoir, se faisant un porte-voix, elle cria, avec un mépris suprême, aux deux hommes qui s'esquivaient derrière les décors :

— Tas de purotins, va !

II

LE ROMAN DE MORTÈRE

— Le modèle que vous allez voir est exquis, madame, il vous ira comme un gant. J'en suis persuadé !

Dans ses grands salons de la rue Royale, le couturier Verquin, sanglé dans son veston-jupe, à l'anglaise, la moustache pendante, l'œil clair, s'inclinait l'échine tendue et souriait à une cliente riche, une grosse dame sur le retour, croupue, mamelonnée, cramoisie, surchargée de bijoux, comme un âne de reliques, et dont les appas gélatineux tremblotaient du mouvement vibratoire que les autos et les voitures, passant sur l'asphalte, imprimaient à la maison.

Un mannequin entra.

C'était une grande jeune fille de vingt ans, une brune aux yeux bleus, au teint mat, à la bouche fine et bien dessinée.

Ses cheveux sombres, coiffés en bandeaux, à « la vierge », accentuaient la pureté académique de ses traits.

Son corps, mince, découplé et souple, était admirablement moulé par la robe neuve (un chef-d'œuvre de Verquin) où le style Louis XVI et l'Empire s'alliaient merveilleusement en une délicieuse fantaisie.

Dans sa toilette somptueuse, la jeune fille allait et venait, virant sous les yeux sévères de la matrone, laquelle la dévisageait d'un face à main scrutateur et insolent.

Toute la journée, le mannequin avait exécuté ce dur manège, changeant de robes sans trêve pour exhiber les modèles.

Il y avait presse, en ce moment, à cause des départs pour les villes d'eaux et tout le personnel de Verquin était particulièrement surmené.

La journée avait été rude pour le mannequin, sur ses jambes depuis des heures et des heures.

La grosse dame, qui s'était constituée son bourreau, prolongeant son supplice et ne le lâchait pas, bien que sept heures sonnassent.

Quelques jours auparavant, charmée par la première toilette aperçue sur le mannequin, la grosse dame en avait commandé une semblable... Mais il s'était trouvé que la même toilette qu'elle venait d'essayer ne produisait plus du tout, sur la cliente, l'effet qu'elle produisait sur le mannequin.

Ravissant sur la jeune fille, svelte et de ligne impeccable, le modèle paraissait affreux sur la grosse dame engoncée, rouge, boudinée et plus que mûre.

Et la grosse dame avait protesté, ne s'expliquant pas ce changement, taxant le couturier de supercherie, comme si elle eût réellement espéré qu'avec la robe, elle allait endosser la figure, la sveltesse, la jeunesse et la grâce de la jeune fille.

Déçue, furieuse, elle se fâchait.

En vain Verquin, mandé par la première, apparaissait en personne et essayait de calmer la cliente en lui assurant qu'elle était délicieuse dans sa robe.

La grosse dame s'ébrouait et tempêtait.

— Vous êtes fou !... Cette robe m'accentue... me fait paraître plus que mon âge... m'engonce... me grossit... J'en veux une pareille à celle que vous m'avez montrée sur le mannequin... exactement pareille, vous entendez, monsieur Verquin, ou je ne l'accepte pas !

Verquin étouffait un rire irrévérencieux devant les prétentions de la dame au physique de bull-dog, à la corpulence d'éléphant et il ne l'apaisait un peu qu'en mettant à sa disposition tel modèle qu'elle choisirait en échange de la robe jugée manquée.

Et le mannequin de reparaître avec une robe nouvelle...

Mais cette fois, la vieille dame était méfiante... Elle examinait longuement chaque toilette d'un œil inquisiteur, épiant le mannequin sous toutes ses faces, comme si elle eût soupçonné la jeune fille d'avoir recours à des moyens mystérieux, à des stratagèmes inconnus d'elle pour donner aux robes qu'elle exhibait une élégance, un galbe que la cliente ne retrouvait plus sur elle.

Et c'était la sixième robe que la malheureuse créature, excédée, rompue, moulue, après une journée d'essayage, endossait pour le caprice de la cliente implacable.

Cependant, de sa lassitude extrême elle ne devait rien laisser paraître.

Soumise, résignée, son visage demeurait impassible.

Mais une mélancolie se lisait au fond de ses yeux noyés de brume, tandis qu'elle allait, venait et virevoltait comme une grande poupée automatique.

Enfin, comme l'heure avançait, la cliente irascible arrêta son choix sur une robe de forme collante et aux couleurs pimpantes dans laquelle elle serait, c'était facile à prévoir, plus hideuse que jamais.

Verquin essaya adroitement de la dissuader et de l'orienter vers une toilette sombre, plus conforme à son embonpoint et à son âge. La dame mûre et ridicule s'obstina.

De guerre lasse, Verquin céda.

Enfin, le mannequin était libre.

Vivement, elle passa dans un cabinet voisin, un cabinet d'essayage, où elle revêtit ses propres vêtements.

Avant de sortir, elle jeta un coup d'œil à la glace.

Le contraste était hurlant entre la toilette merveilleuse qu'elle venait d'abandonner et sa pauvre robe de serge noire, si modeste, car Laure Larive était une honnête fille qui n'empruntait ses moyens d'existence qu'à son travail. Et son mérite à rester honnête était d'autant plus grand que, très pauvre, Laure, belle et d'un charme indéniable, était très sollicitée par des adorateurs qui eussent été à coup sûr généreux.

Les occasions ne faisaient pas défaut chez Verquin où des hommes du monde venaient parfois accompagner leurs femmes et n'avaient pas manqué de remarquer le joli mannequin.

Certes les tentations n'étaient pas épargnées à sa coquetterie, mise sans cesse aux plus rudes épreuves par ses fonctions mêmes chez le grand couturier.

Souvent, après une journée vécue dans le cadre exquis des magasins de Verquin, parmi de jeunes femmes élégantes et empanachées (femmes du monde et aussi du demi-monde devant qui Laure s'était montrée moulée dans des toilettes riches qui, en encadrant sa beauté, lui en faisaient davantage sentir le prix et lui donnaient un instant l'illusion du luxe, de la richesse, en flattant tous ses instincts féminins), souvent Laure éprouvait durement, le soir, en revenant à la réalité, le contraste cruel de sa pauvre robe, livrée de misère, et du piètre petit sixième humide et empuanti de la maison qu'elle habitait, rue des Abbesses, à Montmartre.

Dures destinées que celles de ces humbles filles du peuple, ouvrières modestes, petites mains dont les forces et la jeunesse se consument à parer d'autres jeunes femmes du même âge qu'elles, souvent moins belles et moins méritantes, mais que les hasards de la fortune... où le manque de scrupules ont placées dans une situation supérieure !

Mais plus pénible encore, le sort de celles qui, parmi elles, tout en demeurant honnêtes, exercent des professions comme celle de Laure Larive où l'on vit pour ainsi dire, au sein du confort, sans avoir le droit d'en profiter... où l'on n'est que la grimace du luxe des autres, les obscures figurantes de la fortune pour le plus grand avantage de celles qui la détiennent réellement et en jouissent !

Quelle cruauté !

C'est le supplice de Tantale !

Hélas ! de tous temps, il fut ainsi.

De tous temps, il y eut les privilégiées et les sacrifiées et l'antiquité gréco-romaine avait ses esclaves, parfumeuses, coiffeuses ou servantes d'amour, que les belles hétaïres, capricieuses et impatientes, châtiaient à coups d'épingles.

Laure Larive, elle, recevait moralement, ces coups d'épingles.

Quelle jeune fille honnête, pauvre et dans une situation inférieure n'en reçoit pas ?

Et pourtant, nature foncièrement bonne et droite, Laure se faisait ces réflexions, sans éprouver d'envie contre ces heureuses à la coquetterie desquelles elle servait.

Elle savait si bien qu'elle eût pu, à son tour, être de celles-là, demain, si elle l'eût voulu !

Mais digne, fière, chaste et libre, Laure n'était pas à vendre...

Que voulait-elle ?

Espérait-elle se marier ?

Épouse-t-on les filles pauvres ?

Attendait-elle que son cœur battît et que celui qu'elle devait aimer parût ?

Elle ne s'expliquait pas là-dessus, se contentant de hausser les épaules aux plaisanteries que lui prodiguaient, sur ce chapitre, ses compagnes.

Un jour, le reporter Mortère était venu interviewer Verquin.

Il voulait connaître son avis au sujet d'un procès entre une actrice en vogue et un grand couturier, un procès très parisien, pour lequel on consultait les personnalités compétentes.

Mortère avait vu Laure érigée dans une toilette aristocratique qui mettait tous ses charmes en valeur.

Il lui avait trouvé, au milieu de tant de visages aveulis, maquillés, fanés par le vice, une telle expression de candeur, une telle pureté dans les yeux qu'il en avait été frappé.

Savoir qui était la jeune fille, lier connaissance avec elle, gagner sa confiance et s'en faire aimer, tel avait été le projet immédiatement conçu par l'esprit prompt aux décisions du hardi et aventureux jeune homme.

Mais Laure, dès les premières tentatives galantes, l'avait arrêté net.

Elle était une honnête fille !

Mortère avait cru d'abord à un manège de coquette.

Il avait insisté, se montrant chaleureux, suppliant, empressé...

Laure ne voulait rien entendre, en dehors d'une amitié franche et loyale.

Étonné, surpris, charmé de la résistance de la nouvelle amie et de ce qu'il découvrait peu à peu en elle, de netteté morale, de droiture, sentant qu'il y avait là une nature peu banale, le reporter qui venait, chaque soir, attendre Laure à la sortie de son magasin et la reconduisait jusqu'à sa porte, sans oser monter, avait fini par se sentir si épris qu'il avait prononcé le mot « mariage ».

Laure avait tressailli.

Était-il sérieux ?

Oui ! Certes !

Si elle voulait quitter Verquin il l'épouserait.

Il était pauvre... mais gagnait assez pour eux deux...

Et puis leur amour leur tiendrait lieu de luxe.

Enfin, la fortune vient aux audacieux.

Touchée, émue, troublée jusqu'aux larmes (Mortère les avait vues poindre aux cils de Laure, ces chères larmes qui valaient un aveu), elle avait éludé cependant et, comme Mortère, déçu, insistait, cherchant, sans les trouver, les raisons de ce refus, la suppliant de les lui faire connaître (il savait qu'elle l'aimait et l'avait compris depuis longtemps), Laure, paraissant à la torture, l'avait supplié de ne pas l'interroger davantage.

Que cachait ce singulier refus que rien ne justifiait ?

Pourquoi ce silence ?

En vain Mortère, de plus en plus épris et navré, s'était-il posé ces questions.

Il voulut en avoir le cœur net.

Un soir, il se présenta, à l'improviste chez Laure sous un prétexte quelconque.

Sans méfiance, elle vint ouvrir au visiteur, et sans le reconnaître, dans l'ombre de l'escalier, elle le laissa entrer...

Mortère se trouva en face d'un vieillard aux longs cheveux blancs, dressés en flamme de punch et portant la moustache et l'impériale comme la hommes qui ont été jeunes sous le second Empire.

L'œil du bonhomme était bleu, doux et un peu illuminé.

C'était le père de Laure, ce père, dont elle ne lui avait jamais parlé qu'en termes vagues et équivoques.

La conversation s'engagea entre le vieillard accueillant et le reporter qui, bientôt, découvrait toute la vérité...

Compositeur de musique, et surtout mélomane passionné, le père Larive avait rêvé, tout jeune, la gloire d'un maestro illustre, d'un Wagner ou d'un Saint-Saëns ; mais n'ayant ni le talent ni l'envergure de ces génies (loin de là ! hélas !), ayant fait, assez jeune, un mariage qui assurait son existence matérielle, plein d'espoirs, il avait passé sa vie à accumuler opéras sur opéras, symphonies sur symphonies... sans résultat pratique d'aucune sorte... d'ailleurs. Mais, sans se décourager, le mélomane composait toujours, inoffensif, mais inutile.

Une fille naissait au ménage.

Au bout de dix-sept ans, sinon de bonheur, du moins de tranquillité, la fatalité s'abattait, un jour, sur le couple qu'un krach de Bourse ruinait et laissait sans ressources.

La femme du musicien, en apprenant la catastrophe, mourait d'émotion.

Le père Larive restait seul, avec une jeune fille de seize ans, instruite et gentiment élevée, mais ne connaissant aucun métier, n'ayant aucun moyen de faire face aux nécessités immédiates.

Quant à lui, hormis ses compositions, il ignorait tout de la vie, vivant toujours loin de la terre, dans ses rêves.

Laure, précocement intelligente, comprit la situation nettement.

Elle n'avait pas à compter sur son père qui loin d'être un aide pour elle constituait un fardeau.

Que faire ?

Trouver un emploi qui assurât la vie de deux personnes, ce n'était pas chose facile à une jeune fille de seize ans, sans aptitudes spéciales.

Elle s'arma de courage et chercha, longtemps rebutée, vivant de privations (ce qui est un aliment vague !) et surtout de crédit.

Enfin elle dut s'estimer heureuse de trouver, chez Verquin, à être employée en qualité de mannequin.

Aucun apprentissage. Rien que de la plastique et un salaire, bien maigre il est vrai, mais immédiat. C'était le salut pour la Larive.

Laure avait accepté, mettant tout amour-propre de côté.

Humiliée, au début, de l'inintelligence de ses fonctions humbles d'automate, agacée souvent par les exigences des clientes, elle se consolait en songeant qu'elle n'avait que ce moyen de gagner honnêtement sa vie et celle du vieillard qui, dans son égoisme inconscient, insoupçonneux des fatigues, des froissements, des humiliations de sa fille, avait accepté assez facilement de vivre aux dépens de celle-ci.

Pourvu qu'il fût logé, nourri, chauffé et que, confortablement assis dans son large fauteuil, il pût du matin au soir se livrer à sa passion favorite, le monde pouvait crouler autour de lui !

Et aux opéras anciens, il ajoutait des drames lyriques nouveaux, empilant manuscrits sur manuscrits, lesquels encombrant sa chambre, étaient d'ailleurs destinés à n'en sortir jamais !

Mais comme chez le malade l'espoir de guérir ne cesse qu'avec l'existence, chez le vieux mélomane l'espoir de la gloire s'obstinait.

Cependant, quand chez sa fille attentive à ce que son père ne manquât de rien, il surprenait les signes de lassitude trop évidents, une lueur de bon sens l'effleurait vaguement, une fugitive conscience de son égoisme lui donnait un confus remords.

Peut-être le père de Laure eût-il pu employer ses deux bras plus utilement qu'à des compositions vagues et sans but utile.

Peut-être eût-il pu s'adonner à des travaux pratiques qui eussent soulagé d'autant Laure.

Bon violoniste, il eût pu trouver à s'employer en cette qualité dans un orchestre.

Mais non !

Cela était indigne d'un maître tel que lui ! Il devait tout son temps au grand art... L'art avant tout !

Et plein d'illusions en son génie que rien n'ébranlait, le vieil artiste raté disait à sa fille, avec une foi touchante à force d'être naïve :

— Ma pauvre enfant, tu te donnes bien du mal pour moi !... Mais je te revaudrai cela au centuple quand *Sémiramis* sera jouée.

Sémiramis, c'était son opéra favori, son dernier né, auquel il travaillait depuis quinze ans !

— Regardons bravement l'avenir en face. Mon heure est proche ! Je le pressens ! disait cet homme de soixante-cinq ans.

Et il embrassait Laure (ainsi la gloire qui le guettait lui mettrait bientôt son baiser au front) et se remettait avec acharnement à ses croches et à ses doubles croches.

Cependant *Sémiramis* demeurait toujours là, près de ses frères, dormant un sommeil introublé et poudreux.

Et, sans tenter de chasser définitivement l'Espérance :

> L'espérance cette menteuse
> Qui nous prend pour mieux nous tromper
> Cette éternelle et jeune gueuse
> Dont le métier est de duper.

Laure, respectueuse des illusions sans lesquelles (elle le comprenait), le vieillard n'eût pu vivre, Laure continuait son métier de mannequin, essoyant toilettes sur toilettes, parée, magnifique et sacrifiée !

Dès sa première visite aux Larive, Mortère avait tout deviné, tout compris et percé à jour le dévouement de son amie.

Une explication s'en était suivie, le lendemain même.

— Laure, avait dit Mortère, je vous aime...

Elle avait rougi.

— Laure, je ne vous suis pas indifférent, je le sais...

Elle avait rougi davantage.

— Laure, je veux vous épouser... je suis un honnête homme... nous nous aimons et vous refusez d'être à moi... Mais je sais à présent pourquoi.

— Comment ?... disait Laure alarmée.

— C'est que j'ai un rival.

— Je vous jure...

— Si ! Si ! J'ai un rival et ce rival, c'est votre père.

— Mais...

— Ne protestez pas ! Vous ne voulez pas vous marier parce que votre père est sans ressources et que sans vous, le pauvre homme mourrait demain... Vous ne voulez pas le laisser seul... Il n'a que vous pour assurer sa vie... et vous voulez respecter son illusion, sa manie, sa folie... je comprends... je comprends !

Laure était pourpre.

— Eh bien, reprenait Mortère, c'est très beau, très noble, très généreux, très grand... trop grand même !... Vous n'avez pas le droit de cloîtrer ainsi votre belle jeunesse et de condamner votre cœur à la solitude au profit d'un vieillard égoïste qui n'a pas l'air de s'en apercevoir...

« Vous n'avez pas le droit de vous immoler,

de vous sacrifier ainsi, vous, jeune, charmante, délicieuse et faite pour l'amour.

« Chaque créature doit vivre sa vie...

« Votre père a été jeune. Il a aimé. Il faut que vous aimiez à votre tour, que vous connaissiez une autre tendresse, que vous soyez femme, épouse, mère... et ce rêve-là, je veux le réaliser avec vous.

— C'est impossible, murmurait Laure, chancelante, les yeux clos.

— Pourquoi ?

— Pour les raisons que vous venez de me dire... Je ne puis abandonner mon père... Je l'aime... il est vieux !... J'ai des devoirs envers lui.

— Ne pourrions-nous le mettre dans un asile de vieillards et assurer son bien-être ?

— Jamais, faisait Laure révoltée... Pas cela !... Non !... Ce serait le tuer sûrement en lui montrant sa déchéance, son inutilité, en le faisant renoncer à tout espoir. Non ! Non ! pas cela...

« Non, mon ami ! tant qu'il vivra je ne puis songer à me marier.

Mais Mortère prenant son parti :

— Et si en vous épousant, je consentais à le prendre avec nous... Il serait notre premier enfant... notre vieil enfant...

— Vous ?... Vous feriez cela, s'écriait Laure ivre d'espoir et de joie.

— Que ne ferais-je pour vous obtenir, Laure ? D'ailleurs le pauvre homme ne me paraît guère embarrassant pourvu qu'on le laisse dans une pièce avec du papier à musique et des plumes... Allons ! Laure, dites oui !

Et Laure, touchée, avait été sur le point de prononcer le « oui » définitif...

Puis, arrêtée par un scrupule...

— C'est trop beau ! Vous n'y songez pas, mon ami... Nous sommes trop pauvres.

« Si je quitte Verquin pour vous épouser, vous serez seul à assurer notre vie... Peut-être pourrez-vous arriver à assurer la vôtre et la mienne... mais trois existences !... C'est bien lourd pour vous... sans compter les enfants qui peuvent venir... Hélas... mon ami, vos modestes gains n'y suffiraient pas...

« Non... non ! Ce n'est pas raisonnable. Il faut attendre... attendre encore...

— A moins d'une aubaine... à moins d'une de ces aubaines inespérées comme il en arrive quelquefois, murmurait Mortère frappé par les objections pratiques de Laure...

Car s'il l'aimait passionnément, s'il voulait en faire sa femme, au moins la voulait-il heureuse matériellement...

A la suite de cette conversation, le reporter s'était creusé la cervelle pour réaliser l'aubaine souhaitée.

Il n'avait aucun capital... Rien que le prix de ses articles, soit une quinzaine de louis par mois... Et encore !

Pour se marier, faire les premiers frais d'une installation, assurer au couple le vivre et le couvert, au moins lui fallait-il une mise de fonds surtout avec le vieillard dont il était résolu à accepter la charge.

Les premiers frais faits, on aviserait.

En tous cas, il se savait aimé... cela lui donnait des ailes...

Fiévreusement, il avait donc cherché, sinon la fortune, du moins l'aubaine espérée qui lui permettrait de réaliser son rêve.

C'était sur ces entrefaites qu'il avait été mêlé à l'affaire Colonna, et que Videlin, ignorant sa pauvreté, confiant en sa façade, lui avait proposé le pari qu'on a vu avec un enjeu de dix mille francs.

Dix mille francs à réaliser d'un coup !

C'était plus que la somme nécessaire.

L'espoir avait fait battre le cœur de Mortère.

Il avait tenu le pari, on a vu après quelle hésitation.

Avec quelle passion il allait à présent suivre la marche de l'instruction !

Malheureusement, un ordre du directeur du Thermidor retardait ses projets, en l'envoyant dans le Midi.

Mais, à présent de retour, il allait enfin pouvoir agir directement.

Trois raisons le poussaient à ouvrir sur l'affaire Colonna une enquête personnelle et concordante ou parallèle (suivant le plus ou moins de bon vouloir du juge d'instruction) à celle de la justice.

D'abord son amour pour Laure et le désir de gagner un pari qui assurerait leur bonheur.

Ensuite, c'était pour lui un cas de conscience, d'être édifié plus à fond sur la culpabilité de Sonia.

Enfin, l'amour de l'art le guidait également.

Reporter judiciaire, Mortère avait, nous l'avons dit, les instincts d'un policier.

Ce soir-là, quand Laure, plus lasse que jamais, sortit de chez Verquin, elle eut la joie de trouver devant la porte, celui qu'elle aimait et qu'elle n'avait pas revu depuis quinze jours.

C'était le lendemain de la rentrée de Mortère à Paris. Sa rencontre de Videlin, à l'Opéra, datait de la veille.

Vivement, le jeune homme poussa Laure dans un taxi-auto et, chemin faisant, il la mit au courant.

Pressé par son brusque départ, il n'avait pas eu le loisir de le faire plus tôt.

L'aubaine... L'aubaine rêvée allait se présenter peut-être enfin.

Et il raconta tout.

Laure écouta, passionnément intéressée.

Elle connaissait, de vue, Sonia Fergus, qui se faisait habiller, comme beaucoup de femmes élégantes, chez Verquin, et devant qui elle avait essayé bien des toilettes.

— C'est étrange, dit-elle, quand Mortère eut fini, que notre bonheur puisse s'échafauder, peut-être, sur une aussi tragique aventure !

« Mais, dites-moi, mon ami... si vous gagnez votre pari, ce seront tous nos désirs réalisés, mais si par hasard, vous le perdiez, comment paieriez-vous ?

« Cela est bien imprudent de parier sans être sûr de pouvoir payer en cas de perte !

« Il y a là une question d'honneur !

« L'enjeu d'un pari équivaut à une dette de jeu...

Le front de Mortère se rembrunit.

Il avait déjà envisagé cette question... délicate...

— Bah ! dit-il, en affectant l'insouciance, qui ne risque n'a rien... Je m'arrangerai toujours. Ne vous inquiétez pas de cela... Je paierai... je paierai toujours !

« Eh oui ! sans doute, il paierait.

Et comme Mortère poussait très loin le point d'honneur et qu'il n'eût pas voulu laisser soupçonner à Videlin ni à qui que ce fût l'espèce d'indélicatesse commise par lui en acceptant un pari dont il ne possédait pas l'enjeu en cas de perte, il paierait de sa vie. Il se ferait sauter la cervelle plutôt que de passer pour un aigrefin.

C'était affaire entendue entre lui et sa conscience. Mais il se gardait bien d'en avertir Laure.

— Je gagnerai, dit-il sans hésitation. Fort de votre amour, je gagnerai !...

Il serra Laure dans ses bras et, dans l'ombre de la voiture, il puisa dans un baiser qu'elle lui laissa prendre la foi nécessaire à l'entreprise qu'il allait tenter.

III

MISTOUFLE !

Les quelques heures qui avaient suivi l'arrestation de Sonia furent atroces pour Olivier.

Ainsi, obéissant au serment fait à son père, à sa conscience de magistrat, et aussi au désir d'être édifié sur Mlle Fergus, il avait gravi, échelon par échelon, le calvaire que son père lui avait fait entrevoir, lors de leur premier entretien.

Il avait dû traîner sur la claie celle qu'il aimait.

Enfin, il venait, sous la pression du procureur, de faire le pire geste : celui de Ponce Pilate... celui de livrer à ses bourreaux la future crucifiée.

« Par son ordre, les agents l'avaient emmenée, comme une criminelle, et enfermée en prison.

Par son ordre, elle était à jamais perdue, déshonorée !

Comme elle devait le haïr, à présent !

Elle devait le haïr autant, plus même, que Fergus, qui l'avait chassé, l'anathème à la bouche, en lui disant qu'il ne rentrerait dans sa maison qu'avec Sonia libre, innocentée.

Libre !

Innocentée !

Innocentée, elle ne pouvait plus l'être, puisqu'elle-même s'avouait coupable, et se chargeait avec obstination !

Entraîné dans l'engrenage où il s'était laissé prendre, il fallait qu'il allât jusqu'au bout !...

Et l'instruction n'était pas finie, puisque Sonia, tout en avouant, dérobait encore une partie de la vérité, puisque, ainsi que l'attestait le rapport du docteur Skoff, un mystère planait toujours sur l'affaire, le mystère du moyen meurtrier... puisqu'elle laissait supposer des dessous qu'il lui faudrait dévoiler.

Bien qu'il jugeât Sonia perdue pour lui sans espoir de retour, aurait-il la force, lui, qui avait dû l'épouser, de continuer à jouer cet abominable rôle vis-à-vis d'elle ?

Ce duel entre elle et lui, déjà engagé si douloureusement, et dans lequel elle venait de recevoir la première blessure et de la recevoir par lui, aurait-il l'affreux courage de le poursuivre, pour arracher à la blessée la part de vérité qu'elle s'obstinait encore à dérober, et pour l'achever, après une lutte qu'il prévoyait acharnée !

Non !

Non !

C'en était trop...

Il était à bout d'énergie !

Il ne pouvait plus...

Il se rendit chez son père et lui fit part de sa détresse... et de son intention de prier le procureur de le décharger, à présent, de la suite de l'instruction.

— Et quel prétexte invoqueras-tu, mon pauvre enfant ? dit Jean de Lora, touché du désespoir de son fils devant l'écroulement de ses rêves et le déshonneur avoué de Sonia...

— Je dirai au procureur la vérité !

— Tu es fou, riposta le vieillard ; ce serait lui révéler que tu as surpris sa bonne foi... Ce serait un scandale inouï !

« Il fallait parler quand je te l'ai dit, quand tu as été désigné, en te désistant... A présent, il est trop tard. Ton début d'action t'engage.

— Que faut-il donc faire ?

— Aller jusqu'au bout.

— Mais c'est atroce... cruel... C'est inhumain !

— C'est toi qui l'as voulu !

« D'ailleurs, après de pareils aveux, tu ne peux plus songer à cette malheureuse... Elle devient

pour toi une étrangère, une accusée anonyme...

Aussi... je ne m'explique plus ta douleur, ta défaillance.

— Père, je l'aime toujours ! sanglota Olivier éperdu...

Le vieillard sursauta.

— Comment !... après ce que tu sais d'elle !... Après ce qu'elle t'a dit, de sa propre bouche... tu n'es pas écœuré, soulevé contre elle de colère et de mépris ?...

— Si ! si ! certes... je la méprise... je l'ai retranchée de ma vie... mais c'est plus fort que moi, malgré tout cela, je l'aime !

« On n'arrache pas, en un jour, d'un geste, comme une mauvaise herbe, un sentiment si puissant... L'amour est tenace...

« Ah ! père.., père !... je ne sais plus que faire ! Je ne sais plus où j'en suis ! je ne sais plus quel parti prendre...

— Va jusqu'au bout ! répéta le vieillard implacable.

Rentré chez lui, rue Bayard, Olivier, brûlant de fièvre, se jeta sur son lit...

Après l'effort qui, jusque-là, lui avait donné l'énergie nécessaire pour agir, il subissait, à présent, par contre-coup, une terrible dépression nerveuse physique et morale.

Vivre sans Sonia, le pourrait-il ?

Survivrait-il à l'anéantissement de son espérance, à l'écroulement de ses rêves, à la faillite de son amour ?

Les hommes de cette trempe n'aiment qu'une fois et jusqu'à la mort.

La mort ?

Ne serait-ce pas, après tout, le suprême refuge, le seul moyen d'en sortir ?

Pourquoi pas ?

Effleurant cette âme désespérée, l'idée sinistre s'y infiltra, et y fit des progrès rapides...

Il était brave.

Il souffrait abominablement.

Enfin, il se trouvait pris dans un dédale sans issue...

Après un court combat, le dernier sursaut, la protestation animale de l'instinct de conservation, sa résolution fut prise... Il se tuerait à l'aube.

Cela arrêté, il se sentit plus calme.

Il passa la nuit à mettre en ordre ses affaires, rangeant des papiers, écrivant ses dernières volontés et rédigeant plusieurs lettres, dont une à ses parents où il leur expliquait les raisons de sa détermination et leur demandait pardon de la peine qu'il allait leur faire et une à Sonia, lettre d'adieux, digne et désespérée, où il lui disait qu'il l'aimait toujours, malgré tout, et lui demandait, à elle aussi, pardon du mal qu'il avait dû lui faire et qu'il payait de sa vie...

Il confiait à son père le soin de faire parvenir secrètement cette lettre à sa destinataire.

Ces missives achevées, il les mit en évidence sur sa table de travail...

Puis, il rouvrit une dernière fois le dossier contenant la procédure de l'affaire, relisant les réponses de Sonia, se posant, pour la millième fois, les questions que l'instruction n'avait encore pu résoudre, parcourant l'extraordinaire rapport du docteur Skoff.

Autant de problèmes dont il ne connaîtrait jamais les solutions.

Mais le jour venait.

C'était l'heure fixée par lui.

Comme son valet de chambre rentrait pour le réveiller comme de coutume, il l'éloigna sous un prétexte quelconque, lui confiant une commission qui durerait au moins deux heures.

Resté seul, il sortit d'un tiroir un revolver et le chargea avec soin.

Une dernière fois, avant de mourir, il parcourut du regard les aîtres... repassant sa vie laborieuse, le drame de passion dont elle avait été traversée... contemplant les choses autour de lui, les meubles, les tableaux, les portraits de ses parents, visages amis qui semblaient lui sourire...

Soudain son regard se fixa sur un point de l'espace.

Près de lui, juché, pelotonné sur une console placée à hauteur d'homme, un être le fixait de son regard aux lueurs jaunes.

C'était son compagnon familier, un angora qui répondait au nom original de « Mistoufle ».

Olivier aimait cette bête pour son pelage entièrement noir et lustré, pour sa grâce délicate et les mouvements souples de son échine onduleuse, pour ses prunelles vertes et irradiées...

Intelligent, le chat connaissait son maître, venait à sa rencontre quand il rentrait, le soir, se frottait le dos contre ses jambes, en ronronnant... s'installait auprès de lui sur sa table de travail, sans façon, quand il écrivait ou lisait.

Ce serait la dernière créature vivante qu'Olivier apercevrait.

Pourquoi, en un si tragique moment s'attardait-il à cette constatation puérile ?

Pourquoi l'intelligent animal, immobile comme un sphinx de pierre, sur la console qu'il avait prise pour piédestal, contemplait-il Olivier avec tant d'obstinée fixité dans le regard, comme si, dans son obscur embryon d'âme, il eût pu deviner, comprendre la chose terrible qui allait se passer sous ses yeux ?

— Allons ! je suis fou !... murmura Olivier en haussant les épaules.

Et s'arrachant à l'attirance magnétique des prunelles de phosphore, il arma le revolver et debout devant la glace, pour ne pas se manquer, il appuya le canon de l'arme sur sa tempe droite...

En ce moment, il n'entendait plus que les pulsations de son sang dans ses artères, son sang dont le flux et le reflux lui semblaient faire un bruit formidable, son sang qui, dans une seconde, rougirait ce tapis et rejaillirait jusque sur l'unique témoin du suicide qui allait s'accomplir, le chat guetteur et silencieux.

Une fois encore, il évoqua l'image méprisée mais adorée, puis il pressa la détente.

Le coup partit...

Qui donc nie les miracles ?

Il s'en accomplit journellement sous nos yeux, mais nous ne savons pas les voir ou, tout au moins, nous ne savons pas déduire les effets des causes, attribuant tout au pur hasard.

Hasard ou non, les philosophes et les moralistes n'en ont pas moins observé combien souvent de grands effets sont provoqués par de petites causes.

C'est ainsi que Michelet attribue à la fistule de Louis XIV, la période de décadence politique de son règne et que d'autres ont fait remonter les désastres de 1870 à la pierre infinitésimale que Napoléon III avait dans la vessie.

Une fois de plus, ce fait se trouve confirmé par l'exemple et ce fut à un geste de son chat, Mistoufle, qu'Olivier dut son salut...

Quant à prétendre que Mistoufle fit ce geste volontairement et dans l'intention bien déterminée d'empêcher son maître de se suicider, nous n'oserions pousser la témérité jusque-là... d'autant qu'à la vérité, ce geste salutaire fut provoqué par un coup de timbre donné à la porte extérieure de l'appartement au moment précis où Olivier, le revolver à la tempe, pressait la détente.

La sonnerie éclatant brusquement au milieu du silence effraya-t-elle la bête capricieuse et fantasque, toujours est-il qu'en l'entendant, Mistoufle, détendant brusquement l'arc de son échine et les ressorts de ses pattes élastiques aux ongles rétractiles, sauta du haut de la console où il était juché, sur le plus proche obstacle et que, de cet obstacle, il gagna le sol et s'enfuit... sous un meuble...

Le tout fut exécuté en deux secondes et en trois bonds.

Or il se trouva que l'obstacle intermédiaire entre la console et le sol, l'obstacle qui avait servi d'échelon au félin dans sa descente fut précisément l'épaule droite de son maître...

En sautant sur l'épaule d'Olivier au moment où celui-ci pressait la gâchette, le poids du corps du chat portant, en partie, sur le bras, fit d'un choc brusque baisser le coude du tireur, et dévier par conséquent le revolver dont le canon se trouva viser le plafond où la balle alla se loger en dessinant dans la blancheur du plâtre une étoile aux mille arabesques.

Cette étoile apparut aux yeux du jeune homme, stupéfait de se trouver encore en vie, comme l'étoile du salut.

Le sentiment qu'il éprouva en cet instant fut bizarre et complexe.

Tout en regrettant de s'être manqué, Olivier ne put s'empêcher d'être frappé de la coïncidence singulière à laquelle il devait la vie...

La personne encore inconnue qui venait de sonner à sa porte en faisant peur à son chat familier, cette personne et cette bête venaient, inconsciemment, de le sauver et d'une façon que ceux qui croient en la Providence n'eussent pas craint de qualifier de miraculeuse.

Or, Olivier était de ceux-là...

Elevé dans des principes religieux, il crut voir dans le concours de circonstances qui, futiles en apparence, assuraient son salut, une secrète intervention du destin.

Ce n'était pas encore son heure de mourir !

Devait-il donc espérer quelque chose d'inattendu ? Intuition ou superstition, il le crut.

En présence de l'événement, tout compte fait, il ne regretta pas de ne s'être pas tué, et même, comme tous ceux qui viennent de frôler la mort de près, fût-ce volontairement, il reprit soudain goût à la vie à laquelle il trouvait, en cet instant, une saveur mêlée peut-être de quelque amertume mais pas moins certaine.

Tel fut le travail psychologique qui s'accomplit en lui, en quelques secondes, et ce fut presque un regard de reconnaissance qu'il dirigea vers Mistoufle et vers la porte derrière laquelle attendait en ce moment l'inconnu qui était, sans s'en douter, de moitié dans son sauvetage.

Il en était même la cause initiale car sans le coup de timbre, le chat n'eût pas eu peur et n'eût pas sauté sans doute et Olivier n'eût pas été sauvé...

A quoi tient parfois notre sort !

Le visiteur eût sonné une seconde plus tard, que le désespéré eût été en ce moment gisant sur son tapis, le crâne fracassé.

Naturellement, Olivier se sentit pris d'un vif désir de savoir quel était ce visiteur matinal qui, c'est le cas de le dire, jouait un si grand rôle dans sa vie, et pour lequel il se sentait, instinctivement et sans le connaître encore, une sympathie soudaine.

Pour se trouver en sa présence, il lui suffirait d'aller ouvrir...

Il hésita un instant cependant.

Le nouveau venu avait dû entendre la détonation ainsi que tous les habitants de l'immeuble... L'alarme devait être dans la maison et il ne tenait pas à ce qu'on fût au courant de sa tentative de suicide avortée...

Que dire ?

Son parti fut vite pris.

Il fit disparaître les enveloppes mises en évidence et alla ouvrir.

Il se trouva en face d'un jeune homme roux, bien mis, à mine intelligente et fureteuse.

Olivier ne se souvint pas avoir jamais vu ce jeune homme.

Mais avant que le nouveau venu eût pu articuler un son, la concierge, essoufflée, apparaissait sur le balier, ayant gravi les étages aussi vite que le lui permettait un début d'asthme et s'exclamait, les yeux hors de la tête :

— Est-ce ici ? monsieur de Lora ? Est-ce chez vous... cette détonation ?

Tandis qu'aux étages supérieurs, des portes entr'ouvertes laissaient passer des visages effarés.

Olivier eut tôt fait d'expliquer, avec le plus grand sang-froid, qu'en nettoyant son revolver qu'il portait sur lui quand il rentrait tard, une balle s'était, par mégarde, trouvée dans le barillet cru vide et que le coup était parti par inadvertance.

— Aucun accident d'ailleurs, sinon le plafond fendillé par la balle... mais je ferai faire la réparation, conclut-il en congédiant la commère satisfaite de l'explication.

Puis, se tournant vers le jeune homme qui avait assisté à cette scène, sans mot dire.

— Que désirez-vous, monsieur ?

— Parler à M. Olivier de Lora, répondit l'inconnu.

— Veuillez entrer, dit Olivier.

Et en proie à la plus intense curiosité, il fit entrer le visiteur dans son cabinet de travail.

Olivier l'ayant invité à s'asseoir, le nouveau venu épilogua d'abord sur l'incident.

— Il faut faire grande attention aux armes à feu... Rien n'est plus dangereux pour la santé... Ainsi j'ai un ami...

Mais le magistrat, impatienté, lui coupa la parole :

— A qui ai-je l'honneur de parler ?

— A M. Pierre Mortère, courriériste judiciaire au *Thermidor*.

Olivier, qui s'était assis, se leva brusquement.

— Pierre Mortère !...

C'était, il s'en souvenait parfaitement, le signataire du premier article qui lui était tombé sous la main à Nantes et lui avait révélé la macabre découverte de la villa Saïd.

Celui qui avait, le premier, nettement accusé Sonia et contribué, pour une part, à fortifier ses propres soupçons, à lui, Olivier ; celui qui avait veillé, la nuit du drame, le corps de Colonna et qu'enfin Fergus avait voulu provoquer.

Ainsi, les pressentiments d'Olivier ne le trompaient pas.

Ce n'était pas un indifférent qui était devant lui... Sa curiosité s'aviva, brûlante.

— Pierre Mortère ! s'exclama-t-il. Vous !

— Moi-même, qui ai été récemment mandé à votre cabinet comme témoin et n'ayant pu me rendre à votre convocation en temps voulu, m'y rends aujourd'hui même... avec un peu de retard, monsieur le juge.

— Pourquoi chez moi, pourquoi pas au Palais ?

— Parce que... je n'ai pas voulu perdre une minute... Arrivé d'hier à Paris, et désirant vous voir au plus tôt, monsieur le juge, je n'ai pas eu la patience d'attendre jusqu'à tantôt... Je me suis fait indiquer votre domicile particulier... et me voici...

« D'ailleurs les déclarations... je dirais même les offres que j'ai à vous faire sont d'ordre confidentiel... et j'ai préféré l'intimité du home où l'on est à l'abri des oreilles indiscrètes, des greffiers et des huissiers.

— Expliquez-vous, monsieur, fit Olivier de plus en plus intrigué.

— Voici... monsieur le juge...

« Ce qui m'amène ici est un cas de conscience. J'ignore où en est l'affaire Colonna, puisque l'instruction a été tenue secrète jusqu'à ce jour, mais je sais cependant que Mlle Fergus a été arrêtée hier et écrouée.

« Or, je crois que je ne suis pas étranger à cette arrestation...

— Vous !

— Oui !... Oh ! si j'y ai contribué c'est de loin... et pour une faible part... Mais enfin je ne saurais oublier que c'est moi qui, le premier, dans mon arti-

cle du *Thermidor*, ai accusé Mlle Fergus et cela en somme, à la légère..

« Eh bien ! monsieur le juge, je me demande aujourd'hui si cet article n'a pas eu une influence sur l'esprit du magistrat instructeur... chargé de l'enquête... c'est-à-dire sur le vôtre... et s'il n'a pas contribué à vous donner, sur l'affaire, une prévention contre Mlle Fergus.

« Bref, des personnes qui connaissent cette jeune fille m'assurent qu'elle est incapable d'un meurtre, que j'ai accusé trop vite... et comme je suis un honnête homme, ma conscience s'émeut... j'ai des scrupules... des regrets... des remords... Enfin, je ne voudrais pas avoir contribué à faire condamner une innocente... comprenez-vous, monsieur le juge ?

Olivier allait de surprise en surprise.

Cet homme qui venait de l'empêcher de se tuer... lui parlait à présent de Sonia en termes sympathiques et semblait disposé à plaider l'innocence possible de la jeune fille...

De plus, les paroles qu'il avait prononcées, outre qu'elles empruntaient à la circonstance une acuité particulière, étaient bien faites pour faire réfléchir le magistrat...

L'article de Mortère venant s'ajouter aux soupçons que lui inspirait déjà sa jalousie naturelle ne l'avait-il pas en effet indisposé contre Sonia ?

Quand bien même cela eût été vrai, de quel poids cette considération pesait-elle aujourd'hui sur l'issue de l'instruction, puisqu'à présent Sonia, accablée par les révélations de Tétard, avait avoué.

Donc, l'espérance que semblait vouloir apporter Mortère, cette espérance qu'Olivier souhaitait de toute son âme, était pour le moment vaine, la logique le lui disait.

— Ce sentiment vous honore, monsieur, dit Olivier, et je ne puis qu'approuver votre geste...

« Malheureusement pour Mlle Fergus, il se trouve qu'en l'accusant vous êtes tombé juste ! L'instruction l'a démontré.

— Je m'attendais à cette réponse, fit Mortère... puisque Mlle Fergus est arrêtée, il faut bien que l'on ait contre elle des présomptions graves...

« Mais excusez-moi si j'insiste, monsieur le juge, la justice des hommes est faillible... bref... je voudrais connaître ces présomptions... pour le repos absolu de ma conscience... et même pour être totalement édifié...

« Vous allez me trouver bien hardi... je voudrais connaître l'instruction tout entière et lire la procédure... Voyons, monsieur le juge... soyez magnanime... communiquez-moi le dossier.

— Vous n'y songez pas, monsieur !

— Oh ! je sais bien que ce que je vous demande là est contraire à tous les usages...

« Cependant, reprit le reporter avec une éloquence singulière, cependant qu'est-ce que les chinoiseries de la « forme »... et du règlement en face d'une œuvre de justice... de réparation peut-être... car songez-y, monsieur, si elle n'était pas coupable !

Mortère revenait avec obstination à cette supposition sans pouvoir deviner cependant que c'était celle qui le plus pouvait ébranler Olivier en faisant battre son cœur d'un espoir fou...

— Si elle n'était pas coupable, poursuivit-il... on peut se tromper !... J'en ai vu déjà des procès criminels aboutissant à de formidables erreurs.

« Souvent un nouveau venu dans une affaire la considère d'un œil plus frais et par conséquent plus sûr que ceux qui déjà s'y sont adonnés depuis longtemps...

« Certes, je ne suis pas policier... Mais je mériterais de l'être... Enfin... Enfin... j'ai des raisons particulières de connaître le fin mot de l'affaire Colonna... et pour y arriver je suis résolu à donner mon expérience, mon temps, mon intelligence, mes efforts...

« D'ailleurs quelle que soit votre réponse, je suis

décidé à ouvrir pour mon compte une enquête personnelle...

« Eh bien ! au lieu d'agir chacun de notre côté... combinons notre effort et nous avons double chance d'arriver à un résultat.

« Remarquez que, n'étant pas policier par profession, on ne se méfiera pas de moi et que j'aurai donc peut-être plus de chances d'aboutir qu'un professionnel.

« Que risquez-vous d'accepter après tout l'offre d'un honnête homme, qui fait partie de la presse, cette reine de l'opinion ?

« Croyez-moi, monsieur de Lora, communiquez-moi le dossier et acceptez ma collaboration... Vous n'avez rien à y perdre puisqu'elle est gratuite... et vous pouvez y gagner quelque chose...

« Je vous promets d'ailleurs la plus grande discrétion sur mon rôle dans l'affaire... mon appoint demeurera absolument anonyme... ce n'est ni la gloriole, ni la vanité qui me poussent.

« Juge d'instruction, vous avez tout pouvoir, surtout celui d'employer qui bon vous semble à la recherche de la vérité... Voyons... communiquez-moi le dossier...

Le reporter s'était animé, persuasif, se haussant jusqu'à l'éloquence...

Dans tout autre cas, Olivier eût été convaincu, tant les arguments de Mortère semblaient logiques et tant ils l'eussent fait renaître à l'espérance si Sonia n'eût avoué.

Mais Sonia avait avoué...

Cela coupait court à tout...

Et puis, allait-il livrer une procédure qui devait (il l'avait promis), demeurer secrète, à ce personnage qu'il ne connaissait point il y a un quart d'heure, à ce journaliste qui, peut-être, se servait d'une ruse pour pêcher encore matière à copie ou à scandale ?

C'était fou !

— Il n'est défendu à personne d'apporter à la justice les éléments nécessaires pour l'éclairer, répondit-il.

« Si ceux que vous fournirez me semblent devoir être pris en considération, j'agirai en conséquence... Libre à vous de faire ce qu'il vous plaira... Mais je ne puis, pour ma part, admettre votre intervention active dans l'instruction qu'en qualité de témoin...

« Un témoin que je compte interroger en temps et lieu... puisque vous avez assisté à la découverte du corps et que vous l'avez veillé. Quant à vous communiquer la procédure... c'est impossible...

— Monsieur de Lora... songez que vous allez peut-être condamner sans preuves.

— J'ai les preuves.

— Décisives ?

— Décisives.

— En êtes-vous sûr ?

— Je n'ai pas à vous répondre.

— Et si vous vous trompez !

— Qu'en savez-vous puisque vous ne connaissez pas l'instruction ?

— Faites-la moi connaître.

— Impossible !

— Pourtant...

— L'inculpée elle-même m'a supplié expressément de tenir l'instruction secrète...

— Cependant...

— J'ai donné ma parole... N'insistez pas, monsieur, je vous en ai déjà dit plus que je ne l'aurais dû...

Mortère parut un instant décontenancé par la fermeté d'Olivier...

Il semblait réfléchir, hésitant à prendre un parti extrême.

Puis, soudain... résolu.

— Vous dites que vous avez les preuves décisives de la culpabilité de Sonia Fergus ?

— Oui...

— Eh bien cela est faux !

— Comment ?

— Ces preuves, une seule personne les possède.

— Et cette personne ?

— C'est moi !

— Vous !

— Oui, moi...

— Vous vous moquez de moi, monsieur.

— Je dis la vérité... j'ai entre les mains un document établissant la culpabilité ou l'innocence de Sonia Fergus... cela dépend uniquement de la façon dont on l'interprétera.

— Et ce document... Quel est-il ?

— Une lettre.

— Une lettre ?

— Une lettre... ou plutôt des lambeaux de lettres brûlés quelques instants avant la mort de Colonna puisqu'ils étaient encore chauds quand je les ai trouvés.

— Et où les avez-vous trouvés ?

— Le soir du drame... pendant que je veillais le corps... devant la porte du laboratoire... Avant l'arrivée du commissaire de police, mon compagnon Videlin est sorti un instant dans le jardin... Je me suis trouvé seul dans le vestibule... j'en ai profité, mû par un sentiment de curiosité professionnelle, pour me glisser dans la pièce où l'on avait découvert le couple, quelques instants auparavant. J'en inspectai vivement les âtres, à la lueur d'une allumette-bougie.

« Soudain mon attention fut sollicitée par une constatation futile en apparence, mais qui me sembla à la réflexion n'être pas sans intérêt.

« On était en avril... on ne chauffe généralement plus à cette époque... cependant dans la haute cheminée un amas de cendres légères attestaient qu'on avait brûlé quelque chose là peu de temps auparavant...

« Je me baissai et distinguai en effet le petit tas noir que laisse, après lui, un paquet de papiers consumés.

« Je fouillai dans cette cendre fine. Elle était encore tiède... et je fus assez heureux pour ramasser quelques fragments de papiers déchirés, mais encore épargnés par le feu et qui, recollés et reconstitués par la suite prirent un sens précis... révélant la nature des papiers brûlés.

« C'étaient des lettres.

« Or celle qui a échappé en partie à la flamme et dont j'ai pu reconstituer deux phrases, jette quelque clarté sur l'affaire et constitue, je le répète, ou une preuve décisive ou tout au moins un indice précieux qui peut servir à découvrir la vérité.

— Quelles sont donc ces deux phrases ? dit Olivier bouleversé par cette révélation faite avec l'accent de la plus grande sincérité.

— Je vous les dirai, en temps et lieu.

— Mais si cela est vrai, pourquoi n'avez-vous pas écrit et envoyé cette preuve ?

— Je ne voulais pas confier un aussi précieux document à la poste...

— Et vous l'apportez, sans doute ? Donnez vite !

— Pas si vite que cela, fit Mortère jouissant visiblement de l'impatience fébrile d'Olivier, monsieur le juge laissa carte sur table.

« Vous n'aurez ce document qu'à une condition : communiquez-moi la procédure que je vous demande.

— Ah ! Ah ! C'est un chantage, dit Olivier.

— Le mot est dur, riposta Mortère, appliqué à une œuvre de justice... car c'est ce que je poursuis en ce moment.

— Et si je vous faisais arrêter, fouiller ?

— J'ai prévu le cas... Le document n'est pas sur moi.

— Si l'on perquisitionnait chez vous ?

— On ne trouverait rien... Le document est en sûreté...

Olivier eut un geste d'exaspération.

— Voyons monsieur le juge... montrez-moi la

procédure... je vous donne ma parole d'honneur
que je ne révélerai à âme qui vive ce que j'aurai
lu... je vous donne également ma parole que je
n'agis que dans l'intérêt de la vérité...

— Et si vous mentez... si ce document était créé
de toutes pièces par votre imagination pour me duper...

— Alors, libre à vous, si cela vous était prouvé,
de me faire arrêter et poursuivre pour abus de
confiance, chantage, faux témoignage et fabrication
de faux... je me livrerais pieds et poings liés.

Ce diable de Mortère avait réponse à tout...

Olivier demeura terriblement perplexe, en proie
à mille sentiments contraires.

D'un côté sa fierté, sa dignité de magistrat, sa
parole d'honnête homme donnée à Sonia, tout cela
lui disait de ne pas céder à la pression exercée
sur lui par Mortère.

De l'autre, les circonstances singulières dans lesquelles Mortère venait de se présenter, la ten-
dance superstitieuse qu'il avait à le considérer
comme un envoyé du destin, la franchise éloquente
du journaliste, l'espèce de sympathie qui se déga-
geait de lui, enfin la curiosité mêlée d'une obscure
espérance qui tenaillait l'amoureux de Sonia ; toutes ces raisons se combattaient, en ce moment,
dans l'âme du jeune magistrat.

Enfin, cette dernière l'emporta.

Il sentait que Mortère était bien résolu et ne
mentait pas.

Peut-être lui apportait-il en effet le mot de
l'énigme !

Il céda... et rouvrant un secrétaire où il avait enfermé la procédure qu'il venait de relire durant la
nuit, il posa le dossier sur le table devant Mortère
et dit :

— Lisez !... Je m'en remets à votre parole d'honneur et à votre bonne foi.

— Merci, dit le journaliste, comptez sur moi..

— Soit. Mais faites vite... j'attends.

Et tandis que Mortère s'installait devant la table
et ouvrait le volumineux dossier contenant chaque
interrogatoire, Olivier s'asseyait dans un coin de
la pièce, surveillant le journaliste et attendant, silencieux qu'il eût fini de lire...

IV

LE DOCUMENT

Mortère lisait toujours, paraissant s'intéresser
prodigieusement à sa lecture.

Près d'une heure et demie se passa ainsi.

Olivier remarqua que Mortère revenant aux in-
terrogatoires de Sonia paraissait arrêter son regard sur la signature.

— Eh bien ? dit-il, que pensez-vous de cette affaire ?

— Étrange ! murmura Mortère. Étrange !

Puis, la tête dans ses mains, il songea quelques
instants...

Enfin...

— Puis-je parler franchement en toute liberté et
comme un collaborateur à son collaborateur ? demanda-t-il.

Le magistrat, résigné à toutes les concessions à
présent, eut un geste d'acquiescement.

— Eh bien, monsieur le juge, si j'ai à vous féliciter de la perspicacité avec laquelle vous avez
mené votre instruction puisque la coupable a
avoué, néanmoins j'oserai soumettre à votre appré-
ciation certaines critiques qui tout de suite, m'ont
sauté aux yeux...

« Évidemment vous avez pris acte des aveux de
l'accusée et les avez considérés comme péremp-
toires...

« Or, après avoir lu, je me demande, moi, si ces
aveux n'ont pas été arrachés... sinon par intimidation... du moins par une pression morale exercée
par vous sur la prévenue.

— Par moi ! protesta Olivier révolté !

— Oui... Oh ! à votre insu peut-être, mais cette
pression n'existe pas moins et elle suffirait à expliquer les contradictions extraordinaires et brusques que l'on peut constater dans l'attitude de
Mlle Fergus.

« C'est ainsi que je remarque qu'elle donne
d'abord de la découverte du cadavre la version
du flacon d'éther qui semble plausible... Cependant
le témoignage de Tétard contredit cette version.

« J'admets la bonne foi de Tétard. Cependant
je remarque que de votre côté vous chargez l'accusée semblant vouloir à toutes forces lui arracher
un aveu... Vous lui donnez moralement la question... Vous lui laissez même espérer, par un arti-
fice fréquent chez vos collègues que, considérant
le cas de légitime défense, vous rendrez un non-
lieu si elle avoue...

« Bref vous l'attirez, en quelque sorte, dans un
piège et elle y donne tout droit, car c'est le lendemain même de cette promesse qu'elle dit tout ce
que vous souhaitez, comme pour en finir.

« Lasse, excédée, elle espère ainsi se libérer
comme vous lui avez promis en termes exprès.

« Remarquez, comme je le constate dans le rapport des agents de la Sûreté, Lafleur et Lelorrain,
chargés de la filature de Mlle Fergus, remarquez
que, la veille de l'aveu, elle se rend à l'église russe
de la rue Daru, seule à la tombée de la nuit, circonstance à laquelle les deux policiers, déçus, semblent ne pas attacher d'importance mais qui, à
mes yeux, mérite, au contraire, d'être retenue.

« Peut-être va-t-elle dans le trouble de son âme
puiser dans la prière ou auprès d'un directeur de
conscience une inspiration sur sa conduite...

« En tout cas, le lendemain, elle avoue.

« Pensez-vous qu'un aveu arraché dans de telles conditions à une jeune fille terrorisée, démora-
lisée, qui veut éviter à tout prix le scandale pour
elle et les siens, ait une réelle valeur ?

— Allons donc ! dit Olivier plus touché par les
arguments de Mortère qu'il ne voulait le laisser
paraître. Mlle Fergus, malgré toute mon habileté,
ne se fût pas reconnue coupable d'une faute et
d'un crime, si elle ne les eût commis.

— A moins qu'elle n'eût à le faire un intérêt
supérieur, dit Mortère.

— Un intérêt supérieur à son bonheur, à sa liberté. Lequel ? Sauver son père ?... Son père, soupçonné, nous a servi un argument sans réplique.

« Et puis, enfin, Tétard a vu entrer dans le laboratoire avec Colonna Mlle Fergus.

— Masquée..., compléta Mortère.

— La première fois... Mais la seconde il l'a vue
à visage découvert puisqu'il l'a reconnue à l'instruction...

« Enfin, elle-même a donné son aveu fait, tous
les détails du crime... que diantre ! Ces détails,
elle ne les a pas inventés de toutes pièces pour se
perdre elle-même, se charger, s'accabler volontairement !

— Êtes-vous bien convaincu qu'elle ait fourni
ces détails de son propre mouvement et qu'ils
soient l'expression exacte de la vérité ?

— Mais oui.

— Relisez votre instruction, monsieur de Lora, et
vous constaterez que ces détails, c'est vous qui les
avez imaginés un à un, en procédant par déductions
et avec une volonté d'hostilité contre l'accusée que
seul peut justifier votre zèle surexcité.

— Monsieur !

— Je parle en collaborateur franc et il est entendu qu'ici toutes susceptibilités doivent être laissées de côté.

« Donc, remarquez que sur des déductions inspirées par votre propre imagination ou si vous voulez, par votre logique personnelle, vous avez étayé une série d'hypothèses que vous soumettez à la prévenue sous forme de questionnaire... et auxquelles celle-ci, avec une sorte de parti pris d'acquiescement perpétuel qui trahit, soit l'hébétude complète devant la douleur, soit le dédain d'une défense jugée inutile, répond invariablement par des « oui », « oui », « oui »... affirmations notées par le greffier et sur lesquelles vous étayez, vous, votre réquisitoire.

« Or ces affirmations successives ont-elles été faites spontanément par la prévenue ou ne les lui avez-vous pas plutôt suggérées dans votre désir d'arriver à la vérité ?

Olivier se tut, de plus en plus atteint par les critiques de Mortère, dont il reconnaissait le bien-fondé.

Et cependant le journaliste ne savait rien de son état passionnel au moment où il interrogeait Sonia.

A présent que, son sang-froid reconquis, on attirait son attention sur ce point, il était en effet forcé de s'avouer à lui-même que, blessé dans son amour, dans sa vanité, par l'aveu de la faute de Sonia, plus encore que par celui de son crime, il s'était, en quelque sorte, vengé d'elle, en se délectant de la souffrance qu'en véritable jaloux, il lui avait imposée.

Il lui avait arraché des détails que, sans s'en rendre bien compte, il avait, en effet, imaginés un à un...

Le greffier avait enregistré chacun de ces détails avec les réponses les confirmant, « réponses arrachées à la faiblesse, à la détresse de l'accusée », disait Mortère.

Et ainsi l'acte d'accusation s'était étayé, formidable !

Le magistrat avait été dupe de sa propre jalousie... aveuglé par sa passion... mais au lieu que cela tournât à l'avantage de celle qu'il aimait, cela avait tourné contre elle.

Au lieu que son amour l'épargnât, il l'avait accablée !

Olivier ne s'en rendait compte qu'à présent !

Quel sursaut dans sa conscience !

— Et pourtant il existe contre elle des preuves flagrantes... reprit-il à voix haute. Les lettres... les deux lettres de Colonna qui figurent au dossier...

— Relisez-les... et pesez-en les termes, reprit Mortère en les tendant à Olivier.

« Elles indiquent qu'il y a eu flirt entre Mlle Fergus et Colonna, mais rien de plus.

« Elles indiquent que lui la convoitait, mais elles ne prouvent pas qu'elle se soit donnée, ni que même elle se soit promise.

« Elles montrent au contraire qu'elle se dérobait...

— C'est juste, reprit Olivier, frappé, après avoir relu ces lettres qui, à son esprit jaloux, avaient d'abord semblé des preuves accablantes.

« Mais le rapport énigmatique du docteur Skoff ?

— Serait une preuve de plus en faveur de Mlle Fergus, car, si elle refuse obstinément de dire de quelle façon Colonna fut tué, c'est peut-être qu'elle l'ignore.

Olivier se sentait renaître sous les paroles bienfaisantes de Mortère, le cœur inondé d'espérance.

— Alors, vous croyez à l'innocence de Sonia Fergus qui s'accuserait à faux ! dit-il avec une joie mal dissimulée.

— Peut-être !

— Et cette opinion vous la basez seulement sur les remarques que vous venez de me soumettre ou sur le document que vous avez en main ?

— Sur les deux.

— Que contient donc ce document ?

— Je vous l'ai dit : trois lignes... mais trois lignes qui constituent, tant par leur sens que par l'écriture qui les forme, un indice précieux, qui vient servir de base à une opinion qui n'était chez moi, en entrant tout à l'heure ici, que vague et qui la transforme en conviction.

— Expliquez-vous.

— Pressé par vous, se conformant à votre version, toujours en vertu du même système d'acquiescement perpétuel, Mlle Fergus avouerait avoir tué Colonna pour ravoir de lui un paquet de lettres compromettantes qu'il refuserait de lui remettre...

« Ces lettres, elles les aurait brûlées, à peine en sa possession.

« Où les aurait-elles brûlées, sinon dans la cheminée de la pièce où elle se trouvait, c'est-à-dire la cheminée du hall où j'ai trouvé les fragments en question ?

« Or pour que Mlle Fergus attachât à ces lettres assez de prix pour qu'elles lui eussent paru valoir la mort d'un homme, il faudrait supposer qu'elles eussent été écrites de sa propre main.

— Évidemment !

— Or, après avoir relevé au bas de chaque interrogatoire la signature de Mlle Fergus, je constate entre son écriture et celle du document ramassé par moi dans la cheminée une différence absolue.

« L'écriture fine et formant pattes de mouches de Sonia Fergus ne ressemble en rien à celle, grande, nerveuse et forte de la lettre trouvée à demi consumée dans la cheminée du laboratoire.

« Voyez plutôt.

Et sortant de sa poche un portefeuille, Mortère en tira une large enveloppe de laquelle il exhiba un bristol à coins dorés.

Olivier, passionnément intéressé, ne pouvant dissimuler son émotion, se rapprocha vivement.

Sur le bristol, de petits morceaux de papier à lettre léchés par le feu et noircis sur les bords avaient été collés par Mortère à la suite les uns des autres sur trois lignes, de façon à former une phrase.

Les mots, boiteux et inachevés, en étaient brûlés par endroits, mais au premier coup d'œil, Olivier put constater la justesse de la remarque du journaliste.

Ce n'était pas là l'écriture de Sonia Fergus.

Voilà quelle était la teneur exacte du document reconstitué.

Imp... ce mom... Pas d'arg... Si... me rend... mes let... me sen cap... de to... ou... les rav... »

Dans le premier moment, le magistrat éprouva une légère déception devant ces fragments de mots, tracés d'une écriture inconnue et qui lui semblaient un palimpseste obscur.

— Comprenez-vous ? dit Mortère.

— Pas trop !...

— Il est pourtant bien facile de compléter les mots dont la fin manque. Voici la traduction qui s'impose, limpide : « Impossible en ce moment ! Je n'ai pas d'argent... Mais si vous ne me rendez pas mes lettres, je me sens capable de tout pour les ravoir... »

Je vous défie d'interpréter ce document autrement.

— En effet, dit Olivier, dont l'estime pour Mortère s'accroissait prodigieusement de seconde en seconde.

— Voyez-vous un coin du voile soulevé ?... Colonna, comme vous l'avez supposé, avait en main des lettres compromettantes que X..., expéditeur, tenait à récupérer. Mais l'Italien, peu scrupuleux et à la côte, ne voulait les rendre que pour de l'argent... et X..., menacé, se dit « capable de tout pour les ravoir »... de tout, même d'un meurtre !...

— C'est à peu près ce que j'avais supposé... ce que l'inculpée avouait.

— C'est ce que j'ai cru aussi quand j'ai trouvé cette lettre, riposta Mortère, et c'est même un peu pour cela que, dans mon article, j'ai accusé Mlle Fergus...

« Mais à présent, la différence des deux écritures, rapprochées, achève de me convaincre que nous avons fait fausse route...

« Le drame est bien tel que nous l'avons supposé, mais avec cette légère variante que X..., expéditeur des lettres à racheter, n'était pas Mlle Sonia Fergus... que ce n'est donc pas elle qui avait à recouvrer ces lettres un intérêt assez vif pour qu'il puisse l'entraîner jusqu'à tuer un homme.

— Qui donc aurait tué Colonna ?

— X..., expéditeur des lettres.

— Qui serait X... ?

— C'est ce que je me propose de résoudre.

Et de nouveau Mortère se recueillit, paraissant s'absorber dans ses réflexions.

Il reprit, au bout d'un instant :

— Remarquez-vous que le papier du document est du papier pelure ?

— Oui...

— Ce papier ne peut émaner que d'un milieu riche... antichambre de ministère...

— Ou boudoir de jolie femme.

— C'est quelquefois la même chose, railla Mortère.

Il se tut un instant, puis :

— Dans la perquisition qui fut faite rue de Londres au domicile de Colonna, on n'a rien trouvé d'intéressant ?

— Mon Dieu... non !... On a saisi quelques lettres et des photographies de femmes... les conquêtes de Colonna.

« Les lettres que j'ai examinées ne sont que correspondances amoureuses plus ou moins banales... les unes sont signées... d'autres sans signatures...

« Il y a aussi des photographies... parmi lesquelles quelques inconnues... des femmes du monde ou des jeunes filles sans doute... et aussi quelques demi-mondaines.

« Mais ni ces lettres ni ces photographies ne contiennent d'allusion à l'affaire qui nous occupe.

— Aucune photographie de Mlle Sonia Fergus ne se trouvait dans cette collection ?

— Non.

— Ni de ses relations ou amies ?

— Aucune.

— Et vous n'avez pas convoqué à votre cabinet les galants originaux des photographies pour fouiller un peu dans le passé de Colonna ? Peut-être quelques-unes eussent-elles pu vous fournir de vive voix les renseignements que ne contiennent pas les billets doux.

— Je l'ai pensé... Pour les anonymes, je n'ai pu les retrouver.

« Pour les demi-mondaines, j'en ai fait convoquer quelques-unes... mais est-ce crainte de la justice ou tout autre sentiment, elles ne se sont pas rendues à ma convocation, sous différents prétextes plus ou moins plausibles...

« Les unes se disaient obligées de quitter Paris pour affaire, d'autres souffrantes... etc... etc...

— Pouvez-vous me communiquer correspondance et photographies ?

— Oh ! oh ! comme vous y allez... je suis tenu au secret professionnel... et je risquerais, en vous les remettant, de compromettre bien des personnes.

— Bah ! au point où vous en êtes avec moi... les scrupules sont à présent inutiles.

— Au fait ! dit Olivier, vous avez raison ; je vous les enverrai tantôt chez vous.

— Parfait... voici ma carte.

Mortère tendit un carton où Olivier lut :

PIERRE MORTÈRE

Reporter judiciaire au *Thermidor*,

8, rue Turgot.

— Résumons-nous, reprit le journaliste.

« En dépit de l'élément nouveau que je vous apporte avec ce document, il nous reste actuellement plusieurs points obscurs à éclaircir.

« Premièrement : Qui a écrit le document ?

« Deuxièmement : Qui a tué Colonna ?

« Troisièmement : Si ce n'est pas Mlle Fergus, pourquoi se dit-elle coupable ?

« Quatrièmement : Si ce n'est pas elle, pourquoi Tétard l'a-t-il vue, par deux fois, entrer dans le laboratoire ?

« Cinquièmement : Comment Colonna a-t-il été tué ?

« Tout ceci n'est pas facile à résoudre, cependant j'espère y parvenir.

« Je vous demande quinze jours.

« Sixièmement : Que venait-il faire ce soir-là dans le laboratoire ?

« D'ici là, ne vous inquiétez pas, si vous n'avez pas de mes nouvelles.

— Dans le délai fixé, j'espère vous apporter sinon la solution tout entière, du moins une partie de cette solution, ajouta Mortère.

« J'aurai besoin peut-être, à un moment donné, de votre présence... en ce cas j'espère que vous voudrez bien vous rendre à ma convocation à l'endroit que je vous indiquerai.

— Comptez sur moi, dit Olivier, absolument dominé par l'air de décision de Mortère et conquis définitivement.

— Ayez confiance ! Nous réussirons, conclut Mortère.

Et comme il se levait pour prendre congé et avançait la main vers le document.

— Vous ne me laissez pas cette pièce ? dit Olivier.

— Non pas !... J'en aurai besoin pour ce que je veux faire... Je la remporte... j'ose espérer que vous ne doutez plus de ma bonne foi ?

— Certes non ! fit le magistrat. Mais, silence sur tout ceci, jusqu'à nouvel ordre, n'est-ce pas ?

— J'allais vous le recommander, fit Mortère...

Et comme il se dirigeait vers la porte :

— Une dernière question, fit Olivier. Quel intérêt vous guide en tout ceci ?... Il ne s'agit pas je suppose, uniquement d'un cas de conscience, puisque quand vous êtes entré ici, tout à l'heure, vous ignoriez si la lettre que vous aviez en mains était de l'écriture de Mlle Fergus ?

— Je voulais m'en assurer à tout hasard...

— Soit, mais répondez à ma question. Quel intérêt vous guide ?

— Un petit dieu avec des ailes et un carquois, répondit Mortère, en songeant à Laure.

Et sur ces mots qui, pour Olivier, demeuraient énigmatiques, il salua et disparut, laissant le juge abasourdi du changement inespéré, inouï, que ce nouveau venu allait peut-être apporter dans l'affaire... et, par ricochet, dans sa propre destinée.

V

LE BALLON DIRIGEABLE

Suivant sa promesse, Olivier avait fait expédier, chez Mortère, la correspondance et les photographies saisies chez Colonna.

Bien que suggestive, Mortère put s'assurer que, comme l'avait dit Olivier, la correspondance n'offrait, en effet, aucun intérêt au point de vue de l'affaire.

Le reporter se rabattit sur les photographies.

Brunes Espagnols au regard d'encre, Italiennes au teint mat, Viennoises aux cheveux d'ambre, Parisiennes au charme froufroutant et exquis,

femmes du monde et du demi-monde, affluaient
dans la collection de l'ex-don Juan.

Décidément, il avait raflé toute l'Europe.

D'après les autographes accompagnant ces
photographies, on pouvait voir à quelle caste
appartenaient les signataires.

Les femmes du monde, pécheresses adroites et
préoccupées des apparences à sauvegarder,
n'avaient pas signé.

Des jeunes filles, plus imprudentes et exaltées
naïvement par le flirt, avaient mis leurs initiales
et parfois leurs petits noms.

Et les demi-mondaines, qui n'avaient plus rien
à perdre, leurs noms tout entiers, la plupart avec
dédicaces flatteuses et des dates.

Ce fut surtout à ces dates que Mortère attacha
son attention dans ce suggestif musée.

Procédant par élimination, il écarta toutes les
photographies remontant à plusieurs années, con-
centrant toute son observation sur les plus proches, qui indiquaient entre l'aventurier et les signataires des relations récentes.

L'un de ces portraits le frappa particulièrement.

C'était celui d'une jeune femme aux formes
avantageuses, vêtue ou plutôt dévêtue d'un étrange
costume décolleté à peu près jusqu'aux reins, orné
dans le dos d'ailerons qui ressemblaient confusé-
ment à des nageoires et dont la jupe se gonflait
par devant et par derrière, telles des voiles au
vent.

Sur sa tête surmontée d'une chevelure frisée en
cascatelles, la jeune femme arborait triomphalement une coiffure inconnue jusque-là sous notre
latitude et dont la forme tenait à la fois de la
proue de bateau, du cigare et de l'obus.

Celle qui portait cet accoutrement hétéroclite
souriait en clignant de l'œil, avec une expression
engageante et grivoise.

La dédicace expliquait l'énigme de ce travestissement.

Mortère la goûta, plusieurs fois, dans toute sa
saveur.

En voici le libellé :

*A mon gros béguin, le prince Orso Colonna...
Son petit ballon dirigeable adoré, Gaby d'Auzones,
du Casino municipal.*

Suivait un nom de ville et une date.

Mortère en conclut, sans effort, que Gaby d'Auzones, la personne grasse et décolletée que représentait la photographie, était une chanteuse de
café-concert, chargée de synthétiser, dans une revue, le « ballon dirigeable », cette merveilleuse
invention moderne, que tout revuiste qui se respecte ne peut manquer de faire figurer dans son
scénario...

Cependant, Mortère tira, sans doute, de cette dédicace, d'autres conclusions plus précieuses pour
le but qu'il se proposait, car un éclair de joie
brilla dans ses yeux et, rengainant, dans le dossier d'un cartonnier, les autres photographies, il
garda celle du « ballon dirigeable » et la mit dans
sa poche.

. . . .

Moi, j' m'appell' Clara
Lui s'appell' Durand.
Durand et Clara,
Ça n' dit rien comm' ça...
Mais y a des moments
Où c'est épatant !

C'était dans un grand music-hall des Champs-
Elysées.

Un cadre de verdure poudreuse inondée d'électricité s'accrochant aux couleurs voyantes des af-
fiches, papillottant aux soies fines des robes de
femmes et à l'or de leurs torsades blondes oxygé-
nées.

Sur un rythme traînard de scie s'achevant en
gémissement, l'orchestre essayait vainement de
masquer la fausseté de la voix de la chanteuse
soulignant d'œillades incendiaires destinées à faire
sensation dans les fauteuils où s'érigeaient quelques fracs, la chute du rondeau :

Mais y a des moments
Où c'est épatant !

Blanche, grasse, sa face de mouton blond outra-
geusement maquillée, moulée dans un robe décolletée, courte, à fanfreluches, d'où émergeaient
dans des bas noirs à jour, des mollets un peu
lourds de jolie femme menacée par la graisse aux
approches de son automne, Gaby d'Auzones, qui
terminait son numéro, paraissait avoir enfin atteint son but.

Car, le buste en avant, les mains gantées de
blanc, penché sur le bord de sa loge tout proche
de la scène, un jeune homme, élégant dans son
habit impeccable, applaudit à tout rompre et lança
en pleine scène, aux pieds de la chanteuse, un
bouquet de violettes de Parme où s'épinglait une
enveloppe.

Gaby ramassa le bouquet et d'un coup de reins
ondulant sur une jambe avec une grâce serpen-
tine, tandis qu'elle lançait l'autre en arrière par
un mouvement familier, la jolie fille décocha au
millionnaire (du moins elle le supposait tel) avec
un coup d'œil fascinateur un sourire éloquemment
prometteur.

Et sous les applaudissements en sac de noix se-
coués d'une claque bien stylée, elle se retira à
reculons à petits pas...

A peine dans sa loge, une sorte de petit cube
éclairé par plusieurs ampoules électriques aveu-
glantes, Gaby d'Auzones, avant même d'enlever
son costume, décacheta l'enveloppe épinglée au
bouquet et lut :

*Illustrissime diva, je souhaiterais éperdument
vous entretenir un moment.*

*Me feriez-vous le plaisir et l'honneur de venir
souper ce soir avec moi ?*

*Devant la sortie des artistes, après votre nu-
méro, j'attends et j'espère.*

J'aurai un camélia à ma boutonnière.

*Acceptez les galants hommages d'un des plus
passionnés admirateurs de votre beau talent !*

Marquis LUIGI,
RALOMINO-RAVIOLI de MONTEFIORE.

Ce poulet était doublé d'un billet de banque.

— Chouette papa ! s'écria la divette, en s'adressant à l'habilleuse, vieille personne, couperosée,
édentée, moustachue, au nez trognonnant. J'ai levé
un boyard.

— Pas possible.

— Oui, ma chère ! ce type qui est venu déjà
trois soirs de suite... je l'ai remarqué. Il arrive un
peu avant mon numéro et ne repart qu'après...

« Regarde dans quel fallot il enveloppe ses billets doux... Et ce n'est qu'un acompte.

« Voilà un homme chic !

« Marquis Luigi Ralomino-Ravioli de Montefiore... ce doit être un Italien... et de plus, un vrai
boyard...

— Pardon ! reprit judicieusement Clémence, les
boyards... ce n'est pas italien... c'est russe.

— Tu ne sais pas ce que tu dis, riposta Gaby,
méprisante... Il y a des boyards italiens...
« Boyard » ça veut dire « calé ».

« Apprends ta langue !

« Tu baves parce que ce n'est pas à toi qu'on
écrirait des poulets cachetés de cette façon-là,
hein ! Clémence ?

Triomphalement, elle agitait en l'air le billet
bleu.

— On m'en a écrit, fit Clémence, imperturbable.
— Enveloppés d'un billet de cent francs ?
— Et même de cinquante louis !
— Ah ! maman ! j'aurais voulu voir...
Mais la vieille, fermant les yeux, évoquant le passé :
— C'était en 1873... J'étais très cotée dans le demi-monde... Je faisais des passions. La preuve c'est que j'avais un collier de perles de 50.000 balles.
« Oui, ma chère !...
« Un jour, je reçois un billet doux enveloppé d'un billet de mille... C'était un boyard aussi, mais un boyard brésilien, celui-là : don Hernando Ximénès de la Humaryta.
« Hein ! ça ronfle autant que votre marquis.. Luigi Ramolli... Macaroni de Montefrites...
« Lui aussi me demandait de souper avec moi et de m'entretenir... Vous pensez que je n'ai pas dit non... ma petite... On répond toujours « oui » à des billets accompagnés de petites gracieusetés de ce genre.
« Je me mets sur mon trente et un... Nous allons souper... moi en peau... tous mes bijoux dehors... Don Hernando se montre charmant... un vrai grand seigneur.
« Je buvais du lait... c'est le cas de le dire.
« Nous finissons la fête chez moi...
« Au matin, don Hernando se défile... et ce ne fut qu'après son départ que je m'aperçus qu'avait disparu, en même temps que lui, mon collier de 50.000 francs.
« Avec les cinquante louis qu'il m'avait offerts, il y gagnait encore 49.000 francs. L'affaire n'était pas mauvaise pour lui... mais pour moi quel lapin !
« Aussi après, quand il m'écrivait pour souper avec moi et me proposait de m'entretenir un instant... comme votre marquis... Macaroni...
« — Souper... m'entretenir... Apprenez que je suis l'une et l'autre, monsieur ! »
« Et je ne marchais pas... Ah ! mais !
« Morale : « Méfiez-vous des rastas ».
Gaby parut péniblement impressionnée par cette anecdote.
Puis, secouant cette impression fâcheuse :
— Ta bouche, mère Rabat-Joie, formula-t-elle péremptoirement. Ce n'est pas une raison parce que tu as été refaite comme une poire que tu es, pour que tout le monde le soit...
« Moi, j'en ai connu des Italiens et des très chics... et je le défends de les démolir.
Le visage de la chanteuse s'assombrit un instant, comme à l'évocation d'un souvenir d'amour malheureux.
Puis, mécontente :
— Zut ! tu me rases avec tes histoires d'avant le déluge... Quand tu n'auras rien d'autre à me servir, tu feras mieux de ne pas te congestionner les méninges... Allez... enlève-moi ma pelure que je ne fasse pas poireauter mon marquis... Oust ! grouille-toi vieux mammouth !
— Oh ! vous savez... moi... ce que j'en dis..
— Assez... la ferme !
Et déjà, la chanteuse avait enlevé sa robe de théâtre, enfilant une robe de ville d'une élégance trop voyante et se coiffait d'un chapeau large comme un parasol et surmonté de plumes noires et blanches érigées à la façon de celles des chevaux de corbillard, et du plus étonnant effet.
Puis, saisissant un vaporisateur, elle s'entoura d'un nuage de parfum fort et grisant (un mélange dont le secret était d'elle seule connu) et, quittant la loge, elle gagna la sortie des artistes et retrouva, devant la porte, son adorateur, l'homme au camélia.
Empressé, le chapeau à la main, saluant, il s'avança, la bouche en cœur, et, sans le moindre accent exotique, d'ailleurs :
— Comme je suis heureux ! Que vous êtes char-

manté de consentir... Mais ne perdons pas de temps.
Il désignait une auto arrêtée au bord du trottoir.
Gaby y monta.
Le marquis jeta au chauffeur l'adresse d'un restaurant de nuit.
Et l'auto fila à travers les Champs-Elysées parcourant en quelques secondes les quelques centaines de mètres qui les séparaient de la rue Royale.
Un quart d'heure après, le couple s'attablait dans le cadre connu du cabaret à la mode.
Le marquis commanda un souper fin et se montra vis-à-vis de Gaby, aimable, courtois, délicieux..
Tout de suite, elle vit qu'il était au courant des us et coutumes de Paris. Il n'en ignorait rien, il connaissait, même au moins de nom, tous les camarades de Gaby, hommes et femmes. Il fredonnait les dernières scies et surtout les chansons créées par Gaby.
Admirateur de son talent il l'avait vue encore, dans la dernière revue, où elle jouait : « Le petit radis noir ».

Qu'on mange le matin et qui revient le soir.

Il citait ses auteurs... très au courant des textes.
Gaby, d'abord mise en méfiance par la fâcheuse anecdote de cette stupide Clémence, se rassurait peu à peu et, la glace rompue, bientôt tout à fait à l'aise, elle s'épanouissait, ravie, sous les compliments du noble étranger... si parisien d'esprit...
Sa vanité, chatouillée, se gonfla.
— Vraiment ! Vous me connaissez à ce point ?
— Plus encore que vous ne le pouvez croire, insinuait le marquis, en versant sans trêve du champagne, mêlé de whisky (un mélange de son cru), dans le verre, sans cesse vidé, de la jolie fille, à qui la tête tournait un peu et qui riait maintenant, à gorge déployée, en se déclarant un peu « paf ».
Et le marquis précisait :
— Je vous suis et je vous admire depuis longtemps. Ainsi, je sais fort bien qu'avant de chanter ici vous avez chanté en province.
Les yeux de Gaby s'arrondissaient.
— Qui vous a dit ?
— Vous avez, insistait Luigi, dans une revue de cette année, créé, d'inoubliable façon, le « ballon dirigeable. »
— Mais comment savez-vous ?...
— J'y étais.
— Pas possible !
— Oui. Mon cousin, qui vous connaissait particulièrement et vous admirait passionnément, m'a emmené souvent vous entendre.
— Votre cousin ?
— Oui, laissait négligemment tomber le marquis, le prince Orso Colonna.
Gaby, qui prenait goût au mélange, du coup reposa brusquement la coupe qu'elle portait à ses lèvres.
Et, la voix toute changée :
— Le prince Colonna ! Celui qu'on a trouvé mort dernièrement, dans un bal ?
— Lui-même !
— Vous êtes son cousin ?
— Germain...
— Ah ! quelle surprise !... J'ai été quelque temps son amie...
— Je le sais. Orso, souvent, m'a fait ses confidences... Il vous aimait bien !
Le visage de Gaby, un peu dégrisée, s'assombrissait.
Silencieuse elle semblait évoquer le passé.
— Pauvre Orso ! murmura-t-elle... Et on ne sait pas comment il est mort ?
— Pas encore !... La justice n'a rien trouvé. Mais buvez donc !
Et le marquis versait toujours...

Un silence plana.

Le marquis fit signe au maître d'hôtel de sortir et, quand il se vit seul avec Gaby :

— Je crois exécuter un pieux devoir, reprit-il solennellement, en vous remettant cette photographie, que vous lui aviez donnée et qu'il m'avait souvent fait voir... Il l'avait conservée pieusement !

Et, tirant de sa poche la photographie qui représentait Gaby en « ballon dirigeable », il la tendit à la chanteuse.

Elle la prit et la considéra avec un attendrissement visible que le marquis attribua autant à l'évocation de doux souvenirs qu'à l'état de semi-ivresse qui envahissait Gaby.

— Oui ! C'est bien ça... dit-elle. Ça m'étonne que les juges ne l'aient pas prise chez lui. Il paraît qu'on a fait des perquisitions chez lui...

Puis, en confidence :

— Tu sais, mon cousin... ils ont voulu m'avoir, les juges. On m'a convoquée... au Palais... Mais pfft. Pas de danger que j'y aille... les affaires de crime... c'est toujours ennuyeux, pour une femme qui tient à sa réputation, d'y être mêlée. Après, les gens ne savent plus si c'est comme témoin ou comme coupable...

— Cependant, quand on n'y a pas trempé...

— Y tremper... Oh ! ça... on n'aurait pas pu me soupçonner... Il y a quatre mois que je ne le voyais plus, Orso !

— Alors ?

— Alors... quoi ! il vaut mieux quand même ne pas avoir affaire aux juges... qui vous posent des questions indiscrètes et vous forcent à dire votre âge devant tout le monde ; et ça ne fait jamais plaisir à une femme d'avouer qu'elle frise la quarantaine...

Le marquis jugea qu'il fallait que Gaby fût déjà passablement ivre pour lâcher cet aveu, le dernier qu'on puisse arracher à la coquetterie d'une femme...

Elle l'était en effet... assez pour que l'ivresse lui déliât la langue, mais pas assez pour déraisonner...

C'était juste ce que souhaitait le soi-disant Luidgi qui semblait tout oreilles.

— Pauvre Orso ! poursuivit la chanteuse en veine de confidences.

Et fixant sa photographie.

— Oui... c'est bien moi... en ballon dirigeable... Janvier 1906... C'était la lune de miel de notre liaison !... Il était beau. Vois-tu, marquis, j'ai eu bien des aventures, mais Orso Colonna est le seul homme que j'aie vraiment aimé... Il m'a fait souffrir... le misérable...

— Comment... une si jolie femme ? fit le marquis avec une indignation jouée.

— Il m'a trompée.

— Allons donc... Etes-vous sûre ?

— Je l'ai pris sur le fait, s'écria Gaby.

— Sur le fait ? interrogea Luidgi.

— Oui. Il me recevait chez lui, dans une villa meublée qu'il avait louée au mois... Nous nous connaissions depuis un mois... C'était en janvier de cette année... un soir il me dit de ne pas venir, qu'il doit s'absenter pour affaires... Moi, jalouse et méfiante, je viens quand même, en catimini... j'avais les clefs... je me glisse dans les jardins sans être vue... j'entre dans la villa... j'entends un bruit de voix du côté du rez-de-chaussée... j'arrive à pas de loup, je me montre et savez-vous qui je surprends avec Orso, marquis ?

— Une rivale ?

— Oui ! Une femme que je ne connaissais pas... que je n'avais jamais vue... Elle avait déjà enlevé son chapeau et ses cheveux étaient déroulés sur ses épaules.

« En me voyant mon Orso et sa complice restent stupéfaits... sans trouver un mot.

« Moi mon sang ne fait qu'un tour. Je ne fais ni une ni deux. Je saute sur ma rivale... Je l'empoigne à la gorge et je serre... Elle se débat, me griffe... moi je vois rouge, je m'arme de ce qui me tombe sous la main (c'était une épingle à chapeau), et je pique devant moi... dans le tas... Elle saigne...

« J'allais taper encore plus fort, mais Orso se jette sur moi et crie à sa maîtresse de se sauver pendant qu'il me maintient à ma place. Elle s'esquive sans demander son reste.

« Furieuse, je demande à Orso le nom de la femme... Pour toute réponse, il m'administre une danse.

« Le lendemain, je m'attendais à être arrêtée, ne sachant pas si j'avais tué ou seulement blessé ma rivale de la nuit.

« Mais rien !

« Comme on n'a pas découvert de cadavre dans les vingt-quatre heures... j'ai respiré. Blessée, elle n'a pas dû porter plainte, car je n'en ai plus jamais entendu parler...

— Et Orso ?

— Il a rompu avec moi, le lendemain même... Il m'a signifié sa rupture dans une lettre, disant qu'en présence de mon attitude de la nuit, il préférait en rester là de nos relations.

« Affolée, car je l'aimais... j'accourus chez lui... Il était parti sans laisser d'adresse.

— Et vous ne l'avez jamais revu depuis ?

— Jamais !... je n'ai eu de ses nouvelles que par les journaux et pour apprendre sa mort étrange.

— Et la femme, vous ne l'avez pas retrouvée ?

— Non !... Mais c'est pour s'enfuir avec elle qu'il m'a quittée... c'est clair... Aussi... je me suis juré de me venger d'elle... car j'ai trop souffert de cette rupture...

« Pour une fois que j'étais amoureuse, je jouais de malheur... Si jamais je la retrouve, quelle qu'elle soit... cette gueuse qui m'a pris l'homme que j'aimais, il faudra qu'elle me paie tout le mal qu'elle m'a fait !

« Oh ! la retrouver !... je ne pense qu'à ça... c'est mon idée fixe.

— La reconnaîtriez-vous seulement ?

— Oh ! oui... je l'ai tenue sous mon genou pendant cinq minutes, face contre face et ses traits me sont restés gravés là.

Une lueur mauvaise passa dans les prunelles de la chanteuse, une lueur de haine.

Sous cette impression son visage s'était transfiguré et avait pris une expression de jalousie rageuse.

Nerveusement, elle vida une fois encore son verre plein.

— Et vous n'avez pas idée du genre de monde auquel peut appartenir cette inconnue ? dit le marquis.

— Non.

— Voyons ! faites un effort. Peut-être pourrait-on vous aider à la retrouver.

— M'aider à la retrouver... Ah !... si tu faisais ça... je...

Gaby s'était à demi soulevée et avait saisi sur la nappe blanche un petit couteau à dessert, doré, à bout pointu, et elle l'agitait, esquissant dans le vide le geste de poignarder une ennemie invisible.

Mais, soudain, elle tomba sur sa chaise, l'œil atone.

Les vapeurs de l'alcool envahissaient définitivement son cerveau de leur brume opaque et le marquis s'aperçut que le moment approchait où cette conversation, à laquelle il semblait avoir pris un si grand intérêt, n'allait plus pouvoir continuer.

Alors, abandonnant le ton courtois et insinuant adopté jusque-là, il secoua Gaby par les poignets comme pour la réveiller.

— Sais-tu au moins son petit nom... rien que son petit nom, dit-il impérieusement. Colonna ne l'a-t-il pas prononcé devant toi ?

— Si ! Si ! fit Gaby, hébétée.

— Comment s'appelait-elle ? reprit de Monte-flore avec une curiosité anxieuse.

— Elle s'appelait... Elle s'appelait ?..

La langue de Gaby se faisait de plus en plus pâteuse

« Elle s'appelait... Clara,
Lui s'app'lait Durand.
Clara et Durand
Ça ne dit rien comm' ça.
Mais y a des moments
Où c'est épatant. »

Et Gaby éclata en sanglots et s'abattit sur la table, dans les fleurs et le champagne renversé. Le mélange avait fait trop d'effet.

Luidgi eut un geste de dépit, mais, comprenant qu'il ne tirerait plus rien de sa compagne, pour le moment du moins, il solda l'addition, fit porter Gaby en auto et arrivant à lui faire bégayer son adresse, il la remit chez elle, ivre morte, aux mains attentives de sa femme de chambre.

Puis, quittant l'automobile de louage, il alluma une cigarette et s'en alla par les rues désertes, traversées seulement de voitures maraîchères, brinquebalantes, baignées d'un crépuscule grisâtre, annonciateur de l'aube.

VI

AOH !

Quelques jours après un jeune homme vêtu d'un complet de coupe anglaise, et le visage entièrement rasé, se présentait villa Saïd, à la porte de l'hôtel Fergus.

Un valet vint ouvrir.

— Je désirerais parler à sir Pascal Fergus, dit le jeune homme avec un fort accent britannique.

— Monsieur ne reçoit pas en ce moment, dit le valet.

— Aôh ! Il fera excepcheune pour moâ ; dites au maître de vô que je viens de la part de la maison John Beard et Cᵒ, de Manchester.

Devant cet ordre articulé d'une voix calme mais ferme, le valet de chambre disparut et alla frapper discrètement à la porte du laboratoire de Fergus.

— J'ai dit qu'on ne me dérange pas quand je travaille, fit une voix de l'intérieur.

— Monsieur, insista le valet, c'est un monsieur qui vient de la maison John Beard, de Manchester..!

— Ah bien ! c'est différent ! reprit la voix.

Des pas se rapprochèrent, la porte s'ouvrit et Fergus parut sur le seuil.

Il était revêtu d'une grande blouse blanche, sa blouse d'expériences.

Depuis le drame qui avait traversé sa vie, depuis l'arrestation de Sonia, il paraissait avoir vieilli de plusieurs années, tant son facies s'était creusé et accentué.

Ses cheveux gris avaient, en quelques jours, complètement blanchi et, longs et flottant en mèches irrégulières, ils entouraient son masque d'aigle d'une sorte d'auréole qui donnait à son aspect quelque chose de bizarre et de fantastique.

— Faites entrer, dit-il.

Quelques instants après, le nouveau venu franchissait le seuil de l'officine où le grand savant manipulait et perfectionnait ses inventions.

Fergus examina l'étranger.

Son visage lui était inconnu.

— A qui ai-je l'honneur de parler ? demanda-t-il ?

— A Harry Stewart, ingénieur et représentant des aciéries John Beard and Cᵒ, de Manchester ; mon directeur a dû prévenir Votre Honneur de mon visite.

— Parfaitement, dit Fergus... mais il ne me l'annonçait que pour le mois prochain.

— Perfectly well, mais je avé droa pour d'autres business devancer le voyage de moâ à Paris... et j'ai profité pour faire d'une pierre deux coups et pour traiter avec vô.

— Soit ! je vous écoute !

Sans remarquer la brève lueur de joie qui traversa les prunelles de Stewart, Fergus le fit asseoir et l'écouta.

Il s'agissait de l'acquisition du moteur Fergus pour les aciéries John Beard et Cᵒ.

Depuis quelque temps déjà le savant était en relations épistolaires avec cette maison.

Il n'était pas fâché de se trouver en face d'un de ses représentants.

Harry Stewart expliquait.

La maison le chargeait de l'examen du moteur et de son fonctionnement avant son acquisition définitive et lui donnait plein pouvoir pour traiter suivant les exigences de l'inventeur.

— Si nous nous entendons, ajoutait Stewart, la maison voudrait que Votre Honneur vienne elle-même, dans le plus bref délai, présider à l'installation du moteur Fergus dans nos usines.

— Oh ! cela, je ne puis vous le promettre, en ce moment surtout.

— Aôh ! fit l'Anglais, même si l'on y mettait le prix ? La maison Beard ne réquloulera devant aucun sacrifice.

— Ce n'est pas une question d'argent. Les considérations d'intérêt s'effacent devant les malheurs qui menacent ma vie intime en ce moment, dit le savant, revenant à sa préoccupation dominante.

— Quels malheurs ? fit l'Anglais dont les yeux s'arrondirent.

— Quoi ? Vous ne savez donc pas ?... Vous n'avez donc pas lu les journaux ?

— Nao ! Je ne lis jamais... je n'ai pas le temps... Time is money.

— Eh bien ! ma femme est alitée avec la fièvre scarlatine.

— Aôh !

— Et ma fille victime d'une abominable erreur judiciaire est en prison depuis quelques jours, sous l'inculpation de meurtre.

— Aôh !

— Tant que le procès ne sera pas terminé, le coupable trouvé et ma fille rendue à la liberté, je ne puis disposer de moi.

— Aôh ! c'est dommaidge ! dommaidge ! fit l'Anglais paraissant visiblement déçu... Et ce procès peut durer longtemps ?

— Hélas !... je ne puis en tous cas en fixer la durée... La justice en France est lente...

— Aôh ! In England, il ne faut pas tant de temps pour reconnaître un accusé innocent ou coupable et l'envoyer au hardlabour ou à la potence ! Time is money, indeed.

Tout en parlant, l'étranger fixait deux portraits de femmes posés sur un secrétaire, bien en évidence et enrichis de deux cadres magnifiques.

Son expression d'admiration qui flatta Fergus se lisait sur le visage de l'Anglais.

— Ce sont les portraits de ma femme et de ma fille, crut devoir dire le savant.

— Aôh !... fit l'Anglais. Jolies femmes ! Mes compliments !

Et d'un claquement de langue, il exprima son admiration.

Puis, sans transition :

— Dites toujours à moâ combien le moteur ?

— Cela dépendra de la grandeur et de la puissance du modèle, reprit Fergus.

— Le modèle le plus puissant ?

— C'est le modèle nᵒ 4.

— Pouvez vô le montrer à moâ ?

— Volontiers : Mais je n'en ai pas dans mon laboratoire en ce moment.

— Aôh ! fit l'Anglais d'un ton ennuyé.

Décidément ce « aôh », modulé à l'infini, semblait devoir, dans le langage de James Stewart exprimer toute la gamme des sentiments humains.

— Prenons rendez-vous, fit Fergus... et je vous donnerai les explications techniques nécessaires... après, nous aborderons la question pécuniaire.

— Entendu... je resterai à Paris tout le temps qu'il faudra pour conclure l'affaire. Voici l'adresse à moâ. Inscrivez.

Rendez-vous fut pris.

C'était pour le savant une grosse affaire d'argent.

Il ne négligea pas, en dépit du trouble où l'avaient jeté les événements, de poursuivre les négociations entamées avec Stewart.

L'Anglais se montrait coulant, approuvant tout, prêt à payer ce qu'il faudrait...

Les pourparlers se poursuivirent entre les deux hommes, nécessitant même des visites de Fergus à l'hôtel où était descendu l'Anglais et des stations prolongées de l'ingénieur dans le laboratoire de l'électricien pour examiner en détail le moteur qu'il s'agissait d'acquérir.

A quelque temps de là, Fergus s'aperçut que les photographies de sa femme et de sa fille qu'avait si fort admirées l'étranger avaient disparu...

On interrogea les domestiques.

On fouilla la maison.

Il fut impossible de les retrouver

VII

A L'HOTEL NATIONAL, CHAMBRE 27

Un matin, quinze jours exactement après avoir reçu la visite de Mortère chez lui, Olivier de Lora reçut la lettre suivante :

Monsieur le juge d'instruction,

Mon enquête est à peu près terminée. Je crois avoir trouvé la solution de la plupart des questions que je m'étais proposé de résoudre...

La preuve reste à faire...

Je me propose de procéder à cette opération décisive aujourd'hui même...

Si cela vous intéresse d'y assister, trouvez-vous à l'Hôtel National, à trois heures de l'après-midi très exactement. Venez incognito.

Demandez sir James-Harry Stewart ou le marquis Luidgi de Ralomino-Ravioli de Montefiore, à votre gré. Chambre 27.

Distingués sentiments.

PIERRE MORTÈRE.

Olivier lut et relut plusieurs fois cette missive singulière.

Depuis la visite de l'étrange personnage, il n'avait pas vécu, passait par mille alternatives d'espoirs insensés et de désespoirs fous.

Tantôt, se rappelant les paroles de Mortère et les conséquences de sa faiblesse, il craignait d'avoir été victime d'un aventurier ou d'un mauvais plaisant et il regrettait amèrement d'avoir eu l'imprudence de manquer à tous ses devoirs, en communiquant au premier venu une procédure qui eût dû demeurer secrète, et même des pièces à conviction, telles que la correspondance et les photographies saisies chez Colonna.

Tantôt, au contraire, en évoquant la sincérité l'air d'assurance de celui qui était venu lui sauver la vie, sans le savoir et lui communiquer le document, il reprenait confiance en ce collaborateur inattendu, tombé, en quelque sorte, du ciel comme un *Deus ex machina* et qui semblait avoir pris à tâche de trouver la vérité, d'expliquer les énigmes de l'affaire et de découvrir le vrai coupable au cas où Sonia se fût accusée à faux.

Alors, c'était Sonia libre, c'était les espoirs d'Olivier renaissant, c'était son rêve de réhabilitation de bonheur et d'amour possible, réalisable, réalisé. Olivier n'osait y croire !

Il lui semblait impossible qu'on pût revenir de si loin dans la désespérance et que les événements pussent avoir d'aussi miraculeux retours.

C'est dire quelle impression lui fit la lettre de Mortère et de quelle fièvre elle l'agita.

Cependant, elle n'était pas totalement affirmative, mais dubitative.

— Je crois avoir trouvé, écrivait Mortère.

Et non pas :

« J'ai trouvé ».

Et plus loin :

« La preuve reste à faire ! »

S'il s'était trompé !

Si cette preuve dont Olivier se creusait vainement la tête pour en deviner la nature, n'était pas concluante...

Quelle déception !

De plus un air de mystère émanait de cette lettre.

Pourquoi Olivier devait-il se présenter incognito ?

Pourquoi à l'Hôtel National ?

Qui était ce sir James Harry Stewart et ce marquis de Montefiore, qu'il ne connaissait même pas de noms ?

N'était-ce pas un guet-apens qu'on lui tendait ! Bast ! Olivier était brave.

Ce fut, intrigué au plus haut point, et le cœur battant d'une émotion intense que le magistrat se rendit au rendez-vous fixé.

— Sir James Harry Stewart, chambre 27.

— Au troisième, au fond du couloir...

Olivier prit l'ascenseur, puis arrivé à destination, obliqua dans les couloirs de l'hôtel.

La chambre 27... C'était là !

Il frappa.

La porte s'ouvrit immédiatement.

Olivier se trouvait devant Pierre Mortère.

— Je vous attendais, dit le reporter.

Olivier entra et examina la pièce.

C'était une chambre à une fenêtre avec cabinet de toilette, donnant sur la rue, avec le mobilier habituel, simple mais confortable des grands hôtels.

Au milieu de la pièce, Olivier remarqua seulement une petite table à écrire, chargée de paperasses diverses.

— Chez qui sommes-nous ici ? demanda Olivier intrigué.

— Chez James Harry Stewart et chez le marquis de Montefiore.

— Et où est James Harry Stewart ?

— Aôh ! fit Mortère, avec un soudain accent anglais, c'est môa, Votre Honneur !

Alors seulement, Olivier remarqua un changement dans la physionomie du journaliste. Il avait rasé sa moustache.

Ainsi glabre, il donnait bien l'impression d'un Anglais.

— C'est moi ! *indeed*, James Stewart, de la maison John Beard and Co, de Manchester.

— Je ne comprends pas, fit Olivier croyant à une mauvaise plaisanterie.

— Vous comprendrez tout à l'heure, fit Mortère imperturbable.

— Et le marquis de Montefiore, qui est-ce ?

Ze souis loui-même, fit Mortère avec un soudain accent italien.

— Veuillez m'expliquer ce que signifient ces énigmes, dit Olivier décidé à ne plus s'étonner des bizarreries de son interlocuteur.

— C'est ce que je me propose de faire par démonstration concluante avec preuves à l'appui. Mais asseyez-vous.

Olivier, bouillant d'impatience, mais résigné à laisser parler Mortère s'assit, docile.

— Vous vous souvenez des questions que je m'était proposé de résoudre, continua le journaliste en s'asseyant en face de lui.

« Primo, qui a écrit le document ?

« Secondo, qui a tué Colonna ?

« Tertio, si ce n'est pas Mlle Fergus, pourquoi s'avoue-t-elle coupable ?

« Quatrièmement, pourquoi Tétard l'a-t-il vue entrer par deux fois dans le laboratoire ?

« Cinquièmement, comment Colonna a-t-il été tué ?

« Sixièmement, que venait-il faire ce soir-là, dans le laboratoire ?

« Eh bien ! toutes ces questions sont à présent résolues ou à peu près... conclut Mortère.

— Je brûle de savoir comment ? s'écria Olivier.

— Permettez-moi d'éluder les deux premières pour l'instant et de passer à la troisième :

« Si ce n'est pas Mlle Fergus, pourquoi s'avoue-t-elle coupable ?

« Parfaitement ! Connaissez-vous les mœurs des cerfs chassés ?

Olivier ne put réprimer un mouvement d'impatience.

Décidément, Mortère abusait.

— Qu'est-ce que les mœurs des cerfs viennent faire en cette affaire ? dit-il d'un ton sec.

— Vous allez le voir, poursuivit le journaliste.

« Quand le cerf est las d'avoir trop couru, une de ses biches prend sa place devant le troupeau des chiens, tandis qu'il se cache dans un hallier... et les chiens, dupes de la substitution, lâchent la proie pour l'ombre et poursuivent la biche qui s'est volontairement sacrifiée.

— Eh bien ?

— Eh bien... Mais chut !...

Le reporter s'interrompit.

Trois petits coups secs venaient d'être frappés à la porte...

— Voici la preuve décisive... souffla-t-il à voix basse.

« Le nouveau venu nous l'apporte. C'est lui Mortère, Mortère, le premier accusateur de sa fille ?

« Entrez dans ce cabinet de toilette d'où vous pourrez, sans être aperçu, voir et entendre ce qui va se passer ici et n'intervenez que quand vous vous jugerez suffisamment édifié...

« Mais jusque-là, ne sourcillez pas. Il faut que celui qui va venir se croie seul avec moi. Allez !

Tout en disant ces mots à voix très basse, Mortère avait poussé Olivier vers le cabinet de toilette, dont il tirait la porte doucement sur lui, puis il alla ouvrir et Olivier l'entendit prononcer distinctement ces mots :

— Aoh ! *good by, sir ! I am very glad to see you...* Entrez donc, *my dear !*

— Bonjour, master Stewart, dit une voix dont le son connu fit tressaillir le magistrat.

C'était la voix de Pascal Fergus.

Que venait-il faire dans cette chambre, avec Mortère, Mortère, le premier accusateur de sa fille ?

Mortère qu'il avait cherché pour le provoquer, pour le tuer, lors de son premier article ?

Pourquoi lui parlait-il à présent d'un ton cordial, presque amical et pourquoi, surtout, l'appelait-il Stewart ?

Au fait, Mortère n'avait-il pas dit à Olivier qu'il était Stewart... ou se faisait passer pour tel ?

Dans quel but ?

Olivier allait le savoir, le pénétrer sans doute.

De toutes ses facultés tendues, de tous ses sens aux aguets, il écouta.

Les paroles qu'il entendit l'égaraient de plus en plus, tant elles semblaient avoir peu de rapport avec ce qui l'intéressait.

— J'ai téléphoné *this morning* à Manchester, sir, baragouinait le faux Stewart.

« La maison John Beard est d'accord pour l'achat de votre moteur n° 4. Elle accepte le prix que vous en demandez. Mais elle demande seulement à verser en trois échéances échelonnées sur trois années...

— Soit ! dit Fergus.

— *Perfectly well...* j'ai rédigé les conditions de l'affaire dans cette petite traité... et si je vous ai téléphoné de bien vouloir passer ici d'urgence, c'est qu'un incident imprévou me force à repartir pour Manchester dans une heure et que je ne vôlais pas quitter Paris sans avoir la signatioure de vô pour conclure nos négociations, *indeed...* Je n'avais pas le temps avec mes autres affaires d'aller jusqu'à Pergolèse-street... Aussi je remerciai le complaisance de vô.

— Je comprends très bien, fit Fergus... Où dois-je signer ?

— Voici les traités, dit Mortère en indiquant deux feuilles de papier timbré fraîchement écrites sur la petite table surchargée de paperasses.

« Si Votre Honneur veut jeter un coup d'œil, je l'ai écrit en double, en anglais et en français... Il faut signer là.

Du pouce, il désignait la place, le bas de la page resté en blanc et avançait une chaise...

Fergus s'assit devant la petite table, prit le traité et le parcourut avec attention.

Il y eut un silence...

— Parfait, dit enfin le savant.

Et levant la tête il prit un porte-plume et le trempa dans l'encre.

Soudain il s'arrêta, comme paralysé, l'œil fixé devant lui.

Sur la table, sous ses yeux, parmi les paperasses, sur une carte glacée à coins dorés, des morceaux de papier à lettre avaient été recollés, formant des mots inachevés en un assemblage bizarre.

L'attention du savant semblait à présent toute concentrée sur ce palimpseste.

Un étonnement extraordinaire se lisait sur son visage.

Mortère debout de l'autre côté de la table, devant lui, ne perdait pas un seul de ses jeux de physionomie.

Tout à coup, il allongea la main, comme s'il eût voulu prendre ce carton oublié là, comme par mégarde et le soustraire à l'examen de Fergus.

Mais celui-ci arrêta son geste, impérieusement.

— Qu'est-ce que cela ? dit-il.

— Rien... Nothing ! fit Mortère évasif, *give me please...* cela ne concerne pas Votre Honneur !

De nouveau Fergus l'arrêta et, dans une stupeur, il prononça cette phrase décisive :

— Mais c'est l'écriture de ma femme !

Une expression de triomphe illumina un instant le visage de Mortère, expression tôt disparue sous le regard surpris du savant.

— Vous dites ? fit le faux Stewart avec un étonnement joué.

— Je dis que ces moitiés de mots tracés sur ce papier sont de l'écriture de ma femme, répéta Fergus.

— ... votre femme, de Mme Fergus !

— Parfaitement !

— Aôh ! c'est impossible... Vous faites erreur, Votre Honneur !

— Mais non ! affirma Fergus qui avait saisi le carton et l'examinait avec un étonnement grandissant.

« Je ne puis pas m'y tromper... Il n'y a pas deux écritures pareilles.

« L'habitude d'écrire le russe a laissé à ma femme une façon particulière de former certaines lettres en français.

« Ainsi elle fait les « a » et les « p » à la manière slave... ce qui donne à ses autographes quelque chose de très personnel...

« A la façon dont est formé le « p » dans la syllabe « imp », la première de ce fragment de lettre... (car c'est évidemment un fragment de lettre qui a été déchiré et recollé sur ce carton) et à la forme des « a » dans les syllabes « Pas d'arg « » cap » et « rav »,.. il m'est impossible de douter.

« D'ailleurs ces jambages longs et déliés, cette écriture nerveuse et forte, ce papier pelure... à la mode dans les milieux aristocratiques, et jusqu'au parfum dont il est imprégné, quoiqu'il ait été passé au feu (cela est visible), tout enfin me prouve que c'est ma femme qui a écrit ceci !

Et Fergus flairait, humait, respirait, scrutait le document.

— Vous connaissez donc ma femme, Harry Stewart ? poursuivit Fergus... Vous êtes donc en correspondance avec elle ?... Mais, en ce cas, où l'avez-vous connue ?

« Depuis que vous frayez chez moi, je n'ai pas eu l'occasion de vous présenter à elle que je sache, puisque alitée avec la scarlatine, elle ne quitte pas la chambre... Et si vous l'aviez rencontrée quelque part avant d'entrer en relations avec moi, pourquoi me l'avez-vous caché ?

« Pourquoi me l'eût-elle caché elle-même ?

« Pour quels motifs vous écrivez-vous ?

« Pourquoi avez-vous déchiré, brûlé en partie une lettre de ma femme pour en rassembler ensuite des morceaux informes sur ce carton ?

« Que signifient ces moitiés de mots ?...

« Vraiment il y a là quelque chose d'incompréhensible pour moi et que je vous prie de m'expliquer.

Le pseudo Stewart garda le silence, cherchant visiblement sans la trouver une réponse plausible.

L'étonnement de Fergus s'en accrut.

Tout ce qui se passait autour de lui depuis quelque temps, d'étrange, de douloureux et d'obscur n'avait pas laissé de prédisposer son esprit troublé à l'inquiétude, au doute, au soupçon...

Il était comme un homme qui, fortement éprouvé par une série de malheurs dont il ne comprend pas les causes inexpliquées, redoute, à chaque instant, d'en voir fondre sur lui de nouveaux, plus grands encore et vit dans l'angoisse de l'inconnu hostile, dans la crainte de forces mystérieuses et malfaisantes.

Ce fragment de lettre de l'écriture de sa femme, surpris là, par hasard, croyait-il, chez cet étranger bizarre avec lequel il était en relations d'affaires depuis peu, l'intriguait extraordinairement.

De plus l'attitude embarrassée du jeune homme en face des questions du mari, ses dénégations, puis à présent son silence... tout cela ne faisait que donner consistance à des suppositions que son amour et son estime pour sa femme l'empêchaient encore d'accréditer, mais qui, pas moins, se formulaient dans son esprit ombrageux.

Mais une honte s'emparait de lui à de telles pensées.

Douter de Wanda ! de sa chère Wanda !

Allons donc !

Il était fou !...

Cependant pourquoi cette lettre, là, chez cet étranger ?

Stewart allait le lui expliquer évidemment.

— Voyons ! répondez-moi, insista Fergus, j'attends !...

Mais Stewart se taisait toujours, paraissant de plus en plus embarrassé et l'étant réellement.

En effet. En possession du « document » Mortère après s'être livré au début d'enquête auquel on a assisté, avait jugé utile de se procurer, à tout prix, quelques lignes de l'écriture de Wanda Fergus...

Ses soupçons s'étaient portés sur la femme du savant pour des raisons que l'on va voir.

Mais il fallait le faire sans éveiller la méfiance de celle-ci.

Par quel moyen ?

Ecrire à Wanda sous un prétexte quelconque et en obtenir une réponse.

Alitée, par la fièvre scarlatine, Wanda n'était pas en état de répondre.

Soumettre le document à Fergus appelé au Palais par le juge d'instruction, en lui en révélant l'origine ?

Mais en ce cas, Mortère avait pensé avec raison que le mari, même s'il eût éprouvé quelque stupeur à reconnaître l'écriture de sa femme, averti des circonstances dans lesquelles cette lettre avait été trouvée et rendu méfiant, eût dissimulé vis-à-vis du magistrat et n'eût pas trahi sa femme, par crainte du scandale.

Cette dissimulation, il n'aurait plus aucune raison de l'observer devant un étranger, chez lequel il trouverait ce papier, comme par hasard.

Sous le coup de la surprise, il parlerait.

Il fallait donc, à tout prix, que Mortère s'introduisît chez Fergus.

S'y présenter sous son nom, lui, le premier accusateur de Sonia ?

Il n'y fallait pas songer.

Mortère avait donc eu recours au stratagème que l'on sait, entrant en relations avec le savant sous prétexte d'affaires et lui tendant le piège dans lequel ce dernier venait de donner tout droit et où il s'enferrait de plus en plus sous les yeux d'Olivier.

Il n'était plus possible de douter à présent.

Le document était bien de la main de Wanda Fergus ! La preuve était faite !

Cependant, si Mortère avait habilement échafaudé son plan et prévu tout ce qui se passerait jusque-là, il n'en avait pas calculé les conséquences.

Il n'avait vu qu'une chose, le but à atteindre : le témoignage écrasant, décisif de Fergus, sans prévoir les réflexions que Stewart allait évidemment entraîner dans l'esprit du mari de Wanda, mari facilement jaloux.

C'est pourquoi, pris de court devant les questions pressantes du chimiste, il demeurait muet... éprouvant une vive répugnance à se démasquer et à dire ce qu'il supposait au malheureux mari qu'il eût voulu épargner, par un sentiment de délicatesse et de pitié bien naturel.

Cependant, Fergus, qui ne pouvait pénétrer ce qui se passait dans l'esprit de Mortère, ni deviner ses scrupules, attribuait son mutisme à des causes tout autres...

Ses méfiances s'accroissaient en raison directe de la gêne de son interlocuteur.

— Mais parlez donc ! dit-il avec une certaine violence...

— Que volez vô que je dise à vô ? fit Mortère, essayant de jouer son rôle jusqu'au bout et cherchant une échappatoire...

« Vous vous trompez ! cette lettre est une affaire personnelle à moâ... mais à laquelle votre femme que je ne connais pas, que je n'ai jamais vue n'est pas mêlée... Ce n'est pas la première fois que deux écritures se ressemblent, *ita indeed* !

— Donnez-moi votre parole d'honneur que ma femme et ce fragment de lettre n'ont rien de commun, reprit Fergus avec exaltation.

« Donnez-moi votre parole d'honneur qu'elle n'est en rien mêlée à ceci !...

— Eh ! que diable, riposta Mortère, sur des char-bons ardents, laissez tranquille moâ, j'ai dit ce que j'avais à dire à vô.

Mais Fergus s'était dressé, pâle, frémissant de colère.

— Harry Stewart, vos réticences, vos dénéga-tions valent un aveu... Il existe entre ma femme et vous une entente secrète.. des relations., dont vous allez me révéler, à l'instant, la nature...

— Vous êtes fou !

— Parlez... ou prenez garde !

— Laissez-moi !

— Savez-vous que je suis capable de tout si vous vous obstinez au silence ?

— Je n'ai rien à dire !..

— C'est donc que j'ai trop bien compris. Ah ! lâche !.. misérable !..

Fou de jalousie, la main levée, Fergus se préci-pita sur Mortère.

Mais, soudain, une ombre semblant surgir on ne savait d'où, se dressa entre l'agresseur et le journa-liste.

— Arrêtez ! je jure que vous vous trompez !

Ces paroles et l'intrusion brusque du nouveau venu dans la pièce eurent pour effet d'arrêter net l'élan de Fergus.

— Vous ! balbutia-t-il en reconnaissant Olivier de Lora... Vous ! ici.

— Oui... j'étais là... dit Olivier, j'ai tout entendu et je vous donne, moi, ma parole d'honneur que monsieur ne connaît pas, n'a jamais vu Mme Fer-gus.

Paralysé, cloué sur place par cette intervention inattendue, Fergus demeura un instant silencieux.

Décidément l'étrangeté de tout ce qui se passait depuis quelques instants dans cette chambre d'hôtel, augmentait de seconde en seconde.

Olivier, intervenant spontanément d'un élan géné-reux pour sauver son collaborateur dont il avait de-viné les scrupules, n'avait pas, lui non plus, réfléchi à ce que l'apparition soudaine aux yeux de Fergus du juge d'instruction de l'affaire Colonna allait avoir de significatif pour le savant.

Et d'ailleurs, y eût-il réfléchi qu'il fût intervenu quand même.

Au point où en étaient à présent les choses, quels que fussent la délicatesse de Mortère et d'Olivier et leur désir d'épargner le mari de celle qu'ils ju-geaient coupable, ne faudrait-il pas que la justice suivît son cours et que Fergus apprît tôt ou tard la vérité ?

Mais c'était l'instant même de cette révélation qui fait particulièrement pénible à Olivier dans la si-tuation spéciale où il se trouvait.

Pouvait-il dire en face, à cet homme dont il aimait la fille accusée, que si celle-ci était reconnue inno-cente, c'était (Olivier croyait le comprendre à pré-sent... en songeant à l'allusion faite par Mortère à la biche qui se substitue à la proie poursuivie pour dépister les chiens) c'était parce que Sonia s'était sacrifiée pour sauver sa mère et pour épargner son père dans son amour conjugal, cette illusion dont il vivait !

Fou d'espoir devant la preuve entrevue de l'in-nocence de celle dont la possession serait pour lui la réalisation de tous ses rêves ; plein d'une admira-tion infinie pour tout ce que révélait de grandeur l'âme le sacrifice dont il supposait Sonia capable il ne pouvait laisser décemment paraître ses senti-ments devant ce foudroyé du destin qui, injustement frappé du côté de sa fille, n'allait assister à sa réha-bilitation que pour voir tomber sur sa propre femme le crime dont Sonia serait lavée.

Cependant, d'autre part, il n'avait pu laisser por-ter à Mortère, qu'il considérait depuis quelques ins-tants comme son double sauveur et aussi comme le sauveur de Sonia, le poids de la colère mal fondée de Fergus.

D'où son intervention dans le débat.

— Ainsi ! Vous étiez caché là ! dit le savant, à peine revenu de sa surprise. Vous avez entendu ma conversation avec cet homme. C'est donc que vous étiez prévenu de ma visite... Que vous aviez inté-rêt à écouter, à mon insu, ce que j'allais dire... Mais quel intérêt ?...

Il réfléchit.

Puis, frappé d'un trait de soudaine lumière :

— Ah ! s'écria-t-il, je comprends tout ! C'était un piège... Stewart est un de vos agents... et vous avez voulu savoir par moi, pour des raisons que je n'en-trevois pas encore, si cette écriture était bien celle de ma femme.

Un silence éloquent fut la réponse.

— Mais dans que but cela ? poursuivit Fergus. Et d'abord, où cette lettre semi-brûlée a-t-elle été re-trouvée ?

— Ne nous interrogez plus, dit Olivier. Ne nous interrogez plus... par pitié pour nous... par pitié pour vous-même, monsieur Fergus... Il nous est impossible de vous répondre.

— Par pitié pour moi... fit Fergus avec une stu-peur croissante.

« De la pitié !... Mais vous ne voyez donc pas que dans ma situation, la plus épouvantable des souf-frances, c'est d'être victime d'une série de fatalités atroces... sans les comprendre !... C'est de se débat-tre dans les affres du doute...

« Ah ! une certitude, messieurs, une certitude, si cruelle fût-elle, vaudrait cent fois mieux que les an-goisses du soupçon !

Il suppliait, haletant, éloquent, torturé.

— Même si cette certitude vous atteignait dans vos plus chères affections ? Même si elle détruisait le dernier lambeau de votre bonheur intime ? fit Olivier ému.

— Oui, reprit Fergus résolument... Oui, même à cette condition, je préfère savoir ! Oh ! sortir des ténèbres où se débattent mon amour, mon bonheur et mon honneur peut-être !

« Ah ! monsieur de Lora, et vous, Stewart, si vous avez quelque estime pour moi, parlez !... Je vous en prie... Dites-moi la vérité ! Dût-elle me broyer le cœur, je veux la vérité !...

— Vous la voulez ?

— Je vous adjure de ne me rien cacher.

— En ce cas, interrogez !

Un instant les trois hommes demeurèrent silen-cieux, le cœur étreint d'une égale émotion.

Ils sentaient que quelque chose de décisif allait s'accomplir.

Fergus sembla rassembler ses idées, puis :

— D'où provient ce fragment de lettre ? répéta-t-il.

— De la cheminée de votre laboratoire, dit Oli-vier.

— Qui l'y a trouvé ?

— Moi, dit Mortère. Je l'y ai ramassé la nuit même de la lugubre découverte.

— Vous étiez donc chez moi ce soir-là, Stewart ?

— Oui... Je m'y trouvais envoyé par mon jour-nal, expliqua Mortère.

Et abandonnant soudain son accent d'outre-Manche :

— Je ne suis pas Stewart, mais Pierre Mortère, du *Thermidor*.

— Vous !...

Le savant tressaillit.

Ses traits se contractèrent.

— Oui, moi ! Excusez le subterfuge et le dégui-sement dont je me suis servi pour être reçu par vous et arriver à mes fins !

« Mais je savais que sous mon nom véritable je serais mal accueilli.

« Je m'informai... cherchant un moyen et j'ap-pris que vous étiez en relations d'affaires avec la maison Beard de Manchester... et qu'un ingénieur du nom d'Harry Stewart représentant cette mai-

...devait vous venir voir prochainement pour l'achat d'un moteur Fergus.

« Muni de ce renseignement, j'ai pris son nom et devancé, sous un prétexte quelconque, sa visite... que vous alliez très probablement recevoir... ces jours-ci.

Mais Fergus ne l'écoutait plus, tout à sa rancune ancienne.

— C'est vous qui avez élevé le premier contre ma fille une accusation odieuse ! dit-il.

— Oui ! odieuse ! monsieur Fergus !... Mais j'étais de bonne foi ! C'est mon excuse !

« Plus tard, quand le soupçon m'est venu que j'avais pu m'être trompé, j'ai tout mis en œuvre pour savoir à quoi m'en tenir.

« J'ai été trouver M. de Lora... et quand nous pûmes constaté, tous deux, que Mlle Fergus pouvait n'être pas coupable et s'accusait à faux, nous avons résolu d'en avoir le fin mot et de la justifier à quelque prix que ce fût...

— Ma fille... s'accuse... Sonia se reconnaît coupable ?...

— Oui !... Mais elle est innocente !

— Eh parbleu ! je le sais bien... je n'ai jamais douté de mon enfant. Mais pourquoi s'accuse-t-elle ?

— C'est la première question que je me suis posée, quand j'ai été en possession de ce document et que j'ai eu constaté que l'écriture de cette lettre n'était pas de la main de Mlle Fergus. J'en ai conclu qu'elle s'accusait pour sauver quelqu'un et que ce quelqu'un ne pouvait être que le signataire de cette lettre... en même temps qu'une personne assez chère au cœur de mademoiselle votre fille pour justifier ce sacrifice...

« Les soupçons étant écartés de votre personnalité, j'ai donc dû les reporter sur Mme Wanda Fergus, la mère de Mlle Sonia.

— Vous êtes fou ! dit le savant, qui bondit.

— Non pas ! reprit Mortère, froidement. J'affirme, à présent, que mes soupçons ne m'ont pas trompé et que Mlle Fergus s'accuse pour sauver sa mère.

— Sa mère !... Wanda !... coupable !... Allons donc ! Coupable de quoi ? de quoi ?

— D'avoir tué Colonna !

— Dans quel but ?

— Pour ravoir des lettres compromettantes qu'il ne voulait lui rendre que pour de l'argent.

— Allons donc ! Vous mentez !... Vous mentez !.. C'est indigne... On n'accuse pas ainsi sans preuves !

— Nous avons la preuve.

— Où est-elle ?

— La voici ! et elle s'étaye de votre témoignage...

Et Mortère, désignant le document, traduisit :

— *Impossible en ce moment... Pas d'argent... mais si vous ne me rendez pas mes lettres, je me sens capable de tout pour les ravoir.*

« De tout !... comprenez-vous ? Et c'est l'écriture de Mme Wanda Fergus !

— Ah !... De l'air ! gémit sourdement Fergus.

Et passant brusquement de la pâleur au rouge ponceau, le sang à la face, assommé, il s'abattit sur une chaise, tandis qu'Olivier allait précipitamment ouvrir la fenêtre.

— Nous eussions voulu vous épargner, dit Olivier, pitoyable, mais votre jalousie et votre colère, en s'égarant, ne l'ont pas permis.

— D'ailleurs, M. Fergus eût bien appris tôt ou tard que sa fille s'accusait, et il ne faut pas que l'innocente paye pour la coupable ! dit Mortère.

Mais déjà, sous le souffle frais du vent entrant par bouffées du dehors, Fergus s'était ranimé et ressaisi...

— Merci, messieurs ! dit-il d'une voix éteinte,

ce que vous me révélez est cruel, en effet, mais j'avais besoin de le savoir.

Puis, dans un soudain sursaut d'énergie, changeant de ton, élevant la voix, affirmatif :

— Oui, j'avais besoin de le savoir pour anéantir vos accusations atroces... Ce que vous supposez est tellement monstrueux, tellement contraire à l'opinion que tant d'années de commune existence m'ont permis de me former de ma femme, que je n'en crois pas un mot !

Le savant, inconséquent avec lui-même, semblait oublier les soupçons qui l'avaient effleuré quelques instants auparavant au sujet du faux Stewart.

— Doutez-vous donc de notre bonne foi ? dit Olivier, stupéfait de cette soudaine volte-face.

— Non pas... mais je doute encore moins de ma femme...

— Que supposez-vous donc ? dit Mortère.

— Que votre bonne foi a été surprise, que votre perspicacité se fourvoie.

— Je puis cependant vous démontrer que je ne me trompe pas...

— Et moi, je puis vous démontrer le contraire ! affirma le savant péremptoirement.

« Dans le premier moment, j'ai été étourdi, je l'avoue, mais plus je réfléchis, plus la réflexion infirme vos hypothèses...

« Voyons ! raisonnons :

« Ma femme ne peut être coupable... pour plusieurs raisons.

« La première, et la principale, c'est qu'elle ne connaissait pas Colonna. Elle ne l'a jamais vu, puisqu'il n'est entré en relations avec nous qu'après son départ pour Nice... Cette lettre ne pouvait donc lui être adressée.

— Elle le connaissait, fit Mortère.

— Prouvez-le donc !

— Mme Fergus était à Monte-Carlo en janvier dernier ?

— Oui.

— Colonna y était également à cette date. En lisant une dédicace adressée à l'Italien par une chanteuse de café-concert, Gaby d'Auzônes, au bas de la propre photographie de celle-ci, photographie saisie chez le rastaquouère, j'y relevai ces mots :

Nice, 1ᵉʳ janvier 1906

« Aussitôt, s'établit dans mon esprit un rapprochement entre ce nom de ville, cette date et l'époque du séjour de votre femme à la Côte-d'Azur.

« De Nice à Monte-Carlo, il n'y a qu'un pas. Je pensai donc qu'en interrogeant Gaby d'Auzônes, je serais peut-être amené à voir mes soupçons se confirmer.

« Je fis donc la connaissance de cette fille, sous prétexte de galanterie. Je l'interrogeai adroitement et l'amenai à m'avouer qu'étant à l'époque indiquée, la maîtresse de Colonna, elle avait, un soir, à Nice, surpris une inconnue chez son amant, villa des Cactus. Cette inconnue, qu'elle ne vit qu'une fois, mais dans des circonstances telles qu'elle ne pouvait l'oublier, elle lui a voué une haine mortelle et la cherche partout pour se venger d'elle.

« Elle ignore qui elle est, mais les traits de son visage sont restés ineffaçablement gravés dans son souvenir... Or, elle l'a reconnue formellement il y a huit jours.

— Où ?

— Sur cette photographie.

Et Mortère, sortant de sa poche la photographie de Wanda, celle qu'il avait dix jours auparavant prise dans le laboratoire du savant.

— Permettez-moi de vous la restituer et soyez tranquille... Si cette fille a reconnu Mme Fergus elle ne sait pas qui elle est... j'ai eu soin de le lui laisser ignorer.

Il tendit la photographie à Fergus qui la prit.

— Pensez-vous que le témoignage d'une fille galante suffise à perdre une honnête femme ? reprit
Fergus âprement. Cette fille ment.

— Il est facile de le savoir, reprit Olivier.

— Comment cela ?

— Si Gaby d'Auzones n'a jamais vu Mme Fergus, Mme Fergus ne connaît donc pas Gaby d'Auzones. En mettant donc en présence de cette
femme Mme Fergus, sans l'avoir avertie, vous
jugerez bien à son attitude de ce qu'il en est.

« Si Mme Fergus se trouble, c'est qu'elle connaît Gaby d'Auzones. Si elle demeure impassible,
c'est qu'en effet elle ne l'a jamais vue et que Gaby
se trompe...

— Soit ! dit Fergus, s'il faut en venir là pour
vous convaincre, nous verrons... Mais, en attendant, poursuivons.

« Si ma femme eût tué Colonna, pourquoi aurait-
elle choisi pour le faire précisément mon laboratoire et un pareil jour et une telle circonstance ?

« Pourquoi eût-elle brûlé des lettres compromettantes chez moi... où l'on pouvait en trouver des
traces ?

— Ceci je ne l'explique pas ! dit Mortère.

— Enfin... si ma femme fût venue chez elle, ce
soir-là, il est vraisemblable qu'on l'eût aperçue et
reconnue, remarqua Fergus.

— Quelqu'un l'a vue, répondit Mortère.

— Qui ?

— Le garçon du vestiaire, Eugène Tétard, déclare avoir vu, avant la découverte du meurtre,
votre fille et Colonna entrer dans le laboratoire.

« Il aurait, dit-il, vu Mlle Sonia une fois masquée et une fois sans masque, en l'espace d'une
demi-heure.

« Or, la première fois, celle qu'il a vue entrer
dans le laboratoire, masquée et revêtue d'un domino mauve, n'était pas votre fille Sonia mais bien
votre femme...

« En revoyant Mlle Fergus, quelques instants
après, avec un domino de même couleur (rencontre
que j'attribue au hasard), trompé par la ressemblance qui existe entre Mlle Fergus et sa mère
(même silhouette, même couleur de cheveux, même
grandeur) Tétard a cru que c'était la même personne qu'il avait vue la première fois, masquée.

« Il y a eu confusion dans son esprit et il a déposé, de bonne foi, contre Mlle Fergus, laquelle ne
serait réellement entrée dans la pièce qu'après que
sa mère eût consommé le meurtre et eût eu le
temps de fuir.

— Elle aurait donc fui sans être vue par ce Tétard ?

— Il s'est absenté cinq minutes, c'est à ce moment que Mme Fergus a dû sortir.

Olivier écoutait de toutes ses oreilles les explications de Mortère, qui réellement paraissaient
plausibles.

— C'est alors, poursuivit Mortère, que votre fille,
comme elle l'a expliqué dans sa première version,
se trouvant indisposée et voulant aller dans la
pièce chercher de l'éther, retrouva la clef dans la
cachette où sa mère l'avait remise en s'enfuyant,
c'est-à-dire derrière le socle de bronze du buste de
Pascal. Mme Fergus connaissait cette cachette,
n'est-ce pas ?

— Oui, dit Fergus.

— Donc, Mlle Sonia, à l'aide de cette clef, aurait
pénétré dans le laboratoire à son tour, et, se trouvant en face d'un homme masqué étendu à terre
et paraissant un cadavre, elle voulut fuir, ainsi
qu'elle l'a raconté ; un courant d'air a dû refermer
la porte sur elle... Elle s'évanouit... Vous savez le
reste.

— Et par quel moyen ma femme aurait-elle tué
Colonna, selon vous ?

— Ceci... je n'ai pu arriver à l'établir. Je ne suis
pas devin... Ce que n'ont pu pénétrer les médecins
légistes... je n'ai pu le pénétrer davantage. J'ai déjà
soulevé à moi seul un coin du voile... c'est beaucoup ! A vous, messieurs, puisque vous y avez intérêt, à vous d'éclaircir le reste...

— Malgré cette lacune, je reconnais que vos déductions ingénieuses font honneur, sinon à votre
perspicacité, du moins à votre imagination, dit
Fergus... Cependant, je vais les annihiler en deux
mots.

— J'attends ! dit Mortère d'un ton de défi.

Olivier redoubla d'attention.

— D'abord le passé sans tache de ma femme,
qui s'est toujours à ma connaissance montrée une
épouse irréprochable et une mère admirable, constitue contre vos assertions le plus puissant des arguments.

« Mais ce n'est qu'un argument purement moral... Passons aux autres.

« Ma fille s'accuserait pour sauver sa mère, supposez-vous.

« Un pareil sacrifice, d'un héroïsme romain, extraordinaire chez une jeune fille de vingt ans, supposerait chez Sonia la connaissance complète de la
culpabilité de sa mère.

« Or, qui lui eût révélé cette culpabilité si bien
cachée à tous jusqu'à présent ?

« Wanda elle-même ?

« Allons donc !

« La dernière personne à qui une femme, si cynique soit-elle, fait de tels aveux, c'est son enfant...

« Et quelle mère, même parmi les pires criminelles, accepterait de laisser accuser sa fille à sa
place ?

« Coupable, elle n'eût pu laisser planer un tel
soupçon sur l'innocente qu'elle adore.

— Alors pourquoi Mlle Fergus s'accuserait-elle ?

— Eh ! le sais-je ? Qui sait jusqu'où l'intimidation peut pousser un esprit faible... un esprit de
jeune fille que les juges ont dû influencer, menacer, allécher par des promesses fallacieuses.

Olivier courba la tête.

Mortère avait dit la même chose déjà.

— Second point, poursuivit Fergus qui va réduire à néant tout votre système...

« La nuit du meurtre (si meurtre il y a) ma
femme était loin de Paris, à Lyon, où elle a passé
toute la nuit dans un hôtel.

— Qui le prouve ?

— Ceux qui l'y ont vue, les domestiques de l'hôtel qui ont été en contact avec elle, le médecin
mandé auprès de Boris.

— Avez-vous fait une enquête auprès de ces témoins ?

— Non... Mais l'enquête serait inutile, car une
autre preuve décisive, celle-là, ne permet pas de
douter de la présence de ma femme à Lyon, cette
nuit-là.

— Et cette preuve ?

— Est constituée par ce fait que je lui ai téléphoné, le soir du 5 avril, soir du bal macabre,
vers cinq heures, et le lendemain matin, 6 avril,
vers neuf heures, pour l'informer de ce qui s'était
passé la nuit. C'est-à-dire qu'en l'espace de seize
heures, je lui ai téléphoné deux fois à Lyon.

— Et elle vous a répondu elle-même, chaque
fois ?

— Elle-même, en personne... J'ai parfaitement
reconnu sa voix... Or, en l'espace de seize heures,
il est matériellement impossible de se transporter,
en chemin de fer, de Lyon à Paris, aller et retour,
et, dans l'intervalle, de trouver le temps de commettre un crime.

« Avez-vous un indicateur ?

Mortère allongea la main dans la pile des livres
entassés sur sa table et en retira un indicateur
P.-L.-M.

Il chercha au mot Lyon et trouva...

— Lyon-Perrache à Paris. Il y a un rapide à
7 h. 40, dit-il.

Qui arrive à Paris à 5 heures du matin, spécifia Fergus, l'index sur la colonne des heures...

— Il y en a un autre à 8 h. 30.

— Qui arrive à Paris à 6 heures... Or Colonna a été trouvé mort à deux heures du matin... concluez !

Au désarroi qu'il lut sur le visage de son adversaire, Fergus comprit que l'argument avait porté.

Olivier lui-même se tourna vers le reporter comme s'il eût espéré de lui une réponse péremptoire. Mais Mortère demeurait muet, visiblement confondu...

Tout son système s'écroulait et, si adroit que fût son échafaudage, il n'en restait plus rien... si le savant disait la vérité...

Mais la disait-il ?

Remis de l'émotion qu'il n'avait pu dominer en présence des premières révélations qui lui avaient déchiré le cœur, redevenu maître de soi, ne pouvait-il pas la générosité ou simplement le souci de l'honneur de son nom jusqu'à inventer cette dernière circonstance pour sauver sa femme même s'il la croyait coupable ?

Olivier et Mortère eurent un instant cette pensée et ce fut pour en avoir le cœur net qu'Olivier, qui, de nouveau, voyait toute espérance l'abandonner, dit :

— Songez, monsieur Fergus, que si ce que vous dites est vrai, cette explication qui sauverait Mme Fergus ferait retomber tout le poids du crime sur votre fille, puisque votre fille s'avoue coupable... Si donc ce n'est pas pour sauver sa mère, c'est qu'elle est coupable réellement.

— Allons donc ! Je récuse ses aveux ! Il est impossible qu'elle les maintienne, vous dis-je, reprit Fergus avec force.

« D'ailleurs, je la verrai dans sa prison et elle m'expliquera son attitude...

« Pourquoi vouloir que la coupable soit forcément ou ma femme ou ma fille ?

« Pourquoi faut-il que l'innocence de l'une entraîne la culpabilité de l'autre ?

« Je m'insurge contre cela...

« Sonia, sans doute, aura parlé par intimidation ! je le répète. Quant à ma femme, je maintiens mon dire... Je lui ai téléphoné le soir du meurtre, à cinq heures, à Lyon, et le lendemain matin, à neuf heures, au même endroit... Je le jure !

« Quel intérêt aurais-je à me tromper moi-même ?

Il y avait dans le ton du savant un tel accent de sincérité qu'on ne pouvait s'y méprendre.

— D'ailleurs, ajouta-t-il, rien ne vous est plus facile, si vous doutez, que de faire une enquête à Lyon, à l'hôtel même... Il se trouvera là sans doute des témoins de ce que j'avance...

— Ainsi nous aurions donc fait fausse route... dit Olivier.

— Cela m'en a tout l'air ! conclut Fergus, triomphant.

— Et pourtant, cette lettre, cette lettre de Mme Fergus, trouvée chez vous en pareille circonstance... comment l'expliquez-vous ? dit Mortère.

— Cette lettre n'entraîne pas fatalement les déductions que vous en avez tirées... et d'ailleurs, peut-être, peut-on en interpréter le texte autrement.

— En tous cas, vous convenez qu'elle constitue contre Mme Fergus une présomption grave ? dit Olivier.

— Je conviens... je conviens qu'il y a là quelque chose d'étrange que j'éclaircirai, et que j'éclaircirai devant vous et pour mon honneur et pour l'honneur de ma femme et de ma fille...

— Devant nous !

— Je vous le promets... Vous êtes les accusateurs. Je ne puis douter de votre bonne foi... Il faut que vous soyez convaincus de votre erreur.

— Soit, dit Olivier... Aussi bien vous devez souhaiter savoir à quoi vous en tenir autant que nous.

— Plus encore, car c'est ma vie entière qui est en jeu... l'honneur de ma femme, le mien et la liberté de mon enfant...

— Et comment vous y prendrez-vous ?

— Vous le verrez.

— Quand ?

— Bientôt !

Et, quelque peu fébrile, le savant prit son chapeau et sortit sans ajouter une parole.

TROISIÈME PARTIE

La Nouvelle Idole

I

A LA ROULETTE

C'était à Monte-Carlo, en décembre 1905, c'est-à-dire près de quatre mois et demi avant les événements dont on vient de lire le récit.

En hiver, tandis que les villes du centre, fourmilières laborieuses, travaillent dans les pluies, les neiges ou les brumes, les malades, les gens du monde, et aussi les aventuriers et aventurières cosmopolites émigrent en foule vers la Côte d'Azur pour y chercher, les uns le soleil et la santé ou l'espoir de la santé, les autres les émotions intenses du jeu ou les bénéfices, qu'avec peu de scrupules et beaucoup d'audace, on peut tirer sinon du jeu, du moins des joueurs.

Alors les hôtels de Nice, de Menton, de Cannes et de Monte-Carlo, cette petite principauté qui ressemble à un décor d'opéra comique, regorgent d'étrangers venus des quatre coins du monde : Anglais, aux faces colorées ; Yankees, aux visages glabres ; rastaquouères, aux teints bruns, aux chevelures d'encre ; Allemands, blonds et lourds ; Slaves, aux yeux bleus ; Italiens, félins et souples ; et aussi Parisiens spirituels et ironistes et Parisiennes élégantes, froufroutantes et raffinées...

Parmi ces dernières, on remarquait à l'hôtel Parisien, à Monte-Carlo, une femme très belle encore, aux cheveux d'or fin et aux yeux vert d'eau de mer, type plus slave que français, mais que son élégance rare et de bon aloi et ses façons dénonçaient comme ayant fait à Paris un séjour assez long pour s'y être assimilé le ton et les façons parisiennes.

A première vue, on se rendait compte que si cette femme n'était peut-être pas une femme du monde dans l'acception noble du terme, elle appartenait au moins à la bourgeoisie aisée.

Elle était toujours ou presque toujours accompagnée d'un petit enfant, blond, anémique et d'aspect maladif, et d'une servante attentive et discrète, empressée auprès de l'enfant.

Délicat des bronches, le petit Boris Fergus (on l'a reconnu) avait, en plein hiver, contracté une pneumonie et le docteur Merral, une fois le danger conjuré, avait ordonné, pour éviter une rechute toujours possible, un séjour à la Côte d'Azur.

En pleine saison, laissant là relations mondai-
nes, fêtes, premières et tout le va-et-vient de la
vie parisienne auquel sa coquetterie de femme demeurée jeune de caractère se complaisait, Wanda
Fergus, en vraie mère alarmée, était partie précipitamment pour Menton, soustrayant son fils au
climat meurtrier de Paris, accompagnée seulement
de sa femme de chambre Olga.

Puis, l'enfant revenu à la vie, sous l'influence
bienfaisante de l'atmosphère, ses premières angoisses maternelles un peu calmées Wanda avait senti
peser lourdement sur elle la solitude.

Bien qu'elle fût une mère exquise et une bonne
épouse, Wanda aimait le monde, le luxe, les fêtes
parisiennes où sa beauté, saluée, consacrée, rencontrait des hommages d'admiration toujours
agréables, même à la plus vertueuse des femmes.

On conçoit que ce brusque changement d'existence, cet exil parmi des étrangers dut lui sembler
pénible.

Aussi, au bout de peu de temps, avait-elle abandonné Menton pour Monte-Carlo, ville de plaisir,
ville de jeu, dont la vie intense et le mouvement
perpétuel la distrairaient peut-être.

Et là sa vie s'écoulait en promenades avec Olga
et son fils, sur la route de la Corniche ; en stations
sur la terrasse dominant la mer, heureuse quand
elle rencontrait quelque visage parisien connu,
quelque figure amie, mais évitant, avec une sage et
décente réserve, ces relations de villes d'eaux trop
facilement nouées avec les voisins d'hôtel, inconnus, pleins de surprises et dont Fergus, avisé, lui
avait recommandé de se méfier.

Parmi les voyageurs qu'elle côtoyait quotidiennement à l'hôtel où elle était descendue, l'un avait
retenu son attention.

C'était un jeune homme de grande allure, beau,
brun, élégant.

Plusieurs fois par jour, dans ses promenades,
Wanda croisait l'inconnu.

C'est ainsi qu'elle le désignait dans sa pensée,
ignorant qui il était, et ne lui ayant jamais adressé
la parole.

Cependant, s'autorisant sans doute de leur voi-
sinage, quand il la rencontrait, l'inconnu la saluait
et passait, toujours discret et silencieux.

Un jour, Wanda, intriguée, eut la curiosité de
jeter vivement un coup d'œil sur la suscription
d'une lettre qu'un garçon remettait devant elle au
mystérieux personnage.

Tout ce qu'elle put distinguer, c'est que la lettre
portait un timbre allemand...

Les jours passaient, lumineux et tièdes.

Boris reprenait à vue d'œil.

En dépit de lettres quotidiennes de sa fille, Sonia,
et de son mari, Wanda se sentait, chaque jour,
envahir par l'ennui, ennui qu'accompagnait le malaise de la tentation du jeu.

Car Wanda Fergus, était joueuse dans l'âme...

Cette passion avait même été l'occasion d'un seul
orage qui avait traversé les années de bonheur du
ménage Fergus.

A différentes reprises, Wanda, mondaine et adu-
lée, avait suivi les courses et y avait joué gros
jeu... si gros jeu qu'en présence de certaines diffé-
rences trop fortes, Fergus s'était cabré.

Si le savant était riche, s'il ne refusait aucune
fantaisie à sa femme, ayant sa fortune acquis à
force de labeur et tenant à la conserver pour ses
enfants, il savait le prix de l'argent et, en homme
de travail et de science, il estimait, fort justement,
que perdre au jeu, en quelques minutes, cet argent
dont l'acquisition coûte tant de peines et de veilles
à tant d'êtres, est une action coupable, voire même
condamnable.

Wanda devait d'autant moins le dilapider cet argent qu'épousée pauvre, sans un sou de dot, elle
devait au labeur acharné de son mari son bien-être
et son luxe actuels.

Jamais il ne le lui avait fait sentir d'ailleurs que
le jour où il constata que sa femme avait laissé en
une semaine, vingt-cinq mille francs sur les hippo-
dromes de la banlieue.

Ce jour-là, il y eut entre les deux époux une explication.

Fergus, en termes affectueux mais néanmoins
significatifs, fit comprendre à sa femme l'inconsé-
quence de sa conduite.

Wanda, désolée, repentante, et n'ayant péché
d'ailleurs que par étourderie, par légèreté de caractère, Wanda que le savant dominait et pour qui elle
avait une affection reconnaissante et un peu crain-
tive de petite fille (n'était-elle pas son éternelle
obligée ? ne lui devait-elle pas tout ?) Wanda avait
juré à Fergus de ne plus jamais jouer.

A présent, averti de la passion de sa femme, il
avait exigé qu'avant son départ pour la Côte
d'Azur, où là tentation lui serait quotidiennement
offerte, elle lui renouvelât son serment.

Elle ne jouerait plus !

Wanda avait juré, de nouveau, honteuse et repentante.

Naturellement, ce petit drame était demeuré secret... A peine si Sonia elle-même en avait eu
vent.

Wanda avait quitté Paris avec la ferme volonté
de tenir son serment.

Cependant, une fois dans cette atmosphère énervante et grisante, inoccupée, en proie à l'ennui, à
l'exil, la tentation du tapis vert, attirant, halluci-
nant pour les vrais joueurs, l'avait ressaisie bruta-
lement, impérieusement.

D'abord elle lutta, de toute la force de sa volonté
tendue mais vaillante.

Elle avait promis !

Elle avait juré !

Il s'agissait de son bonheur, de celui de son
mari, de celui de ses enfants qu'elle pouvait ruiner
en une nuit...

Mais qu'est-ce que la volonté d'une femme qui
s'ennuie ?...

Quelle faible digue contre le torrent tumul-
tueux d'une passion !

Et la passion du jeu était invétérée en Wanda,
invétérée comme elle l'est chez certains Russes de
l'aristocratie.

Quelques bons sentiments qui fussent en elle,
cette passion atavique (elle la tenait de son grand-
père qui s'était ruiné au jeu et s'était fait sauter
la cervelle) s'était glissée dans son âme, dans son
être et jusque dans ses moelles.

Et d'ailleurs Wanda était une nature faible et désarmée malgré un bon fond et de brusques retours.

Un soir de désœuvrement plus pesant que les
autres, elle entra dans la salle de jeu.

II

FAITES VOS JEUX, MESSIEURS !

— Faites vos jeux, messieurs !... faites vos
jeux... Rien ne va plus...
— Pair ou impair.
— La rouge et la noire.
— Manque, impair et passe !...
— Rien ne va plus !

Lancée avec force, la roulette bondit, virevolte, puis, se ralentit dans son élan, dégringole
de numéros en numéros, trébuchante et semblant
hésiter sur celui où elle va enfin se fixer.

Mais elle s'arrête pourtant...
— C'est le 24...

Le râteau du croupier ratisse le tapis, une pe-

...te pelletée d'or s'entasse devant le gagnant, tandis que les joueurs de tous âges, une même flamme de convoitise aux prunelles et le visage crispé d'angoisse, dévorant des yeux le tableau et pontent...

Pendant douze soirées, Wanda n'a pas quitté la roulette.

Une fois Boris couché et endormi sous la surveillance sûre d'Olga, Wanda accourt devant le tableau et d'un geste inlassable d'automate ou d'hallucinée, dans une fièvre, elle plonge les doigts dans sa petite bourse en mailles d'or fin et dépose un, deux, trois, quatre, cinq ou dix louis sur plusieurs numéros pour rattraper d'un côté par des martingales savantes, ce qu'elle perdra de l'autre.

Une fois, après une lutte terrible entre sa conscience et son désir, entre sa raison et sa passion, elle a cédé au vertige de la roulette, reprise par le démon du jeu

— Ce sera la première et l'unique fois, s'était-elle promis et d'ailleurs, je ne risquerai qu'un louis... si je perds... je sors de la salle et je n'y reviens plus... jamais.

Elle gagna.

Ce fut son malheur.

Elle jugea qu'elle pouvait sans scrupules jouer les sept cent vingt francs qu'elle avait devant elle, puisque cette somme, qui représentait trente-six fois sa mise, ne sortait pas de sa poche et constituait du bon.

Elle les joua donc avec des chances diverses. Elle gagna, perdit, regagna, puis, finalement, reperdit tout son gain

Enfiévrée du désir de le rattraper (puisque la chance lui avait d'abord souri, pourquoi ne lui sourirait-elle pas une seconde fois ?) elle courut à son hôtel, y prit quelques billets bleus sans les compter et, folle d'espérance et de cette angoisse particulière qui constitue pour les vrais joueurs une étrange volupté, revint à la roulette.

En trois soirées, elle perdit tout son apport, soit cinq mille francs.

Cinq mille francs !

La moitié de la somme que son mari lui avait allouée pour son séjour à Monte-Carlo.

Bientôt, les frais d'hôtel soldés, elle serait obligée d'avoir de nouveau recours à Fergus.

Comment motiver à ses yeux la dépense si rapide d'une telle somme ?

Lui avouer la vérité ?

Après le serment qu'elle lui avait fait, c'était impossible.

Il ne lui restait qu'un moyen : tenter la chance, la tenter encore avec le restant de la somme.

Ainsi, depuis plusieurs soirs, luttant avec acharnement, risquant de grosses mises, espérant se sauver par un coup d'audace, elle passait dans la salle de jeu des heures vertigineuses et enfiévrées.

Un soir, le douzième depuis qu'elle avait cédé à la tentation, elle perdit, en quelques coups, les cinq cents francs dont elle s'était munie. En vain, explora-t-elle sa petite bourse d'or et son réticule !

Comme elle avait coutume de le faire, en cas de perte, elle courut à l'hôtel, gagna sa chambre, ouvrit le meuble où elle avait l'habitude de serrer son argent ; une épouvante la galvanisa. Le tiroir était vide.

Les billets qu'elle venait de risquer étaient les derniers qu'elle possédât !

Ce fut un instant de stupeur indicible.

Que faire ?

Engager ses bijoux ?

Dans la hâte du départ elle en avait laissé la plus grande partie à Paris et ne possédait que quelques bagues... dont elle ne tirerait que peu d'argent... juste de quoi subsister encore une semaine.

C'était reculer pour mieux sauter...

Non !

Ce qu'il lui fallait, c'était de l'argent... de l'argent immédiat, pour se rattraper, car la malechance ne pouvait être éternelle...

— Mais où trouver cet argent ?

— A qui l'emprunter ?

Perdue au milieu des étrangers de ce pays cosmopolite, elle n'y avait aucune relation.

Cependant la tenancière de l'hôtel, Mme Chastain, lui avait marqué beaucoup de déférence.

C'était une femme d'une quarantaine d'années, une veuve, vivant avec sa fille, une fillette de seize ans, son unique affection.

Avisée et intéressée, depuis quinze ans qu'elle dirigeait l'hôtel, Mme Chastain avait sans doute assisté à bien d'autres déconfitures.

En tous cas, elle devait connaître les angoisses des joueurs et leur être favorable et au besoin bienfaisante, surtout quand ils offraient des garanties de remboursement... Wanda se plaisait à le supposer.

Nul doute que cette femme ne se jugeât heureuse de prêter de l'argent à Mme Wanda Fergus, la femme du célèbre inventeur qu'on savait riche...

C'était de l'argent bien placé...

Et le prétexte était trouvé.

— J'ai perdu ce soir la forte somme... je suis à court... Sans doute, je n'ai qu'à télégraphier à mon mari dès demain matin... Mais auparavant, je voudrais, pour lui épargner une émotion inutile, tenter la chance encore une fois ce soir...

« Avancez-moi les cinquante ou cent louis nécessaires à ma mise de fonds... Demain soir vous serez remboursée.

Ceci semblait peu de chose à dire... Mais une honte la paralysa.

Aurait-elle le courage de s'abaisser à cette démarche...

Si, par hasard, elle essuyait un refus...

C'était son bonheur qui était en jeu !

Le bureau de l'hôtel où se tenait la tenancière était au premier... et le petit appartement de Wanda au second.

Boris dormait tranquille auprès d'Olga, Wanda n'avait qu'un étage à descendre.

Elle s'arma de courage, descendit et entra dans le bureau.

Il était onze heures du soir.

Par bonheur la tenancière était seule, ses tiroirs ouverts devant elle, laissant entrevoir des liasses de billets bleus épinglés, elle faisait ses comptes.

En voyant Wanda, Mme Chastain se leva et, la face tendue d'un sourire, elle s'empressa

— Vous désirez quelque chose, madame ?

— Oui... dit Wanda d'une voix étranglée.

— De quoi s'agit-il ?

Une émotion terrible paralysait Wanda.

Les mots ne pouvaient sortir de ses lèvres devenues blanches...

Avouer son vice et sa détresse à cette étrangère... à cette subalterne...

Quelle humiliation !

Au dernier moment, tout son orgueil se révoltait...

Décidément, elle ne pourrait pas !...

Cependant, obséquieuse et déjà surprise des hésitations de Wanda, son trousseau de clefs à la main, Mme Chastain attendait.

— Je désirerais, je désirerais... régler nos comptes... balbutia Wanda.

C'était le prétexte imaginé par elle pour servir de transition à l'emprunt médité.

— Madame veut donc nous quitter, dit la tenancière contrariée.

— Non !... Non !... ce n'est pas pour cela... Mais...

— Eh bien ?

— C'est que...

A ce moment... le chasseur de l'hôtel fit irruption dans le bureau et d'une voix étranglée, s'adressant à Mme Chastain et coupant la parole à Wanda :

— Ah ! madame, madame ! clama-t-il.

— Quoi donc ?

— Si vous saviez...
— Eh bien ?...
— Mademoiselle votre fille...
— Ma fille...
— Elle vient d'être renversée par une automobile... Elle est en bas... blessée...
— Ah !
Affolée, l'hôtelière, oubliant Wanda, ses tiroirs, ses comptes, sa caisse, ses clefs, se précipita au dehors en poussant des cris d'angoisse et dégringola l'escalier, courant vers la rue d'où montait le brouhaha d'une foule arrêtée par l'accident...

Le chasseur la suivit...

Wanda était seule dans le bureau.

Seule avec les tiroirs pleins d'or, ouverts sous ses yeux.

Oserait-elle maintenant, en présence de la douleur, de l'affolement de cette pauvre mère dont on rapportait l'enfant toute sanglante, sans doute avec quelques membres brisés ; oserait-elle reprendre l'entretien si brusquement interrompu et formuler sa demande ; oserait-elle importuner celle qui venait d'être frappée par un si grand malheur, d'une demande d'argent ?...

Et pour quel motif ?...

Wanda était mère. Elle adorait ses enfants.

Elle avait trop de pudeur et de respect du sentiment maternel pour ne pas comprendre à quel point une telle requête eût été déplacée.

Elle en serait donc réduite à tout avouer à Fergus...

Avouer !

Avouer qu'elle s'était parjurée : qu'elle avait joué et reperdu...

Avouer, c'est-à-dire se diminuer à ses yeux, perdre son estime, peut-être son amour, créer entre elle et lui une scission profonde !

Le peiner, lui qui avait été si bon, à qui elle devait tout...

Cela aussi était impossible.

Et dire que, par une ironie cruelle de la destinée, ces billets qui pouvaient la sauver, étaient à sa portée...

Elle n'eût eu qu'à tendre la main... et, machinalement, agissant dans une sorte d'hypnose, elle fit le geste formulé par sa pensée et prit une liasse au hasard, comme pour en considérer de plus près les petits carrés bleus qui eussent pu contenir son salut...

Un instant, ses prunelles s'agrandirent, fixèrent avec une expression d'égarement la liasse qu'elle tenait dans ses doigts tremblants...

L'oiseau fasciné par le serpent a ce même regard.

Brusquement, elle s'arracha au vertige.

— Allons ! je deviens folle ! prononça-t-elle presque à voix haute et elle avança le bras vers le tiroir pour y reposer les billets.

Mais à ce moment précis, derrière elle, un bruit arrêta son geste, une ombre s'encadra dans la porte... quelqu'un entrait.

Wanda, instinctivement, referma les doigts sur la poignée de billets de banque, cacha sa main derrière son dos et releva la tête.

L'inconnu, le jeune homme brun dont les rencontres continuelles l'avaient un instant intriguée était devant elle...

Avait-il surpris son geste ?

Elle demeura interdite devant l'étranger, en proie à un réel malaise.

— Pardon, madame, dit-il, avec un léger accent exotique, je voulais voir la directrice de l'hôtel... et je la croyais ici...

— Non ! balbutia Wanda, essayant de raffermir sa voix...

« Vous ne savez donc pas encore... Elle vient de descendre... Un accident vient d'arriver à sa fille.

— C'est donc cela que de ma chambre j'ai entendu un brouhaha dans la rue.

— C'est cela.

Debout devant l'inconnu, Wanda serrait ses billets dans sa main dissimulée derrière elle, et elle avait la sensation aiguë, insupportable, qu'ils lui brûlaient les paumes d'une flamme qui coulait le long de sa chair jusqu'à son cœur chaviré.

— Dès qu'il sera sorti, pensait-elle, je les remettrai à leur place.

Mais l'étranger ne paraissait pas vouloir sortir.

Au contraire, il s'installa dans le bureau et fixant sur Wanda ses yeux, des yeux noirs et scrutateurs :

— Je vais l'attendre ici, dit-il. Les premiers soins donnés à sa fille, elle ne saurait manquer de revenir.

Et il s'assit.

Ce tête-à-tête devenait gênant.

Wanda sortit du bureau et se trouva sur le palier du premier étage.

Des voix montaient d'en bas, des sanglots, des cris affolés... elle se pencha, regarda.

Sur une civière on montait une jeune fille évanouie, la tête ensanglantée...

Près d'elle, l'hôtelière sanglotait.

Déjà des portes s'ouvraient dans l'hôtel. Des voyageurs descendaient pour voir... un groupe poussa Wanda.

Elle dut descendre... frôla la blessée en passant, voulut fuir cet affreux spectacle et se retrouva dans la rue, la tête perdue...

Quelques instants après, sans savoir comment, elle était devant la roulette...

— Eh bien... tu l'as le moyen de rattraper l'argent perdu... joue donc ! La chance te favorisera cette fois...

« Mais ces billets ne t'appartiennent pas. Il faudra les restituer tout à l'heure en rentrant à l'hôtel, quand cette femme aura repris son sang-froid et se rappellera...

« Raison de plus, risque un gros coup ! Tu gagneras et tu iras remettre ces billets où tu les as pris... et nul ne se sera aperçu de rien...

Tels sont les conseils perfides que la passion, la nécessité, soufflent dans la tête enfiévrée de Wanda.

Tandis que la voix du croupier s'élève :

— Faites vos jeux, messieurs, faites vos jeux...

Soudain, impuissante à résister plus longtemps au délire qui égare sa raison, Wanda pose un premier billet bleu devant elle.

C'est un billet de cent francs...

Le croupier qui suppose qu'elle veut de la monnaie prend le billet et pousse à sa place cinq louis d'or...

Wanda les dispose sur la table au hasard, incapable de distinguer nettement les numéros, un nuage rouge devant les yeux.

La roulette part, virevolte.

Wanda, anxieuse, attend...

Elle aperçoit, comme dans une brume confuse, la silhouette de son voisin d'hôtel, l'inconnu, qui la fixe du regard.

Lui aussi vient de ponter sur le tableau.

En présence de cet homme, le malaise de Wanda redouble...

— Rien ne va plus !...

Wanda a perdu.

L'inconnu gagné.

III

RIEN NE VA PLUS

Wanda a perdu.

Dans l'espoir de se rattraper, voulant tenter un gros coup, elle délaisse la roulette trop lente à son gré et où les mises sont trop faibles, pour les cartes...

Elle gagne les salles du fond, risque de fortes mises...

Les billets bleus filent, filent...

En quelques minutes elle les voit disparaître jusqu'au dernier... Il y en avait pour vingt mille francs !..

Elle est atterrée, désespérée, tous les ressorts de son être brisés.

Dans son vertige, il lui semble que les murs de la salle, les tapis verts, les joueurs, tout cela danse autour d'elle une sarabande effrénée... fantastique.

Un fleuve d'or coule, à portée de sa main, fleuve auquel elle n'a plus le droit de puiser...

Et c'est le supplice de Tantale.

Elle étouffe.

Elle a encore la force de gagner l'atrium, puis la sortie...

La voilà dehors, dans la nuit...

Dans une frénésie de désespoir, elle fuit au hasard, éperdue, comme une bête traquée.

Un mot bourdonne à ses oreilles :

« Voleuse ! »

Voleuse ?

Elle a volé, elle ! Wanda Fergus !

Elle a volé vingt mille francs !

Dans quelques heures, dans quelques instants peut-être, quand Mme Chastain remise de son émotion première, aura soigné sa fille blessée et regagnera son bureau, elle reprendra ses comptes où elle les avait laissés et s'apercevra de la disparition de la liasse de billets... Elle constatera qu'il lui manque vingt mille francs...

Alors elle se rappellera comment dans l'émotion de l'affolante nouvelle, elle est partie, laissant Wanda seule avec sa caisse ouverte et ses soupçons se porteront tout naturellement sur la coupable.

Comment nier ?

Comment éviter la plainte et les poursuites de cette femme âpre au gain ?

En confessant tout à son mari qui remboursera...

Confesser qu'elle est parjure, voleuse ?...

Oh non !

Cela jamais !...

Le désir d'épargner au savant cette révélation déshonorante, de ne pas s'attirer le mépris indigné de celui qu'elle aime et qui l'a tirée du néant pour en faire une femme honorable et honorée... tout cela lui clouera la langue...

Mais alors, il apprendra la vérité par une autre voie...

Mieux vaut mourir...

Et son fils Boris !..

Et Sonia !...

Ils aimeront mieux la voir morte que de se voir déshonorés par elle...

Tandis que ces pensées roulent et s'entre-choquent frénétiquement dans sa pauvre tête brûlante, elle a marché dans la nuit douce, étoilée et chargée d'aromes.

Des effluves de roses et de lis, berceurs, viennent caresser son visage.

Elle est arrivée dans un endroit désert au haut d'un roc qui surplombe la mer, qui sous la clarté pâle de la lune, semble une plaque d'étain...

Le roc est à pic et surélevé.

Elle gagne le bord et se penche sur l'abîme...

Un saut et tout sera dit...

Demain, on ne retrouvera sur la plage que sa dépouille sanglante et fracassée...

On croira à un accident...

Elle en aura fini et sera délivrée de ce cauchemar.

Adieu, Sonia ! Adieu, Pascal ! Adieu, Boris ! Adieu tous ces êtres qui lui sont chers et qu'elle a déshonorés !...

Elle paiera de sa vie.

Son sang seul peut être la rançon de sa faute.

Elle va s'élancer...

Elle s'élance !...

IV

L'INCONNU ENTRE EN SCÈNE

— Halte-là !

Tandis qu'une voix prononce cette interjection derrière Wanda, une poigne vigoureuse la saisit par le bras et paralyse son élan.

Surprise, elle se retourne...

L'inconnu est là devant elle, et la regarde de ses yeux fixes et singuliers.

Wanda frissonne sous ce regard.

Que lui veut cet homme ?

C'est presque par lui qu'elle en est là, car s'il ne fût pas entré dans le bureau, sans doute eût-elle remis les billets à leur place.

C'est son intervention gênante qui l'a, pour ainsi dire, contrainte à garder la liasse et forcée au vol qu'elle n'eût pas commis sans cela.

Et voici qu'à présent il l'empêche de se tuer !

Quel étrange rôle doit-il donc jouer dans sa destinée ?

Et c'est avec une expression de stupeur, de gêne, de rancune, d'effroi et surtout de colère que Wanda, regardant l'homme qui ne l'a pas lâchée, balbutie :

— Vous !.. Vous m'avez donc suivie ?... Que me voulez-vous ?... Et d'abord qui êtes-vous ?

— Qui je suis ? riposta l'inconnu.

Puis, avec obséquiosité :

— Je suis quelqu'un qui vous veut du bien, madame, soyez-en sûre. Et la preuve c'est que je viens de vous sauver la vie...

— De quel droit intervenez-vous dans ma destinée ?

— Parce que je puis vous être utile... je vous le répète, madame... rassurez-vous... Vous avez affaire à un galant homme... Vous vouliez vous tuer, n'est-ce pas ?... parce que vous avez perdu au jeu ?...

« Oui, je le sais... je vous ai vue dans les salles ce soir... je m'intéressais à vos parties... Vous avez perdu vingt mille francs... exactement...

Le jeune homme ajouta :

— Eh bien ! que diable, on ne se tue pas pour vingt mille francs, quand on est jeune encore et comblée des dons de la beauté et qu'on s'appelle Mme Wanda Fergus.

Wanda tressaillit.

Il savait son nom !

— Femme d'un grand savant que toute l'Europe honore, spécifia-t-il, et pour qui vingt mille francs sont une bagatelle...

« Mais... je devine !... sans doute avez-vous emprunté cette somme à un tiers... à qui vous aurez promis de la rendre immédiatement ?

Wanda pâlit.

— Oh ! rien de plus naturel d'ailleurs... Sachez donc ceci, madame, tandis que, ce soir, la malechance vous poursuivait, moi je gagnais au contraire... je gagnais incsprément...

« Eh bien, madame, je serais tout à fait heureux si vous vouliez bien permettre à un galant homme, que votre détresse émeut, de mettre à votre disposition la somme qui peut vous être utile en cette occurrence, et n'ayez aucun scrupule à me faire l'honneur de l'accepter...

« Pour conjurer la catastrophe qui guette dans l'ombre, les gens trop heureux, je dois ce geste à la fortune qui me favorise et me favorisa doublement si elle me permet de vous aider.

Insinuant et souple, le personnage avait lâché le bras de Wanda, et, son chapeau à la main, il s'était exprimé respectueusement mais d'une voix enveloppante et persuasive qui impressionnait singulièrement.

Wanda eut une seconde d'éblouissement.

Accepter ! C'était le salut !

Cependant un scrupule bien naturel la retenait...

Cet homme, mielleux et de si courtoises manières, quel intérêt avait-il à lui venir en aide ?

Était-ce un philanthrope, un amoureux... ou un usurier ?

D'autre part un soupçon la tenaillait.

L'avait-il vue prendre les billets dans la caisse de Mme Chastain ?

L'offre qu'il lui faisait si à propos, la façon dont il la faisait, semblaient le prouver...

Quelle honte pour elle en ce cas !

Elle était à la merci de cet homme.

Mais ses intentions n'étaient pas hostiles. Ses paroles le prouvaient.

— Je vous remercie de votre offre, monsieur, dit-elle d'un ton troublé mais réservé.

« Et, bien qu'elle soit inspirée, je n'en veux pas douter, par un sentiment de solidarité comme il en existe entre joueurs, je ne puis l'accepter... car vous devez le comprendre... je ne sais trop à quel titre une femme de mon monde accepterait un tel service d'un inconnu.

« Si vous savez mon nom, j'ignore le vôtre.

— Oh, pardonnez-moi, madame, reprit-il d'un ton désolé... Agréez mes excuses... je ne me suis pas présenté en effet... j'aurais dû commencer par là... mais la façon un peu brusque dont nous sommes entrés en relations m'a obligé à négliger cette formalité... c'est mon excuse... Réparons...

Reculant d'un pas et s'inclinant de nouveau comme s'il eût été dans un salon à la mode, l'inconnu se nomma.

— Je m'appelle Orso Colonna, mes moyens me permettent de vous obliger et vous pouvez sans crainte accepter mon aide, toute naturelle dans ces circonstances... Mes intentions, je vous le jure, sont pures et je suis, je puis l'affirmer, l'homme le plus discret qu'on puisse rencontrer.

— Ainsi, monsieur, c'est par pure générosité que vous agissez ?

— Oui, madame !

— Vous ne mettez au service que vous offrez de me rendre, aucune condition ?

— Aucune, sauf que je vous demanderai une reconnaissance de la créance.

— Naturellement.

— Mais seulement pour sauvegarder votre délicatesse... D'ailleurs vous serez libre de fixer vous-même sur ce billet la date de remboursement.

— Comme il vous plaira.

« C'est un usurier, conclut Wanda, cette fois : un usurier qui fait métier de prêter aux joueurs décavés. J'aime mieux cela.

Cela en effet la mettait plus à l'aise...

Tout s'expliquait à présent.

Ce Colonna la savait acculée. Évidemment il allait profiter de la situation pour lui prêter à un taux exorbitant.

Cet homme édifiait sa fortune sur des ruines sans doute.

Mais qu'importait à Wanda s'il la sauvait momentanément !

Ce qu'il fallait, c'était gagner du temps, éviter le scandale qu'eût causé la découverte de son vol... en remettant le plus tôt possible ces vingt-mille francs où elle les avait pris...

Après, elle pourrait toujours s'arranger pour désintéresser cet homme, quitte à engager ses bijoux et Fergus ne saurait rien.

— Soit, monsieur, dit-elle, voilà qui me délivre de tous scrupules... Vous fixerez vous-même le taux de vos intérêts... Rentrons à l'hôtel, pour rédiger le petit papier...

— A l'hôtel... Vous n'y pensez pas, madame, je crois que vous avez intérêt à ce qu'on ignore quel service je vous rends et à n'être pas vue avec moi.

« Aussi si vous daignez me faire l'honneur de me suivre... à deux pas d'ici... c'est une petite auberge qui doit être à cette heure vide de consommateurs et dont le cadre est certes indigne de vous... Mais à la guerre comme à la guerre !

« En tous cas, nous y serons loin des yeux indiscrets. J'ai sur moi la somme nécessaire, je vous la remettrai sur-le-champ.

— Soit ! dit Wanda.

Décidément ce Colonna pensait à tout.

Elle le suivit.

Ils marchèrent quelque temps en silence, côte à côte, dans la direction de Monte-Carlo, car, dans sa fuite éperdue à travers la nuit, Wanda était sortie de la ville et cette scène s'était passée à mi-chemin de Roquebrune.

Une petite bâtisse d'un étage, boiteuse, louche, laissait filtrer à travers les deux fenêtres et la porte vitrée de son rez-de-chaussée une lueur sourde.

Aucun bruit ne venait de l'intérieur... Cela vous avait une vague apparence de coupe-gorge.

— C'est là ! dit Colonna.

Wanda hésita un instant, impressionnée par l'aspect sinistre du lieu.

Un vague pressentiment l'arrêtait.

Mais son compagnon ouvrait la porte et l'invitait à entrer.

Dans la salle où elle pénétra, salle délabrée, aux murs de plâtre, lépreux d'humidité, meublée d'un comptoir de marchand de vins, d'une table et de chaises de paille éventrées, le tout éclairé par une lampe à pétrole, fumeuse, se tenait un couple bizarre, l'homme au teint jus de chique, aux cheveux d'encre, aux yeux de bitume et la femme de même acabit, tous deux ne payant pas de mine.

C'étaient les aubergistes.

Ils étaient seuls, attablés face à face, mangeant de la mortadelle à l'ail dont l'homme coupait de larges ronds avec un couteau de cuisine formidable à lame triangulaire (un couteau de boucher ou d'assassin remarqua Wanda), et buvant du chianti.

A la vue du nouveau venu et de sa compagne si élégamment mise, ils se levèrent et vinrent au-devant d'eux en baragouinant quelques salutations à l'illustrissime et à la signora.

— *Datei quello che è necessaro per scrivere e due sul cammino. Ho bisogno di essere solo con la signora.* (Donne-nous ce qu'il faut pour écrire, et filez tous deux sur la route. J'ai besoin d'être seul avec madame), dit Colonna à l'homme d'un ton impératif.

— Sì signor, dit l'homme.

Et, débarrassant vivement la table où il laissa cependant traîner son large couteau, il y posa une feuille de papier timbré, une plume, de l'encre.

Puis lui et sa femme sortirent.

Derrière eux, Colonna referma la porte à clef...

Wanda était seule avec lui...

A ce moment, elle éprouva une impression de honte mêlée d'horreur.

Qu'eussent dit toutes ses amies du monde élégant, qu'eût dit son mari, qu'eût dit sa fille Sonia, s'ils l'eussent vue en cet instant, à une heure du matin, seule enfermée dans ce bouge ignoble, suintant l'humidité et l'alcool, avec cet étranger mystérieux !

Et cette femme qui avait voulu se suicider en se jetant du haut d'un rocher, frissonnait à présent d'un effroi indicible à se sentir là.

« Instinctivement, de temps en temps, elle jetait des regards apeurés vers le couteau oublié.

Que d'événements dans sa vie en quelques heures !

Cependant Colonna, toujours correct, l'invita à s'asseoir devant la table.

Elle obéit.

Il avança vers elle la feuille de papier timbré,

offrit le porte-plume qu'elle prit et trempa dans l'encre.

— Etes-vous prête à écrire, madame ? dit-il.

— Oui... murmura-t-elle.

Et sortant d'un portefeuille une liasse de billets de mille francs, il en compta vingt-deux sur le coin de la table devant Wanda.

— J'en mets deux de plus, dit-il, pour vous permettre d'attendre des subsides de Paris sans trop pâtir.

Il prit le large couteau et il s'en servit comme d'un coupe-papier, pour maintenir les billets en tas, tout cela avec lenteur.

— Je vous en prie, monsieur, faites vite, dit Wanda, bouillant d'une impatience fébrile.

Ne fallait-il pas qu'elle regagnât l'hôtel avant que Mme Chastain se fût aperçue de son vol.

Aurait-elle encore la chance de trouver le bureau vide ?

Wanda aurait-elle le temps d'accomplir sa restitution sans être surprise ?

Chaque seconde perdue la rapprochait du moment où la tenancière, quittant le chevet de sa fille, pénétrerait dans le bureau.

Colonna lui ne semblait pas pressé... paraissant (chose inexplicable) prendre plaisir à prolonger l'angoisse de celle qu'il sauvait.

— Veuillez écrire, madame, dit-il.

Et il dicta.

— « Je soussignée, Wanda Fergus, née Daniloff... »

Wanda tressaillit et fixa sur l'étranger des yeux stupéfaits.

Quel était donc cet homme extraordinaire qui la connaissait au point de savoir son nom de jeune fille ?

— « ... reconnais devoir au prince Orso Colonna... »

— Au prince Orso Colonna ? dit-elle surprise. Vous êtes prince ?

— A mes heures !

Wanda n'en était plus à s'étonner pour si peu.

— « ... reconnais devoir au prince Orso Colonna la somme de vingt-deux mille francs qu'il m'a prêtée la nuit du cinq janvier mil neuf cent six, dont vingt mille doivent être affectés par moi à remplacer ceux que j'ai volés... »

Wanda se redressa plus blanche qu'un linge.

— Volés... moi ! protesta-t-elle d'une voix rauque.

— Volés à Mme Chastain, dans la caisse de son hôtel, et perdus au jeu ce soir même.

— C'est faux ! c'est faux ! Vous mentez ! vous êtes fou !

— Ne niez pas ! je vous ai vue ! dit l'homme impérieusement.

Sans force, accablée de honte, Wanda baissa la tête.

Mais reprenant le ton mielleux dont il s'était un instant départi :

— Veuillez écrire, madame, je vous prie, dit Colonna : « que j'ai volés »...

— Ecrire cela. Vous voulez... que moi-même... je...

— Il le faut !

— Jamais... jamais ! cela ! jamais !

Indignée, tout son orgueil se révoltait devant tant d'humiliation.

— Vous refusez d'écrire la reconnaissance de la dette ?

— Dans de pareils termes... Oh ! oui, certes !

— Je suis désespéré de vous contrecarrer, madame, mais je ne puis en accepter d'autres... Allons ! soyez raisonnable... Veuillez écrire « que j'ai volés ! »...

— Jamais !

— Jamais.

Elle jeta le porte-plume sur la table et se leva.

— A votre aise, dit Colonna froidement. Et, ti-rant son portefeuille, il y remit les billets qu'il avait préparés, le réintégra dans sa poche et, s'éloignant :

— Dans ces conditions, nous n'avons plus rien à nous dire... Mettons que je ne vous ai pas rencontrée ce soir... J'ai l'honneur de vous saluer, madame.

Il se dirigea vers la porte.

Wanda voyait s'éloigner avec lui son suprême espoir de salut, le seul qui lui fût offert.

— Arrêtez, cria-t-elle, éperdue.

Colonna se retourna, la main sur le bouton de la porte, et, persifleur :

— Ai-je oublié quelque chose ?...

Mais elle, sans relever la raillerie cruelle, frémissante, affolée :

— Ainsi, vous exigez que la reconnaissance soit rédigée en ces termes ?

— Je l'exige !

— C'est une condition *sine qua non* ?

— *Sine qua non.*

— Mais dans quel but, monsieur, m'imposez-vous cette humiliation atroce ? Que vous ai-je fait pour que vous abusiez si abominablement de ma situation ?

— Rien, madame.

— Alors, pourquoi me haïssez-vous ?

— Vous haïr ! Oh ! faites-moi l'honneur de ne point m'attribuer d'aussi mauvais sentiments, madame. Je suis loin de vous haïr puisque j'essaie de vous sauver. Mais aidez-moi un peu... dans ma tâche.

— Pourquoi voulez-vous avoir en mains une telle arme contre moi ?

— *Chi lo sa* (comme dit Dante) ! sourit Colonna.

Désarmée par cette courtoisie implacable et railleuse, à la torture, Wanda se laissa retomber sur le banc, la tête dans ses mains, comprenant qu'il était inutile d'insister et se demandant dans quel abominable guet-apens elle était prise et quel intérêt obscur et qu'elle ne démêlait pas, guidait cet homme étrange.

— Eh bien, madame, vous décidez-vous ? dit Colonna.

— Si... je consentais... à ce que vous exigez... fit-elle d'une voix tremblante, me rendriez-vous ce papier... le jour où je m'acquitterai envers vous ?...

— Certes...

— Et d'ici là, vous ne le montreriez à personne ?

— Oh ! madame... Pose-t-on de telles questions à un galant homme ?

« A personne ! croyez-moi, madame, faites-moi l'honneur d'avoir foi en ma délicatesse et acceptez notre petit pacte.

« Après tout, ce qui vous arrête ce n'est qu'une mince question de forme... je sais bien qu'en France on respecte la forme... Mais vous n'êtes pas Française... D'ailleurs, qu'est-ce que la forme devant une réputation à sauvegarder ?

« Mais veuillez prendre une décision, madame, car mon temps est précieux et c'est moi qui, à mon tour, ne saurais prolonger plus longtemps cet entretien... une affaire importante me réclame dans un quart d'heure... Veuillez donc écrire.

— Eh bien non ! je refuse votre prêt à un tel prix, dit-elle hardiment.

— Prenez garde ! dit le rastaquouère, dont les traits se contractèrent, vous vous êtes trop avancée à présent pour reculer et si vous refusiez maintenant mon aide, vous m'offenseriez de telle façon que je deviendrais votre ennemi et, comme tel, je vous dénoncerais à Mme Chastain.

— Vous feriez cela ?

— Ce soir même.

— Misérable !... Mais pourquoi ? pourquoi ? Que vous ai-je fait ?

Il garda le silence.

— Ah! je préfère me tuer, reprit-elle résolument.

— Soit! tuez-vous... C'est un moyen comme un
autre pour sortir d'une passe difficile... Mais il ne
servira qu'à vous... car malgré votre mort, votre
honte sera connue, divulguée... on s'apercevra de
votre vol... et il y aura deux témoins pour vous
accuser.

— Deux témoins!

— Oui!

— Lesquels?

— Moi et vous-même, car votre suicide suivant
le vol et vos pertes de ce soir serait le plus clair
des aveux.

" Ainsi par votre mort, votre mari et vos enfants ne seraient que plus sûrement déshonorés
madame.

" A présent tuez-vous si bon vous semble!

Il lança le couteau triangulaire aux pieds de
Wanda.

Elle recula comme si la lame fût entrée dans sa
chair révulsée.

— Bourreau! fit-elle en se tordant les mains de
désespoir.

Mais une idée lui traversa l'esprit.

— Savez-vous que si je me tuais là, après vous y
avoir enfermé avec moi, et avoir jeté la clef au dehors, on pourrait croire que vous m'avez as-
sassinée!

— Peut-être! fit Colonna... Mais vous êtes belle
et l'on se demanderait quelles raisons vous poussaient à venir à pareille heure en ma compagnie...

" Le monde est méchant et Dieu sait ce que l'on
supposerait... madame... Pis encore que votre vol
sans doute!...

— Ah! rugit Wanda, acculée, vous êtes un bandit.

— Finissons-en... madame, écrivez!..

Vaincue, définitivement matée mais toute fris-
sonnante encore de honte et d'orgueil lacéré, elle
reprit la plume d'une main tremblante.

— Dictez! gronda-t-elle.

Et lui, reprenant la phrase où il l'avait laissée,
dicta:

" ... que j'ai volés à madame Chastain dans
la caisse de son hôtel et perdus au jeu le même
soir. Je rembourserai cette somme au prince Orso
Colonna... "

" Veuillez fixer la date vous-même, madame.

— Oh! le plus tôt possible! pour être délivrée de
vous... Mettons dans dix jours.

— Voulez-vous un an?

— Jamais... un mois au plus, peut-être moins.

— Comme il vous plaira, madame. Mettons un
mois...

— Avant si je le puis!...

— A votre disposition, madame. Il vous suf-
fira de me prévenir par un mot du jour et de
l'heure où il vous plaira de me voir. Parfait. Veuillez prendre la peine de signer.

Elle hésita une fois encore.

Sa main tremblait.

Le forçat que, jadis, on marquait au fer rouge,
devait éprouver cette impression quand le métal
brûlant frôlait sa chair offerte au stigmate de
honte...

Quel intérêt exorbitant ce Shylock allait-il lui
demander, dans un codicille qu'il allait lui dicter
sans doute, en échange de l'acte qu'elle allait signer là?

Bah! si ses bijoux ne suffisaient pas, elle ven-
drait ses toilettes au besoin.

Elle signa.

— Veuillez prendre la peine de mettre votre pré-
nom et votre nom de jeune fille, " Wanda Fergus,
née Daniloff ", madame, spécifia-t-il.

— Décidément, il ne lui faisait grâce d'aucun détail.

— Veuillez dater, madame!

Elle s'exécuta.

Colonna prit la feuille de papier, la relut avec
attention.

— Bene! Bene! dit-il.

Puis, poussant devant Wanda la liasse de billets
de banque:

— Cette somme est à vous, signora!

— Je l'ai bien gagnée, murmura la malheureuse.

Puis, avec une expression de surprise, sans prendre encore les billets, Wanda dit au rastaquouère:

— Vous oubliez quelque chose.

— Quoi donc? demanda Colonna.

— Le taux auquel vous me faites ce prêt n'est
pas spécifié dans la reconnaissance. Est-ce du
vingt-cinq ou du soixante-quinze pour cent? ajou-
ta-t-elle avec une ironie hautaine et méprisante.

— Ne vous occupez pas de cela, madame.

— Pardon, monsieur, reprit Wanda stupéfaite,
prétendriez-vous me prêter au pair par hasard?

" Je vous déclare, moi, que je n'accepterai aucune
générosité d'un homme de votre sorte... un service
payé, passe encore... mais dûment payé et par des
intérêts au moins légaux.

— Soyez tranquille, madame, fit-il, avec un sourire indéfinissable. Vous paierez! mais je me réserve de ne régler la question des intérêts qu'au
jour de l'échéance.

Cette phrase laissait la porte ouverte à bien des
suppositions menaçantes...

Mais, pour l'instant, il fallait aller au plus pressé.

Wanda prit l'argent, tandis que Colonna faisait
disparaître dans son portefeuille l'acte sur lequel
elle venait d'inscrire sa dette... et sa honte.

— Je crois que nous n'avons plus rien à nous
dire! fit Wanda en gagnant la porte.

— Pardon... madame... une dernière question,
dit le créancier. A la date fixée, où désirez-vous que
je vous présente ma créance? A Monte-Carlo ou
villa Saïd?

Wanda tressaillit...

Il savait son adresse à Paris!

— Vous préféreriez dans un endroit neutre, sans
doute? continua-t-il.

— Oui! dit-elle avec la hâte d'en finir.

— Eh bien, voulez-vous, chez moi: " villa des
Cactus ", 9, boulevard Vernier, à Nice... c'est là
que je résiderai à partir de demain, car je quitte
Monte-Carlo demain matin. La cuisine est décidément trop mauvaise à l'hôtel (ils ne savent même
pas accommoder les ravioli!), et je n'ai d'ailleurs
plus rien à y faire à présent.

" Quand vous désirerez me faire l'honneur de
votre visite, un petit mot: " Prince Orso Colonna,
villa des Cactus, 9, boulevard Vernier, Nice ", me
fixant rendez-vous, je vous prie.

" Ah! autant que possible venez vous-même,
seule et plutôt le soir car, évidemment, vous avez
intérêt à n'être pas vue et à ne mettre âme qui
vive dans la confidence d'un secret qui jusque-là
sera bien gardé, je vous en donne ma parole
d'honneur.

" Mais veuillez m'excuser, madame, conclut l'Italien. Certains devoirs impérieux m'appellent ailleurs. Charmé de m'être présenté à vous, j'ai bien
l'honneur de vous saluer.

Il ouvrit la porte et s'effaça, l'échine arrondie
pour laisser passer Wanda.

Elle sortit.

Il était temps.

Sur la route elle aspira à pleins poumons l'air
pur avec une impression de délivrance.

Elle étouffait dans cette auberge avec cet homme obséquieusement féroce et énigmatique!

Quel cauchemar elle venait de vivre!

Dans quelles griffes était-elle tombée!

Mais tout n'était pas dit.

En songeant que son vol pouvait être découvert
en ce moment même, elle fut éperdue d'angoisse.

Le cœur battant, à coups précipités, elle reprit
hâtivement la route de son hôtel.

Arriverait-elle à temps ?

V

CHLOROFORME

Il est trois portes à cet antre !
L'espoir, l'infamie et la mort.
C'est par la première qu'on entre
Et par les deux autres qu'on sort.

écrivait Mme Desbouillères en parlant d'une maison de jeu.

Jamais Wanda n'avait vérifié la justesse de ce
quatrain comme ce soir-là.

Arrivée à Monte-Carlo, honorable, considérée, de
réputation intacte, elle avait, en une soirée, volé
et voyait son honneur, sa réputation, sa vie peut-
être à la merci et du hasard et d'un aventurier
dont elle avait pu, en quelques minutes, sonder
l'habileté, la ruse et le cynisme redoutables.

Vers quel inconnu obscur et boueux ce Colonna
l'entraînait-il ?

Elle n'osait y penser, fermant les yeux !

Elle arriva devant la porte de l'hôtel, elle s'arrêta un instant, étreinte d'une appréhension terrible, prête à tomber, prêtant l'oreille ; une horloge sonna trois heures du matin.

L'hôtel dont presque toutes les fenêtres étaient
obscures semblait endormi.

Seules à deux fenêtres du second, des lueurs fil-
traient à travers les volets.

L'une des fenêtres était la sienne...

Là, Olga, sa servante, veillait son fils, son cher
petit Boris...

L'autre fenêtre était celle de l'appartement de
Mme Chastain, la tenancière, veillant sa fille, sa
fille quelques heures auparavant pleine de vie et
de santé et à présent morte peut-être...

Mais Wanda n'avait pas le loisir de s'attendrir.

Le malheur de l'un fait le bonheur de l'autre, hélas ! puisque c'était à cette tragique circonstance
qu'elle devrait peut-être de pouvoir, sans donner
l'éveil, remettre les vingt mille francs où elle les
avait pris... si toutefois l'on ne s'était aperçu de
rien, ce qu'elle voulait encore espérer...

S'armant de courage, elle sonna à la porte... qui
s'ouvrit... elle passa devant la loge du concierge,
où veillaient deux valets de pied.

— Eh bien, demanda-t-elle à l'un d'eux, ne voulant pas paraître se dissimuler, quelles nouvelles
de Mlle Chastain ?

— Mademoiselle a une jambe écrasée et des
blessures à la tête. On a dû l'opérer sur place.
Elle a mal supporté le chloroforme. On espère cependant la sauver. Mme Chastain veille auprès
d'elle au second.

— Seule ?

— Seule.

— On n'a donc pas trouvé de garde ?

— On a téléphoné à Nice... Il en viendra une
demain matin.

— Ah !... et... c'est tout ? ne put-elle s'empêcher
d'ajouter, redoutant une confidence du valet lui révélant la découverte du vol.

— Mais oui, madame !... fit le valet étonné de
cette question et d'un ton qui signifiait : N'est-ce
pas assez de catastrophes ?

Wanda respira.

Vivement elle monta l'escalier et arriva devant
le bureau, au premier étage.

La pièce était obscure...

Le palier désert.

Elle voulut entrer, mit la main sur le bouton de
la porte...

La porte ne céda pas...

Elle avait été refermée à clef.

Une sueur froide perla aux tempes de Wanda.

Elle pressentit ce qui avait dû se passer.

Mme Chastain, la première minute d'émotion
calmée, reprenant un peu son sang-froid, s'était
souvenue évidemment de sa caisse ouverte.

Elle avait dû, en toute hâte, venir après le départ de Wanda, refermer vivement ses tiroirs et
son bureau, sans se donner le temps de refaire ses
comptes, et remonter hâtivement auprès de sa
fille.

Mais ce n'était que partie remise.

Le vol, dont elle ne s'était pas aperçue, cette
nuit, elle s'en apercevrait, demain, si Wanda ne
parvenait pas à remettre les billets en place...

Mais comment le faire, à présent ?

Elle se heurtait à cet obstacle stupide et impré-
vu : une porte fermée !

Atterrée, elle demeura immobile devant cette
porte, retenant son souffle...

Le valet d'en bas, qui avait attendu sa rentrée
(c'était la dernière cliente de l'hôtel sortie à cette
heure), croyant Wanda chez elle, éteignit l'électricité...

Elle se trouva dans l'obscurité.

Il fallait, à tout prix, qu'elle parvînt à rouvrir
cette porte et à pénétrer dans la pièce, et cela
sans donner l'éveil, et avant ce matin...

Mais comment ?

Peut-être ses clefs à elle, ouvriraient-elles ?

Elle les essaya successivement, sans bruit.

Aucune n'allait...

Il eût fallu des instruments de serrurier ou de
cambrioleur...

De cambrioleur !...

Voilà où elle en était, elle, Wanda Fergus ! à
cambrioler une porte... dans l'ombre...

Mais c'était, il est vrai, pour restituer de l'argent
et non pour en dérober...

Mais de l'argent volé et volé par elle !...

Que faire devant cette porte obstinément close ?

Renoncer à remettre la somme à sa place et
l'envoyer le lendemain à Mme Chastain par la
poste, sous le voile de l'anonymat, avec ce simple
mot :

« Restitution ». —

Elle y songea un instant...

Mais Mme Chastain se rappellerait bien l'avoir
laissée seule dans le bureau, les tiroirs ouverts.

Intriguée, après l'alerte de son argent volé, elle
ne manquerait pas de s'informer que Wanda avait
perdu vingt mille francs, le soir même, au jeu.

Toutes ces coïncidences la frapperaient et elle
ne tarderait pas à deviner la vérité : c'est ce que
Wanda voulait éviter à tout prix.

Un instant elle songea à se confier à sa femme
de chambre Olga.

Cette femme lui était entièrement dévouée... De
plus, discrète et ne parlant pas le français.

Mais elle écarta cette idée...

Nul être au monde ne devait connaître sa
honte...

C'était déjà trop de Colonna...

Cependant, elle réfléchit que, sans rien révéler
à Olga, elle pouvait s'en servir en lui donnant des
ordres que celle-ci, âme de moujick, asservie et
habituée à l'obéissance passive, saurait exécuter
sans demander d'explication.

Justement, en se rappelant les paroles du valet :
« On a dû l'opérer sur place. Elle a mal supporté
le chloroforme ! » une idée singulière venait de
traverser l'esprit de Wanda, un projet qui lui sembla bizarre tout d'abord, hardi, et peut-être dangereux, mais qui présentait quelques chances de
salut.

Elle remonta chez elle, où Olga l'attendait, auprès de Boris endormi.

Dans la pénombre de la chambre de malade, éclairée seulement par une veilleuse, Mme Chastain est allongée dans un fauteuil, au chevet de sa fille dans le coma...

Brisée d'émotions, dans un abattement des nerfs, elle somnole...

À sa ceinture pend un trousseau de clefs...

Les yeux clos, elle n'a pas vu et elle n'a pu entendre la porte de son appartement s'ouvrir (elle ne s'est pas enfermée pour être plus prête à toute alerte), elle ne s'aperçoit pas que se glisse derrière elle une ombre silencieuse... qui se rapproche peu à peu, lentement.

En passant près d'un meuble chargé de fioles, l'ombre s'arrête un instant.

Parmi d'autres, un large flacon bouché à l'émeri porte l'étiquette : « Chloroforme », visible à la lueur vacillante de la veilleuse.

Doucement, la nouvelle venue s'empare du flacon, le débouche, en verse quelques gouttes sur un tampon d'ouate qu'elle tient à la main et approche le tampon du visage de Mme Chastain.

Sous l'influence du narcotique, le sommeil de celle-ci s'alourdit...

Mme Chastain, d'une demi-somnolence, tombe dans le néant...

Elle n'est plus qu'une masse encore vivante mais sans conscience.

Alors, à la hâte, Olga détache les clefs de la ceinture de la tenancière et les tend à Wanda, debout près de la porte.

Wanda s'en empare et disparaît, ce pendant qu'Olga, attentive, tient, d'une main, le pouls de Mme Chastain, et, de l'autre, maintient sous les narines de celle-ci, le tampon d'ouate dangereux qui provoque l'abolition momentanée de la sensibilité, mais pourrait aussi donner la mort !

Dix minutes se passent...

Wanda reparaît... vient remettre à la ceinture de Mme Chastain le trousseau de clefs sauveur, qui lui a ouvert portes et tiroirs et permis de remettre les billets où elle les a pris...

Puis, reposant le flacon à sa place, s'assurant avec un petit frisson d'angoisse que Mme Chastain respire toujours, les deux femmes s'esquivent vivement... et regagnent leur appartement...

Cependant, Mme Chastain s'éveille... la tête lourde...

Elle a peine à rassembler ses idées...

Quelle odeur de chloroforme... dans la pièce !

D'où cela vient-il ?...

Ah ! oui... Elle se souvient...

Sa fille !...

L'opération !...

C'est cela.

Et, mère douloureuse, tout entière au drame visible qui bouleverse la vie de son enfant, elle ne soupçonne pas... elle ne soupçonnera jamais l'autre drame invisible dont elle-même eût pu être, à son tour, la victime inconsciente...

VI

VILLA DES CACTUS

Wanda était sauvée.

Il lui restait même deux mille francs devant elle pour faire face aux premières nécessités.

Mais si son salut était momentanément assuré, elle ne pourrait vivre une heure tranquille, elle le sentait, tant que l'aventurier aurait en sa possession l'aveu de sa honte, écrit de sa main.

Au plus vite, il lui fallait les vingt-deux mille francs nécessaires, plus l'intérêt qu'il exigerait sans doute.

Il fallait donc qu'elle se munit d'une forte somme.

De son collier de diamants de cinquante mille francs (un cadeau de Fergus), brocanté, elle tirerait sans doute l'argent nécessaire.

Mais ce collier était à Paris.

Par qui le faire chercher et sous quel prétexte ?

Elle savait qu'après l'explication qu'elle avait eue avec son mari, le moindre fait de ce genre suffirait pour lui donner l'éveil.

Elle paya d'audace.

Sous prétexte d'ennui, de caprices, de besoin d'embrasser les siens, laissant Boris aux soins d'Olga, elle vint surprendre le savant et Sonia, et passer quarante-huit heures villa Saïd.

Le lendemain de son arrivée, le visage recouvert d'une voilette sombre, elle alla subrepticement brocanter son collier.

Elle en tira trente mille francs.

C'était plus qu'il n'en fallait, pensait-elle, pour racheter l'acte en question.

Six jours après, le pseudo-prince Colonna recevait de la main de Wanda, retournée à Monte-Carlo, un billet ainsi conçu :

Veuillez m'attendre, ce soir, villa des Cactus, à dix heures. — W.

Brûlant d'impatience de reconquérir l'odieux papier, Wanda avait voulu devancer l'échéance... pour être délivrée plus tôt de cette épée de Damoclès, et elle avait profité des recommandations prudentes de l'Italien, en fixant le rendez-vous, le soir.

En réponse à ce billet, elle reçut le jour même ce mot de Colonna.

Madame, impossible ce soir. Vous me prévenez trop tard. Voulez-vous après-demain soir ? Inutile de venir si vous n'êtes pas seule. Indiquez-moi votre heure. Respectueux hommages.

Orso COLONNA.

Dans son désir de reconquérir l'acte et d'être délivrée, Wanda, énervée et déçue, griffonna hâtivement cette réponse :

Soit. Attendez-moi après-demain soir, dix heures, je viendrai seule. Je compte sur votre discrétion. — W.

Elle jeta elle-même ce pli à la poste.

Puis, aussitôt, elle regretta presque son geste, réfléchissant.

Pourquoi ce retard et cette recommandation renouvelée de venir seule ?

Cela n'indiquait-il pas que Colonna ne voulait pas être pris au dépourvu et désirait prendre pour recevoir Wanda des dispositions préalables.

Lesquelles ?

N'allait-elle pas tomber dans un nouveau guêpier en se rendant à cette villa des Cactus, où elle n'avait jamais mis les pieds ?

Et les paroles énigmatiques de Colonna retrouvèrent un écho dans son souvenir.

« — Vous paierez, madame... Mais je me réserve de régler la question des intérêts au moment de l'échéance. »

Qu'allait-il donc exiger d'elle, quand elle serait là, à sa merci ?...

Et toutes sortes de suppositions plus étranges les unes que les autres assaillaient son esprit.

Tout ceci n'était-il pas une machination adroite destinée à la faire disparaître, sans qu'on sût jamais où la retrouver...

...meurtre est vite consommé dans le silence des nuits...

Des murs épais étouffent facilement les cris des victimes et les puits creusés au fond des villas et encadrés de glycines et de lierre ne rejettent pas les cadavres...

Mais elle se rassura sur ce point...

Son appréhension, pensa-t-elle, était mal fondée.

Colonna n'en voulait pas à sa vie, puisqu'il l'avait empêchée de se tuer...

C'est autre chose sans doute qu'il espérait d'elle... de l'argent... évidemment... à moins que...

Et une idée qui lui mettait le rouge au front entrait dans son esprit en se rappelant certains regards ambigus de son créancier et l'allusion qu'il avait faite, lors de leur premier entretien dans l'auberge louche.

Espérait-il qu'elle paierait un tel prix le rachat de l'acte maudit ?

Ce serait éviter une honte au prix d'une autre plus abominable !...

Sa pudeur se révoltait à cette pensée...

Jamais elle n'avait trompé son mari et cette seule idée, jointe au souvenir de l'aventurier, bellâtre, brun et visqueux, la soulevait d'une instinctive répulsion...

Elle voulut espérer qu'elle se trompait encore...

Après tout, s'il l'avait torturée, il y avait mis des formes ; il n'en avait pas moins été poli et même respectueux.

D'ailleurs, toutes ces appréhensions devaient céder devant la nécessité, une nécessité, qui, à ses yeux, dominait toutes les autres :

Ravoir au plus tôt l'acte odieux et l'anéantir !

Pour cela, elle était prête, sinon à tout accepter, du moins à tout braver.

Elle vécut les heures qui la séparaient du rendez-vous dans la fièvre de l'attente...

Au soir convenu, sans donner d'explication à Olga, toujours discrète, elle lui dit qu'elle avait à sortir pour toute la soirée et lui recommanda de bien veiller sur Boris, toujours délicat...

Olga remarqua que sa maîtresse embrassait son enfant avec une émotion inaccoutumée, en le quittant.

Le visage dissimulé sous une épaisse voilette noire, portant sur elle les trente mille francs, elle se rendit à Nice et se fit indiquer la villa des Cactus.

C'était une villa perdue dans des terrains vagues. Un bois de cyprès ceinturait la maison de sa frondaison vert sombre.

A travers la grille à laquelle elle sonna, Wanda distingua les arbres qui semblaient noirs, dans la nuit, et aussi les agaves du jardin, dont les larges feuilles aiguës, ressemblant à des griffes, contribuaient à donner à ce cadre un aspect sinistre.

La porte s'ouvrit.

Fermant les yeux, comme lorsqu'on se jette à l'eau, Wanda entra.

Un domestique, silencieux, la précéda vers la maison.

Elle se trouva seule dans un petit salon, assez richement meublé à la turque et éclairé d'une lampe discrète. Divans, tentures épaisses, cimeterres à fourreaux damasquinés, narguilés, petites tables pour le café, incrustées d'ivoire.

Wanda distingua sur les murs, jurant avec toute cette turquerie de pacotille, des portraits féminins qui n'avaient rien de musulman...

Entre autres photographies, elle remarqua celle d'une chanteuse de music-hall, en costume, datée du 1er janvier de l'année courante et accompagnée d'une dédicace signée « Gaby d'Auzones ».

Elle était trop anxieuse pour s'arrêter longtemps à ces détails. Elle attendait Colonna avec impatience.

Il parut enfin.

— Excusez-moi, madame, de vous avoir fait attendre, dit-il, toujours mielleux et l'échine tendue, et surtout d'avoir remis ce rendez-vous, mais les affaires... Prenez donc la peine de vous asseoir.

— Je vous en prie, monsieur, faites-moi grâce de vos formules, dit Wanda nerveuse, et venons au fait.

— A vos ordres, madame.

— Je viens pour m'acquitter de ma créance envers vous... Vous m'avez prêté vingt-deux mille francs... en échange d'un acte de reconnaissance dicté par vous... Vous m'avez promis de me rendre cet acte le jour où je m'acquitterais.

« Voici trente mille francs... vingt-deux mille que je vous dois et le reste pour vous payer du service rendu et m'assurer votre silence. Si ce n'est pas assez, dites-le et je ferai le nécessaire. Mais rendez-moi le papier en question.

Elle froissa les billets dans ses mains.

Elle avait espéré, en prenant les devants et en entamant la question argent, lier son interlocuteur et ne pas lui laisser la possibilité de l'entraîner sur tout autre terrain.

Mais Colonna ne fut pas dupe du stratagème car il riposta :

— Oh ! madame ! Est-ce à moi, le prince Orso Colonna, que vous parlez ainsi... Vous ai-je donc fait l'effet d'un usurier ?

« Croyez-vous que j'accepterais trente mille francs quand on ne m'en doit que vingt-deux mille ?

« Je ne croyais pas avoir mérité cet affront et de vous, madame, il m'est particulièrement pénible.

Ces paroles avaient été prononcées avec un tel accent d'indignation que Wanda en fut toute déconcertée.

Ses craintes sur les galantes intentions de Colonna étaient-elles donc fondées ?

Elle commençait à le redouter.

— Quel intérêt exigez-vous donc, monsieur ? balbutia-t-elle, le cœur serré.

— Mais... aucun, madame... autre que le plaisir et l'honneur de vous avoir obligée.

— En ce cas, excusez mon erreur, monsieur, et rendez-moi le billet contre la somme due.

— Soit, madame... mais si je n'accepte pas d'intérêts, je mettrai cependant à cette restitution une petite condition ?

— Ah ! fit Wanda sur la défensive, et quelle condition ?

— Je vous en prie, madame, prenez la peine de vous asseoir... ce que j'ai à vous confier réclame votre attention.

Wanda obéit, au comble de l'anxiété.

Colonna s'assit près d'elle et après s'être miré dans l'or de bagues énormes qui encerclaient ses doigts :

— La science moderne, dit-il, a fait depuis quelque temps des progrès remarquables.

— Quel rapport ?

— Faites-moi l'honneur de m'écouter et vous allez saisir le rapport, madame.

« Parmi les inventeurs de notre époque, M. Pascal Fergus est un des plus notoires... D'ailleurs sa célébrité est justifiée par ses découvertes... Il a trouvé, dit-on, des choses ingénieuses, merveilleuses, telles que le moteur industriel Fergus.

— Après ?

— Mais le génie de M. Fergus ne s'est pas appliqué qu'à l'industrie, mais aussi à la guerre. C'est ainsi que M. Fergus a inventé un système de canon qui, paraît-il, donne des résultats destructifs inouïs... On dit que tout un régiment peut être décimé en quelques minutes par le canon éclair dont il est l'inventeur. Cela est-il vrai, madame ?

— C'est probable, monsieur.

— M. Fergus est en pourparlers avec le gouvernement français pour l'adoption de ce canon.

« Le gouvernement, émerveillé, paraît-il, par ses premiers essais, voudrait traiter avec M. Fergus.

« Mais le gouvernement français n'évalue pas à son juste prix l'invention de votre mari... Ce fut l'opinion d'un gouvernement étranger qui fit offrir au savant plusieurs millions en échange des plans de construction et du secret de ce canon...

« Savez-vous cela, madame ?

— Oui, dit Wanda ! je sais aussi que mon mari, patriote dans l'âme, refusa l'offre avec indignation... La France, seule, pense-t-il, doit bénéficier de son invention...

— C'est du moins la façon de voir de M. Fergus... Cependant le gouvernement étranger en question, comprenant que le savant était irréductible, mais ne renonçant pas à son projet de se procurer une invention qui, en cas de guerre, assurerait la supériorité écrasante du belligérant qui en serait muni, a résolu, pour arriver à ses fins, de recourir à tous les moyens... et puisque les moyens licites lui sont interdits, force lui est d'user de moyens illicites...

— Après ?

— Vous ne devinez pas ?

Colonna baissa la voix et, se rapprochant de Wanda :

— Je suis un agent de la puissance étrangère en question... j'ai promis d'obtenir à tout prix les plans et les secrets du canon-éclair. Du côté de M. Fergus, rien à faire... mais M. Fergus sans doute n'a pas de secret pour sa femme !...

— Monsieur !

Wanda se dressa, mais une poigne de fer la força à se rasseoir, à entendre.

Et par phrases brèves et impérieuses :

— J'ai pris mes renseignements sur vous, j'ai appris que vous étiez une honnête femme... mais aussi que vous aviez la passion du jeu... c'était le point faible... Je suis venu à Monte-Carlo pour vous épier et guetter le moment où vous auriez besoin de « mes services ». Les circonstances m'ont servi admirablement... J'ai su en profiter... et à présent, je vous tiens...

— C'est-à-dire ? balbutia Wanda terrifiée.

— C'est-à-dire que je compte sur vous, pour me procurer les plans du canon en question...

— Sur moi !

— Oui... votre mari vous aime, je le sais... Il vous tient au courant de ses travaux, vous devez donc savoir où sont cachés ces plans... et comment on peut se les procurer, à son insu, et sans danger...

— Oui !

— Eh bien... il me les faut, entendez-vous... madame.

— Mais c'est une trahison abominable que vous demandez là, dit Wanda révoltée, c'est un crime contre mon mari... contre la France...

— Que vous importe la France ? Vous êtes Russe, madame, et je suis mi-Italien, mi-Péruvien. Allons... ayez-moi ces plans et je vous rends le papier où est inscrit l'aveu de votre vol, de votre honte, et je vous tiens quitte de toute dette envers moi, et vous garderez cet argent... et même si vous avez besoin de quelques petites sommes (une femme a toujours de menus frais personnels pour sa toilette), je serais heureux, le cas échéant...

— Canaille ! me croyez-vous donc de votre espèce ?

Cette fois, dressée sous l'outrage de cette offre, Wanda s'était levée, folle de colère et d'indignation, et flagellait le rastaquouère de son mépris exaspéré.

— Ainsi vous refusez ? dit-il rougissant à son tour sous l'affront.

— Osez-vous le demander ? Mais pour qui me prenez-vous donc pour me proposer cette action abominable ?

« Ah ! j'ai pu voler, égarée par la passion du jeu, poussée par les circonstances, de l'argent que j'étais venue emprunter, d'ailleurs, et que l'on ne m'eût pas refusé... mais commettre ce crime contre l'homme que j'aime, le compagnon de ma vie, auquel je dois tout, mon mari enfin ! le dépouiller lâchement du prix de ses efforts, de ses travaux... et doubler cet acte abominable du crime de lèse-patrie (car la France est mon pays d'adoption)... Oh ! cela non ! jamais !... jamais !... jamais !

— Je m'attendais à cette explosion, dit Colonna... Vous êtes nerveuse, madame, et c'est même pour épargner vos nerfs et votre sensibilité surexcitée que je ne vous ai pas fait cette offre dès notre premier entretien dans l'auberge italienne... Mais je sais qu'à la réflexion vous changerez d'avis.

— Jamais !

— Si !

— Non !

— Si !

— Assez !

— A votre aise... je vous donne quelque temps pour réfléchir, madame, et retenez ceci...

La voix de Colonna montait menaçante.

— Si en sortant d'ici ce soir, vous révélez à qui que ce soit au monde qui je suis, si vous dites un mot de notre conversation à âme qui vive, si vous avertissez votre mari ou quelqu'un de chez vous des projets que je vous ai révélés... si enfin vous refusez de vous y associer...

« Alors votre mari, votre fille, votre monde, tous sauront que vous avez volé ! Oui ! volé... j'en ai l'aveu écrit de votre main.

— Misérable !

— Et ce n'est pas tout. En outre de cet aveu, je soumettrai à M. Fergus deux autres billets toujours de votre main et signés de vous ainsi conçus :

« *Veuillez m'attendre ce soir chez vous, villa des Cactus, dix heures. — W.*

« Et :

« *Soit. Attendez-moi après-demain soir dix heures ! Je viendrai seule. Je compte sur votre discrétion. — W.*

« Billets brefs mais assez significatifs et assez compromettants cependant pour établir, suivant les commentaires dont ils seront accompagnés, vos relations avec moi comme affiliée à la cause de l'espion pour des raisons d'intérêt ou pour d'autres motifs d'une nature plus intime et plus tendre.

— Bandit !

Le rastaquouère ricana :

— « Donnez-moi quelques lignes de son écriture et je fais pendre un homme » a dit un magistrat.

« Moi, avec quelques billets et un reçu, je me fais fort de perdre et de déshonorer irrémédiablement la plus inattaquable des femmes.

— Assassin !

— Au lieu de m'injurier, songez à votre réputation, madame, vous êtes avertie... je ne vous prends pas en traître... et même, je serai grand seigneur... je vous laisse quelque temps pour réfléchir.

« Ce temps écoulé, quand le moment sera venu, je vous fixerai à nouveau un rendez-vous soit ici, soit à Paris où je vous prierai de venir me communiquer le résultat de vos réflexions.

« Si vous ne venez pas à ce rendez-vous, le lendemain même bien entendu j'agirai auprès de M. Pascal Fergus.

— C'est le plus infâme des chantages.

Wanda écumait, froissant les billets bleus qu'elle tenait à la main.

— Ah ! cet argent ! ce misérable argent ! c'est pour lui que je me suis livrée pieds et poings liés au bandit que vous êtes...

« Tenez ! reprenez-le ! Votre horrible argent...
votre argent empoisonné ! qui pue l'espionnage et
la trahison... Ah pouah !

La liasse de billets lancés par Wanda volait à
travers la pièce et allait souffleter Colonna en
pleine figure...

Mais il ne se baissa pas pour les ramasser,
impassible sous l'insulte.

Wanda se dirigea vers la porte...

Sur le seuil, une femme était là, les bras croi-
sés... une femme blonde, grasse, blanche, à tête
de mouton et d'une élégance tapageuse et de mauvais goût.

Immobile, les yeux étincelants, la mâchoire
contractée, elle regardait Wanda avec une expression farouche et menaçante.

— Ah ! canaille ! tu me trompais ! dit-elle à
Colonna d'une voix sifflante.

Alors seulement, Wanda, flagellée par cette
phrase inattendue, s'aperçut que dans le désordre de ses gestes d'indignation, elle avait fait
tomber son chapeau, sa voilette, et que ses admi-
rables cheveux d'or s'étaient déroulés sur ses
épaules, mettant des couleurs de flammes sur le
tissu sombre de sa robe élégante et justifiant l'erreur de cette femme qui, évidemment, venait d'arriver et n'avait pas entendu un mot de la scène
qui précède.

Son exclamation le prouvait surabondamment.

Cloué d'une stupeur réelle, Colonna, qui ne s'attendait pas à cette intervention brusque, ne disait
mot, immobile.

Et Wanda avait rougi de la honte que la supposition de cette fille soulevait en elle.

Fortifiée dans son erreur par cette attitude de
ceux en qui elle croyait voir deux amants venus à
un rendez-vous d'amour, Gaby d'Auzones (car
c'était elle) poursuivit :

— Tu me trompais avec madame... C'était donc
pour cela que tu m'avais décommandée ce soir,
prétextant que tu t'absentais... pour affaires sérieuses...

« Alors les affaires sérieuses, c'est madame !
Mes compliments, mon petit... tu choisis bien tes
clients, toi !... Mais je ne me laisserai pas berner
comme ça... je ne suis pas une poire-moi... Vous
me la paierez, vous ! Et tout de suite encore ! Et
pour commencer je vais vous défraîchir un peu
votre peinture.

Et, tigresse déchaînée, Gaby sautait à la gorge
de Wanda avant que celle-ci eût pu esquisser un
mouvement de défense.

Surprise par la brusquerie de l'attaque, Wanda
chancela sous le choc et, perdant l'équilibre, elle
tomba.

La furie en profita pour lui poser un genou sur
la poitrine et se mettre en mesure de l'étrangler...

Instinctivement, Wanda se débattit sous l'é-
treinte, enfonçant ses ongles polis dans le cou de
l'adversaire.

Folle de douleur, celle-ci chercha une arme de
la main gauche, tandis que de la droite elle main-
tenait sa rivale à terre et l'étouffait.

Gaby avait gardé son chapeau, un monument
à plumes énormes et noires maintenu sur sa tête
par une longue épingle.

Vivement, elle retira l'épingle de ses cheveux et
l'enfonça droit devant elle...

Wanda poussa un hurlement de douleur. Le
sang jaillit sur la robe claire de Gaby, sur le tapis.

Alors Colonna, qui, devant l'arrivée inopinée de
sa maîtresse et le spectacle de cette lutte qui
avait duré quelques secondes à peine, était demeuré figé de stupeur, reprenant son sang-froid,
crut devoir intervenir.

La vie de Wanda, tant qu'il espérait amener
celle-ci à composer avec lui, lui était encore trop
précieuse pour qu'il laissât cette fille stupide la
sacrifier à sa jalousie égarée.

D'ailleurs, dans sa situation spéciale d'espion
d'une puissance étrangère en France (détail que
tous ignoraient, y compris Gaby d'Auzones qui
ne voyait en lui qu'un grand seigneur riche et en
quête de plaisirs), dans sa situation particulière
il tenait à éviter tout scandale et à ne pas attirer
sur lui l'attention de la police française...

Brusquement il sauta sur Gaby, en délivra
Wanda, et, maintenant par les poignets la fille
hurlante qui essayait de le mordre à la face,
cria à Wanda :

— Sauvez-vous !

Blessée au bras, mais pas assez grièvement
pour perdre connaissance, Wanda se releva et,
haletante, s'enfuit en laissant derrière elle des traî-
nées de sang...

Cependant Gaby, en proie à une crise de nerfs,
poussait des cris de pintade plumée vive, tandis
qu'Orso, pour la calmer, l'empoignait par les cheveux et la rouait de coups.

VII

BAILLONNÉE

Wanda gagna les jardins, puis la petite porte par
où elle était entrée.

Gaby l'avait laissée ouverte sans doute, car
Wanda n'eut qu'à la pousser pour se retrouver
dans la rue.

Par bonheur, la rue était déserte et la nuit
sombre et, soit effet de la douleur physique que
lui causait la blessure (l'épingle avait pénétré dans
l'avant-bras), soit par suite des émotions mul-
tiples éprouvées au cours de cette scène, elle sentit
soudain que le cœur lui manquait...

Elle dut s'appuyer à la muraille pour ne pas tomber...

Par bonheur, un fiacre passa.

Elle s'y jeta et ordonna :

— A la gare !

En route, comme la blessure l'élançait, elle fit
arrêter devant une pharmacie...

Un instant, elle hésita à entrer...

Oserait-elle paraître à des yeux étrangers à cette
heure tardive, sans chapeau (sa voilette et son
chapeau étaient restés à terre chez Colonna), avec
ses cheveux épars et sa robe ensanglantée ?

Dire qu'elle pouvait être rencontrée dans cet
état !

Ce pharmacien lui-même n'allait-il pas croire
qu'elle venait de commettre un crime...

Pourtant, il fallait regagner Monte-Carlo.

Elle s'arma de courage, entra dans la pharmacie et raconta qu'elle avait été attaquée et
blessée par des rôdeurs.

Bien que ce récit eût été fait d'une voix mal assurée, le pharmacien, par discrétion professionnelle, n'en demanda pas davantage et prodigua à
la passante les soins que réclamait son état.

Un pansement habile à l'eau oxygénée eut vite
raison de l'égratignure ; la femme du pharmacien
lava les taches de sang qui souillaient la robe de
Wanda et, sur sa prière, lui céda une voilette
sombre dont elle s'enveloppa le visage de façon
à n'être pas remarquée en chemin de fer.

Avec quelque menue monnaie, elle désintéressa
ces braves gens et put reprendre le train pour
Monte-Carlo.

Une fois à l'abri, Wanda, se ressaisissant, réfléchit.

Elle était encore toute vibrante d'indignation
en songant à l'abominable trahison que Colonna
avait osé lui proposer.

Russe de naissance, depuis qu'elle avait épousé Fergus elle était Française de cœur... et, d'ailleurs, cette considération mise à part, elle n'était pas femme à trahir de cette façon, l'homme qu'elle aimait, à le dépouiller du fruit de ses travaux, de ses efforts... à se faire l'instrument d'un acte qui l'atteindrait et dans ses intérêts directs et dans ses plus intimes sentiments de patriote; capable d'une lourderie, d'un moment d'égarement, soit !... mais non d'une lâcheté ni d'une trahison.

Et pourtant les menaces terribles de Colonna lui revenaient à l'esprit.

S'il les mettait à exécution, s'il montrait à Fergus et l'acte de reconnaissance et les billets qu'elle lui avait écrits, en les accompagnant de commentaires qui en dénatureraient le sens de telle façon qu'on pût la croire coupable d'une faute avec cet homme, par quels arguments se justifierait-elle ?

Raconterait-elle la vérité ?

La vérité même aux yeux de Fergus paraîtrait invraisemblable.

Ainsi, elle se trouvait de plus en plus prise dans l'engrenage où elle s'était laissée glisser.

Elle passa une nuit fiévreuse, roulant dans sa tête mille projets inexécutables.

La pensée lui vint de dénoncer l'espion à la police; et, après s'être confiée, sous le sceau du secret, au commissaire, de supplier celui-ci, en arrêtant Colonna, de perquisitionner chez lui et d'y reprendre ses lettres et l'acte qui ne pouvaient manquer de se trouver villa des Cactus et en possession desquels elle pourrait ainsi rentrer sans que son mari sût rien.

Mais confier sa honte à un étranger, s'accuser de vol, c'était impossible !

Après bien des incertitudes, elle résolut de tenter un dernier effort, d'essayer d'agir sur Colonna par intimidation et de le battre avec ses propres armes.

Ce maître chanteur, ce ténor « di primo cartello » ne lui avait-il pas indiqué quel usage on pouvait faire du chantage ?

Affolée... et peu experte en cet art, Wanda écrivit à Colonna cette lettre suffisamment maladroite :

Prenez garde... C'est moi à présent qui sais votre secret... Si d'ici vingt-quatre heures vous ne m'avez pas renvoyé l'acte de créance et mes lettres, la police française saura par moi qui vous êtes; de plus, elle apprendra que vous m'avez attirée, cette nuit, dans un guet-apens pour me proposer une trahison, et, sur mon refus, que vous m'avez dépouillée et que vous avez tenté de me faire assassiner par une de vos complices... Ma blessure en fera foi...

Je ne suis pas de celles qu'on intimide par de vaines menaces ou dont on achète la conscience avec de l'argent.

Renvoyez-moi l'acte et mes lettres ou je me sens capable de tout pour les ravoir.

W. F.

(C'étaient ces deux dernières phrases tronquées, certains mots en ayant été consumés, que Mortère devait reconstituer plus tard, à l'aide des fragments trouvés dans la cheminée du laboratoire de Fergus.)

Naturellement, elle reçut d'Orso la réponse suivante et ne s'aperçut de sa maladresse qu'en prenant connaissance de cette missive dont l'ironie la cingla.

Madame,

Je vous suis bien reconnaissant de la peine que vous prenez de me prévenir de vos intentions... J'agis en conséquence.

La police qui, sur votre dénonciation se présenterait chez moi, n'y trouverait personne... J'ai gagné la frontière... et la villa des Cactus est vide de papiers compromettants...

D'ailleurs, mettrait-on la main sur moi que cela n'apporterait aucun remède à votre situation actuelle... L'acte et les lettres que vous espérez récupérer grâce à l'intervention d'un commissaire de police discret et favorable aux faiblesses des femmes de votre monde, étant à présent en lieu de sûreté.

Ces papiers sont en effet entre les mains d'un tiers dévoué et chargé de les transmettre à votre mari, le lendemain même de mon arrestation, en les accompagnant des commentaires que vous savez, sur la nature de vos relations avec moi.

On peut s'y tromper, paraît-il... l'erreur de cette fille (qui, entre parenthèses, pourrait au besoin servir de témoin contre vous et appuyer les dires de votre accusateur); le prouve surabondamment, croyez-moi. N'essayez donc pas de lutter contre moi, madame, vous n'êtes pas de force ! Plutôt que mon ennemie, soyez donc mon alliée. Vous ne pourrez qu'y gagner de toutes façons.

Pour vous le prouver et vous tranquilliser je puis vous affirmer que Gaby d'Auzones, si elle vous a vue, ignore qui vous êtes.

Elle ignore qui je suis moi-même et ce que je venais faire en France.

Cette chanteuse n'était pour moi qu'une distraction passagère et je romps d'ailleurs avec elle par ce même courrier, pour la châtier de la brutalité d'une agression que je regrette profondément, car j'en ai été, je vous supplie de le croire, le premier surpris. Mais je ne pouvais prévoir les écarts de cette jalousie fourvoyée...

Quant à l'accusation de vous avoir dépouillée, vous savez bien qu'elle est mal fondée, madame puisque c'est vous qui d'un geste superbe, m'avez lancé à la face trente mille francs que je ne vous réclamais pas... Vous ne m'en deviez que vingt-deux mille... ci-joint la différence...

Vous aurez bientôt de mes nouvelles...

En attendant, je vous conseille le statu quo et le silence dans votre intérêt.

A bon entendeur salut.

Avec mes regrets renouvelés pour vos mécomptes de cette nuit et l'espoir que votre blessure se fermera vite, daignez agréer, madame, mes très respectueux hommages.

O. C.

Cette lettre à laquelle étaient joints huit billets de mille francs, était écrite d'une encre pâle imprimée à un procédé chimique spécial car les lignes s'en effacèrent peu à peu à l'air et Wanda bientôt n'eut plus en mains qu'un papier blanc...

Colonna avait prévu le cas où elle eût pu, pour sa défense, produire ce document qui la justifiait.

Décidément cet homme était redoutable.

Quelle griffe dans cette patte de velours !

Quelles épines sous ces fleurs de rhétorique...

Wanda, pauvre femme, droite, à l'âme pure et franche mais étourdie, fragile et sensible, n'était pas de force à lutter contre un pareil adversaire.

Elle le constata une fois de plus.

Cette phraséologie polie et menaçante, la façon hautaine dont il lui renvoyait son argent avec un geste de grand seigneur, l'allusion galante, insupportable à Wanda à laquelle il revenait volontiers, tout cela lui montrait qu'elle n'avait pas affaire à un aigrefin vulgaire, mais à un aventurier de haute allure.

Tout cela l'épouvantait...

Vers quel abîme l'entraînait-il vertigineusement ?...

VIII

UNE LETTRE DE SONIA

Wanda ne devait pas tarder à en mesurer la profondeur.

Quinze jours après ces événements, quinze jours pendant lesquels elle avait vécu sans entendre parler de Colonna, dans une sorte d'engourdissement de tout l'être, se demandant si tout ceci n'avait été qu'un terrible cauchemar, ce passage d'une des lettres presque quotidiennes de sa fille Sonia, en la replongeant brusquement en pleine réalité, la poignarda :

Ta fille a, depuis peu, écrivait Sonia, *sur le mode gai, ta fille a depuis peu, chère maman, un nouvel adorateur... C'est un prince naturellement ! comme dans les contes de fée... Il est beau comme le jour... ou plutôt comme la nuit car il est brun comme elle... Il est Italien comme Le Tasse, comme Michel-Ange et comme Raphaël... Il est élégant comme Brummel et Pétrone et courtois comme les officiers français à Fontenoy :*

« — Messieurs les Anglais... tirez les premiers !

« Nous l'avons connu à une fête de l'ambassade péruvienne où j'avais mené père... Il s'intéresse beaucoup à la chimie... mais en homme du monde... Il a plu à père... quant à moi bien qu'il se donne beaucoup de mal pour me charmer, je m'en amuse seulement comme d'un flirt.

Mon âme a son secret, ma vie a son mystère,

et ce mystère-là, ce n'est pas le prince Orso Colonna, c'est le nom du nouvel esclave enchaîné à mon char, nom sonore où palpite toute l'Italie du seizième siècle !

Wanda crut mourir en lisant cette lettre.

Ainsi ce misérable, voyant qu'elle avait repoussé ses offres avec indignation, allait sans doute faire quelque tentative du côté de Sonia et, sous couleur de flirt, ce flirt relativement autorisé entre gens du monde, il s'était habilement introduit chez les Fergus, et avait capté la confiance du savant en « s'intéressant à la chimie » disait la lettre... mais dans un but que Wanda seule pouvait prévoir...

Et il savait bien, le drôle ! qu'elle n'oserait mettre son mari et sa fille en garde contre lui. C'eût été éveiller l'attention de ceux-ci sur ses relations secrètes avec l'aventurier espion.

C'eût été s'attirer des questions auxquelles elle n'eût su que répondre...

Elle eut envie de les prévenir pourtant indirectement, sous le couvert d'une lettre anonyme...

Mais une nouvelle menace de Colonna venue par la poste lui enleva toute velléité.

Je suis entré en relations avec M. et Mlle Fergus, lui écrivait-il. *Inutile de vous demander de [illegible] votre silence et votre absolue neutralité, n'est-ce pas ? Silence que j'observerai également de mon côté, en ce qui concerne nos relations, tant que vous ferez de même.*

Mais je vous avertis que, si je surprends de la part de M. Fergus ou de Mlle Sonia quelques signes de méfiance injustifiée, c'est à votre dénonciation que je les attribuerai... et alors... vous savez le reste...

Respectueux hommages.
O. C.

Le chantage continuait.

Wanda recevait souvent des lettres de Fergus et de sa fille lui faisant l'éloge du drôle et elle ne pouvait rien écrire... clouée, bâillonnée...

Cependant un suprême espoir lui restait.

Fergus, jaloux du secret d'une invention qui, même temps qu'elle allait assurer sa fortune, [illegible]terait sa patrie d'une écrasante supériorité militaire sur les nations rivales, Fergus ne se laisserait pas surprendre non plus que Sonia, qu'elle savait énergique et avisée, malgré sa jeunesse...

Mais si le coquin savait faire parler le cœur de la jeune fille... et par ce chemin lui arracher le secret qu'il voulait posséder ?

Mais non !

Wanda avait reçu les confidences de Sonia qui pour sa mère, sa grande et sa meilleure amie, n'avait rien de caché.

Elle savait que le cœur de sa fille n'était pas libre et que, depuis quelque temps déjà, quelqu'un, qui ne se déclarait pas, mais que ses soupirs et ses attitudes avaient trahi, occupait toutes ses pensées.

C'était Olivier de Lora.

Elle savait que Sonia disait vrai en affirmant qu'Orso Colonna ne pouvait être qu'un passe-temps bon tout au plus à alimenter sa coquetterie naturelle ou peut-être son dépit du silence, à son gré par trop prolongé, d'Olivier et, en songeant à tout cela, Wanda avait, malgré tout, confiance.

Là encore, l'espion échouerait.

C'est dans cet état d'esprit qu'elle apprit, par une lettre de Fergus, que l'escroc avait poussé l'audace jusqu'à demander la main de sa fille, espérant sans doute, sous le couvert des fiançailles qu'il eût rompues au dernier moment, en disparaissant, obtenir enfin ce qu'il voulait...

On n'a pas de secret pour un futur gendre et Fergus, confiant, livrerait facilement les plans souhaités à un homme qu'il croirait devoir entrer sous peu, dans sa famille.

Wanda faillit suffoquer en lisant cela.

Cette fois, elle n'y tint plus.

Sans rien laisser soupçonner de ses relations avec Colonna, elle répondit comme on l'a vu, qu'elle ne pouvait se prononcer tant qu'elle ne connaîtrait pas le prétendant en question et qu'elle attendrait d'être à Paris pour le faire. Elle espérait ainsi gagner du temps.

Heureusement, une seconde lettre lui révéla, dans ce danger extrême et la dénonciation de Colonna par Olivier, en même temps que l'aveu et les projets de ce dernier sur Sonia, la rupture avec le coquin.

Si d'un côté cette nouvelle rassurait Wanda, de l'autre elle la faisait trembler.

Démasqué en partie (car Olivier n'avait pu pénétrer exactement les motifs secrets qui faisaient agir ce personnage) et chassé définitivement de chez les Fergus, qu'allait faire Colonna ?

Allait-il renoncer à ses projets ?

N'allait-il pas bientôt se retourner vers Wanda réservée comme suprême ressource ?

Hélas ! cette crainte ne devait être que trop justifiée...

IX

LE COUTEAU SUR LA GORGE

Une chose assez singulière s'était produite.

Colonna, jugeant que Wanda n'était pas encore mûre pour la trahison qu'il méditait, avait trouvé habile de s'introduire chez les Fergus pour s'adresser à Sonia, que ses vingt ans défendraient mal contre ses tentatives, avait-il présumé.

Colonna, qui n'avait d'abord considéré la jeune fille à laquelle il avait jugé bon de faire une cour brûlante dans un but que l'on connaît (Sonia n'était-elle pas associée aux travaux de son père ?), Co-

...onna qui n'avait d'abord voulu voir en Sonia qu'une des pièces de son échiquier, s'était peu à peu laissé prendre à son propre piège.

On ne badine pas avec l'amour !...

On ne joue pas impunément avec le feu !

Colonna s'était brûlé au charme troublant de la fille de Wanda.

Ayant d'abord joué la comédie du désir, il avait fini par l'éprouver réellement, au point d'en oublier presque le motif qui d'abord l'avait guidé.

D'où son double dépit, quand il s'était vu démasqué.

Déçu dans ses projets intéressés et aussi dans sa passion naissante, espion et amoureux, ce fut l'amoureux que l'affront atteignit le plus vivement en lui.

Ignorant qu'il n'avait servi qu'à faire le jeu de Sonia, aux yeux d'Olivier qu'elle aimait, ignorant même l'amour d'Olivier pour la jeune fille, en se voyant bien accueilli, le Péruvien avait fini par se croire aimé.

On juge de sa déconvenue devant l'événement.

Et c'était plus sa passion contrariée que son intérêt qui lui avait dicté les deux lettres dont on se souvient et dont l'une, la dernière, contenait cette menace :

J'ai en mains de certaines armes et, dans l'égarement de la passion outragée, je me sens capable de m'en servir.

Colonna faisait allusion aux pièces que l'on sait et dont la publication, en déshonorant la mère, déshonorerait également la fille... pensait-il, dans un esprit de vengeance contre une famille dont on le chassait ignominieusement.

Sonia ne pouvait naturellement comprendre l'allusion, mais ces deux lettres produites par elle à l'instruction devaient être interprétées par la jalousie d'Olivier dans un sens accablant pour Sonia.

Cependant, en dépit de sa menace, si Colonna se demanda d'abord qui l'avait trahi, pas un instant il ne soupçonna Wanda.

Elle avait trop peur de lui pour accomplir un tel acte en ce moment.

Il crut à une délation anonyme...

Mais Sonia ne répondant pas à ses lettres, Sonia se refusant à toute explication, il comprit qu'il n'y avait rien à faire de ce côté !

Il renonça à la jeune fille (qu'il n'avait d'ailleurs jamais songé sérieusement à épouser et pour cause! mais à séduire). Une telle conquête conforme à son désir et à son intérêt l'avait un instant tenté.

Battu d'un côté, il voulut au moins se rattraper de l'autre...

Un million lui était offert, par une puissance européenne (au service de laquelle il avait déjà employé, avec succès, ses talents d'espion), s'il pouvait dérober à Fergus les plans du canon-éclair.

Un million ! c'est-à-dire une fortune pour cet homme qui vivait au jour le jour, d'expédients, du jeu, de l'espionnage et des dupes qu'il faisait...

Ce million, il le lui fallait à toutes forces.

C'était pour l'avoir qu'il n'avait pas hésité à secourir Wanda, espérant ainsi lier la femme du savant par l'acte qu'il avait exigé d'elle en échange.

C'était pour l'avoir qu'il s'était introduit chez les Fergus, espérant se servir de la jeune fille, mais son caprice pour elle n'avait fait que de le paralyser, l'affaiblir dans son action...

Plus de ces faiblesses !

Que lui importait cette peronnelle ?

A présent la voix de l'intérêt se faisait entendre, dominant en lui toute autre voix.

Il lui fallait agir énergiquement, promptement et atteindre le but principal qu'il s'était proposé.

Une seule ressource lui restait...

Wanda !

Elle devait être à présent mûre pour ce qu'il souhaitait d'elle...

L'acte qu'elle avait repoussé avec tant d'indignation, dans le premier moment, nul doute que son esprit ne s'y fût peu à peu habitué...

Donc, il quitta Paris et se rendit à Monte-Carlo où Wanda achevait son séjour.

Cette fois, ce ne fut pas à la villa des Cactus qu'il convoqua la femme du savant. Celle-ci y eût rencontré de trop mauvais souvenirs.

Il se présenta lui-même, chez elle, à l'hôtel, à une heure où il savait Olga et Boris sortis.

Il savait bien qu'en lisant son nom sur sa carte, Wanda, affolée en voyant reparaître son persécuteur, le recevrait, surtout dans les circonstances actuelles.

N'avait-il pas toujours barre sur elle ?

Elle le reçut, en effet, frémissante, mais s'efforçant de dissimuler son angoisse sous un certain air de hauteur.

La scène entre elle et lui fut violente et rapide.

— Que me voulez-vous encore ? dit Wanda. Après m'avoir torturée, vous avez eu l'audace de vous introduire chez moi, de compromettre ma fille en me bâillonnant... A présent vous êtes en partie démasqué...

« Sans doute vous supposez que la dénonciation part de moi et vous venez me menacer encore de votre vengeance ?...

« Vous me faites mourir à petit feu, misérable que vous êtes !... Eh bien, détrompez-vous, ce n'est pas moi qui vous ai trahi... je n'en aurais pas eu le courage, hélas !

— Je le sais, madame, dit froidement Colonna, jugeant de sa puissance sur la pauvre femme à la terreur qu'elle avait laissé percer dans cette dernière phrase.

« Je sais que me trahir est la dernière chose que vous accompliriez, car vous avez trop peur de l'épée de Damoclès que je tiens suspendue au-dessus de votre tête...

« Aussi viens-je, comme vous le supposez, vous faire ni menace ni vains reproches...

— Alors ?

— Je viens simplement vous renouveler les propositions que je vous ai faites, il y a quelque temps villa des Cactus...

— Encore !

— Dans le premier moment, poursuivit-il malheureusement, vous m'avez répondu avec une noble indignation, mais j'ai supposé que cette indignation s'apaiserait à la réflexion... Je vous ai donc laissé le temps de réfléchir... et me voici... Etes-vous enfin décidée ?

— Jamais !

— Prenez garde ! Je suis résolu à en finir... Voici mon dernier mot :

« Dans quelques jours votre mari donne une fête, que vous devez présider en l'honneur de son élévation au grade d'officier de la Légion d'honneur... Je viens pour cette fête, masqué... J'irai droit à vous. Je me nommerai tout bas sous le masque, dans la confusion de la fête, nul ne nous remarquera...

« Vous savez où sont les plans que je veux, vous me les remettrez...

« Jamais occasion ne sera plus propice, car il est clair qu'en un tel moment votre mari et votre fille seront tout à leurs invités... ainsi que les domestiques...

« Votre complicité sera ignorée... Je vous le jure.

« Inutile de vous dire qu'en échange des documents en question, je vous remettrai immédiatement les papiers si compromettants pour vous que vous désirez tant ravoir... Mais donnant-donnant !

— Et si je refuse ? dit Wanda.

— Si vous refusez... eh ! mon Dieu, vous pouvez devoir ce qui se passera... Si vous refusez... j'irai droit à votre mari et à votre fille et, devant tous, en pleine fête, je raconterai comment Wanda Fergus a volé et perdu au jeu dans la même nuit vingt mille francs que j'eus la bonne fortune de vous avancer ensuite... et pour preuve, je produirai l'acte et les billets que vous savez, établissant vos relations avec moi... relations dont on pourra suspecter la nature.

« De plus, je dirai ce que je suis : un espion ! Je me perdrai soit ! Mais je vous entraînerai dans ma perte.

« Et tout Paris apprendra avec stupeur que Wanda Fergus est la maîtresse d'un espion qu'elle renseignait sur les travaux de son mari, car je l'insinuerai...

« Oh ! ce sera un beau scandale !

« Il éclaboussera tous les vôtres et votre fille ne se mariera jamais... après cela... Vous ne vous en relèverez pas...

— Bourreau ! haleta Wanda, écrasée.

Colonna menaçait et la femme et la mère.

La mère, car les projets d'Olivier et de Sonia, l'amour de celle-ci pour le jeune homme et sa joie de le voir partagé et confirmé emplissaient la dernière lettre de Sonia.

Olivier avait enfin parlé.

Le bonheur de Sonia débordait...

Et c'était ce bonheur-là que le refus de Wanda allait à jamais détruire sous la rafale épouvantable du scandale dont son tortionnaire la menaçait, une fois encore... scandale monstrueux, inouï, sans précédent et éclatant aux yeux de tout Paris.

Ah ! ce misérable était raffiné dans la torture...

D'autre part, pouvait-elle accomplir la chose affreuse qu'il exigeait d'elle ?

— Eh bien... êtes-vous résolue ? fit-il impérieusement.

— Mais vous voyez bien que je ne peux pas... gémissait la malheureuse au supplice.

— Au fait ! je suis bien bon de perdre mon temps à vous interroger, concluait-il avec une impatience brutale...

« Je vous ai posé mon ultimatum... Tout se passera, de façon ou d'autre, comme je l'ai dit... suivant votre attitude...

« La fête a lieu dans huit jours...

« Je vous donne rendez-vous ce soir-là... A bientôt...

— Par pitié...

— Plus un mot !

— Chut ! On monte !...

Sur le palier, Wanda entendait rentrer Olga et Boris dont le rire s'égrenait, clair et délicieux, Boris, son petit Boris revenu à la santé et qu'elle entraînerait, lui aussi, dans sa honte...

— Il ne faut pas qu'ils vous voient, souffla Wanda fébrilement... Cachez-vous et quand ils auront traversé cette pièce, vous sortirez d'ici sans bruit.

Docile, heureux de la crainte de Wanda qui comblait un acquiescement et un début de complicité, Colonna fit ce qui lui était ordonné et se dissimula derrière un rideau.

Boris entra, en gambadant, effleurant presque, en passant sous les yeux angoissés de sa mère, l'endroit où Colonna était dissimulé.

Il se jeta dans les bras de Wanda.

— Maman ! c'est vrai que nous retournons à Paris, bientôt ?

— Oui, mon chéri !

— Nous allons revoir papa et Sonia ?

— Oui.

— Et il y aura une belle fête... quel bonheur !...

Et l'enfant battit des mains insoupçonneux des affres maternelles, tandis qu'Olga l'entraînait dans sa chambre... et que resté seul avec Wanda qui du geste lui recommandait le silence, un doigt sur les lèvres, sur la pointe des pieds, le Raskouère gagnait la porte en murmurant :

— A bientôt !

X

PLUS VITE QUE L'EXPRESS

Durant les huit jours qui précédèrent la fête fixée pour son retour, la lutte qui se livra dans l'âme de Wanda fut ce qu'elle devait être, acculée comme l'était la malheureuse entre ces deux alternatives : voler et dépouiller l'inventeur qu'était son mari et frustrer la France de son invention ou voir sa honte divulguée publiquement et rejaillir sur les siens, sur Boris, sur Sonia dont elle détruirait le bonheur, car Jean de Lora, le vieillard à la probité rigide, ne tolérerait pas, Wanda le savait, que son fils épousât la fille d'une voleuse accusée de relations louches avec un espion et compromise doublement.

Mesurant l'étendue des deux catastrophes entre lesquelles elle se trouvait cernée, elle en vint, peu à peu, à estimer que le vol des documents (vol auquel sa participation demeurerait anonyme) valait mieux encore que le déshonneur.

Mais aider à trahir l'homme qu'elle aimait, son mari !

Quel acte odieux !

Comme il lui répugnait !...

Les heures passaient sans qu'elle pût prendre une résolution...

Une nouvelle lettre de Sonia était venue, pleine de joyeux projets d'avenir, mettant le comble à l'anxiété de Wanda.

Avec terreur, elle voyait s'écouler les minutes, vivant dans l'incertitude du parti à prendre.

Enfin, la veille de la fête, c'est-à-dire le 4 avril au matin, elle prit avec Boris et Olga l'express pour Paris... sans avoir rien décidé.

Que ferait-elle le lendemain soir, quand au lieu de la fête, Colonna s'approcherait d'elle et la mettrait en mesure de s'exécuter ?

Elle ne voulait plus y songer, fermant les yeux, s'abîmant dans une sorte d'anéantissement...

Chaque tour de roue la rapprochait de l'heure.

Non !

Décidément non !

Elle se déroberait à l'épreuve.

Elle n'assisterait pas à la fête.

Elle reculerait ainsi l'échéance fatale...

En ne la trouvant pas, Colonna, qui sans doute ne voudrait pas brûler ses vaisseaux, tant qu'il espérerait encore avoir quelque chance de réussite, Colonna se tairait et n'agirait point, croyant à un accident indépendant de la volonté de Wanda.

Et même, songea-t-elle, cet accident, elle le lui confirmerait par dépêche, pour être plus assurée de son silence et de sa neutralité au moins pour cette nuit-là.

Ainsi, elle espérait gagner du temps...

Mais ce serait reculer pour mieux sauter.

Soit !

Mais au moins, si elle ne se décidait pas à obéir au misérable, s'il disait tout, tôt ou tard, à son mari, ainsi qu'il l'en avait menacée, au moins grâce à cette manœuvre, le scandale n'éclaterait pas en pleine fête aux yeux de tout Paris et n'aurait plus le retentissement escompté par le drôle.

Il ne retrouverait plus pareille occasion.

Il s'adresserait à Fergus seul et d'ici là peut-être, trouverait-elle un moyen de parer le coup ou de l'atténuer...

Et elle songeait à une confession de la vérité à

mari, à une confession lamentable du calvaire [subi] par elle...

Fergus était bon, après tout...

Peut-être, en présence de sa douleur, de son re-pentir et de son refus de participer à une trahi-son qui l'eût cependant sauvegardée, elle, aux [yeux] de son mari puisqu'il eût ignoré sa compli-cité, peut-être serait-il magnanime et pardonne-rait-il ?

Et dans ce cas, la délation de Colonna arrivant après cet aveu serait sans effet...

Mais il fallait préparer Fergus à cela, ne pas [agir] brusquement, éviter à toute force l'éclat brutal du scandale public et gagner du temps... en se dérobant.

Telles furent les réflexions qui assaillirent Wan-da, tandis que le train l'emportait vers Lyon.

En approchant de cette ville sa résolution fut arrêtée.

Feignant aux yeux d'Olga d'être un peu inquiète de Boris que le voyage fatiguait visiblement, elle décida, comme le soir tombait, d'interrompre le voyage et de passer la nuit à Lyon, dans un hô-tel.

Cela sera plus prudent, déclara-t-elle.

On repartirait le lendemain dans la journée si Boris était mieux, sinon on attendrait.

Elle manquerait la fête de la nuit suivante, villa Saïd, mais la santé de son fils d'abord.

Le prétexte parut plausible à Olga, insoupçon-neuse de ce qui se passait dans l'âme de sa maî-tresse.

Ils descendirent à l'hôtel.

Entre temps, Wanda envoya deux télégram-mes l'un à son mari, l'informant qu'une indisposi-tion de Boris l'obligeait à interrompre son voyage et l'exhortant à donner la fête du lendemain sans elle, au cas où elle ne pourrait arriver à temps et l'autre à Colonna dont elle avait l'adresse à Paris.

Ce dernier avait eu le soin de la donner à celle dont il voulait faire sa complice, espérant bien qu'elle aurait à s'en servir tôt ou tard.

A l'espion elle télégraphia ceci :

Retenue Lyon. — Enfant malade. N'assisterai pas à la fête demain. Mais patientez, suis décidée à ce que vous voulez. Vous reverrai dans quelques jours, Paris.

Elle ne signa pas, ne voulant pas se compro-mettre davantage et estimant qu'il comprendrait.

Sans doute il serait dupe du subterfuge, surtout étant alléché par la promesse contenue dans la dé-pêche.

Elle passa la journée du lendemain enfermée dans sa chambre avec Boris et Olga et pour jus-tifier cette prolongation de séjour aux yeux de la servante, elle envoya chercher un médecin qui prescrivit à l'enfant du repos.

Le soir de ce même jour, 5 avril, Fergus ayant reçu le télégramme, téléphona à Wanda à Lyon, pour demander des nouvelles de son fils.

— Il va mieux, dit-elle... mais je veux lui éviter la fatigue d'un voyage de nuit, nous partirons de-main dans la matinée...

— « Bonne fête cette nuit !... Que je regrette de ne pas être là ! Mais ne t'inquiète pas et triomphe !...

— Je te téléphonerai de nouveau demain matin, vers neuf heures, dit Fergus joyeux et j'espère que tu me répondras... que vous arrivez.

— Je l'espère aussi ! fit Wanda... A demain ma-tin.

En quittant l'appareil, on remit à Wanda un té-légramme de Paris.

Il contenait ces mots :

Pas dupe de votre manœuvre. Enfant malade prétexte. N'essayez pas vous dérober... Vous at-tendrai cette nuit rue de Londres jusqu'à minuit trente, dernier délai... Si à minuit trente pas [là, j'] agirai... O. C.

Elle était déjouée !

Une seconde, elle demeura terrifiée, la dépêche à la main.

A présent, elle n'avait plus à choisir...

La fatalité la poussait, inexorable.

Elle avait tout fait pour éviter l'abîme...

Puisque les événements étaient plus forts qu'elle... elle n'avait plus qu'à y rouler, mais en atténuant le retentissement de sa chute, autant que possible.

Ployant sous une volonté plus puissante, victime de cet homme de proie qui l'attendait là-bas, à Pa-ris, elle n'avait plus qu'à courir à lui comme l'oi-seau fasciné court vers le serpent aux prunelles magnétiques.

Elle regarda l'heure.

Il était cinq heures.

Y avait-il un rapide pouvant la mettre à Paris à minuit ?

Elle ouvrit un indicateur et constata qu'il n'y avait que deux trains du soir, l'un à sept heures quarante qui la mettrait à Paris à cinq heures du matin, l'autre à huit heures trente qui l'y met-trait à six heures...

Trop tard !

Elle eut un moment de désespoir.

Décidée à une trahison qui la sauverait, elle était arrêtée au dernier moment par une impos-sibilité matérielle qui la réduisait à l'impuissance.

Quelle ironie !

Comme elle demeurait sur place, hébétée, elle entendit sous ses fenêtres le teuf-teuf d'une auto...

Ce fut un éclair.

Vivement elle expliqua à Olga qu'elle devait s'absenter toute la nuit pour des motifs graves (Boris couché dormait), et elle recommanda à la cameriste sur cette absence le silence absolu sur-tout vis-à-vis des siens.

Puis, jetant sur ses épaules un manteau de voyage, s'enveloppant seulement la tête d'une voi-lette épaisse de façon à n'être pas reconnue des gens de l'hôtel (il était nécessaire qu'elle se créât un alibi), elle descendit sans être remarquée, dans le va-et-vient des voyageurs, n'emportant sur elle que son argent caché dans un portefeuille sur sa poitrine.

Un garage d'automobiles était devant l'hôtel...

Elle y fut, entra dans le bureau du loueur et expliqua son cas, en affectant un fort accent an-glais.

Elle avait parié, dit-elle, avec un Anglais de ses compatriotes d'aller en automobile de Paris à Lyon aller et retour, en une nuit et d'être arrivée à Paris à minuit et demi.

La teneur du pari devait s'exécuter le soir même.

Il y avait une forte somme d'engagée et elle comptait sur le loueur d'autos pour l'aider à la gagner.

D'ailleurs, elle paierait ce qu'il faudrait mais exigeait la discrétion.

La chose était-elle possible avec une auto puis-sante et un bon chauffeur ?

Le patron du garage prit un crayon et fit des calculs.

— Avec une 80 chevaux on pourrait peut-être y arriver, mais... c'est bien risqué !... et il fau-drait un chauffeur très habile et pas d'accidents de route.

Wanda doubla ses offres.

— Essayons ! fit l'homme, alléché par l'appât du gain.

Bref, à cinq heures et demie du soir une auto-mobile ayant à son volant un des plus intrépides chauffeurs locaux, traversait Lyon et avec une rapidité vertigineuse gagnait la route de Paris.

Derrière les vitres, aux lueurs brèves des réver-

[...]ssés par cette auto fantôme,
[...]me.
[...]ait la véritable course à l'abîme que
[...] malheureuse qui, durant ces heures ré[...]
[...] le cœur battant à lui rompre la poitrine, le
[...] bourdonnant aux oreilles, souhaitait, appe[...]
[...] de toutes ses forces l'accident qui eût mis fin
[...] son calvaire en la laissant sur la route, le
crâne ouvert, anéantie en une bouillie sanglante.

XI

SOUS LE MASQUE !

À minuit un quart, l'auto arrivée à Paris sans
accident, par miracle (la fatalité poussait Wanda),
déposa la malheureuse femme rue de Londres.
La voyageuse descendait et donnait au chauffeur
l'ordre d'aller remiser son moteur pour le retour
[...] derrière l'église.
[...] Sonnait chez Colonna.
[...] ouvrir lui-même.
[...] vêtu d'un costume d'Arlequin, moulant
[...]tageusement sa plastique superbe.
[...] sourire de triomphe erra sur ses lèvres, en
[...]nt Wanda, tandis qu'une flamme sinistre
[...]ait dans ses prunelles.
[...] Vous êtes en retard de quelques minutes, dit
[...] j'allais partir...
[...] En même temps, dans le petit salon de son
rez-de-chaussée où il l'avait fait entrer, il désignait
sur une table une large enveloppe cachetée, contenant les papiers que Wanda tenait tant à
[...]voir...
Instinctivement elle fit un geste pour les saisir.
— Halte-là ! dit Colonna. Ne touchez pas...
Il lui a saisi le poignet dans sa main rude comme une griffe et la maîtrise.
[...] quand vous m'aurez
[...] je le tiens. Don-
[...]
— Soit ! dit Wanda, d'une voix brisée. Je suis
à votre merci... Que faut-il faire ?
Colonna comprit qu'elle était vaincue, qu'elle
agissait mécaniquement, dans cette sorte d'anéantissement d'une volonté soumise à une autre plus
[...] elle subit l'ascendant presque magnéti-
[...] car c'était cet ascendant, autant que la peur
du scandale, qui, en ce moment, faisait agir cette
[...]ble...
— Ce qu'il faut faire, dit Colonna, en prenant
l'enveloppe qu'il serra sur sa poitrine, entre le
côté de son costume et le plastron de sa chemise.
Ce qu'il faut faire ? Me répondre d'abord...
Sont les plans du canon Fergus ?
— Chez mon mari, dans un coffre d'acier qui
est dans son laboratoire.
— Qui est situé au rez-de-chaussée de l'hôtel et
[...]ment désert à cette heure... Avez-vous la
[...] de ce laboratoire ?

[...]
— Vous savez où la prendre ?
— Oui.
— Vous pourriez vous introduire dans la pièce ?
— Oui.
— Le coffre-fort où sont ces plans est fermé, je
[...]ume, par une fermeture à secret ?
— Oui.
— En avez-vous la clef ?
— Un mot en est la clef. C'est une fermeture à
lettres.
— Connaissez-vous ce mot ?
— Oui... Mon mari me l'a dit souvent.
— Vous sauriez donc ouvrir le coffre et y pren-
[...] plans en question ?

— Oui.
— Alors vous allez le faire à l'instant...
— Moi...
— Vous-même !
— Mais c'est impossible... Vous n'y songez [...]
Je vais vous indiquer tout de suite les moyens [...]
trer dans le laboratoire, le mot qui ouvre le coffre,
la place où sont les plans et vous en ferez ce [...]
bon vous semblera... une fois en possession [...]
que vous voulez vous reviendrez ici me rendre [...]
papiers que je veux... Mais je ne puis entrer [...]
moi au risque d'être reconnue.
« Songez qu'on me croit à Lyon avec mon fils.
— Il est impossible que ce soit moi qui exécute
le programme, reprit Colonna.
« Malgré vos indications, je pourrais me tromper... je préfère que ce soit vous qui agissiez. Ma[...]
soyez tranquille, j'ai prévu votre objection. [...]
voilà qui vous assurera l'incognito...
En parlant, il avait pris, sur une chaise, un domino mauve et un loup de satin noir qu'il avait
loués, à cet effet, quelques heures avant, chez [...]
même costumier qui lui avait fourni son costume.
— Grâce à cela, dit-il, vous vous introduirez
dans la maison, sans être remarquée parmi tout
de masques et, une fois dans la place, vous agirez.
Et, sans attendre la réponse de Wanda, par
dessus son manteau de voyage, il lui passa le
domino, l'enveloppant toute et lui donna le loup.
Puis, la poussant vers la porte :
— La fête doit battre son plein... Allons au bal.
Elle se trouva dans la rue.
Vivement, elle enfouit sa voilette dans sa poche
et se masqua du loup noir.
Il appela un taximètre, l'y poussa et, s'installant
côté d'elle, après avoir jeté au cocher l'adresse :
— Villa Saïd ! À fond de train, cocher !
Oh ! ces quelques minutes de trajet, dans cette
voiture, à côté de cet homme !
Que n'eût-elle donné, en ce moment, pour avoir
à sa portée une arme quelconque, dont elle eût
traîtreusement frappé dans l'ombre du fiacre !
Mais rien ! rien !
Fébrilement, ses ongles se crispaient dans ses
paumes, dans une rage impuissante !
[...]
Jugeant qu'il valait mieux ne pas laisser la voi-
ture dans l'avenue pour ne pas attirer l'attention
Colonna donna au cocher l'ordre d'arrêter dans la
rue Pergolèse, derrière la file des coupés et des au-
tos attendant les invités.
De loin, Wanda aperçut la clarté de la Villa
Saïd, illuminée.
Son cœur se serra d'une angoisse indicible.
Là-bas, à quelques mètres d'elle, son mari et
Sonia recevaient l'élite de Paris, fêtant le triomphe
de Fergus.
Ah ! s'ils avaient pu se douter du coup terrible
qu'elle allait, elle, la femme et la mère, porter
dans l'ombre aux deux êtres qui lui étaient les
plus chers !
— Allons ! dit Colonna descendu du fiacre le
premier.
[...]
Ils étaient masqués tous deux.
— Vous m'attendrez dans la voiture ? murmura-
t-elle.
— Mais non ! fit-il... j'entre avec vous !
Elle eut un haut-le-corps.
— Avec moi !... dans l'hôtel ?
— Sans doute !
— Mais... c'est imprudent... Il vaudrait mieux
que vous m'attendissiez ici...
— Pour que vous me fassiez assommer par quel-
que domestique dévoué... Merci bien ! Je n'ai pas
confiance.
« N'espérez pas d'échappatoire, vous ai-je [...]
Vous agirez sous mes yeux, et je ne vous quitterai
pas d'une semelle jusqu'à ce que j'aie les plans.

D'ailleurs, je veux voir où vous les prenez. Il vous serait si facile de me livrer de faux documents, ajouta Colonna.

Furieusement, mais sourdement, Wanda murmura :

— Comme je vous hais...

— Faites attention... on nous regarde...

En effet, déjà quelques cochers considéraient avec curiosité ce couple de masques debout sur le trottoir et parlant bas...

— Prenez mon bras, dit-il, et venez... N'oubliez pas que nous sommes un couple gai qui va à un bal.

Sous les yeux des valets, elle obéit, la rage au cœur, et prit le bras offert.

Ils tournèrent dans l'avenue, gagnèrent l'hôtel.

— Entrons carrément, dit Colonna...

Et comme, appuyée à son bras, il la sentit hésiter, prête à se trouver mal :

— Allons ! de l'énergie... Aucune crainte à avoir... Nous sommes si bien masqués qu'on ne peut nous reconnaître... Le laboratoire donne dans le vestibule. Si le hasard veut que le vestibule soit vide, nous y accéderons directement.

Il l'entraînait.

Elle se laissa conduire...

Éperdue de terreur et d'anxiété de ce qu'elle osait, des nuages rouges devant les yeux, au bras de cet homme, elle entra chez elle.

Dans le vestibule deux valets debout devant le vestiaire (deux valets qu'elle ne connaissait pas, des extras) les regardèrent.

Devant eux trois autres masques, nouveaux arrivants, s'étaient arrêtés un instant au pied de l'escalier et causaient en riant...

Ils montèrent au premier.

Colonna entraîna Wanda, suivant les masques.

— Un tour dans les salons s'impose, murmura-t-il à son oreille...

Elle se laissa faire.

Ils entrèrent dans les salons du premier, inondés de lumière, ruisselants du bariolage des costumes variés, lourds de parfums de fleurs et de chairs et où l'orchestre faisait rage.

Appuyée, traînée au bras de Colonna masqué, étourdie, plus morte que vive, Wanda fit le tour du bal, frôlant des gens démasqués qu'elle connaissait, ses amis, ses amies, ses relations, des hommes célèbres...

Soudain elle eut un pincement au cœur; ses doigts se crispèrent sur les bras de son cavalier.

Elle faillit tomber.

Son mari et Sonia étaient là, à côté d'elle, souriant au docteur Merral et à Videlin, avec lesquels ils causaient.

N'allaient-ils pas la deviner, la reconnaître sous ce masque ?

N'entendaient-ils donc pas les battements furieux de son cœur qui, lui semblait-il, dominaient l'orchestre et le bourdonnement des conversations ?

Mais, un peu pâle dans son habit noir où brille la croix d'honneur en diamants et sur lequel est jeté un manteau de doge de Venise, Fergus ne se doute pas de la présence de sa femme, qu'il croit bien loin, non plus que Sonia qui sourit, blonde et délicieuse dans son costume de tsarine sur lequel est jeté un domino mauve à peu près du même ton que celui que porte Wanda (il est d'ailleurs cent dominos semblables à cette soirée).

Elle est heureuse, car elle va épouser Olivier de Lora, et cependant on sent que sa joie n'est pas complète et qu'une vague appréhension s'y mêle !...

Oh ! aller à ces chers êtres, arracher le masque de Colonna sous leurs yeux et faire arrêter l'espion !

Oh ! s'évader de ce cauchemar !

Mais c'est impossible !

Si on l'arrêtait, ne trouverait-on pas sur lui les preuves de la honte de Wanda ?

Il la tient dans un étau et va l'y écraser...

Précisément, elle saisit un lambeau de la conversation de Sonia et de Videlin.

Celui-ci demande de ses nouvelles, à elle, Wanda.

— Ma mère a été retardée dans son voyage, explique Sonia... par une indisposition de mon petit frère... Oh ! ce ne sera rien, j'espère... Elle arrivera demain, ma chère maman !

— Grâce ! murmura Wanda, défaillante, à l'oreille de son bourreau... Emmenez-moi ! Sortons !

L'orchestre attaque le cotillon.

Les couples s'organisent pour la danse.

Le Péruvien traverse les groupes, emmenant Wanda vers la sortie.

Ils regagnent l'escalier... puis le vestibule, à présent désert... ou à peu près, car il n'y a plus là qu'un seul valet (en qui le lecteur reconnaît Eugène Tétard), lequel assis au vestiaire qu'il garde, semble somnoler sans se préoccuper de ce couple de masques.

Il en a tant vu passer, dans la soirée !...

Et il est las, cet homme !

Il dort sans doute.

— Allez, murmure Colonna à Wanda... Finissons-en...

Il faut obéir...

Elle va au buste de Pascal, glisse furtivement sa main derrière le socle et cherche à tâtons.

La clef est-elle toujours là ?

Oui...

Elle la prend, ouvre la porte du laboratoire et retire de la serrure la petite clef qu'elle met dans sa poche.

Elle pénètre la première dans la pièce vide.

Colonna la suit et tire la porte sur lui...

Ils sont seuls dans le large hall encombré de machines et de piles électriques et éclairé seulement en ce moment par la lueur diffuse de la lune mi-voilée...

Les yeux de Wanda errent sur toutes ces choses familières... et s'arrêtent un instant sur son portrait et sur celui de Sonia que le savant a voulu avoir devant lui sur une sorte de petit autel de son culte intime.

Mais ce n'est plus l'heure des atermoiements.

Colonna a été droit au coffre-fort d'acier, placé dans un angle de la pièce et invite Wanda à l'ouvrir...

Elle s'approche et dispose les lettres sur leur pivot pour former le mot qui sert de clef...

Elle s'en souvient bien... c'est le mot latin « AQUA » (eau)...

Le coffre s'ouvre...

Les plans du canon-éclair sont là à droite.

Elle n'a qu'à étendre la main...

Elle les prend à tâtons...

Son cœur cesse de battre.

La maison ne s'écroulera donc pas, à ce moment, pour l'anéantir et l'empêcher d'accomplir son exécrable trahison !

Mais non !

La maison reste immobile...

Et les violons, au-dessus, jouent, jouent éperdument...

Alors, d'un geste définitif (le geste du condamné qui presserait lui-même le déclic de la guillotine qui doit lui trancher la tête), Wanda tend à l'espion les plans convoités. Il s'en empare avidement.

— Maintenant, mes papiers, exige-t-elle d'une voix rauque.

— Une seconde ! dit Colonna. Je veux voir, d'abord, si vous ne vous êtes pas trompée...

L'espion, dans l'exercice de sa honteuse profession, s'est initié suffisamment à la balistique pour se rendre compte par lui-même, à première vue, de la signification des plans livrés...

— Mettez-vous devant moi, dit-il à Wanda, pour qu'on n'aperçoive pas de lueur du dehors.

Et, se reculant dans un angle de la pièce, tandis

...Wanda le masque, il fait flamber une allumette-bougie, allume un rat de cave, qu'il a tiré de sa poche, et examine avidement ces plans et ces devis...

— Oui... C'est bien cela...

Le canon-éclair était décrit là, par Fergus, presque dans ses moindres rouages, avec le secret de son système, secret emprunté à l'électricité, la poudre s'enflammant sans choc, à distance, par un courant électrique qui peut être produit par des servants placés loin du canon et à l'abri du tir de l'ennemi...

Une joie intense illumine les prunelles sombres du rastaquouère.

La joie du triomphe !...

— Je n'ai qu'une parole, dit-il. Voici !

Et, de sa main restée libre, il tend à Wanda l'enveloppe qu'il a cachée sur sa poitrine.

Avidement, elle s'en empare, la décachette.

L'acte de reconnaissance, l'acte de honte et sa correspondance avec l'aventurier, y compris la dépêche de la veille, tout est là...

Enfin !

Une idée, une seule la domine en ce moment :

Anéantir ces papiers infamants.

Les anéantir à l'instant même, sans attendre une seconde !

Elle les déchire, d'un geste saccadé, en mille morceaux qu'elle jette dans l'âtre fébrilement...

Puis, comme cela ne suffit pas, elle prend des mains de Colonna le rat de cave encore allumé et, l'approchant des fragments de papier qui forment tas dans la cheminée, elle y met le feu.

Les papiers flambent.

Les preuves de sa honte sont consumées.

Alors Wanda relève la tête et respire.

Elle se sent comme délivrée d'un enchantement affreux, à présent que ce misérable n'a plus barre sur elle, et une pensée folle, inouïe, lui traversa l'esprit.

Peut-être peut-elle encore empêcher sa trahison de se consommer entièrement en payant d'audace...

Dans une énergique tension de sa volonté reconquise, Wanda va à Colonna et lui dit impérieusement :

— A présent, je ne vous crains plus ; vous allez me rendre ces plans.

— Vous dites ? fit Colonna, les yeux agrandis d'étonnement devant l'inattendu d'une pareille prétention.

— Je dis que vous allez me rendre ces plans... Sinon, j'ouvre cette porte, j'appelle, je vous dénonce comme espion, je raconte que je vous ai surpris ici, en train de voler avec effraction... Je vous fais arrêter... Je vous livre à la justice.

— Folle que vous êtes ! riposta Colonna en ricanant... Je vous défie bien de faire ce dont vous me menacez.

— Parce que ?

— Parce que vous savez bien que je vous entraînerais dans ma perte.

— Plus maintenant !

— Je dirais que vous êtes ma complice...

— On ne le croirait pas... Vous n'avez plus de preuves ?

— Et votre présence chez vous, avec moi, dans cette pièce que vous seule avez pu m'ouvrir, alors qu'on vous croit à Lyon au chevet de votre enfant malade, n'est-ce donc pas là une preuve suffisante ?

« Faites-moi arrêter... et je raconterai tout... Le procès sera retentissant... D'ailleurs j'ai des témoins... Gaby d'Auzones et les deux Italiens de l'auberge sur la route de Beaulieu... Vous voyez bien que je vous tiens toujours, madame. Allons, ouvrez cette porte et laissez-moi partir.

— Non ! je n'ouvrirai pas cette porte si vous ne me rendez pas ces plans, dit Wanda, résolument, en serrant dans la paume de sa main la clef qu'elle tient toujours cachée dans sa poche.

— Soit ! dit Colonna.

Et il se dirigea vers la fenêtre donnant sur les jardins et l'ouvrit comme pour sauter.

Mais, plus prompte que l'étincelle, les forces décuplées par l'espoir insensé d'arracher des mains de son ennemi les plans qu'il tenait, Wanda bondit sur lui de tout son poids et s'agrippa à sa gorge, les ongles en avant...

L'élan fut tel que, sous le choc, Colonna tomba à terre, près de la fenêtre... entraînant dans sa chute, son agresseur qui ne l'avait pas lâché.

Dans l'ombre, une lutte silencieuse et terrible, coupée seulement de halètements et de râles étouffés, s'engagea entre l'homme et la femme...

Au-dessus, les violons jouaient toujours, dominés par les grondements lointains du tonnerre.

XI

QUELQUES SOLUTIONS

Telle était une partie des faits qui, accomplis dans l'ombre, se rattachent étroitement au drame dont nous avons relaté les phases.

Après cet exposé rétrospectif nécessaire, abandonnons momentanément nos deux antagonistes en lutte, sautons du soir tragique de la fête de l'hôtel Fergus à l'action actuelle, traversons les deux mois pendant lesquels ont eu lieu l'instruction, l'enquête de Mortère, l'incarcération de Sonia, la maladie de Wanda et reprenons notre récit où nous l'avions laissé, c'est-à-dire après l'entrevue de Fergus, de Mortère et d'Olivier de Lora à l'Hôtel National, chambre 27.

On se souvient de la promesse faite par le savant à Olivier et à Mortère.

On a vu comment, d'abord accablé sous les accusations que la logique du reporter avait savamment échafaudées contre Wanda (accusations basées sur le document trouvé dans la cheminée du laboratoire), Fergus s'était ressaisi ; comment il avait combattu, réfuté ces accusations par des arguments également plausibles et comment enfin, il s'était engagé solennellement, vis-à-vis de ses deux interlocuteurs, à faire lui-même et en leur présence la lumière complète sur cette affaire.

Fergus avait à cœur de tenir cet engagement autant pour convaincre Olivier et Mortère de l'innocence de sa femme que pour s'édifier lui-même, car, malgré son apparente confiance en Wanda, deux points, encore obscurs, le troublaient quelque peu : les fragments de la lettre singulière de Wanda et les aveux de Sonia, qui venaient, seulement, de lui être révélés.

Ce fut la jeune fille qu'il voulut interroger d'abord.

Muni d'un permis en règle d'Olivier, il alla la voir dans sa prison et après quelque hésitation (le sujet était délicat) il aborda de front la question.

— J'ai appris une chose inouïe et à laquelle je ne puis ajouter foi, dit-il. On m'a dit que tu te reconnaissais coupable d'avoir tué Colonna.

— On vous a dit... Oh !

Sonia suffoqua, le sang aux joues.

Puis :

— Le lâche ! le lâche ! dit-elle avec indignation. Il m'avait pourtant promis que le secret serait gardé sur mes aveux au moins vis-à-vis de toi, père.

— Tes aveux ! fit Fergus dans une stupeur... « Ainsi... c'est vrai... tu as avoué ?...

— Oui, fit Sonia résolument.

— C'est toi qui as tué Colonna ?

— C'est moi !

— Et parce que tu avais été... sa...

— Ah ! grâce ! grâce ! père ! s'écria la jeune fille suppliante...

« Épargne-moi le supplice de cet interrogatoire... inutile...

« Oui... Tout ce qu'on t'a dit est vrai... je suis coupable... coupable de tout ce que tu peux croire...

« Je suis indigne de toi, Renie-moi... Maudis-moi...

« Mais j'espérais que mon déshonneur demeurerait ignoré de toi... de ma mère surtout... de ma chère maman à laquelle j'eusse voulu épargner ce coup horrible... jure-moi qu'elle ne saura pas... puisqu'elle ignore encore mon arrestation...

S'il y avait, dans l'accent de Sonia, un véritable désespoir, Fergus ne pouvait cependant s'empêcher de demeurer stupéfait de la facilité avec laquelle, aux yeux de son propre père, elle confessait et son crime et surtout sa chute aux bras du rastaquouère.

Il eût attendu, de la part de sa fille, plus de confusion, plus de honte.

Sonia avouait sans hésitation, comme si elle eût souhaité qu'aucun doute sur sa faute ne flottât dans l'esprit de son père...

Était-ce cynisme inconscient et monstrueux ?

N'était-ce pas plutôt héroïsme d'une sacrifiée volontaire, mêlé d'une certaine ingénuité sur la nature exacte et la portée de la faute qu'elle s'attribuait ?

Mais en ce cas, Mortère eût donc deviné juste ?

Si Sonia mentait, c'est donc qu'elle s'immolait !

Pour qui ?

Les angoisses du soupçon, les affres de la jalousie qui, déjà, avaient mordu le cœur de ce mari, passionnément épris de sa femme, venaient le torturer, de nouveau, en présence de l'attitude de sa fille.

Décidément, il fallait en finir...

Il en aurait le cœur net...

Il irait droit au but...

Ce fut dans un trouble extrême qu'il quitta la prisonnière, mais sans rien laisser paraître, aux yeux de la jeune fille, des sentiments que ses aveux avaient déterminés en lui.

Depuis trente-neuf jours, en proie à la fièvre scarlatine, enfermée dans sa chambre, Wanda Fergus ignorait absolument le tour qu'avait pris les événements.

Ceci peut sembler invraisemblable, mais si l'on veut en avoir l'explication, il suffit d'évoquer la scène qui s'était passée à l'hôtel Fergus le jour même de l'arrestation de Sonia et que nous avons jusque-là tenue sous silence.

Qu'on nous permette ce retour en arrière indispensable.

On se souvient qu'après avoir chassé Olivier de chez lui, sous l'anathème, Fergus, à bout d'émotions, s'effondra, tombant en syncope.

Ses domestiques, accourus à ce moment, eurent tôt fait de le secourir.

Un peu d'éther et le savant reprit vivement l'usage de ses sens.

La syncope avait été très courte...

Rapidement, il se ressaisit et, rentrant en possession de toute son énergie, sa première pensée fut pour Wanda, dont il tenait encore dans sa main l'image aimée.

Il fallait, à tout prix, épargner à la tendresse maternelle inquiète, au cœur si sensible de la mère, le coup douloureux qui venait de le terrasser, lui, le père.

Sonia en prison... sous l'inculpation d'assassinat !

Sonia menacée de la cour d'assises ; déshonorée, ce serait pour la malheureuse Wanda, dont la santé était déjà ébranlée, un choc terrible !

Mieux valait un pieux mensonge !

Mais que dire ?

Prétexter un accident arrivé à la jeune fille nécessitant son transfert dans une maison de santé ?

C'était tomber d'un mal dans un pire en causant à la malade une émotion nouvelle.

D'ailleurs, Fergus savait que Wanda, en pareille occurrence, ne serait pas femme à rester tranquille sachant sa fille en danger.

Elle demanderait à la voir...

Que répondrait-on ?

Le savant était dans une perplexité extrême.

Comme Fergus était absorbé dans ses pensées, le docteur Merral, qui paraissait soucieux de l'état de Wanda et avait promis sa visite, parut.

Vivement Fergus le mit au courant des faits et de l'extrême embarras dans lequel il se trouvait.

— Ne vous inquiétez pas, dit le docteur après avoir réfléchi quelques instants. J'ai un moyen d'arranger les choses...

« Vous êtes sûr que Mme Fergus n'a rien entendu ?

— Rien !... Elle somnole au second dans sa chambre, dont les rideaux sont clos, sous l'influence de la potion au chloral que vous lui avez administrée hier au soir...

— Qui la veille?

— Notre servante russe, Olga.

— Celle-ci ne peut pas encore l'avoir prévenue de ce qui s'est passé ?

— Non ! Olga se jetterait au feu pour lui éviter une émotion.

Elle l'adore comme le chien adore son maître, et elle sera la dernière à lui apprendre cette douloureuse nouvelle...

« D'ailleurs, elle ne doit pas la connaître encore, puisqu'elle n'a pas quitté le chevet de Wanda depuis ce matin...

« Et puis, cette Olga ne dit pas un mot de français !

— Et vos autres domestiques ?

— Je leur ai déjà recommandé le silence absolu.

— Vous êtes sûr d'eux ?

— Très sûr.

— Bien ! Je me charge du reste... Venez.

Et tous deux se dirigèrent vers la chambre de la malade.

Wanda venait précisément de s'éveiller quelques instants avant et demandait son mari et Sonia.

Pascal et le docteur Merral pénétrèrent dans la pièce assombrie par les rideaux fermés, que le docteur ouvrit à demi pour examiner sa cliente.

La tête aux cheveux de métal blond cendré de Wanda paraissait plus belle dans le cadre blanc des oreillers garnis de dentelles.

Cependant, à la surface de la peau, apparaissaient des rougeurs anormales...

Le docteur s'empara du pouls.

— Eh bien ? dit Fergus, inquiet de la mine grave de Merral...

« Comment la trouvez-vous ?

— Le bouleversement... les angoisses maternelles causées à Mme Fergus par cette malheureuse affaire ont amené, dans ses fonctions circulatoires, des troubles... Bref, je diagnostique une fièvre scarlatine !

Wanda poussa un faible soupir.

— Oh ! ne craignez rien, madame, reprit le médecin, je me charge de vous tirer de là, rapidement, si vous voulez vous soumettre exactement à mes prescriptions...

« Cette maladie qui, mal soignée, peut avoir des suites graves, peut devenir anodine, bien surveillée.

« Seulement, il ne faut surtout pas sortir, ni durant la maladie, ni durant la convalescence...

« En outre, un des inconvénients de cette éruption
c'est qu'elle est contagieuse...

« Il faudrait donc, pour bien faire, que vous con-
sentissiez à me laisser approcher de vous que la
personne qui vous soigne.

— Et mon mari, docteur, et mes enfants ?

— Votre mari peut faire ce que bon lui semblera,
mais c'est à ses risques et périls... Quant à vos enfants, il faut leur interdire, absolument, de fran-
chir le seuil de votre chambre.

— Voilà qui est cruel, docteur ! au nom du Père !

— Il le faut, madame.

— Ma pauvre Sonia !... mon petit Boris ! Combien de temps vais-je donc rester sans les voir ?

— Au moins quarante-deux jours, madame !

— Ah ! docteur ! voilà qui va me faire le plus
souffrir dans cette malencontreuse maladie... Mais,
puisqu'il le faut, j'aurai du courage !... Leur santé,
d'abord...

— A la bonne heure, madame.

Et le docteur Meyral prit congé, non sans avoir
rédigé une ordonnance.

Et comme Fergus l'accompagnait dans l'antichambre, le remerciant de son subterfuge :

— Mais ce n'est pas un subterfuge, spécifia le
médecin... nous sommes, heureusement et malheureusement, servis par le hasard, car Mme Fergus
a réellement la fièvre scarlatine.

Le visage du savant s'assombrit.

— Mais rassurez-vous, fit le docteur Meyral, je
la guérirai... En tout cas, cela vous permet de gagner du temps et de lui cacher ce qui se passe. A
quelque chose, malheur est bon !

Quand Fergus entra dans la chambre de sa
femme, après s'être composé un visage afin de dissimuler la double angoisse que causaient dans son
être tant de catastrophes, elle lui posa la question
qu'il attendait :

— Eh bien ? que disent ces misérables journaux ?
Où en est cette malheureuse affaire ?

— On n'en parle plus !... dit Fergus... D'ailleurs
elle est si obscure qu'Olivier de Lora, en dépit de
ses belles phrases sur la conscience professionnelle
vient de conclure à un non-lieu...

— Ah ! fit Wanda, dont le visage un instant
barré d'inquiétude se détendit.

« Alors, ces odieux soupçons contre Sonia ?

— Tombent d'eux-mêmes...

— Dieu soit loué ! Ma chère petite !... comme je
voudrais pouvoir l'embrasser !

« Où est-elle ?

— Je viens de l'envoyer respirer un peu au Bois...
Je crois qu'il serait même prudent, étant donné le
danger de contagion que nous signale le docteur, de
l'éloigner d'ici, dans un air sain, avec Boris...

— Oui ! dit Wanda... j'allais te le proposer... Nos
cousins d'Hausmon nous attendent, quand nous
voulons, dans leur belle propriété de Louveciennes...
Envoie nos deux enfants passer là quelques jours...
ce sera bon pour Sonia, après tant d'émotions... et
aussi pour Boris, dont la santé me tourmente bien...

— Ils partiront tantôt, dit Fergus. Prends ta potion !

Et le savant fit avaler lui-même le remède à sa
femme avec une attention et des tendresses d'amoureux.

— Comme tu es bon ! dit Wanda.

— Non ! dit Fergus... je ne suis pas bon... je
t'aime, voilà tout, et je te voudrais heureuse... Et
toi, m'aimes-tu ?

— Plus que ma vie ! dit Wanda touchée.

Et, sa main chaude de fièvre dans la main vigoureuse du savant, elle parut s'assoupir, tranquillisée.

Bientôt on n'entendit plus dans la pièce que le tic
tac de la pendule et la respiration quelque peu oppressée de la dormeuse.

Debout près de sa femme, Fergus songeait, accablé.

Heureusement, Wanda lui restait, elle, son
refuge.

Heureusement, il pourrait épargner quelque
temps son cœur de mère.

Il serait seul à souffrir durant la cruelle épreuve.

Elle ne saurait pas.

Depuis ce soir-là, la consigne donnée à tous avait
été respectée.

C'est pourquoi quarante jours après, Wanda
convalescente, s'imaginait toujours que les poursuites avaient cessé et vivait dans une quiétude
relative, croyant Boris et Sonia à Louveciennes
chez ses cousins d'Hausmon.

Ceux-ci qui hébergeaient en effet Boris, mais
n'ignoraient pas l'arrestation de Sonia, prévenus
par le savant et de connivence avec lui, avaient en-
tretenu l'illusion de Wanda en lui écrivant, souvent
des nouvelles de sa fille et de Boris et, du fond de
sa prison, Sonia elle-même, mise dans le secret du
pieux mensonge qu'elle avait souhaité la première
écrivait à sa mère des lettres où, tout en maudis-
sant cette malencontreuse maladie qui les éloignait
elle et Boris, du foyer, elle lui contait les imagi-
naires détails de sa vie à Louveciennes.

Pour donner plus de vraisemblance à la chose,
elle était même forcée de lui parler des projets de
mariage entre elle et Olivier, projets que Wanda
croyait de nouveau repris depuis le non-lieu.

Olivier, écrivait Sonia, venait souvent la voir
à Louveciennes et l'entretenir de leur prochain
bonheur.

Tranquillisée, Wanda attendait avec impatience
avec son rétablissement complet, l'expiration des
quarante jours d'isolement qui lui avaient été pres-
crits et l'heure d'embrasser enfin sa bien-aimée
fille Sonia, et son cher petit Boris...

Convalescente, elle comptait les heures, le visage
collé aux vitres de sa fenêtre, regardant au dehors
luire le soleil...

Enfin le quarantième jour vint...

Elle était délivrée...

— Pascal, avait-elle dit, la veille, à Fergus, tu
iras chercher nos enfants à Louveciennes et tu me
les amèneras demain...

— Oui... oui... demain... demain... avait répondu
le savant encore sous l'impression de sa visite à
Sonia dans sa prison...

Le soir même Fergus recevait, en secret, la visite
d'Olivier.

— Eh bien ! lui dit le jeune homme... Vous avez
vu votre fille ?... Quelle impression avez-vous gar-
dée de cette visite ?

— Je ne puis encore me prononcer, dit Fergus
avec embarras...

— Croyez-vous toucher à la vérité ? Etes-vous
décidé à tenir enfin la promesse que vous nous avez
faite à Pierre Mortère et à moi ?

— Oui ! dit Fergus, résolument... Ma femme, à
présent guérie, est en état d'être soumise à l'épreuve que je veux tenter sous vos yeux...

— Quand voulez-vous ? demanda Olivier.

— Demain... Mais comme une présence étrangère, surtout la vôtre, pourrait peut-être la paralyser, je vous demanderai d'avoir recours au moyen
que vous avez employé vis-à-vis de moi, c'est-à-
dire de vous cacher dans la pièce voisine de sa
chambre, où je l'interrogerai... on peut y accéder
par l'escalier de service...

« Là, vous entendrez tout, sans être vu d'elle...

« Bien qu'un tel procédé me répugne, je suis
réduit, cependant, à l'employer... Seulement, je
vous prierai de ne pas amener Pierre Mortère...

« La preuve de l'innocence de ma femme établie,
sa justification faite, il sera toujours temps de mettre cet homme au courant...

— Soit ! dit le juge d'instruction. A demain...

C'était le lendemain soir, dans la chambre de Wanda Fergus.

Animée d'une impatience fébrile à l'idée de revoir ses enfants qu'elle avait envoyé chercher à Louveciennes par son mari, Wanda attendait.

En entendant le pas de Fergus, elle alla au-devant de lui, le cœur battant de joie.

La porte s'ouvrit.

Fergus parut avec Boris.

Wanda sauta au cou de son fils qu'elle couvrit de baisers.

Puis, avec impatience :

— Et Sonia ?... demanda-t-elle.

Fergus renvoya Boris.

Puis se retournant vers sa femme :

— Ah ! ma pauvre Wanda ! articula-t-il, la voix altérée, mais pesant ses paroles, ma pauvre Wanda j'ai besoin de faire appel à tout ton courage.

— Qu'y a-t-il ? dit la mère en proie à l'angoisse d'un soudain pressentiment.

— La catastrophe qui nous frappe est douloureuse.

— Une catastrophe ? quelle catastrophe ?

— Ne m'interroge pas...

— Pascal ! je t'en prie... je veux savoir ! un accident... un accident est arrivé à Sonia ?

— Oui !

— Sa vie est en danger ?

— Non ! Ce n'est pas sa vie qui est compromise, mais pis encore !

— Pis !... Quoi donc ?... quoi donc ?

— Tu ne devines pas ? pis que la vie !...

— Son honneur ?

— Son honneur... et même sa liberté.

— Son honneur ! Sa liberté... fit Wanda avec une expression d'égarement dans les prunelles...

Puis, se prenant la tête à deux mains.

— Mais parle, enfin, parle !... tu me fais mourir à petit feu...

— Eh bien, voilà !... On a trouvé la coupable du meurtre de Colonna.

— Comment ? murmura Wanda livide.

— Elle est arrêtée et incarcérée à Saint-Lazare...

— Arrêtée ?... Incarcérée ?... La coupable ?

— Oui. C'est notre fille ! C'est Sonia.

— C'est faux ! C'est faux !

— Aucun doute ne peut subsister à cet égard, car Sonia avoue tout.

— Elle avoue... Sonia ?

— Oui ! Elle dit avoir été la maîtresse de cet homme et l'avoir tué pour recouvrer des lettres, preuves de sa faute, qu'il la menaçait de nous montrer.

— Sonia ment ! Elle est innocente... C'est moi qui ai tué Colonna !

— Toi !

— Moi ! Wanda Fergus ! Je l'ai tué... Je le jure !...

L'aveu avait jailli spontanément, en un élan superbe, du fond même de l'âme de Wanda.

Ainsi cette femme qui, pour dissimuler sa honte à son mari, avait subi les humiliations imposées par l'espion et avait passé tant de nuits d'angoisse, cette femme qui avait été jusqu'à la trahison pour éviter le scandale, se livrait, à présent, tout entière, sans restriction, en se voyant menacée dans son amour maternel.

Ce sentiment submergeait, emportait tout, comme un flot immense.

C'était bien la fibre sensible, celle qu'il fallait faire vibrer.

Fergus l'avait présumé et il avait touché juste...

L'épreuve avait réussi et les doutes terribles qui assaillaient le malheureux, depuis quelques heures, se trouvaient confirmés en une seconde, pour son bouleversement et son désespoir...

Sous l'aveu de Wanda, que jusqu'au dernier moment il avait, malgré les arguments de sa raison, espérée innocente, il avait chancelé, anéanti, proie à une stupeur extraordinaire.

Mais, le sentiment de la situation lui revint vite et s'avançant vers elle, il haleta :

— Toi !... toi ! ma femme !... toi... Wanda !... tu as tué cet homme... toi !... C'est impossible... c'est un cauchemar... tu n'étais pas là ?... Tu ne le connaissais pas ?... C'est toi qui mens... c'est toi qui mens pour sauver ta fille... Ah ! oui... oui ! c'est cela, n'est-ce pas ?

Sa voix se faisait presque suppliante, implorant le bienfaisant mensonge, l'illusion salutaire et réconfortante.

— Non ! Pascal... dit-elle sourdement.

Puis, s'expliquant, par lambeaux de phrases entrecoupées :

— Je suis coupable... terriblement coupable... j'espérais te le dissimuler... j'espérais le cacher toujours...

« Cependant déjà, quand cet article a paru, accusant Sonia, j'ai été sur le point vingt fois de tout te dire... Ah ! que j'ai souffert à ce moment-là ! que j'ai souffert... C'est cela qui m'a donné cette fièvre...

« Oui !... déjà en voyant le doute qu'on élevait sur notre enfant, j'ai voulu parler... m'accuser... Mais il est des choses qu'on n'ose pas... qu'on ne peut pas dire à son mari...

« Je voulais t'épargner... les mots s'étranglaient dans ma gorge... L'aveu expirait sur mes lèvres, et puis, d'ailleurs, j'espérais que Sonia se justifierait facilement d'une accusation fausse... que son innocence serait reconnue... par la force des choses... et qu'un non-lieu nous délivrerait tous... c'est pour cela que je me taisais, me raccrochant à ce dernier espoir.

« Aussi quand tu es venu me dire, sur mon lit de douleur, que les poursuites étaient abandonnées, j'ai respiré, soulagée d'un grand poids, persuadée que tout en resterait là... que c'était fini... Cela n'était donc pas vrai ?... tu m'as donc trompée ?

— Oui, je t'ai trompée, dit Fergus, te voyant malade et voulant, moi aussi, t'épargner la révélation de la vérité... Ta fille est en prison depuis quarante jours.

— Ah ! que ne me l'as-tu dit dès le premier jour ! j'aurais parlé tout de suite... Et elle serait libre... ma pauvre Sonia... ma pauvre petite Sonia en prison !...

Dans un désespoir farouche, des larmes étaient montées à ses yeux et elle se tordait les mains.

— Allons la délivrer... vite !... vite !... un juge... un juge auquel je dise toute la vérité, la vérité affreuse puisqu'elle me déshonore, mais salutaire puisqu'elle sauve mon enfant... ma petite Sonia... Un juge... un juge !

— Ce juge est là... Il t'écoute, dit Fergus avec une poignante expression de douleur devant ce qu'il entrevoyait...

La phrase de Pascal qui, pour lui-même, était à double entente, était, au contraire, toute simple pour la coupable.

Le juge dont il voulait parler n'était-ce pas lui-même ?

— Oui ! dit-elle dans un besoin de se soulager du secret qui l'étouffait depuis trop longtemps...

« Oui... Pascal ! sois mon juge !... Entends-moi... condamne-moi !... j'accomplirai ce que tu ordonneras.

Elle était tombée aux genoux du savant, suppliante, brisée, anéantie, pitoyable.

— Ainsi, prononça-t-il âprement, tu connaissais cet homme ? Tu m'as trahi... avec lui ?...

— Oui ! souffla-t-elle... je t'ai trahi !...

— Ah !

Ce fut le cri d'un être blessé au fond le plus intime du cœur, un cri de rage et de jalousie éperdue.

— Tu te trompes, Pascal, reprit Wanda frappée par ce cri... tu ne me comprends pas... je t'ai trahi... mais pas comme tu le crois... si mon âme est

...aillée... ma chair est tienne et pure... cela, je le jure !

Le savant tressaillit... puis respira, comme soulagé...

Cependant, à la réflexion, étonné de l'obscurité de ces affirmations contradictoires.

— Explique-toi, dit-il.

Alors ce fut la confession complète, entière et lamentable.

Wanda révéla tout.

Son entrée dans la salle de jeu à Monte-Carlo, ses pertes, le vol des billets de banque à l'hôtel Bristol (oh ! ce vol !... il semblait que les termes qu'elle employait pour le confesser en détail à cet homme d'honneur qui était son mari et qu'elle avait ainsi déshonoré, lui arrachaient la gorge !).

Puis ce fut le récit de la rencontre de Colonna : son intervention au moment où elle venait de perdre ; son offre, ses menaces, l'acte de reconnaissance et d'aveu de sa honte qu'il avait exigé d'elle ; la vente de ses diamants ; le rendez-vous à la villa des Cactus ; la proposition abominable de l'espion de dépouiller son mari et la France ; ses révoltes, puis ses défaillances, ses atermoiements, ses affres devant le chantage opéré par le misérable et enfin son acquiescement final, sa course à Paris, en automobile, la nuit de la fête tragique.

Wanda continua sa pénible confession et raconta les événements de la nuit terrible :

Son entrée, masquée au bras de son bourreau, chez elle, en pleine soirée, alors que tous la croyaient bien loin ; son intrusion dans le laboratoire avec Colonna, l'anéantissement des pièces compromettantes pour elle qu'elle avait brûlées dans la cheminée du laboratoire, dans son impatience à s'en défaire (ces pièces dont un fragment échappé à la flamme, avait été retrouvé par Mortière, quelques instants après).

Ses remords après lui avoir livré les plans du canon-éclair... et la lutte qu'elle avait soutenue pour les ressaisir, les arracher des mains de l'agent étranger auquel elle venait de les livrer... cette lutte au cours de laquelle elle l'avait tué.

— Tué !... tué !...

« Mais comment ? comment enfin ? eut encore la force de dire Fergus, pour qui ce point demeurait mystérieux...

Les médecins légistes n'avaient-ils pas été impuissants à démêler la cause de la mort du rastaquouère ?

— Voici... expliqua Wanda...

« Au cours de la lutte que je soutenais avec cet homme, moi essayant de lui arracher les documents, lui s'efforçant de me les dérober pour tenter de fuir par la fenêtre, nous roulâmes à terre à travers le laboratoire... en mouvements désordonnés.

« A un moment donné, il avait réussi à m'écraser sous son genou et tentait de m'étrangler.

« Sous la douleur, j'avais desserré mon étreinte et, étendue sur le dos, de mes mains restées libres, dans la demi-obscurité je palpai le parquet cherchant un objet quelconque dont je me fusse fait une arme contre mon agresseur.

« J'allais perdre connaissance... quand mes mains sentirent dans l'ombre le contact froid d'un corps métallique...

« C'était le commutateur dont tu te sers pour tes expériences d'électricité à haute tension.

« Je m'aperçus que mon agresseur était appuyé, de dos, de tout son poids contre les fils conducteurs.

« Alors une inspiration suprême me traversa le cerveau comme un éclair.

« Si je pouvais donner le courant, Colonna, appuyé contre les fils, risquait d'être foudroyé... Mais comme il me tenait sous son genou, je risquais de l'être avec lui...

« Mais que m'importait, pourvu que j'empêchasse la trahison de s'accomplir !

« Précisément, le commutateur fermé était à hauteur de ma main libre.

« Dans l'obscurité, Colonna ne pouvait voir mon geste et l'empêcher, au cas, improbable, où il eût deviné ma pensée...

« Brusquement, j'ouvris le commutateur...

« Je ressentis une forte commotion qui traversa tout mon corps et perdis connaissance...

« Quand je revins à moi, probablement quelques minutes après, je me sentis seulement un peu étourdie... je me relevai...

« A mes pieds, mon agresseur était étendu, immobile...

« Dans l'ombre, je tâtai son cœur...

« Il ne battait plus...

« Par un de ces caprices singuliers, mais familiers à l'électricité, la décharge électrique qui n'avait fait que m'étourdir, moi, l'avait foudroyé tout net...

« Il est vrai qu'il était en contact direct avec les fils.

« J'avais réussi.

— Electrocuté ! murmura Fergus ! Il est mort électrocuté... Je comprends à présent pourquoi les médecins légistes n'ont rien trouvé à l'autopsie !

On sait en effet que, à moins que le patient ne soit pas tué sur le coup par une décharge insuffisante (auquel cas son corps, rôti, porte des traces de brûlure), l'électrocution, quand elle est foudroyante, ne laisse aucune trace, la mort étant déterminée par l'arrêt brusque des grandes fonctions vitales, arrêt causé par la paralysie générale immédiate du bulbe et des grands centres nerveux et par conséquent du cœur.

D'où l'embarras du médecin légiste chargé d'examiner le cadavre et le mystère planant sur l'affaire...

L'explication était simple cependant... trop simple sans doute, puisque nul n'y avait pensé, pas même Fergus.

La fin du récit de Wanda était facile à prévoir.

Seule avec ce cadavre, allant au plus pressé, elle avait replacé les plans à leur place dans le coffre-fort d'acier qu'elle avait refermé.

Puis, elle avait essayé de faire disparaître le cadavre en le traînant jusqu'à la fenêtre d'où elle voulait le jeter dans les jardins, d'où elle l'eût traîné dans les terrains vagues qui donnent derrière l'hôtel, intention devinée par Olivier.

Elle n'avait pu le soulever jusqu'à la barre d'appui et avait dû abandonner ce projet.

Elle avait eu un instant d'épouvante en songeant aux interprétations qu'on donnerait à la découverte du corps de Colonna dans le laboratoire de son mari...

Mais elle n'avait pas le loisir de s'attarder à ces considérations...

Les plans étaient saufs...

Sa faute et sa honte demeureraient ignorées si elle avait réparé les effets de sa trahison. C'était le principal.

Il fallait à présent que son crime demeurât inconnu, comme tout le reste et qu'elle emportât avec elle, dans la tombe, le secret du drame...

Il fallait qu'elle s'enfuît au plus vite, complétât les précautions prises pour se créer un alibi.

Par le trou de la serrure, elle s'assura que le vestibule était à peu près désert...

Elle remit son masque tombé à terre dans la lutte, avec précaution ; elle rouvrit la porte du laboratoire... et en sortit furtivement...

Par une chance inespérée, le valet du vestiaire n'était plus là (on se souvient que Eugène Tétard avait dit à l'instruction, s'être absenté cinq minutes pour aller au lavabo).

Ce fut pendant ces cinq minutes que Wanda sortit du laboratoire où Tétard l'avait vue entrer, referma la porte, en replaça la clef dans sa cachette habituelle (le socle du buste de Pascal) et gagna le jardin, puis l'avenue.

héler son domino, héler un taxi, se faire conduire à la Trinité et y retrouver l'auto qui l'avait amenée et venait de se faire recharger, dans l'intervalle, ce fut pour Wanda l'affaire de quelques instants.

Elle remonta en auto à deux heures et quart du matin, fila sur Lyon et, après une nouvelle course vertigineuse, où elle faillit trouver vingt fois la mort, y arriva saine et sauve, vers neuf heures, juste à temps pour recevoir le coup de téléphone de Fergus.

Elle feignit l'étonnement en écoutant le récit de la découverte du corps de Colonna dans le bal, éprouvant un réel bouleversement à apprendre la complication tragique et inattendue qui venait corser le drame, c'est-à-dire la présence, auprès du misérable, de Sonia, évanouie.

Au comble de la stupeur, elle partait pour Paris, vivant là quelques heures d'angoisse rares.

Puis elle se rassurait plus tard, en entendant, de la bouche de Sonia, l'explication de la vérité, la version du flacon d'éther.

Quant à Eugène Tétard, Mortère avait deviné juste et c'était bien Wanda qu'il avait vue la première fois et Sonia la seconde.

Le hasard de la similitude de nuance des deux dominos, soulignée par la ressemblance physique de la silhouette, de la carnation et de la couleur des cheveux d'ambre de la mère et de la fille avait achevé de créer la confusion dans l'esprit du garçon du vestiaire qui n'avait cru voir, à deux reprises, qu'une seule et même personne.

En se rappelant les explications de Mortère et en les rapprochant des aveux de Wanda, Fergus s'expliquait à présent tout ce qui était demeuré obscur pour lui comme pour tous.

— A présent, conclut Wanda, j'ai tout dit, juge-moi et condamne-moi, châtie-moi. Quelle que soit la sentence, divorce, exil..., je suis résignée à tout subir... à tout...

De nouveau, elle s'abattit aux genoux de Fergus, prostrée... en sanglotant...

Fergus songeait, accablé, regardant sa femme abîmée à ses pieds et secouée de sanglots. Tout en se révoltant dans ses plus intimes sentiments d'honneur et de probité, la confession de Wanda l'avait ému, remué jusqu'au fond de l'être.

Certes elle était coupable.

Coupable de vol, de trahison et de meurtre !

Elle !

Elle qu'il s'était habitué à juger impeccable, elle pour qui son amour était fait surtout d'estime...

Elle avait pu accomplir cela !

Mais sous quelle contrainte morale !...

Dans quel abominable engrenage l'avait précipitée une première faute presque légère en somme, celle d'avoir joué et perdu.

N'avait-elle pas été plus victime que fautive ?

Et si elle avait été jusqu'au meurtre, n'était-ce pas pour empêcher l'effet de sa trahison... et pour annihiler le mal qu'elle allait commettre ?

Et puis... et puis Wanda était charnellement pure... Elle n'avait pas commis l'adultère que Fergus avait un instant redouté ; la seule faute qu'il n'eût pu pardonner, la seule qui vraiment lui eût levé le cœur de dégoût.

Toutes ces pensées s'agitaient en lui, tandis que le silence, coupé seulement des sanglots de Wanda, pesait entre ces deux êtres face à face...

Enfin il laissa tomber sur elle un regard d'infinie détresse mêlée de pitié et il murmura :

— Pauvre femme !

— Tu me méprises !... gémit Wanda.

— Je te plains !

— Alors tu me pardonnes ?... fit-elle avec un espoir insensé, en embrassant ses genoux.

Il la releva et l'attira sur sa poitrine, où elle s'abattit éperdue.

XIII

INEXTRICABLE !

— Et maintenant, allons tout révéler à Olivier de Lora et délivrer Sonia, dit Wanda, encore toute bouleversée de la bonté infinie de son mari.

— Tu n'iras pas loin, dit Fergus : car voici Olivier...

— En effet.

La porte de la pièce voisine qui, durant cette confession, était restée entre-bâillée sur l'ombre, s'ouvrit et Olivier parut.

— Vous ! s'écria Wanda, vous étiez là ?... Vous avez entendu ?

— Tout ! dit le juge avec un accent d'infinie tristesse ; je vous ai accusée... votre mari voulait vous faire vous justifier vous-même et, pour que vous parliez sans contrainte, il a exigé que ma présence fût ignorée de vous, durant l'épreuve qu'il allait tenter, croyant, lui, à votre innocence.

« L'épreuve a tourné à votre honte et à sa confusion... Excusez ce subterfuge, madame !

— Pascal a bien fait... j'aurais parlé devant vous... j'aurais parlé devant tous, comme je viens de le faire, quelque honte que j'en éprouvasse, puisqu'il s'agissait de sauver mon enfant ; car je ne permettrai pas qu'elle m'immole sa liberté, son honneur et son amour.

« Car je ne puis douter à présent que ce soit pour nous épargner, son père et moi, qu'elle se soit accusée.

« Je sais qu'elle vous aime... le sacrifice qu'elle a fait en s'accusant à vos yeux d'une faute qu'elle n'a pas commise et en se condamnant ainsi à perdre votre estime et votre amour a dû lui déchirer le cœur.

— Mais comment a-t-elle su que tu étais coupable ? dit Fergus.

« Par qui a-t-elle appris cette vérité que tu viens seulement de me révéler ?

— C'est ce que je me demande.

— Tu n'as jamais confié ceci à personne ?

— A personne...

— Alors ? Que supposer ? Que croire ?

— Colonna aurait-il avant sa mort révélé à Sonia votre aventure à Nice ? dit Olivier.

— Dans quel but ?... demanda Fergus.

— Nous le saurons tout à l'heure de Sonia elle-même, conclut Wanda... je me charge de lui arracher ce secret.

— En tous cas, quel que soit le moyen par lequel elle a appris la vérité, il est clair qu'elle la sait.

— Et les motifs de sa conduite ne peuvent faire aucun doute, dit Olivier... Son acte est sublime et je n'aurai pas assez de toute ma vie pour me repentir de l'avoir, un instant, crue coupable, même sur son affirmation... Me pardonnera-t-elle jamais ?

— On pardonne toujours quand on aime, que l'on a vingt ans, et qu'il s'agit du bonheur de deux existences.

« D'ailleurs, Sonia, au fond, telle que je la connais, ne peut qu'admirer votre caractère qui vous a fait immoler votre passion pour elle à votre devoir de magistrat..., dit Wanda.

— Hélas ! madame, reprit Olivier douloureusement, ce devoir a encore de cruelles exigences qui éloignent de votre fille et de moi-même ce bonheur tant souhaité.

— Je ne comprends plus. Doutez-vous donc encore de l'innocence de Sonia, après mes aveux ?

— Certes non !

— Vous l'aimez toujours !

— De toute mon âme...

— Et elle vous aime, elle, de toutes ses forces...

...us vous étiez promis l'un à l'autre... En présence [du] mystère de l'affaire Colonna, votre père a exigé, [pour] accorder son consentement à votre mariage avec ma fille, des preuves de son innocence, de sa pureté... ces preuves je les apporte, moi... Je renouvellerai, si vous l'exigez, moi-même ma confession, si douloureuse soit-elle, devant votre père... Puisque moi seule suis coupable, je ne pense pas qu'il exige que ma fille en pâtisse... ce serait trop injuste... trop cruel... Moi seule dois expier... Mais qu'au moins Sonia soit heureuse avec celui qu'elle aime.

Olivier avait écouté ces paroles, le front courbé, les yeux à terre, paraissant en proie à un embarras mortel...

— Vous ne répondez pas, dit Wanda surprise de cette attitude... Qu'y a-t-il donc encore ? Quel obstacle s'oppose à votre bonheur, à celui de mon enfant ?...

— Hélas, madame... un obstacle redoutable, dit Olivier... Vous oubliez que je ne suis pas ici comme prétendant de Sonia, mais comme juge chargé d'instruire un procès criminel.

« Vous oubliez que si je donne l'ordre de mettre Mlle Fergus en liberté, je devrai tenir compte des motifs qui me détermineraient à la relaxer, quoiqu'elle se soit reconnue coupable, non pas seulement à mon père, mais à la justice, au procureur de la République qui me les demandera, à la partie civile, cette Léona Costamagna, qui, dans un espoir de lucre « ne lâchera pas si aisément le morceau », suivant son expression vulgaire mais terriblement significative.

« Me voilà donc pris dans cette affreuse alternative : ou vous épargner en laissant condamner votre fille ou la relaxer en vous poursuivant, vous (car quelles que soient les excuses de votre acte, il y a eu homicide volontaire).

« Au moment où je croyais sortir de cet engrenage, il me happe davantage, puisque je ne puis justifier votre fille que j'aime qu'en accusant sa mère, puisque de toutes façons je suis forcé de jeter sur vous, sur la famille dans laquelle je rêvais d'entrer, le discrédit d'un procès retentissant, d'un scandale ineffaçable... Voilà à quoi m'oblige mon devoir professionnel... ma conscience.

« Vous serez acquittée... peut-être... mais tous sauront que vous avez volé... tué !... Croyez-vous que mon père, dans ces conditions, me permettra d'épouser Sonia ?

« Pensez-vous qu'elle-même, de son côté, voudra épouser l'homme qui aura fait arrêter sa mère, qui aura contribué à divulguer une honte que Mlle Fergus a voulu cacher au prix de son bonheur et même de son amour ?

« En surprenant vos aveux, je n'ai fait que retomber de Charybde en Scylla... Ah ! je suis le plus malheureux des hommes !

Wanda demeura atterrée.

Elle n'avait pas prévu, dans son trouble, toutes ces conséquences de ses aveux, conséquences qu'Olivier lui faisait toucher du doigt.

Fergus lui-même s'étonna et ce fut presque d'un ton irrité qu'il répondit :

— Eh ! monsieur ! Quels scrupules excessifs vous forgez-vous là ? Votre conscience est vraiment par trop pointilleuse... Vous savez que ma fille est innocente... Vous savez que ma femme a tué, étant en état de légitime défense, un espion venu pour me dépouiller, pour trahir la France...

« Vous prétendez aimer ma fille !...

« Rien de plus facile et même rien de plus juste que de rendre une ordonnance de non-lieu qui classera l'affaire en laissant ignorer à tous le rôle de ma femme en tout ceci.

« Je veux bien que la vérité soit dévoilée à votre père, mais il gardera le secret.

« Quant à cette Léona Costamagna, on peut ache-ter son désistement, puisque c'est de l'argent qu'elle veut.

« Enfin, pour le procureur, pour l'opinion nous trouverons bien une explication plausible qui, en épargnant et Wanda et Sonia, évitera à cette famille dans laquelle vous vouliez entrer le scandale d'un procès que rien, à présent, en conscience, ne vous oblige à poursuivre...

« Colonna a emporté dans la tombe le secret de la culpabilité de cette malheureuse... Donc, rien ne peut faire prévoir que l'affaire renaisse jamais de ses cendres.

— Vous oubliez la déposition d'Eugène Tétard, qui peut parler... Vous oubliez Mortère qui a en mains une preuve écrasante contre Mme Fergus, et qui voudra à toutes forces savoir... Vous oubliez enfin Gaby d'Auzones, dont la haine, éveillée, est à présent en quête de sa rivale présumée...

« Gaby d'Auzones qui a des soupçons.

« Elle a reconnu Mme Fergus sur la photographie que lui a montrée Mortère et, si jamais elle se trouvait en sa présence, ce qui au hasard de la vie parisienne peut se produire d'un instant à l'autre, elle la connaîtrait encore ; elle saurait bien découvrir qui elle est, cette fois, et ne manquerait pas de rouvrir l'affaire que ma complaisance aurait étouffée.

— Ne peut-on acheter aussi cette fille ? demanda Fergus.

— Pas avec de l'argent... Si j'en dois croire Mortère, elle a juré de se venger de celle qu'elle considère comme la cause de l'abandon de Colonna et elle est animée d'une de ces haines de femme, une de ces haines tenaces, que rien n'apaisera que la vengeance, répondit Olivier.

— C'est juste ! dit Wanda... je n'avais pas songé à cela... Malheureuse que je suis !

« Faut-il donc que ma faute retombe sur mon enfant et empêche le bonheur de sa vie...

Prostrée, elle se laissa choir dans un fauteuil, la tête dans ses mains, en murmurant :

— Que faire ? Que faire ?

Oppressés, écrasés par la fatalité, Fergus, Wanda et Olivier sentaient qu'ils se débattaient, en ce moment, dans l'inextricable...

Soudain, Wanda releva la tête.

Un élan de résolution farouche brilla dans ses yeux...

— Écoutez, dit-elle d'une voix brève... Voici ce que je vous propose : j'ai fait le mal, il faut que je le répare.

« Au procureur de la République, au public, à la presse, vous donnerez la version suivante :

« Après plus ample informé, vous avez découvert ceci : Colonna, espion au service d'une puissance étrangère, se serait introduit dans la famille Fergus dans le but de dérober à mon mari le secret du canon-éclair et aussi du moteur Fergus.

« Pour masquer ses intentions il se serait posé en prétendant vis-à-vis de Sonia et aurait cherché en vain à la compromettre...

« Celle-ci, excédée par les assiduités trop suivies de l'aventurier qui lui aurait inspiré une instinctive méfiance, aurait prié son père de le congédier définitivement, ce qui fut fait.

« Cependant l'espion ne se tenant pas pour battu se serait introduit la nuit, seul, dans le laboratoire, à la faveur de la fête, pour voler les plans convoités.

« En examinant en détail les rouages du moteur Fergus, il aurait, sans le vouloir, ouvert le courant et serait mort électrocuté par la dynamo dont il ignorait la puissance.

— Tout ceci est plausible, dit Olivier. Mais quelle explication donner de l'attitude de Sonia ?

— Mon Dieu, celle-ci :

« Sonia, entrée dans le laboratoire pour chercher de l'éther, se sera évanouie de peur en se trouvant avec ce cadavre, ce qui est la vérité.

— Mais ensuite, pourquoi se serait-elle accusée ?

— Elle aura supposé, reprit Fergus, que, sur-prenant Colonna en train de voler mes plans, je l'aurais tué moi-même de ma propre main... et, par une exaltation du sentiment filial, par une soif de sacrifice de jeune fille mystique, elle se sera accu-sée croyant que cela était nécessaire pour me sau-ver... moi, son père.

« Ensuite, la vérité dévoilée, mon innocence trouvée, elle se serait rendue à l'évidence.

— Soit, dit Olivier... Ceci peut suffire à satis-faire le procureur et l'opinion... Mais Mortère, mais Léona Costamagna... mais Gaby d'Auzônes ?

— Accordez-moi vingt-quatre heures pour trou-ver une solution de ce côté, dit Wanda... et si dans vingt-quatre heures, je ne l'ai pas trouvée, alors, je me remets entre les mains de la justice... entre vos mains... Est-ce convenu ?

— Soit ! dit Olivier sans remarquer le léger fré-missement qui avait altéré la voix de Wanda en prononçant ces paroles.

— Maintenant, dit-elle, allez vite chercher So-nia.

Olivier s'inclina et se retira confiant en la parole de Wanda.

Une heure après, Sonia, qu'Olga avait été cher-cher à Saint-Lazare, Sonia, encore ignorante de ce qui venait de se passer, arrivait à l'hôtel Fergus et trouvant son père et sa mère en tête à tête, tom-bait dans leurs bras.

Wanda couvrit sa fille de baisers et de larmes.

— Je sais pourquoi tu t'es accusée, mon enfant, lui dit-elle sans lui laisser le temps de parler, tu t'es accusée pour me sauver.

Ici comme Fergus assistait à cette scène émou-vante et que Sonia héroïque jusqu'au bout, esquis-sait devant lui une protestation.

— Inutile de nier, dit Wanda... Ton père sait tout... j'ai tout avoué... et il me pardonne.

— Ah ! père ! que tu es bon, s'écria Sonia.

— Mais dis-moi, reprit Wanda, comment as-tu appris la vérité, cette vérité que j'étais seule à sa-voir ?

— De ta propre bouche, mère, dit Sonia qui, à présent, n'avait plus rien à cacher.

— Comment cela ?

— Un soir, pendant l'instruction, lasse des tor-tures auxquelles j'étais soumise, j'allai à l'église russe de la rue Daru, demander à Dieu d'éclairer le mystère de cette affaire où je risquais de laisser mon honneur et mon bonheur...

« L'église était vide...

« Comme j'étais abîmée dans ma prière, un bruit léger me fit lever la tête et, dans les ténèbres du soir tombant, je distinguai à peine deux formes qui me frôlèrent en passant.

« Le confessionnal s'ouvrit tout près de moi...

« J'allais me retirer quand une voix connue me cloua à ma place.

« Cette voix, c'était la tienne...

« Tu t'accusais...

« Je voulus me lever, fuir pour ne pas en en-tendre davantage, mais c'eût été attirer ton atten-tion, te révéler ma présence, t'apprendre que ta fille avait surpris ton secret... t'obliger à rougir devant moi...

« Je voulus t'épargner cette épreuve, force me fut donc d'entendre ta confession entière... sans bouger...

« Le pope te donna l'absolution...

Wanda se souvint en effet de cette confession qu'elle avait été poussée à faire, un soir, sous l'em-pire du remords (le soir où le Lorrain et Lafleur avaient suivi Sonia).

— Tu partis sans me voir, continua Sonia. Je passai une atroce nuit, bouleversée par tes révéla-tions, et c'est pour en éviter la divulgation et pour vous épargner, toi et mon père, que, le lendemain, changeant brusquement de tactique, j'endos-sant toutes ces accusations formulées contre moi, esti-mant que mieux valait aux yeux de tous, la version banale de ma faute (faute dont ni toi ni père n'étiez responsables en somme aux yeux du monde), que la divulgation de la vérité.

« Moi coupable, on vous plaignait et votre hon-neur n'était pas personnellement atteint.

« Toi, coupable, mère, c'était autre chose...

« Et puis je voulais épargner mon père dans son amour pour toi... dans son estime... Mais j'ai bien pensé que si tu apprenais que je m'accusais du crime, mère, tu n'accepterais pas mon sacrifice...

« Alors j'ai exigé le silence du juge.

« Mais il me fallait des motifs plausibles pour jus-tifier cette exigence, sans qu'il pût soupçonner quelle raison me l'imposait... j'ai donc laissé croire que j'avais failli aux bras de Colonna et que c'était cette faute plus encore que mon crime que je tenais à cacher à mes parents...

« D'ailleurs, Olivier m'avait promis de rendre un non-lieu si j'avouais...

« Un non-lieu... c'était la cessation de toute pour-suite... Mon amour et mon bonheur seraient per-dus... mais vous ne seriez pas inquiétés et ni toi, père, ni personne, ne saurait jamais rien !... j'ai donc avoué...

« Malheureusement, le rapport du médecin lé-giste est venu compliquer les choses étrangement... Tu avais omis, dans ta confession, de dire com-ment tu avais tué Colonna...

« Interrogée sur ce point, je me suis embrouillée et n'ai su que répondre... C'est ce qui m'a trahie... A partir de ce moment, j'ai perdu pied, subissant les événements sans savoir où j'allais, préoccupée surtout que tu ne connusses pas mon sacrifice et espérant toujours en Olivier pour tout arranger.

« Tu sais le reste... Arrêtée et incarcérée, je n'a-vais qu'une chose à faire : me taire !

— Oh ! ma chérie, reprit Wanda, pleine d'une admiration émue, tu as accompli simplement un héroïque sacrifice en immolant pour moi, ton hon-neur... ta pudeur et ton amour, car tu l'aimes tou-jours, n'est-ce pas ?

Une rougeur de confusion colorant le visage de la jeune fille fut la plus éloquente des réponses.

— Tu l'aimes... et tu as fait cela ! poursuivit la mère coupable... Mais rassure-toi, j'ai parlé à temps... Olivier de Lora sait que tu n'es pas cou-pable... Il a pénétré avec nous les vraies raisons de ta conduite héroïque et il ne fait que t'en admi-rer, t'en estimer et t'en aimer davantage... Sois heureuse avec lui mon enfant, ma fille bien-ai-mée !... C'est le plus cher vœu de ta mère qui t'adore...

— Alors, tu crois qu'il voudra encore m'épouser ?

— J'en suis sûre !

Sonia tressaillait, ivre de joie et cacha sa tête dans le sein maternel, dans une douce étreinte, et comme, derrière elle, Fergus, stupéfait de l'asser-tion de Wanda ouvrait des yeux interrogateurs montrant qu'il ne partageait pas la conviction de sa femme sur ce dernier point, celle-ci, sans que Sonia pût voir son geste, mit son index sur sa bouche, imposant ainsi silence au savant intrigué.

ÉPILOGUE

Le lendemain, Wanda, ayant embrassé ses en-fants et Fergus, déclara à ce dernier qu'ayant après une nuit de réflexion heureusement trouvé la solu-tion proposée, elle courait en faire part, elle-même

...ivier de Lora et comme Fergus insistait pour l'accompagner au cours de cette première sortie de convalescence, elle refusa, prétextant qu'elle se sentait solide.

— Laisse-moi arranger seule, à ma façon, le bonheur de Sonia avec Olivier, dit-elle en souriant... bizarrement... Je lui dois bien cela, en dédommagement... et je veux être seule à en avoir le mérite...

— Mais quelle est la solution que tu as trouvée ? interrogea Fergus.

— Tu le sauras bientôt, répondit Wanda.

— Quand ?

— Ce soir.

— Que de mystères ! fit Fergus.

Mais, docile, il s'inclina.

— Comme tu es belle ! reprit-il, admiratif.

Wanda avait mis, en effet, sa plus élégante toilette et des roses à son corsage, et paraissait calme et réconfortée...

Elle souriait, en quittant Fergus qui, de la fenêtre de son laboratoire, lui jeta un « au revoir » amical.

— Tu ne prends pas le coupé ? lui cria-t-il, voyant qu'elle partait à pied.

— Non, répondit-elle du jardin... J'irai en métro. Par l'Étoile, la rue Bayard est à deux pas.

Fergus la regarda s'éloigner, pâle et nimbée d'or dans le soleil, un peu surpris de son assurance tranquille et de sa confiance extraordinaire qu'il était loin de partager.

Cependant, Wanda avait gagné à pied la station du métropolitain...

Elle prit un billet de première et descendit sur le quai.

Au moment où elle passa devant l'employé chargé de pointer les billets, elle ferma les yeux et porta vivement à ses narines son mouchoir imprégné d'eau de Cologne en s'appuyant sur la barre de séparation.

— Vous êtes souffrante, madame ? dit l'employé qui ne pouvait faire autrement que de remarquer ce manège exécuté ostensiblement.

— Oh ! ce n'est rien, dit Wanda, un simple étourdissement... Il fait si lourd...

Wanda a gagné le bord du quai où se pressent les voyageurs dans l'attente.

Soudain, de la voûte souterraine du petit chemin de fer électrique, sort un bruit retentissant de ferraille et de vitres secouées.

Les visages des voyageurs pressés se penchent en avant pour voir.

Wanda regarde elle aussi... et dans ses prunelles passe, en ce moment, une expression de résolution mêlée d'une épouvante instinctive, indicible, que nul n'a le temps de surprendre.

Dans la clarté blafarde de l'électricité, le métro s'avance en glissant sur ses rails d'acier luisants...

A ce moment, les voyageurs les plus proches de Wanda la voient distinctement porter la main à sa gorge en disant d'une voix assez haute pour être entendue de tous :

— J'étouffe !... à moi !...

Mais à peine a-t-elle prononcé ces paroles qu'un cri d'épouvante jaillit de toutes les bouches...

Tournoyant sur elle-même, la malheureuse vient, du haut du quai, de tomber en avant sur les rails du métro au moment précis où la machine entre en station... avec la rapidité d'une trombe...

— Le conducteur n'a même pas eu le temps de stopper.

Déjà le petit train électrique, broie sous ses roues ce corps féminin palpitant des derniers sursauts de l'agonie...

En quelques secondes, ce qui fut la beauté, la vie, la grâce et l'amour, ce qui vibra et souffrit n'est plus rien qu'une bouillie informe, qu'une chair sanglante, teignant de rouge les rails et éclaboussant de sang les robes des folles voyageuses.

Wanda Fergus avait promis de trouver la seule solution possible.

Il n'y en avait qu'une pour elle : disparaître.

Mais comme un suicide l'eût fait soupçonner, elle a préféré un accident.

Et pour tous, l'accident ne peut faire de doute.

A présent, Olivier pourra sans scrupules étouffer l'affaire et quant à Gaby d'Auzones, elle peut chercher, jamais elle ne retrouvera sa pseudo-rivale.

Wanda Fergus s'est immolée à son tour et arrangé le bonheur de sa fille à sa façon.

Le soir même le *Thermidor* relata en termes émus. « ...l'accident qu'il fallait attribuer, écrivait Mortère, à l'imprudence de la victime effectuant seule, ce jour-là, sa première sortie, après une longue maladie et prise d'un étourdissement qui l'a précipitée sous les roues du train.

« Cette mort, ajoutait le reporter, plonge dans la consternation et dans le deuil la sympathique famille du savant électricien Pascal Fergus, inventeur du canon-éclair qui va être acquis par le gouvernement français. Le savant avait déjà été très éprouvé ces temps derniers... »

Ici Mortère rappelait l'affaire Colonna en quelques lignes et justifiait longuement Sonia, en donnant de l'affaire la version que Wanda, elle-même, avait, la veille, soufflée à Olivier et qui expliquait tout, sans accuser personne, c'est-à-dire la version du vol des plans par l'espion s'électrocutant par imprudence et de la jeune fille, s'accusant pour sauver son père soupçonné injustement.

« L'instruction, habilement menée par M. de Lora, a tôt fait de remettre les choses au point, continuait Mortère. Il appartient au journal qui dans le premier moment de désarroi, a accueilli des accusations mal fondées contre une innocente, d'accuser aujourd'hui, avec la justice, à la charmante et touchante jeune fille qu'un deuil si cruel fait orpheline, l'éclatante réparation à laquelle elle a droit et de rendre à sa réputation inattaquable l'hommage qui lui est dû.

« Dès l'innocence reconnue, M. Olivier de Lora, le juge d'instruction, chargé de l'affaire, a ordonné la mise en liberté immédiate de l'inculpée.

« La joie eût été complète, dans la famille Fergus, si cette terrible catastrophe ne fût venue y jeter le deuil...

« Envoyons au sympathique et illustre savant et aux siens l'hommage respectueux de notre condoléance émue.

» Pierre MORTÈRE. »

Cet article, on l'a deviné, avait été inspiré tout entier par Olivier.

Celui-ci avait cru devoir ne rien cacher au reporter, mais, en échange de son silence et de sa collaboration secrète, il l'avait prié d'accepter la somme de vingt mille francs prélevée sur l'héritage de sa tante de Nantes.

Sur ces vingt mille francs, Mortère en donna dix mille à Videlin qui, ayant lu l'article du *Thermidor*, s'était présenté chez le reporter en lui disant triomphalement :

— Eh bien ! mon cher, vous voyez bien que Sonia Fergus était innocente et que Colonna n'a pas été assassiné... Mort par accident !... J'ai gagné notre pari.

— Soit ! avait dit Mortère respectant l'illusion de son partenaire et la parole donnée.

Et beau joueur, il allongea les billets... mais ne put s'empêcher de murmurer in petto en songeant que, dans un mois, il allait pouvoir, grâce aux dix mille francs qui lui restaient, épouser enfin Laure Larive, le mannequin de chez Verquin :

— Qui perd gagne !...

Le procureur, comme tous, crut pleinement à la version soumise par Olivier et par les journaux.

Quant à Léona Costamagna, elle fut déboutée de fins de sa plainte.

FIN

Imp. Wallœuff et Recœs, 16-18, rue Notre-Dame-des-Victoires, Paris. — Tél. : Louvre 16-33. — Anceau, directeur.

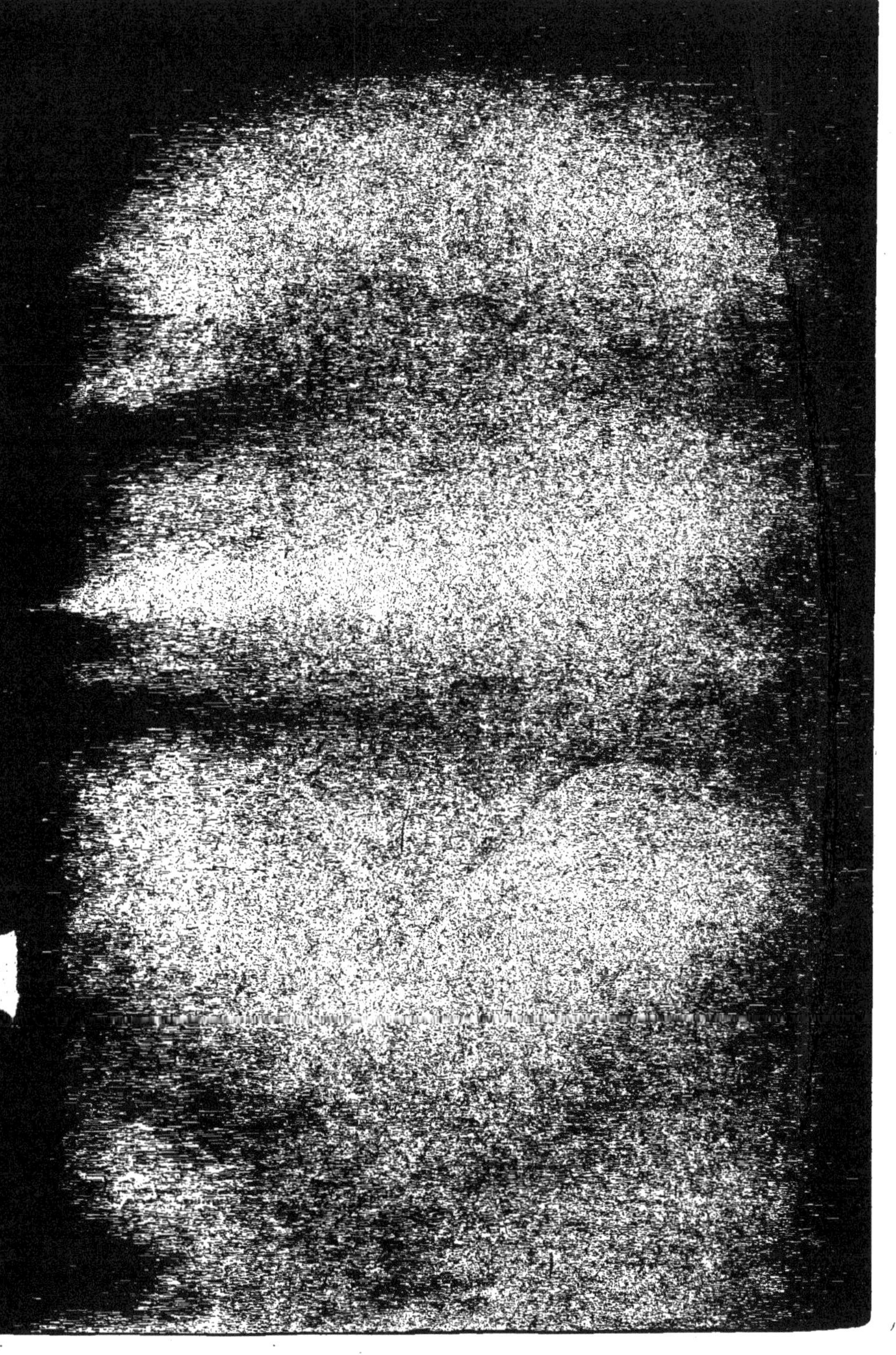

9 782329 013039